W0182992

Jean-Pierre Fournier La Touraille

LE TROISIÈME PRÉTENDANT

RAYMOND CASTELLS
ÉDITIONS

© RAYMOND CASTELLS
ÉDITIONS
20 *bis*, rue La Boétie
75008 PARIS

ISBN 2-912 587-08-5

En hommage
au docteur Paul GANIÈRE

LETTRE - PREFACE

Cher Jean-Pierre Fournier La Touraille,

C'est avec une grande joie que je vois paraître un livre dont vous m'affirmez qu'il est né d'une conversation datant de plus de trente ans. J'ai d'autant moins de raisons d'en douter que le sujet de votre roman m'a toujours fait rêver. Je l'ai traité dans deux de mes ouvrages, l'un dès 1957, l'autre en 1964. Le nom même que l'histoire attribue à votre héros – Jean Ier le Posthume ! – ne cesse de chanter dans ma mémoire.

Quand, pour la première fois, nous en avons parlé ensemble, votre parrain, Paul Ganière, était présent. Au moment où vous allez proposer votre œuvre au public, c'est à lui que je pense.

Paul Ganière fut l'un des premiers parmi les invités de notre émission de radio « La Tribune de l'Histoire ». Il venait de publier sa première biographie, *Corvisart*, ouvrant la voie à une série d'ouvrages remarquables, en majorité consacrés à l'épopée impériale et dont l'un – *Napoléon à Sainte-Hélène*, a mérité le Grand Prix Gobert, plus haute distinction que puisse attribuer l'Académie française à un historien.

De l'admiration que je lui portais a découlé une longue et profonde amitié, partagée avec son épouse Edith. Comme il se fut réjoui, en ouvrant ce livre, de découvrir que son filleul, à son tour, entrait dans la carrière !

Trouvez ici tous les souhaits de succès que mérite la belle histoire dans laquelle vous allez entraîner vos lecteurs.

Alain Decaux
de l'Académie française

CHRONOLOGIE

29 novembre 1314	Mort de Philippe le Bel.
5 juin 1316	Mort de Louis X le Hutin.
15 novembre 1316	Naissance et mort de Jean Ier.
1317-1322	Règne de Philippe V le Long.
1322-1328	Règne de Charles IV le Bel.
1328	Début du règne de Philippe VI de Valois.
29 janvier 1334	Naissance de Robert III dauphin d'Auvergne.
juillet 1345	Marie de Carsi révèle son secret avant de mourir.
1346	Crécy – Victoire d'Édouard III sur Philippe VI.
1347	La Peste Noire.
1350	Mort de Philippe VI.
22 août 1350	Sacre de Jean II le Bon.
Décembre 1352	Innocent VI devient pape.
Octobre 1354	Colas de Rienzi remet une Charte à Giannino.
1355	Chevauchée du Prince Noir.
Septembre 1356	Défaite de Jean II à Maupertuis (Poitiers). Jean II est prisonnier des anglais.
1357	Le Prince Charles, lieutenant du Royaume.
1358	Coup de force du Prévôt des marchands Étienne Marcel.
1359	Giannino est reconnu par Louis de Hongrie.
1360	Traité de Brétigny.
1361	Les Grandes Compagnies.
Février 1362	Giannino à Naples.

ROIS DE HONGRIE

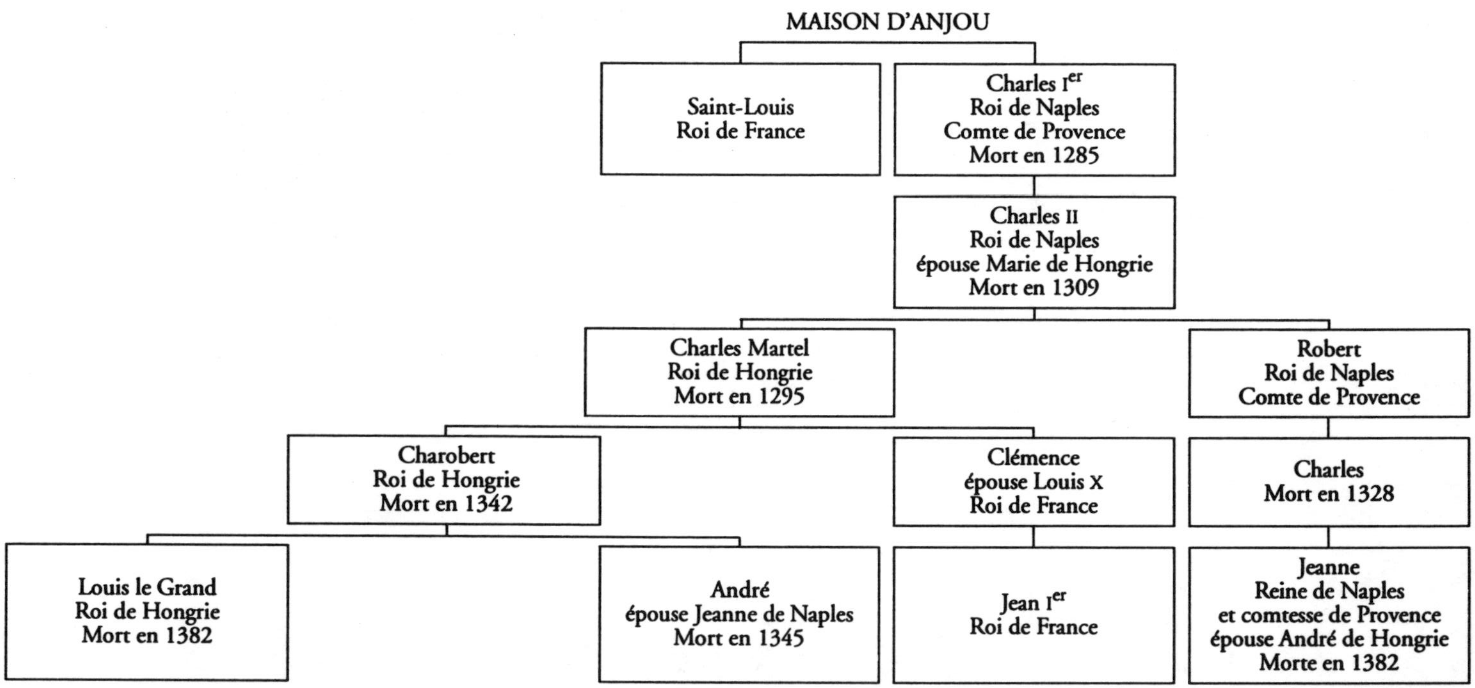

ROIS DE FRANCE

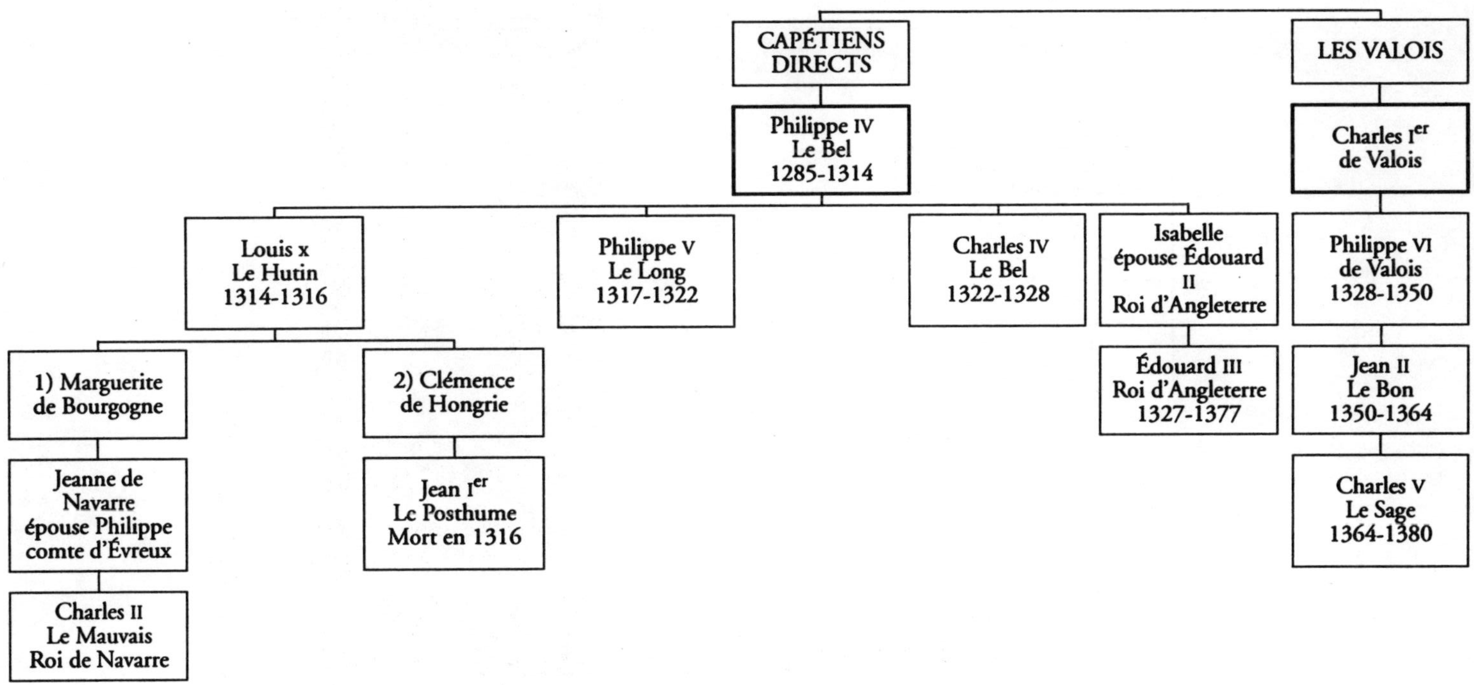

Chapitre Ier

LE RETOUR

Novembre 1356

Le soleil d'automne, encore haut dans le ciel, réchauffait les pierres du château de Vieil-Brioude lorsque la troupe quitta la petite forteresse par la porte de l'est, en direction du Puy.

Elle emprunta le vieux pont romain qui enjambait l'Allier d'un pas de géant, puis bifurqua à droite vers un petit chemin presqu'invisible qui s'enfonçait à travers la montagne recouverte de chênes et de pins dont l'odeur forte les pénétra. Le sentier suivait la rivière qui grondait, grossie par les fortes pluies des derniers jours. La forêt absorba l'un après l'autre les hommes en armes, débraillés, les cottes de mailles rouillées, les vêtements déchirés. Ils étaient une centaine et marchaient avec peine, la plupart soutenue par les plus robustes.

En tête de la colonne, sept cavaliers montés sur des chevaux squelettiques et sales faisaient peine à voir. Rares sont ceux qui auraient pu reconnaître les principaux seigneurs du Val d'Allier, les sires de Faucon, Cissac, Ally, Lomenède, Chazieux, Rougeac, la Pradelle et Jazindes.

Robert III, dauphin d'Auvergne, comte d'Auvergne et de Saint-Ilpize, ouvrait la marche, le buste légèrement voûté, le visage méconnaissable, amaigri, buriné. Son extrême fatigue faisait ressortir d'épais sourcils bruns et poussiéreux dissimulant en partie ses yeux marron au regard d'aigle. Ce jour-là, personne n'aurait pu croire qu'il n'avait que vingt-cinq ans.

À ses côtés, Enguerrand de Montorgue, sire de la Pradelle, d'un an son cadet, apparaissait certainement comme le moins fatigué de tous. Il se tenait droit sur sa monture, sa chevelure au vent. Ses épaules larges portaient une tête bien droite malgré les épreuves. De son visage légèrement allongé et assombri par une petite barbe châtain clair émergeait un nez fin surmonté de deux yeux verts qui scintillaient d'intelligence. Il se retournait constamment pour encourager les hommes qui traînaient.

À l'arrière de la colonne, Guillaume de Chantel, l'écuyer de Robert III, fermait la marche, tenant par la bride son cheval qui boitait légèrement.

Tous ces hommes harassés, vieillis prématurément par six mois de folles chevauchées et de combats acharnés, approchaient enfin de chez eux. Ils étaient partis au printemps à l'appel du roi Jean le Bon pour constituer l'Ost royal contre le roi d'Angleterre et son armée. La chevalerie auvergnate conduite par Jean de Boulogne, sire de Montgascon, comte de Montfort et capitaine général du bailliage d'Auvergne ainsi que Béraud II, comte d'Auvergne et dauphin d'Auvergne, avait répondu de mauvaise grâce aux ordres du roi pour bouter les Anglais hors du royaume de France.

Les Auvergnats ne se sentaient en effet que peu concernés par la mobilisation générale de tous les nobles du royaume. Seule la menace de les priver de leurs biens et de leurs revenus les y avait contraints. Ils s'étaient finalement armés pour rejoindre l'armée royale à Chartres, au printemps de l'année 1356.

En fait, la jonction avait eu lieu après la traversée de la Loire.

De son côté le prince de Galles, fils du roi d'Angleterre, surnommé depuis peu « le Prince Noir », avait quitté son royaume d'Aquitaine avec son armée de métier et ses fameux archers pour une nouvelle chevauchée à travers le royaume. Après avoir ravagé le Midi, il était apparu à l'improviste en Rouergue qu'il avait mis à feu et à sang. Flanqué de ses infernales compagnies, il remontait vers l'est pour tenter une jonction à Châtellerault avec l'armée de son cousin le duc de Lancastre.

L'armée du roi de France, composée de quatre princes, vingt-six ducs, d'un nombre considérable de seigneurs bannerets à la tête de plusieurs soldats, de quinze mille hommes revêtus d'armures de fer, avait réussi l'exploit d'empêcher cette jonction et d'arriver la première devant Poitiers pour garder la maîtrise du grand chemin de l'ouest, dont la ville était l'une des plus illustres places fortes, un poste de commandement naturel et historique, un bastion français aux confins de l'Aquitaine.

Le 16 septembre, le roi installa son camp sur le plateau de Beauvoir, à une demi-lieue de Maupertuis. Le Prince Noir arriva le lendemain et eut la mauvaise surprise d'apprendre que le duc de Lancastre, n'ayant pu passer la Loire, était reparti vers la Bretagne. Il décida alors de se retrancher tout près de l'abbaye de Nouaillé, à une lieue de Maupertuis, sur une position entourée de vignes et de haies. Les armées, face à face, étaient fin prêtes pour s'affronter.

L'armée anglaise ne comptait que deux mille hommes d'armes, quatre mille archers et deux mille fantassins. Elle fut rapidement menacée d'encerclement et de famine. Conscient de sa situation désespérée, le Prince Noir offrit par l'intermédiaire du cardinal Talleyrand-Périgord, émissaire du pape Innocent VI, qui avait obtenu avec beaucoup de difficultés une trêve de vingt-quatre heures, de rendre tout son butin et de ne point porter les armes pendant sept ans contre le royaume de France.

Mais visiblement décidé à ne faire aucune concession, Jean II refusa les propositions du Prince Noir. Il réclama la restitution intégrale de toutes les possessions anglaises en France et exigea que le prince de Galles se constituât prisonnier avec cent chevaliers. Ces demandes étaient bien évidemment inacceptables pour les Anglo-Gascons, qui s'empressèrent de les rejeter.

Assisté de son conseil, le roi Jean décida alors qu'il fallait profiter du rassemblement d'une armée manifestement beaucoup plus importante et puissante pour écraser les Anglais une fois pour toutes.

Ce fut alors la terrible catastrophe de Maupertuis...

Le matin du 19 septembre, sans attendre l'ordre du roi de France, le maréchal de Clermont, persuadé que le prince de Galles battait en retraite, se lança avec un nombre considérable de chevaliers sur l'arrière garde des Anglo-Gascons. Dissimulés par les futaies et les vignes, ces derniers attendirent sagement que la charge arrivât sur eux. Lorsque le maréchal s'aperçut de son erreur, il était trop tard, et les Anglais massacrèrent les chevaliers français.

Jean II choisit de riposter. Sous le commandement de son fils Charles, une foule impressionnante d'hommes en armes et de chevaliers à pied s'élança contre les positions anglaises dans un désordre indescriptible. Les Français furent accueillis par plusieurs volées de flèches tirées par les archers anglais qui formaient un mur infranchissable. Revêtus d'armures de fer conçues pour le combat à cheval mais privés de leurs montures, handicapés par leur accoutrement, ils tombèrent les uns après les autres sous les traits mortels. Ils essayèrent bien de se regrouper mais furent aussitôt chargés par les fantassins anglais beaucoup plus mobiles qu'eux. Le corps à corps qui s'ensuivit tourna rapidement à l'avantage des Anglais. Craignant pour l'héritier du trône, le Sénéchal du roi entraîna le prince Charles hors du champ de bataille.

Le roi avait entre-temps lancé une deuxième bataille commandée par son frère le duc d'Orléans. Arrivé au cœur de l'affrontement, celui-ci vit disparaître le Dauphin et crut alors que tout était perdu. Il dispersa son armée et tenta de la regrouper derrière la troisième bataille restée en réserve, et commandée par le roi lui-même. Au cri de « Montjoie! Saint Denis! », Jean II entraîna derrière lui le reste de ses troupes qui se rua avec rage sur l'ennemi.

Les chevaliers auvergnats étaient de ce terrible assaut, groupés autour de la bannière de Robert III, « d'or au dauphin d'azur, barbé et oreillé de gueules chargé d'une cotice de gueule pour brisure ». Ils se battaient au corps à corps sans faiblir contre les Gallois, les Irlandais et les Gascons. Assaillis de tous côtés, ils avaient l'impression que plus ils tuaient d'ennemis, plus il en arriva. Le combat dura toute la journée, sans répit... En fin d'après-midi, malgré le courage de l'armée, la bannière du royaume de France tomba et le roi blessé au visage fut fait prisonnier par un chevalier d'Artois, Denis de Morbecque.

Tout était terminé... La France avait une nouvelle fois perdu face à une armée moins nombreuse mais rompue à la guerre et bien disciplinée. Jean II était aux mains du Prince de Galles.

Les chevaliers d'Auvergne et leurs hommes avaient combattu sans désemparer. Ils payèrent ce jour-là un lourd tribut à la couronne de France. Bernard de Ventadour et Armand III, sire de la Roue, furent faits prisonniers. Pire, l'Auvergne se trouvait veuve de ses meilleurs guerriers : le sire de la Tour, le sire de Montaigu, Richard de Beaujon, Guillaume de la Fayette, le sire de Saint-Nectaire, Pierre de la Rochette, sans oublier le dauphin Hugues, mort le ventre transpercé par une flèche dans les bras de son neveu Robert III.

Le comte de Saint-Ilpize, épuisé par cette journée de combat, se mit pourtant immédiatement à la recherche de ses hommes parmi les blessés et les deux mille cinq-cents morts français. Ce n'est qu'au petit matin qu'il prit conscience de l'étendue du désastre. Il avait pu rassembler à peine la moitié de ses gens. Les autres, disparus ou morts, resteraient à jamais sur ce champ de bataille maudit.

En compagnie de son cousin Béraud, il quitta Maupertuis pour Montluçon avec ce qui leur restait de soldats. Ils n'arrivèrent à Clermont qu'à la mi-octobre, après avoir abandonné en route quelques blessés incapables d'aller plus loin. La plupart était restée à Combronde, une possession de Robert III située près de Riom. La troupe ne s'attarda que quelques heures à Clermont, puis reprit sa route en direction d'Issoire. Elle atteignit deux jours plus tard la capitale du Dauphiné d'Auvergne et résidence de Béraud II, Vodable, appelée plus communément dans le pays « la vallée du diable ». Avec ses quatre grandes tours, construite à la cime d'un rocher, la forteresse, superbe, comprenait deux enceintes dont l'une protégeait le village qui s'étalait aux pieds du château auquel on accédait par un large escalier à vis creusé verticalement à travers le rocher. L'ensemble était entouré d'un épais rempart doublé d'un fossé profond.

Robert resta quelques jours chez son cousin pour permettre à ses hommes de reprendre des forces, mais aussi pour s'entretenir avec lui du devenir du pays d'Auvergne après la défaite catastrophique de Poitiers. Il fut convenu de réunir la noblesse d'Auvergne afin de faire bloc contre les grands du royaume. Robert pensait à juste titre que la panique devait régner à Paris depuis la capture du roi. Il lui paraissait évident que les princes de la maison royale allaient convoquer prochainement les États Généraux.

Le 30 octobre, le comte et ses soldats reprirent leur route pour Brioude. Trois jours plus tard, ils contournaient la ville par l'est pour éviter les chanoines comtes, leur abbé Géraud de Challus et surtout leur prévôt Pierre de Beaufort, avec qui les dauphins d'Auvergne entretenaient des querelles permanentes.

Une lieue plus loin, au château de Vieil-Brioude, dernière étape du voyage, le comte envoya un chevaucheur jusqu'à Saint-Ilpize, distante de près de trois lieues. Cette formidable forteresse, véritable nid d'aigle perdu dans les montagnes de basse Auvergne, était la fierté du comte de Saint-Ilpize, Robert III, comte d'Auvergne et autres lieux.

La troupe avançait maintenant plus rapidement à travers la forêt de feuillus. En abordant le village de Tapon, un petit bourg anciennement fortifié adossé à la montagne à l'est et se reflétant dans l'Allier à l'ouest, les soldats furent accueillis par une foule en liesse pressée de les revoir après des mois d'absence. Des femmes se jetaient littéralement dans les bras de leurs maris, traînant derrière elles des enfants accrochés à leur robe. D'autres, après avoir vainement cherché du regard leur époux, leur fiancé ou tout simplement leur fils, s'effondraient en pleurs.

Une dizaine d'hommes resta à Tapon. Les autres reprirent leur chemin vers Saint-Ilpize sans oser se retourner. Il ne restait plus qu'une petite lieue à parcourir et le moral revenait au fur et à mesure qu'ils approchaient. C'est avec une certaine gaieté qu'ils entamèrent, dès la sortie du village, la grande descente à travers la forêt pour entrer dans Chantel. Au hameau coupé en deux par le Mézé, un petit ruisseau qui se jetait en contrebas dans la rivière, le même accueil les attendait. Guillaume de Chantel quitta le groupe après avoir prévenu Robert qu'il serait au château le lendemain matin et se dirigea vers la vieille bastide familiale, légèrement en amont du village où se trouvait sa mère qui depuis près d'un an ne quittait plus son lit.

Il ne restait plus qu'une soixantaine d'hommes à reprendre la route quelques instants plus tard. Ils empruntèrent un petit chemin étroit à travers une forêt d'arbres dénudés. De temps en temps, ils étaient contraints de baisser la tête sur l'encolure de leur monture pour éviter les branches trop basses qui les fouettaient. Enfin, au détour du chemin, apparut dans le ciel la silhouette insolente du château de Saint-Ilpize d'où émergeait majestueusement le donjon carré, tel le mât d'un navire au milieu d'un océan déchaîné. Cette forteresse incrustée sur un bouchon de lave plusieurs fois millénaires avait quelque chose d'irréel, de sauvage et de grandiose à la fois.

Elle avait appartenu durant plus de deux siècles aux comtes d'Auvergne avant de passer dans la maison des dauphins par le partage entre Guillaume le Vieux, comte d'Auvergne, et son neveu Guillaume VII. Son arrière petit fils, Robert Ier, dauphin d'Auvergne et comte de Saint-Ilpize, puis Robert III, fils de Robert II, dit « le sage », en avaient hérité.

Les remparts descendaient le long de la montagne, encerclant le château et la ville haute. À l'extérieur, une multitude de maisons s'accrochaient aux fortifications telles des essaims de guêpes et s'étalaient jusqu'au bord de l'Allier qui coulait majestueusement en contrebas.

La troupe se présenta devant la porte de Bazot, à la hauteur de la deuxième enceinte du château. Toute la population l'y attendait, rassemblée derrière le bailli de la seigneurie Jean Bertin et la comtesse Françoise d'Aurouze, épouse de Robert III. Tous se précipitèrent sur les nouveaux arrivants et ensemble ils empruntèrent le chemin du Chapial, puis la ruelle Saint-Jacques qui montait en lacets jusqu'au logis seigneurial. À leur passage, les villageois, les larmes aux yeux, interpellaient les soldats, hurlant le nom de leurs amis, maris, frères où fiancés. Les hommes n'osaient, le plus souvent, répondre et se contentaient d'indiquer que beaucoup de blessés étaient restés à Combronde.

Avec difficulté, Robert et son entourage parvinrent à la dernière enceinte du château. Ils s'arrêtèrent quelques instants devant la chapelle romane où les attendait pour une action de grâce le prieur de Saint-Ilpize, puis Enguerrand redescendit avec ses hommes vers l'église en construction, emprunta la porte du Plain et disparut rapidement dans la montagne avec une seule idée en tête : retrouver son domaine de La Pradelle, tandis que le bailli se dirigeait vers la ville haute en entraînant derrière lui toute la population.

Robert III se rendit avec sa femme vers le logis seigneurial construit sur la partie sud, à droite du donjon. Ils pénétrèrent dans la salle principale où un feu se consumait dans la grande cheminée qui occupait à elle seule le mur du fond. La pièce n'était que peu meublée. Des tapisseries aux dessins grossiers couvraient en partie chaque pan de mur; dessous s'alignaient des coffres en bois finement sculptés où la maîtresse des lieux enfermait le linge et les vêtements. Une grande table rectangulaire, conçue pour recevoir une vingtaine de convives, trônait au milieu.

Robert n'eut pas le temps d'atteindre son fauteuil, resté vide si longtemps, qu'un gamin âgé de cinq ans à peine lâcha la main de sa nourrice pour se précipiter dans ses bras. Le petit Béraud était déjà grand et robuste pour son âge, mais s'il promettait d'avoir la force de son père, il avait les yeux et la grâce de sa mère. Robert prit son fils et s'assit pour lui raconter son périple et la bataille de Maupertuis. Béraud écoutait, béat d'admiration. Mais après un long moment, le regard de Robert rencontra celui de sa femme. Restée debout, elle les observait. Malgré sa grande fatigue, les yeux de Robert reflétèrent une envie qu'il eut beaucoup de mal à cacher. Il ne désira qu'une chose, être seul avec elle.

Dans toute la Basse-Auvergne, il n'existait pas de femme plus belle, plus gracieuse et plus intelligente que la fille de Bertrand II de Rochefort, seigneur d'Aurouze, et d'Isabeau de Polignac. Elle était grande et mince, son visage légèrement arrondi mettait en valeur des yeux noisette perpétuellement en mouvement. Personne ne pouvait résister à son sourire envoûtant. La peau blanche de son visage contrastait avec sa longue chevelure brune, légèrement frisée, qu'elle cachait le plus souvent sous une coiffe de couleur claire.

Son père l'avait mariée à Robert III alors qu'elle n'avait encore que seize ans. Le mariage avait eu lieu le premier jour du mois d'avril 1351 devant la plupart des grands seigneurs auvergnats. Bertrand de Rochefort unit ce jour-là sa famille à celle, prestigieuse et puissante, des dauphins d'Auvergne. Il pouvait obtenir si besoin était l'aide nécessaire pour défendre son fief en ces temps difficiles. De son côté, tout en épousant l'une des plus belles femmes de la région, le comte Robert réunit en un seul tenant ses terres près de Massiac et de Ruyne. Le chef de la branche cadette des dauphins d'Auvergne voyait ainsi ses terres pourtant immenses s'agrandir encore : seigneur de Saint-Ilpize, de Ruyne dans le diocèse de Saint-Flour, de Combronde et autres lieux, ses domaines s'étendaient de la montagne de Tanavelle à Paulhac au sud de Saint-Flour, jusqu'à la rivière d'Allier au-delà de Brioude, couvraient de nombreux fiefs dans les cantons de Saint-Flour, Ruyne, Massiac, Allanches, Marcenat dans le Cantal, le Malzieu et des pays voisins dans la Lozère puis, par une série de possessions disséminées, descendaient la vallée de l'Allier jusqu'aux environs d'Issoire où ils s'enchevêtraient sur plusieurs points avec la terre de Nonette.

Françoise, qui avait laissé ses cheveux tomber sur ses épaules, aperçut le regard perçant de son époux, se troubla et rougit légèrement. Elle se reprit et s'avança lentement vers son mari. Sa longue robe beige laissait deviner un corps souple aux formes parfaites.

Elle fit discrètement signe à la nourrice d'emmener leur fils. Dès que l'enfant fut sorti, Robert se leva, s'approcha de son épouse, la prit par la taille et l'entraîna vers la tapisserie à gauche de la cheminée. Françoise tira la tenture, laissant apparaître un escalier étroit qu'elle emprunta. Robert la suivit. Il ne pouvait quitter des yeux le corps de sa femme. Brusquement, il lui prit le bras et l'attira vers lui. Françoise, surprise, perdit l'équilibre et se retrouva contre la poitrine de son mari. Il en profita aussitôt pour la serrer dans ses bras, chercha ses lèvres qu'il savait voluptueuses et s'y incrusta. Elle tenta un instant de se dégager, puis renonça. Il la porta pour gravir les dernières marches. Ils tombèrent ensemble sur le lit.

Chapitre II

LE TESTAMENT

Dans le silence de l'abbaye de Pébrac, le moine commença son extraordinaire récit.

« C'était durant l'hiver terrible de l'année 1353. En Normandie, près de Vernon, au milieu d'une forêt de chênes, dans un lieu retiré du monde, à deux lieues de toute habitation, notre abbaye respirait le calme et la sérénité.

Je logeais comme les autres moines dans une petite cellule pas plus grande que celle-ci, avec pour seule lumière une étroite lucarne qui me permettait d'apercevoir, la nuit, lorsque le ciel était dégagé, les étoiles, seule distraction dans ce monde de silence.

Un soir, peu après la prière, notre abbé, le père Jordan, me fit appeler, non pas dans la grande salle, mais dans sa cellule, ce qui au premier abord me surprit, car jamais un moine ne recevait dans sa chambre. Quelque peu intrigué, je me rendis donc à son invitation. Sa cellule, semblable aux trente-deux autres, se trouvait au rez-de-chaussée du monastère, au même niveau que la mienne et pratiquement en face.

Je frappai à sa porte. Ne percevant aucun bruit de l'autre côté, j'entrai. La pièce était plongée dans une demi obscurité. Le père Jordan était assis devant sa table, face à la porte, le dos à la lucarne. La flamme tremblotante d'une bougie posée sur la table à côté d'un parchemin qu'il ne quittait pas des yeux, déformait les traits de son visage. Sans prononcer un mot, il leva légèrement la tête et me fit signe de m'asseoir, en face de lui, sur un petit tabouret à trois pieds.

Il émanait de son visage, d'habitude si serein, une terrible souffrance qui paraissait l'oppresser et crispait ses traits déjà bien ridés. Je fus immédiatement saisi par l'atmosphère angoissante qui régnait dans la cellule. J'étais très mal à l'aise. Nous étions là... ensemble, sans qu'un mot ne sortît de ses lèvres. Un silence glacial régnait dans la petite pièce. Pour être franc, je ne saurais dire combien de temps cela dura. Ce fut terrible.

Il finit par se lever et se mit à marcher, d'abord autour de la table, passant derrière moi. Ses sandales de bois résonnaient sur le sol. Finalement, il s'arrêta devant la fenêtre, me tournant le dos, le regard fixé dans l'infini du ciel. Je n'osais interrompre sa méditation, me rendant compte qu'il souffrait. Il luttait contre lui-même. Cela dura encore longtemps, sans que j'ose rompre cette tension. Enfin, il se retourna et revint s'asseoir; son visage était plus détendu. J'avais l'impression qu'il venait de gagner une grande bataille intérieure.

Il posa sur le parchemin ses mains déformées par les rhumatismes, releva la tête, me regarda droit dans les yeux et rompit enfin le silence.

« Frère Antoine, durant des années, j'ai gardé pour moi un terrible secret qui m'a rongé l'esprit. Ce soir, j'ai décidé de parler et je vous ai choisi pour le partager.

– Pourquoi ? lui demandai-je.

– Parce que maintenant il est temps d'agir. »

Intrigué, j'insistai :

« Mais pourquoi moi ?

– Je vous observe depuis longtemps. J'ai confiance en vous... Mais ne m'interrompez plus, cela m'est déjà suffisamment difficile... Si je me suis tu si longtemps, c'est essentiellement par lâcheté, craignant pour ma vie et celle de notre ordre. Mais le remords m'est devenu insupportable. Malgré les risques, j'ai décidé de réaliser la promesse que j'avais faite à une mourante. »

Il s'interrompit un instant, se concentra, releva la tête et reprit d'une voix douce :

« En juillet 1345, Marie de Carsi me fit appeler pour recevoir sa confession. Je me rendis aussitôt à Carsi, près de Bernay, où les deux frères de Marie m'attendaient dans leur château délabré, pour me conduire à son chevet. Commença alors pour moi la confession la plus extraordinaire que j'eusse jamais entendu. Elle allait bouleverser ma vie.

« Marie avait alors 45 ans et se mourait, non pas de maladie, mais d'un mal incurable, inguérissable qui a pour nom la tristesse. Rapidement mise en confiance, elle me conta sa courte existence. Durant l'hiver de l'an 1315, Marie, fille d'un noble chevalier picard, le seigneur de Carsi, décédé depuis plusieurs années, fit la connaissance d'un jeune étranger d'une vingtaine d'années, Guccius Miri, neveu du banquier italien Spirale Tolomée installé à Paris, qui avait été envoyé par son oncle pour vérifier les comptes de sa succursale de Neauphle-le-Vieux, situé près de Carsi.

« Devenu très vite ami de ses deux frères, Guccius se rendait souvent au château pour chasser. Marie s'éprit du jeune Italien. Les amoureux, parvenus à mettre une servante dans la confidence, se marièrent en secret dans la chapelle du château, à l'insu de la mère et des deux frères de la jeune fille.

« Quelques semaines plus tard, Guccius dut partir pour rejoindre son oncle à Paris, alors que Marie était enceinte. Au huitième mois, ne pouvant plus cacher son état à sa famille, elle fut obligée de tout avouer. Ses frères, la colère passée, conduisirent leur sœur dans un couvent près de Paris, jurant de tuer l'ami qui les avait trahis.

« C'est dans ce monastère qu'elle mit au monde, le 14 novembre 1316, dans le plus grand secret, un fils qu'elle appela Janninus. »

Le Père abbé s'interrompit une nouvelle fois, inspira profondément. Rien de ce qu'il venait de me raconter ne me semblait extraordinaire. Je me demandais vraiment où il voulait en venir. Lui m'observait et perçut dans mon regard cette interrogation.

« Ne soyez pas impatient, me dit-il d'une voix qui paraissait plus hésitante. Vous connaîtrez bien assez tôt ce qui me mine… En cette même année 1316, le royaume de France était en deuil du roi Louis X, dit le Hutin, décédé le 5 juin en laissant une épouse, Clémence de Hongrie, enceinte de quelques mois.

« Les grands feudataires, hauts barons et chevaliers du royaume se réunirent après les obsèques. Il fut décidé que Philippe, son frère, deviendrait gouverneur du royaume dans l'attente de la naissance royale, étant convenu que si la reine mettait au monde un garçon, le comte assurerait la régence du royaume jusqu'à ce que le jeune roi soit en âge de régner. En revanche, si la reine Clémence accouchait d'une fille, Philippe deviendrait roi.

« La reine mit au monde le 15 novembre un fils prénommé Jean. Aussitôt, l'on se mit à la recherche d'une nourrice pour l'enfant royal. Le sort voulut que Marie soit choisie, tout simplement parce qu'elle avait accouché elle-même la veille et allait pouvoir allaiter les deux bébés. Dès le premier jour, elle se rendit au palais royal auprès de la reine et commença son service.

« La Cour organisa de grandes réjouissances à l'occasion de la naissance du jeune roi. Il fut ordonné que l'enfant serait présenté trois jours plus tard aux grands du royaume et au peuple de Paris.

« La comtesse Mahaut d'Artois, belle-mère du comte Philippe qui venait par la naissance de son neveu Jean Ier, de perdre tout espoir de monter sur le trône, obtint de la reine l'honneur de présenter le jeune souverain au peuple. Mais certains barons fidèles au défunt monarque, inquiets de l'attitude de la comtesse d'Artois et suspectant de sa part des intentions malveillantes décidèrent en secret de substituer, le temps des cérémonies, le fils de Marie à l'enfant royal.

« Ce plan fut mis immédiatement à exécution. Deux jours plus tard, la comtesse Mahaut présenta en grande pompe à la cour et au peuple parisien un enfant qu'elle croyait être Jean Ier.

« Le lendemain matin, on retrouva l'enfant mort dans son berceau. Longtemps dans le royaume, le bruit courut que la comtesse d'Artois avait étouffé ou empoisonné le jeune roi pour permettre à sa fille d'être reine de France.

« Les barons qui avaient effectué la substitution allèrent voir Marie dans son couvent et lui révélèrent la vérité et la terrible nouvelle de la mort de son fils. Effondrée, en larmes, elle apprit qu'elle devrait élever l'enfant royal comme son propre fils et garder le secret jusqu'à ce qu'on vienne le chercher. Contrainte, la jeune femme se soumit malgré son immense douleur à la volonté des barons. Son affection maternelle fut vite reportée sur l'enfant royal, sans pour autant lui faire oublier que son bébé était mort pour que vive un roi.

« Quelques mois plus tard, ses frères qui ignoraient tout de la substitution vinrent la chercher pour la ramener à Carsi. Neuf années passèrent ainsi, sans que personne ne vînt interrompre la jeunesse de l'enfant entouré de l'affection d'une mère qu'il croyait être la sienne.

« Puis un jour arriva à Carsi un cavalier qui demanda à parler immédiatement à Marie. Celle-ci se précipita, pensant qu'un nouveau malheur allait lui arriver. Il s'agissait simplement d'un émissaire de Guccius, son mari, qui de passage à Paris voulait voir son fils dont il avait appris la naissance lors d'un précédent voyage à Paris.

« La surprise de la jeune femme fut immense. Jamais l'homme qu'elle avait aimé et dont l'espoir de le revoir lui avait permis de surmonter ses malheurs n'avait donné de ses nouvelles depuis son départ dix ans plus tôt. Cette demande était à la fois inquiétante et surprenante. Elle était certaine qu'il ne pouvait être au courant de la substitution. Pour quelle raison réclamait-il un fils qu'il ne connaissait pas? Quelle que fût la réponse, un refus risquait de créer des ennuis et d'éveiller des soupçons. Après beaucoup d'hésitation, elle commit donc l'erreur d'accepter de remettre l'enfant pour quelques jours à l'envoyé de Guccius. C'est ainsi que le jeune roi partit pour Paris le surlendemain, avec la promesse de le ramener dix jours plus tard. Les dix longues journées passèrent, puis des mois, sans que Marie vît revenir celui qu'elle aimait comme son fils depuis près de neuf ans.

« Elle envoya à de nombreuses reprises ses frères à Paris pour interroger la famille de Guccius. L'unique réponse qu'ils obtinrent de la famille Tolomée était très laconique : le jeune homme était reparti depuis plusieurs jours pour Sienne avec son enfant.

« La pauvre femme a vécu durant les vingt années qui ont suivi dans une angoisse perpétuelle, craignant chaque jour de voir arriver par la grande allée l'un des barons du royaume qui lui avait confié l'enfant. Toute sa vie, elle a espéré le retour de cet enfant, en vain.

« Dévorée par cette souffrance intérieure et se sentant mourir, elle me fit appeler à son chevet pour recevoir sa confession. Elle me raconta son étrange histoire et me fit promettre de tout faire pour retrouver l'homme qu'elle continuait à considérer comme son fils et lui apprendre qu'il était le véritable héritier de la couronne. Enfin, comme soulagée, elle s'éteignit dans la paix de Dieu, me laissant à mon tour seul avec ce fardeau qu'elle avait porté dans son cœur durant vingt-neuf années.

« Elle fut inhumée dans la petite chapelle qui avait connu ses quelques instants de bonheur avant de tourner rapidement en un cauchemar insupportable. Je suis alors rentré au monastère avec le testament de Marie de Carsi qu'elle avait tenu à signer avant de mourir afin de valider sa confession. J'en ai fait le soir-même deux copies.

Ces dernières volontés ont été pour moi une torture morale. Je n'arrivais pas à me décider à agir malgré ma promesse. Je vous l'ai déjà dit, la lâcheté m'a empêché de parler. Cependant, en voyant tous les malheurs que traverse notre pays, devant les désastres de l'invasion anglaise, de la peste encore plus cruelle que la guerre, j'ai fini par comprendre que Dieu vengeait ainsi l'injuste dépossession de Jean Ier. Je me suis enfin résolu à agir et j'ai décidé de vous confier cette mission. »

Comme pour s'excuser de m'avoir choisi, il ajouta dans un souffle :

« Je suis maintenant trop vieux pour me déplacer. Il va falloir, frère Antoine, que vous partiez pour retrouver cet homme, dont je puis vous dire maintenant – après de nombreuses recherches tenues secrètes – qu'il se trouve à Sienne, où son père est décédé en 1340. Il vous faudra garder le secret le plus absolu durant tout ce long voyage.

– Par où vais-je passer? lui demandai-je, inconscient de ce qui m'attendait.

– Je vous conseille de faire étape dans les monastères de notre congrégation. Voilà une copie du testament sur lequel j'ai apposé le sceau de notre ordre, ainsi qu'une lettre de recommandation pour le père abbé du monastère de Pébrac en Auvergne, qui fait partie comme nous de l'ordre de Saint-Augustin. Il vous donnera le nom de personnes influentes en Italie et capables de vous aider dans votre recherche... Mais attention : vous ne devrez jamais lui révéler votre mission. »

Lentement il fit glisser vers moi le testament, retira sa main et, comme soulagé, se leva. J'avais réalisé l'étendue de ses révélations. Atterré, je n'osais bouger, conscient de partager avec mon supérieur, un terrible secret. Il me regarda inquiet, souleva le parchemin et me le tendit avec insistance, sans un mot. Seuls ses yeux suppliants parlaient pour lui. Je me décidai enfin à me saisir du document, sans qu'aucune autre parole fût échangée entre nous, puis je sortis de la cellule sans me retourner.

Je suis parti le surlendemain, sans revoir le père Jordan, avec pour seul bagage la copie du testament cachée sous ma robe. La route fut longue et exténuante. Il me fallut éviter les grandes villes pour trouver refuge le soir dans les abbayes qui jalonnent notre pays. Ce n'est qu'un mois plus tard que je parvins à rejoindre l'abbaye de

Pébrac. Après quelques jours de repos bien mérité, muni de recommandations auprès du tribun romain Colas de Rienzi, je repris ma marche à travers la montagne pour rejoindre Avignon où se trouve notre Saint-Père, Innocent VI. Une nouvelle fois, il me fallut éviter toute rencontre avec la Curie et c'est en dehors de la ville que je trouvai un refuge pour la nuit.

En arrivant en Italie, je tombai gravement malade à Porto Venero, près de Gênes. Je décidai de prendre le risque d'adresser une missive au tribun romain pour lui demander audience dès que ma santé le permettrait, lui expliquant que j'avais une communication de la plus haute importance à lui transmettre.

Colas de Rienzi intrigué, me fit répondre immédiatement qu'il me recevrait dès mon arrivée à Rome. Ce n'est qu'en septembre 1354 que je fus reçu en secret par le tribun qui, d'ailleurs, ne fut pas particulièrement surpris par la révélation et la lecture du testament.

À mon grand étonnement, il m'apprit qu'au cours d'un séjour en Avignon auprès du Pape, quelques années plus tôt, il avait eu vent de cette substitution dont on parlait en secret depuis le passage en 1317 de la reine Clémence avant qu'elle prît le voile à Aix un an plus tard.

Après notre entretien, Rienzi fit entreprendre des recherches et retrouva sans trop de difficultés à Sienne celui qui passait pour le fils de Guccius. Il était alors âgé de trente-huit ans, portait bien le prénom de Giannino et dirigeait à Sienne l'hôpital de Sainte-Marie de la Miséricorde.

Le tribun le fit venir à Rome, le reçut en ma présence et lui révéla avec ménagement l'origine de sa naissance. Il lui promit de faire tout ce qui serait en son pouvoir pour le rétablir dans ses droits et lui remit solennellement une

Charte qui relatait les aveux de Marie de Carsi et le témoignage des deux moines de Saint-Augustin.

Si ma mémoire ne me trahit pas, la Charte se terminait par ces mots :

Et nous, Nicolas, Chevalier du peuple romain, Défendeur de la Cité Sainte, sachant qu'une machination s'ourdit à Rome contre nous, et craignant de mourir avant d'avoir accompli l'œuvre du rétablissement du roi de France sur son trône, nous lui avons remis ces lettres, ce samedi 4 octobre 1354, le tout pour la plus grande certitude de la vérité et afin que le fait soit porté à la connaissance de tous les fidèles, priant Notre Seigneur Jésus-Christ, très pieux et très gracieux, de nous accorder la grâce de vivre assez longtemps pour voir rendre au monde une si grande injustice. Amen.

Pour finir, Rienzi lui remit une lettre d'introduction auprès du cardinal-légat Albornoz, afin de solliciter par son intermédiaire l'appui du Saint-Siège.

Malheureusement, trois jours plus tard, la population de Rome, soulevée par les Colonna, envahit le Capitole. Colas de Rienzi fut tué et décapité sur leur ordre, puis brûlé.

Giannino vint me trouver le surlendemain. Il ne savait plus très bien quoi faire. Nous décidâmes de nous rendre ensemble à la résidence du cardinal Albornoz. Celui-ci nous reçut froidement, montrant clairement qu'il n'était pas disposé à nous prêter un quelconque appui. Il suggéra à Giannino de retourner à Sienne et d'y reprendre ses occupations sans jamais révéler ce secret. À mon égard, le prélat fut encore plus sévère et m'ordonna de retourner immédiatement dans mon monastère. Devant ce refus catégorique, nous nous fîmes nos adieux le lendemain, décidant de garder pour nous le secret, dans l'attente d'une occasion plus propice.

Giannino emprunta la route de Sienne, avec en poche la précieuse Charte de Colas de Rienzi et une copie du testament de Marie de Carsi. Je pris quant à moi le chemin du retour avec l'amère impression de n'avoir qu'en partie rempli ma mission…

Cela fait maintenant près de deux ans que je suis ici à Pébrac, à deux lieues de Langeac, dans le silence de cette abbaye fortifiée fondée en 1062 par Pierre de Chavanon. Le seul bruit de l'extérieur qui vient jusqu'à mes oreilles est le roulement incessant des pierres entraînées par la Desges, torrent impétueux qui se jette dans l'Allier.

Dans ce lieu retiré, fait pour la prière et la méditation, j'ai pu réfléchir à ma mission. Chaque jour, l'angoisse m'étreint et je n'ose repartir pour Vernon. Je me répète que personne ne saura jamais que le seul et véritable héritier de la couronne vit actuellement en Italie. »

Frère Antoine s'arrêta d'un seul coup de parler. Peut-être en avait-il beaucoup trop dit, mais au moins se sentait-il soulagé.

La nuit était maintenant tombée, plongeant la cellule dans une quasi-obscurité. Il faisait froid en ce début novembre ; l'hiver s'annonçait redoutable. Frère Antoine se dirigea vers la porte et sortit. Il revint quelques instants plus tard avec une chandelle allumée. Le père Jacques, prieur de Saint-Ilpize qui dépendait directement de l'abbaye de Pébrac, avait écouté en silence et avec beaucoup d'intérêt la confession du religieux. Il parla d'une voix aiguë et mielleuse.

« Frère Antoine, vous avez très bien fait de vous confier à moi. Surtout, vous ne devez parler à personne de cette histoire… Votre supérieur a eu parfaitement raison de vous demander de garder le secret. Pour l'instant vous devriez rester ici. Personne ne viendra vous y chercher, vous n'avez rien à craindre. »

Les paroles du prieur ressemblaient plus à un ordre qu'à un simple conseil. Frère Antoine n'y prit pas garde et se contenta de souffler à mi-voix :

« Peut-être...

– En revanche, lui conseilla le père Jacques après quelques instants, il serait indispensable de mettre l'original du testament de Marie de Carsi en lieu sûr. À votre avis qui détient aujourd'hui ce précieux document ?

– Le père Jordan a dû le cacher ou le remettre à son supérieur, répondit aussitôt frère Antoine sans se méfier.

– Faites-moi une lettre pour le père Jordan en lui relatant votre mission et la nécessité de mettre en lieu sûr ce manuscrit.

– Pourquoi ? se surprit à dire le religieux intrigué.

– Si nous avons encore la possibilité de mettre sur le trône de France le véritable héritier de la couronne, il ne faut pas que le roi Jean ou le prince Charles puissent entrer en possession du testament. »

Mis en confiance, frère Antoine promit de faire la lettre pour le lendemain et les deux hommes se séparèrent.

Deux jours plus tard, le père Jacques quittait satisfait la forteresse consacrée à Dieu pour rejoindre son prieuré de Saint-Ilpize. Il avait dans son sac la précieuse lettre. Il emprunta le chemin qui descendait vers la Desges et serpentait en contrebas, seul passage entre les montagnes qui cernaient le monastère isolé.

Chapitre III

MISSION SECRÈTE

La bourrasque tourbillonnait autour du château de la Pradelle, perdu sur la cime d'une petite montagne, à une demi-lieue de Saint-Ilpize. Des nuages gris poussés par un vent violent venu du nord défilaient dans le ciel. Les derniers rayons d'un soleil couchant venaient mourir sur l'unique tour massive qui protégeait la ferme fortifiée aux remparts fatigués, propriété, depuis la nuit des temps des seigneurs de Montorgue.

Le cavalier parti une demi-heure plus tôt de Saint-Ilpize n'était à vrai dire pas très rassuré en traversant la forêt de pins qui ployaient et grinçaient sous les rafales de vent. Arrivé au sommet de la montagne, il plongea son regard sur la droite pour admirer le panorama. Au fond, très loin dans la vallée, entre deux collines, l'on apercevait la rivière d'Allier, masse noire qui serpentait majestueusement entre ses rives escarpées. Encore plus loin sur l'autre rive, le clocher de Blassac dressait sa pointe au-dessus des pins. En remontant le courant beaucoup plus en amont, le cavalier tenta vainement d'apercevoir les lumières de l'abbaye de Lavoûte où les moines devaient être en prière.

L'homme finit par détacher les yeux de ce paysage grandiose et éperonna doucement son cheval pour emprunter l'étroit sentier sur la gauche qui menait à la Pradelle. Il s'approcha de l'imposante porte de l'enceinte restée entrouverte malgré l'heure tardive, mais n'eut pas le temps de la franchir : une meute hurlante d'énormes chiens à demi sauvages se précipita sur lui. Son cheval se cabra brusquement et faillit le désarçonner. L'homme commençait déjà à regretter sa mission et pestait maintenant à haute voix contre son seigneur, tout en hurlant après les chiens. Les mâtins, loin de se calmer, le cernaient, crocs sortis, l'empêchant d'avancer.

Alerté par les aboiements, un vieil homme plié en deux apparut devant l'entrée. D'une voix ferme, il calma les bêtes qui firent demi tour et rentrèrent dans la maison en grognant. Reconnaissant le pourpoint des soldats du comte Robert, le valet s'empressa de faire entrer l'homme toujours sur ses gardes. Il l'accompagna jusqu'à la grande salle, pièce sombre, seulement éclairée par un feu qui crépitait dans la vieille cheminée aux pierres noircies et fendues. Elle occupait à elle seule tout un pan de mur. La pièce était très simplement meublée. Un long bahut mauresque aux panneaux ciselés reposait majestueusement sur un côté de la pièce. Au dessus, une tapisserie, tellement ancienne et usée qu'il fallait regarder à deux fois pour découvrir la scène de chasse qu'elle représentait. Elle faisait face à deux fenêtres qui permettaient par grand soleil d'éclairer et de réchauffer la salle. Au milieu, une table étroite et très longue, avec des bancs de chaque côté qui pouvait accueillir de très nombreux convives. Devant l'âtre étaient disposés deux fauteuils en bois d'olivier aux bras finement sculptés recouverts d'une tapisserie fatiguée au point qu'il était devenu depuis bien longtemps impossible d'en reconnaître les motifs.

Enguerrand de Montorgue était debout devant le foyer. Sa silhouette élégante et fine cachait en partie les flammes. Il se retourna, agacé par cette visite tardive, et s'adressa au soldat d'une voix tranchante.

« Que se passe-t-il à Saint-Ilpize, pour venir si tard? »

L'homme savait que sa réponse ne serait pas du tout du goût du sire de Montorgue. Il répondit avec hésitation :

« Le comte Robert veut vous voir immédiatement au château… »

Mais Enguerrand avait l'habitude des exigences de Robert et ne fut pas autrement étonné de cette demande.

« Bien, je pars avec toi. Va te réchauffer un instant dans la cuisine et demande à mon écuyer de préparer mon cheval. »

Dès que le messager fut sorti, Enguerrand se retourna vers sa sœur qui était restée assise dans l'ombre de la pièce, échappant ainsi au regard du soldat.

Anne de Montorgue, plus petite que son frère, était très belle. Sa cadette de quatre ans, elle paraissait pourtant plus que ses vingt ans et cette maîtresse femme savait parfaitement ce qu'elle voulait. La robe grise légèrement serrée qu'elle portait laissait entrevoir une taille fine et une belle poitrine. Sa peau légèrement cuivrée brillait à la lueur des flammes, soulignant l'ovale parfait de son visage agrémenté de fossettes gracieuses. Sous son front que cachait une longue chevelure noire dont elle était très fière, de magnifiques yeux bleus qui rappelaient la Méditerranée éclairée par le chaud soleil d'Orient surmontaient un petit nez légèrement aquilin. Le regard d'Anne pouvait, suivant son humeur qui n'était pas toujours facile, foudroyer ou charmer.

Anne ressemblait en fait énormément à sa mère. Elle en avait hérité la beauté mauresque et le caractère entier. La jeune femme n'avait jamais connu sa mère, morte en la mettant au monde et que son père, bien qu'amoureux fou, n'avait jamais épousée. Il l'avait rencontrée lors d'un voyage en Orient où il était resté deux ans avec son ami le comte Robert II, père de l'actuel comte de Saint-Ilpize.

Enguerrand était tout l'opposé de sa sœur. Il tenait de son père un caractère posé et la peau claire. En fait, en regardant bien, ils n'avaient qu'un seul point commun : un sourire chaud et communicatif.

Le jeune homme craignait les crises d'humeur de sa sœur, mais ne savait guère lui résister. Il la regarda se lever d'un bond et sut qu'elle allait crier. Il ne se trompa pas.

« Je viens avec toi!

– Il n'en est pas question, lui répondit Enguerrand avec calme et fermeté. Tu sais très bien que ta présence est indésirable à Saint-Ilpize... » Il regarda sa sœur avant de finir sa phrase. « Françoise d'Aurouze ne veut plus t'y voir. »

La voix de la jeune femme se fit hargneuse. Elle hurla presque.

« Cette garce m'a pris l'homme que j'aime! Voilà plus de quinze jours que vous êtes revenus de la guerre et je n'ai pas pu le voir!

– Tu sais bien qu'il ne veut plus de toi », insista son frère.

Tremblante de colère, elle lui jeta à la figure :

« Qu'il vienne au moins me le dire en face. »

Enguerrand eut toutes les peines du monde à persuader sa sœur de rester. Il dut pour la convaincre lui promettre d'inviter Robert à une chasse aux sangliers dans la montagne pour le surlendemain. Dès qu'il vit que sa sœur s'était un peu calmée, il s'empressa de sortir avant qu'elle ne change d'avis.

Restée seule, Anne se rassit et essaya de se raisonner. Elle aimait Robert depuis près de cinq ans et était sûre que cet amour était partagé. Il était impossible qu'il puisse oublier leurs longues promenades dans la forêt de la Pradelle, les étreintes qui s'ensuivaient et les laissaient anéantis. Bien sûr, elle avait toujours su qu'il ne l'épouserait jamais : son rang n'était pas suffisamment élevé pour un comte d'Auvergne. Elle avait donc accepté que Robert épousât Françoise d'Aurouze et que leurs rendez-vous devinssent secrets. Mais depuis la naissance de Béraud, leurs rencontres s'étaient espacées de plus en plus. Anne aurait aimé elle aussi donner un fils à Robert. Elle n'y était pas parvenue.

Puis Françoise d'Aurouze, s'étant aperçue du penchant de son mari pour Anne, avait réussi à lui interdire l'accès au château. Depuis, Robert venait de moins en moins. Sa dernière visite remontait au départ pour rejoindre l'ost royal. Ils avaient fait l'amour pendant des heures et tandis qu'Anne se remémorait ces instants, elle se persuadait que son amant ne la quitterait jamais. Calmée par la pensée que, peut-être elle le verrait le surlendemain, elle se leva et se dirigea vers sa chambre.

Beaucoup plus tard dans la nuit, Enguerrand arriva devant la porte du Bazot. Il monta directement au château par le chemin de Saint-Jacques désert à cette heure. La première enceinte franchie sans encombre, il traversa la cour haute et pénétra dans la grande salle du logis seigneurial où il trouva le comte en grande discussion avec Guillaume de Chantel, son écuyer, et le père Jacques, prieur de Saint-Ilpize et confident de Robert.

Robert III leva la tête, salua Enguerrand et lui fit signe d'un geste de prendre place auprès de lui. Il attendit qu'Enguerrand s'installât et reprit sa conversation.

« Mon cousin Béraud m'a envoyé un messager pour me prévenir d'une nouvelle réunion des États de Basse-Auvergne à Clermont, dans huit jours. Elle fait suite aux assemblées des États Généraux de Paris, puis de Toulouse, sous l'égide du lieutenant du Royaume, le prince Charles. Il est question de lever de nouveaux impôts pour organiser la défense du pays et payer la rançon du Roi qui doit être détenu à Bordeaux. L'Auvergne tout entière est hostile au versement de cette rançon. Le roi a largement démontré son incapacité lors de la bataille de Poitiers où le pays a laissé un nombre considérable de morts.

Cette réunion à Clermont, au couvent des Jacobins, est considérée comme très importante. Beaucoup d'entre nous refusent tout versement de subsides et sont prêts à se rapprocher du roi d'Angleterre pour éviter de nouveaux pillages par les troupes du Prince Noir. Je dois me rendre à Clermont avec quelques vassaux.

– Je suis prêt à te suivre, s'empressa de lancer Montorgue.

– J'ai une mission plus importante pour toi... Avant, il faut que tu écoutes le père Jacques. Il vient de m'apprendre une nouvelle extraordinaire. »

Le religieux se redressa et relata une nouvelle fois pour Enguerrand l'histoire de Marie de Carsi et de son testament.

Dès qu'il eut terminé, le comte conclut.

« Nous n'avons aujourd'hui aucune preuve de ce qu'avance ce moine. Gardons donc cette affaire secrète pour l'instant. Mais il faut récupérer l'original de ce testament avant qu'il ne soit détruit ou pire, qu'il ne tombe entre les mains du roi ou du prince Charles. »

Il se tourna vers Enguerrand.

« Tu partiras dès demain pour cette abbaye normande dans le plus grand secret. Prends avec toi trois de tes plus fidèles soldats. » Il lui tendit un pli. « Voilà la lettre remise par le moine pour le prieur de l'abbaye. Elle devrait te permettre d'obtenir le testament sans trop de difficultés.

– S'il refuse? »

La réponse ne se fit pas attendre, brutale :

« Il me faut ce testament, quitte à brûler l'abbaye. »

Un lourd silence s'installa dans la pièce. Le comte le rompit précipitamment.

« Et toi l'abbé, isole ce moine. Il risquerait de raconter son histoire à d'autres. Le seul moyen est de le garder prisonnier, au secret, dans le donjon. »

Le prieur fit semblant de réfléchir avant de répondre. Sans regarder les autres, il souffla au comte :

« J'ai une meilleure idée, messire. Je vais aller le chercher et nous le garderons dans notre prieuré qui, je vous le rappelle, dépend de Pébrac. Il ne se sentira pas prisonnier et nous pourrons nous servir avantageusement de lui. Il est le seul à connaître ce Siennois, Giannino. Nous aurons certainement besoin de son aide, plus tard.

– Alors amène-le. Le plus vite possible. De mon côté j'essaierai de gagner du temps lors de la réunion de Clermont en m'opposant catégoriquement au vote des subsides. »

Le dauphin de Saint-Ilpize se leva. Comprenant que la réunion était terminée, le père Jacques et Guillaume de Chantel se retirèrent, laissant seuls Enguerrand et le comte Robert.

Montorgue, qui s'était levé, posa à son ami la question qui le tracassait depuis le début de cette discussion.

« Que veux-tu, exactement?

– C'est très simple. Le royaume subit des malheurs depuis bien trop longtemps. Nous avons là, peut-être, une occasion de changer les choses.

– Et comment?

– En retrouvant ce Giannino.

– Et après ?

– Nous le porterons sur le trône de ses ancêtres, ce qui mettra fin à cette guerre de succession qui ruine notre pays depuis des décennies... Mais sans ce testament nous ne pourrons rien prouver, rien engager contre le pouvoir en place.

– C'est bien. je ferai mon possible pour récupérer ce document... » Enguerrand hésita un court instant. Il savait que ce qu'il allait dire ne plairait pas du tout à son ami. « Mais sache que je n'ai aucune confiance envers le père Jacques. Il a trahi la confiance de ce religieux. »

Robert fit comme s'il n'avait pas entendu la dernière phrase et prodigua au jeune homme ses ultimes conseils.

« Sois vigilant, évite les grandes agglomérations. Ne passe pas par Vodable ni par Clermont où tu serais reconnu immédiatement. Il serait même préférable que tu emmènes avec toi des vêtements de pèlerin.

– Ne t'inquiète pas. Je partirai demain au lever du soleil. »

À l'instant où Enguerrand s'apprêtait à sortir, il se rappela la promesse faite à sa sœur.

« Ah, j'allais oublier. Je voulais t'inviter après demain à la chasse aux sangliers dans les bois de la Pradelle. Anne aimerait que tu viennes. Je serai parti, mais c'est elle qui l'organisera.

– Merci, tu peux dire à Anne que j'y serai. Je ne manquerais pour rien au monde une chasse là-haut. Maintenant il est temps de partir : ta route sera longue et difficile. »

Enguerrand quitta la pièce pour rejoindre Guillaume de Chantel qui l'attendait près du donjon en discutant avec un soldat de ronde. Il le raccompagna à travers la ville fortifiée par le chemin de Saint-Jacques, le Chapial, jusqu'à la porte de Bazot gardée jour et nuit, qu'il fit ouvrir par la sentinelle de garde.

Dehors, au lieu de prendre la direction habituelle, à travers la montagne Saint-Marcel, Goudoux et la Pradelle, il décida de faire un détour par Montorgue, puis les Braques, pour rejoindre la Pradelle par le bois du Champ du Merle. La route était beaucoup plus longue mais malgré le froid et le vent, il voulait prendre le temps de réfléchir. Enguerrand, inquiet, était en effet persuadé que son ami ne lui avait pas dit toute la vérité. Il n'était pas certain non plus que le but avoué fût réellement celui recherché par Robert.

Une fois qu'il eut prévenu les trois hommes qu'il avait décidé d'emmener avec lui, c'est bien après minuit qu'il entra dans sa chambre pour se coucher. Anne, qui avait entendu les chiens aboyer, s'y était immédiatement précipitée.

Voyant la mine sombre de son frère, elle pensa d'abord que Robert avait refusé l'invitation.

« Si, si, il viendra, ne t'inquiète pas. » répondit Enguerrand à son interrogation suppliante.

Rassurée, Anne l'observa. Elle comprit, que quelque chose d'important s'était passé cette nuit et l'interrogea, l'assommant de questions. Enguerrand ne savait pas résister à sa sœur. Il ne tint pas longtemps. Anne réussit à obtenir, sans trop d'efforts et en jurant le secret absolu, qu'il lui expliquât le but de sa mission.

Elle tenta, sans y mettre beaucoup de conviction, de le rassurer. N'y parvenant pas, elle abandonna, et sortit de la chambre. La seule chose qui l'intéressait vraiment était que son amant serait bien là le surlendemain.

Enguerrand regretta aussitôt d'avoir parlé de sa mission, mais confiant en la promesse de sa sœur il finit par s'endormir.

À l'aube accompagné de Pons, son fidèle écuyer, et de deux hommes, il prit à travers la montagne le chemin de Clermont pour une longue chevauchée à travers un pays dévasté.

De sa fenêtre, Anne, légèrement en retrait regardait son frère s'éloigner et disparaître au détour du chemin, ne laissant sur le sol blanc que des traces vite effacées par la neige qui tombait depuis le milieu de la nuit.

Chapitre IV

LA CHASSE

Les chasseurs arrivaient les uns après les autres et se regroupaient devant la Pradelle. Une trentaine de cavaliers patientait déjà devant la tour. Ils retenaient avec beaucoup de difficultés leurs superbes destriers qui piaffaient devant la meute surexcitée de mâtins musclés. Les chiens retenus par de longues laisses étaient péniblement rassemblés autour de quelques serviteurs. De temps en temps un coup de fouet cinglait l'air, qui les calmait pour de très courts instants.

Magnifique sur son cheval noir, le comte Robert, arrivé sur le plateau avant l'aube, se tenait légèrement à l'écart. Son prochain départ pour Clermont ne l'avait pas empêché de venir. Il ne manquait jamais ces longues traques à travers bois et montagnes.

Une seule ombre à cette journée qui promettait d'être belle : sa dernière soirée au château avait été très tendue.

Sa femme qui n'avait appris qu'au dernier moment cette invitation, avait été fort désagréable. Elle avait essayé par tous les moyens possibles de l'empêcher de s'y rendre. Robert savait que Françoise était plus ou moins au courant par de méchantes langues de sa liaison avec Anne. Depuis plus d'un an il avait, sur l'insistance de son épouse, interdit l'accès de la forteresse à Anne.

L'altercation avec Françoise, la veille, s'était mal terminée. Aux supplications de sa femme, Robert avait répondu :

« Vous ne pouvez m'empêcher d'y aller, surtout sur mes terres. N'oubliez pas que la chasse est pour moi et mes vassaux un excellent entraînement. Elle nous procure également du gibier que vous êtes bien contente de trouver sur votre table. » Devant le regard dubitatif de Françoise, il s'était interrompu, et s'étant approché d'elle, avait entrepris de la convaincre avec un argument plus crédible : « Nombre de mes vassaux seront présents. Ce qui m'évitera de les convoquer à Saint-Ilpize avant mon départ pour Clermont. »

Françoise ne s'y était pas trompée. D'un ton agressif, qui ne lui ressemblait pas – mais les infidélités de Robert commençaient à la rendre quelque peu méchante – elle avait rétorqué :

« Vous savez très bien que cette chasse n'est qu'un prétexte pour vous permettre de rencontrer Anne de Montorgue !

– Il n'en est rien. Anne a été ma maîtresse, c'est vrai. Cette histoire est maintenant terminée... Vous savez que je n'aime pas ce genre de discussion. Allons plutôt nous coucher, demain je dois partir avant l'aube. »

Cette nuit-là, Françoise avait refusé de faire l'amour. Robert, furieux, l'avait prise de force... Au petit matin, il était sorti de la chambre, sans qu'un mot ne soit prononcé.

En chemin, il regretta son attitude, se demandant quelle serait la réaction de sa femme lorsqu'il rentrerait. Plus il approchait de la Pradelle, plus il oubliait sa querelle pour ne penser qu'à la journée qui s'offrait à lui. Celle-ci promettait effectivement d'être magnifique.

« Les traces de sangliers descendent vers l'Allier, très en amont, presqu'en face de Blassac! annonça un homme en surgissant essoufflé de la forêt.

– Combien sont-ils? interrogea Ithier de Lomenède.

– Au moins une dizaine, en comptant les petits.

– Il faut partir, lança un chasseur.

– Il va falloir faire attention.

– Pourquoi? demanda Robert.

– Les paysans du Bancillon ont repéré une meute de loups hier soir dans la montagne. »

Aussitôt les commentaires allèrent bon train. L'excitation montait. Certains, Robert en tête, voulaient partir le plus vite possible, non pas derrière les sangliers, mais après les loups...

À l'intérieur de la maison, Anne de Montorgue finissait de se préparer tout en jetant régulièrement un œil à l'extérieur. Elle se sentait bien. Elle avait senti son corps frissonner légèrement dès qu'elle avait aperçu son amant, parmi tous les cavaliers. Elle essayait de se convaincre qu'il était venu pour elle et non pour la chasse. Mais elle n'en était pas tout à fait certaine. « Enfin, pensa-t-elle, le principal est qu'il soit là. » Elle sortit et salua d'un geste tous les hommes, adressant en direction de Robert un sourire légèrement appuyé, tandis qu'un palefrenier lui amenait sa jument. Une fois en selle, elle se dirigea vers les piqueurs et donna le signal du départ sur les traces des sangliers.

Les hommes piquèrent légèrement leurs montures et le groupe se mit en route, précédé par une dizaine de serviteurs qui retenaient les chiens avec beaucoup de difficulté.

Ils abandonnèrent le plateau de la Pradelle pour se jeter dans la montagne qui plongeait directement sur l'Allier. Le chemin était recouvert de neige. Les chiens qui s'enfonçaient à chaque pas jusqu'au poitrail devaient sauter pour en sortir, entraînant leurs maîtres qui trébuchaient derrière eux.

D'un seul coup, la meute hurlante quitta le sentier. Les valets eurent à peine le temps de les détacher que déjà les chiens dévalaient la pente vers le sud à travers l'épaisse forêt de feuillus. Cette fois la chasse était lancée… Les chasseurs s'élancèrent un par un, derrière les chiens, frôlant les arbres. Sur les chevaux qui glissaient sur la neige encore gelée, les cavaliers tenaient en selle avec peine. Ils durent se coller à l'encolure pour éviter les branches des arbres trop basses ou les épais ronciers.

La descente, périlleuse mais grisante, dura deux heures. Puis les chiens, très en avant, se mirent à aboyer avec force. Au risque de tomber, les hommes accélérèrent leur course. Les premiers arrivés dans la petite clairière eurent à peine le temps d'apercevoir une laie massive et ses marcassins à la robe barrée de rayures blanches poursuivis par toute la meute, à l'exception de deux gros mâtins restés en arrêt devant le buisson d'où étaient sorti la femelle et ses petits.

Les deux premiers chasseurs s'arrêtèrent à quelques pas des chiens, retenant d'une main ferme les chevaux qui piaffaient et de l'autre empoignant un énorme pieu à l'embout effilé qu'ils pointèrent en direction du fourré. Ils ne patientèrent pas longtemps. Presqu'aussitôt, du roncier frémissant surgit une énorme bête : un vieux mâle noir d'une quinzaine d'années, rendu furieux par les hurlements des chiens, chargeait. Il les regarda de ses petits yeux bruns, stoppa net, fit demi-tour et partit comme une flèche en direction de l'Allier. Mais les deux chiens, d'abord surpris par l'énormité de l'animal, furent rapidement sur lui.

Les chasseurs abandonnèrent la harde pour descendre vers la rivière, derrière le sanglier. Peu de chasseurs purent suivre le rythme infernal que menait le mastodonte. Très vite, ne restèrent plus derrière lui que quatre ou cinq cavaliers.

Le sanglier déboula la montagne jusqu'à la rivière qu'il suivit un moment vers l'amont avant de remonter et disparaître à nouveau dans le bois. Toujours à ses trousses, les chiens le serraient de près en aboyant et se rapprochaient.

Deux cavaliers suivaient encore la course à travers la forêt qui n'en finissait pas. Les chasseurs eurent l'impression que l'animal reprenait du terrain. D'un seul coup, plus un bruit… Les chiens s'étaient tus. Les chevaux lancés au galop s'engouffrèrent dans une petite clairière. Devant eux, à quelques mètres à peine, bien campé sur ses pattes, il semblait les narguer. Il avait préféré faire demi-tour pour affronter le danger de face. Les chevaux se cabrèrent en hennissant et manquèrent de désarçonner leurs cavaliers.

Le sanglier était magnifique, lourd et dur. Il devait peser au moins deux cents livres. Deux grosses et longues défenses jaillissaient de sa mâchoire qui laissaient apparaître ses grès jaunes, puissants et effilés.

Robert, qui était le plus près de la bête, retint fermement son cheval. Il prit son épieu bien en main et le bloqua contre sa cuisse. Il savait que l'animal allait le charger d'un instant à l'autre. Il fallait l'atteindre dès la première charge. Seul compterait son sang-froid. Il devait attendre sans bouger que l'animal se lançât, bloquer alors son destrier, s'arc-bouter et faire pénétrer l'épieu juste entre l'oreille et l'épaule…

Le regard fixé sur les petits yeux noirs, Robert attendit. Les chiens s'étaient immobilisés, les babines retroussées faisant jaillirent leurs crocs blancs. Durant un instant, plus rien ne bougea dans la clairière. Il sembla à Robert que même la forêt écoutait la respiration haletante du mastodonte.

Puis tout alla très vite.

Le vieux mâle gratta rageusement plusieurs fois le sol en grognant et lança son énorme masse en avant. Il chargea droit devant lui, directement sur Robert. Debout sur ses étriers, le comte fixait l'épaule de la bête comme si la seule force de son regard lui permettait de diriger l'épieu. Mais à l'instant même où l'animal l'atteignit, son cheval se cabra. Dans un heurt terrible, le bois pénétra dans la cuisse du sanglier. La bête, hurlant, à peine ralentie, bouscula le cheval qui s'effondra à quelques pas, entraînant dans sa chute son cavalier.

Le sanglier se retourna, la robe ensanglantée par la blessure, l'épieu brisé toujours dans son flanc. Il gratta le sol, prêt à charger à nouveau Robert qui, tentant désespérément de se dégager de sa monture couchée sur le côté, ne quittait pas des yeux l'animal. Il réussit enfin à se relever, se campa le mieux qu'il put, les jambes légèrement écartées, sortit son couteau et attendit le nouvel assaut.

Guillaume de Chantel resté à l'écart et qui avait suivi la scène depuis le début, se décida à son tour à agir. L'épieu en avant, il piqua légèrement son cheval à l'instant même où le sanglier chargeait à nouveau Robert.

Dans un bruit d'os brisé, la lance se planta derrière l'oreille de l'animal. La bête, stoppée net dans son élan, poussa un cri terrifiant et culbuta cul par dessus tête. Elle s'effondra comme une masse aux pieds de Robert.

Alors seulement, les chiens se jetèrent sur le sanglier agonisant.

Le comte s'approcha à son tour, écarta tant bien que mal les mâtins rendus furieux et, devant les derniers chasseurs qui les avaient rejoints, donna le coup de grâce à l'aide de son poignard. Le sanglier regarda son tueur, eut un dernier soubresaut, puis plus rien. Il était mort.

Anne descendit à son tour de cheval, s'approcha de l'animal et comme hystérique lui enfonça rageusement son couteau à plusieurs reprises.

Le trophée était magnifique et la conversation alla bon train, sur le poids et l'âge de l'animal. Elle fut interrompue par deux cavaliers qui approchaient.

« Deux loups gris vers le nord! »

Un nouveau conciliabule s'engagea. Ils décidèrent finalement de partir à la recherche des loups.

Le comte donna l'ordre aux serviteurs et à deux cavaliers de rentrer avec le sanglier. Le petit groupe repartit dans la montagne en direction du nord. Les chiens trouvèrent facilement la trace des animaux. Après une courte traque, ils aperçurent au loin, sur un petit monticule, un magnifique loup gris.

Les chiens partirent, en aboyant, en direction de la bête qui avait déjà disparu. Les chasseurs, l'épieu à nouveau bien en main, suivirent la meute.

La chasse venait de prendre une tournure excitante...

Cette fois, la course dura très longtemps. Par moments, les hommes avaient l'impression d'avoir perdu la trace des chiens, tellement leurs aboiements semblaient lointains. Ils reprenaient alors leur chevauchée à travers des ronciers qui déchiraient leurs vêtements et les écorchaient, pour à nouveau percevoir les hurlements de plus en plus proches. La traque les entraîna sur une colline désertique, au-dessus de Saint-Privât-du-Dragon. Là, ils les virent enfin : une douzaine de loups gris se battaient à mort avec les chiens. Malgré leur corpulence, les mâtins n'eurent pas le dessus et finirent par fuir, laissant sur place plusieurs des leurs qui agonisaient sur la neige souillée de sang.

Les loups se jetèrent alors sur les chevaux. Chaque chasseur devait se défendre contre plusieurs bêtes excitées par le sang. Certains se battaient avec leur couteau au corps à corps contre les loups enragés. Le combat se poursuivit presque tout l'après-midi. L'issue était incertaine.

Brusquement, tout s'arrêta... Un hurlement lointain, une sorte de plainte aiguë s'éleva, et en quelques instants la meute quitta le terrain sans broncher, laissant derrière elle de nombreux morts.

Du côté des hommes, le tableau n'était pas meilleur. Trois chevaux, dont celui d'Anne étaient morts sous les crocs des loups, deux autres s'étaient emballés après avoir désarçonné leur maître. Quatre hommes étaient plus ou moins grièvement blessés. Robert et Anne s'en sortaient sans trop de mal, avec les vêtements déchirés et quelques morsures sans gravité. La jeune femme s'approcha de son serviteur qui l'avait protégée durant l'assaut. Ebles, blessé à la cuisse et au bras, gisait sur la neige. Elle le pansa sommairement et l'aida à se mettre debout.

Robert rassembla tout le monde et décida de laisser sur place les chiens et les loups morts. On installa tant bien que mal les blessés sur les chevaux restants puis, alors que le soleil se couchait de l'autre côté de l'Allier, tous reprirent le chemin d'un retour long et éprouvant car ils durent remonter la montagne dans sa partie la plus abrupte.

La nuit était déjà bien avancée lorsque la petite troupe arriva à la Pradelle. L'on s'occupa d'abord des blessés. Les rescapés se rendirent dans la grande salle où un immense feu crépitait dans la cheminée. Pendant le dîner, chacun relata à sa manière la journée... Beaucoup plus tard, le comte annonça à ses vassaux qu'il devait se rendre prochainement à Clermont pour la réunion des États de basse-Auvergne. Il déclara qu'il emmènerait avec lui Ithier de Lomenède, Guillaume de Cissac, Bompare de Chazieux, pendant que Guillaume de Chantel resterait au château avec Arnaud de Condros.

Guillaume, mécontent, tenta de faire changer d'avis Robert, mais rien n'y fit. La réponse qui tomba était on ne peut plus claire.

« J'ai besoin de toi sur place pour surveiller mon bailli Jean Bertin… Il pourrait profiter de mon absence pour monter la population contre moi. »

De gros rires jaillirent parmi les convives. Tout le monde savait dans la région que le comte Robert et son bailli ne s'entendaient plus guère et se querellaient perpétuellement.

« Il y a le capitaine pour cela, insista Guillaume.

– Condros a déjà suffisamment à faire avec la garnison sans avoir en plus à surveiller la population. »

Robert ayant mis fin à la demande de son écuyer, les discussions reprirent jusque tard dans la nuit, avant que les premiers invités ne prennent congés de leur hôtesse.

Anne avait attendu toute la journée cet instant. Elle entraîna Robert dans sa chambre et se jeta précipitamment dans les bras de son amant qui tenta de résister, pour succomber rapidement devant la fougue de sa jeune maîtresse. Il l'enlaça et la fit basculer sur le lit… Ils firent l'amour avec une telle force qu'ils en sortirent exténués. Apaisés. Ils s'assoupirent.

Anne, la première, sortit de ce court engourdissement. Étendue, nue, elle glissa sa main qui effleura la peau de son amant. Robert eut la réaction contraire à celle espérée par la jeune femme. Il la repoussa, se leva et s'habilla.

« Anne, nous ne devons plus nous revoir. » En lui disant cela, d'une voix qui se voulait calme, il ne l'avait même pas regardée.

« Pourquoi? » réussit-elle à demander. Il lui semblait qu'aucun son n'aurait pu sortir de sa gorge tout d'un coup oppressée.

« Je ne t'aime plus », finit-il par dire. Il se détourna un peu plus, comme pour se donner du courage. « Cette situation ne peut plus continuer, j'aime ma femme... J'ai maintenant un fils. »

Anne se sentit submergée par la rage et l'humiliation.

« Comment peux-tu dire cela alors que tu viens de me prouver le contraire! Une femme ne peut se tromper, je sais que tu m'aimes. Ta femme n'a rien à voir là-dedans... Je sais que tu ne l'aimes pas. Ton mariage était arrangé... » Elle était essoufflée, sa colère la prenait à la gorge, elle respirait avec difficulté.

« Tu n'as rien compris. Je te dis que c'est terminé... » Il accompagna ses dernières paroles d'un geste d'impuissance et se dirigea vers la porte.

Anne, folle de rage, humiliée, hurla.

« Je me vengerai et tu me reviendras! »

Robert ne répondit pas et sortit en claquant la porte. Il descendit les escaliers poursuivi par les cris étouffés de sa maîtresse.

Anne, restée seule, essayait de reprendre sa respiration. Elle pleura le visage contre le lit qui assourdissait ses cris. Cette nuit-là, elle ne dormit pas, ni la suivante d'ailleurs. Puis elle se calma et se mit à haïr aussi fort qu'elle l'avait aimé cet homme qui l'avait humiliée et trompée.

Elle décida que sa vengeance contre Robert serait terrible.

Chapitre V

L'ASSEMBLÉE DE CLERMONT

2 janvier 1357

Le regard perçant du comte de Saint-Ilpize parcourut la vaste salle du couvent des Jacobins.

L'assemblée était réunie depuis déjà cinq jours pour répartir les subsides accordés par Toulouse à la demande du prince Charles, duc de Normandie, lieutenant du Royaume, depuis que son père était prisonnier des anglais.

Cette réunion était en fait l'aboutissement du désastre de Poitiers et suivait celle des États généraux à Paris le 17 octobre qui avait été une véritable catastrophe pour le duc de Normandie.

Les États de langue d'oïl, où un certain Étienne Marcel, riche drapier parisien et prévôt des marchands, s'était fait remarquer comme chef du Tiers-

État en se faisant le porte-parole de la bourgeoisie, avaient accepté d'octroyer des crédits au prince à une double condition : que Charles renvoyât les conseillers de son père, rendus responsables par le peuple de la défaite de Poitiers et qu'il reconnût aux bourgeois le droit de s'ériger en assemblée politique.

Charles avait refusé et, contraint de dissoudre les États début novembre, il avait quitté Paris. Astucieusement, le prince s'était alors adressé aux États de langue d'oc, à Toulouse, où il avait obtenu sans trop de difficulté les subsides nécessaires à la défense du pays.

C'est ainsi qu'une première assemblée des États du Bas-Pays d'Auvergne avait été convoquée sans véritable succès, à la maison des cordeliers de Clermont, afin d'organiser et de répartir les subsides ordonnés par les États généraux. Mais cette seconde réunion apparaissait aussi difficile que la précédente, compte tenu de la forte opposition d'une majorité des présents. Seuls les représentants des treize bonnes villes du Bas-Pays, qui avaient délibéré séparément la veille, avaient voté favorablement.

Robert III dévisagea une nouvelle fois les hommes assis autour de la grande table. En face de lui, Jean Ier de Boulogne, comte de Montfort et lieutenant du roi dans la province d'Auvergne, présidait l'assemblée et tentait après les « doléances » de Guillaume de Séris, bailli de la Province, de convaincre l'assistance de voter les subsides pour la monarchie et la libération du territoire.

Le comte de Montfort avait pris la précaution de mettre à sa droite Guillaume de Séris entouré de ses vassaux et amis, tous seigneurs des environs de Clermont. C'était un homme qu'il valait mieux avoir à ses côtés.

À la droite de Séris, un personnage que Robert trouvait très antipathique s'adressait continuellement au bailli, comme pour lui donner des instructions. L'homme était grand et mince, habillé avec une certaine recherche. Un visage en lame de couteau laissait apparaître un regard fuyant sur un visage recouvert d'une barbe naissante. Ses cheveux bruns tombant de chaque côté de son visage lui donnaient un air sauvage et méchant.

Dès le premier jour, Robert avait tenté d'obtenir de ses amis à Clermont des renseignements sur ce jeune homme que personne, semblait-il, ne connaissait. Ce n'est que depuis la veille qu'il connaissait son identité. Il s'agissait d'Imbaud Brun du Peschin, homme de confiance du prince Jean, comte de Poitou, deuxième fils du roi.

Que venait faire en Auvergne, à cette assemblée, un conseiller du comte Jean? Pourquoi Guillaume de Séris l'avait-il présenté comme son conseiller personnel? Les questions se précipitaient dans la tête de Robert sans qu'il pût trouver de réponse. Personne n'avait été capable en quatre jours de le renseigner.

Le bailli, aidé par Imbaud Brun du Peschin, était parvenu à obtenir une quarantaine de voix favorables au lieutenant du Royaume. Mais cela n'était certainement pas suffisant face au dauphin Béraud II et à ses vassaux. Surtout face à son cousin le comte de Saint-Ilpize, qui manifestement se retrouvait à la tête de l'opposition, tant par son agressivité que par ses propos envers l'incapacité du roi et de son entourage, rejoignant ainsi les bourgeois de Paris représentés par Étienne Marcel.

Le clergé, seul parti qui pouvait permettre de faire pencher la balance d'un côté ou de l'autre, hésitait encore. Monseigneur Pierre d'Aigrefeuille, évêque de

Clermont, ancien abbé de la Chaise-Dieu et parent du pape Clément VI décédé depuis peu avait à ses côtés un ami, le cardinal Hélie Talleyrand-Périgord, grand diplomate que lui avait dépêché Sa Sainteté le pape Innocent VI. Revêtu de son grand habit rouge, le prélat au regard vif et intelligent et à la longue barbe brune en imposait à toute l'assemblée.

Là encore, tout le monde se demandait pourquoi le pape avait envoyé auprès de l'évêque un membre de la Curie. La question restait d'autant plus en suspens que le cardinal n'avait jamais pris la parole, observant à tour de rôle les personnes rassemblées autour de la table. Il se contentait par moments de se tourner vers l'évêque pour s'entretenir avec lui.

Il croisa à plusieurs reprises le regard de Robert, comme pour le sonder. Après avoir écouté les derniers échanges agressifs entre le bailli et le comte de Saint-Ilpize, le prélat se pencha quelques instants vers l'évêque. Monseigneur Pierre d'Aigrefeuille prit alors la parole pour demander d'une voix ferme et avec beaucoup d'autorité une suspension de séance.

Un immense silence s'abattit sur l'assemblée… Pourquoi cette demande?

Jean Ier se pencha vers le comte de Séris, qui lui même interrogea Imbaud du Peschin. Il recueillit leur avis avant d'ordonner, à la surprise générale, la suspension de la séance jusqu'au début de l'après-midi.

Dans un parfait désordre, tout le monde se leva et se retira. À l'extérieur, les groupes se reconstituèrent pour commenter cette requête insolite de l'Église qui devait certainement cacher quelque chose d'important.

Béraud et Robert se dirigeaient eux aussi vers la sortie du couvent des Jacobins. Ils essayaient de comprendre cette décision totalement incompréhensible du lieutenant du roi alors que la réunion tournait en sa faveur malgré l'intervention du clergé.

Devant le porche du couvent, ils furent abordés par un jeune ecclésiastique qui s'approcha d'eux, les salua et s'adressa directement à Robert, ignorant Béraud :

« Messire, Monseigneur le cardinal de Talleyrand souhaiterait vous entretenir. » Il s'arrêta, regarda un instant le comte Béraud puis se tournant vers Robert, dans un souffle, il lui glissa : « Seul. »

– Pourquoi? s'enquit aussitôt Robert.

– Le cardinal ne m'a rien dit. » Il insista : « Voulez-vous me suivre? »

Les deux amis, surpris par une telle demande, regardèrent leur interlocuteur quelques instants. Finalement Robert s'excusa auprès de son cousin et se décida à suivre le jeune homme.

Ils traversèrent en silence une grande partie de la ville de Clermont avant d'atteindre une petite ruelle étroite où ils s'engouffrèrent pour finalement s'arrêter devant un hôtel particulier.

Le jeune abbé sortit une grosse clé de sa robe trop large pour lui et ouvrit la porte. Il pénétra dans la maison et fit signe au comte de le suivre. Ensemble, ils se dirigèrent directement vers le grand escalier en pierre qui faisait face à l'entrée.

Au premier étage, ils empruntèrent un long couloir étroit et sombre, à peine éclairé par deux candélabres. Le jeune religieux s'arrêta devant une petite porte brune. Il frappa discrètement. Après quelques instants, alors que Robert n'avait entendu aucune réponse, il ouvrit la porte et s'effaça pour laisser entrer Robert, puis disparut sans faire de bruit.

La salle, de grande taille, éclairée par deux très hautes fenêtres qui donnaient sur la ruelle, était ornée sur chacun de ses murs de tableaux représentant les anciens prélats de Clermont. Au centre de la pièce, debout, les mains posées sur le dossier d'un fauteuil, laissant apparaître à son doigt l'anneau de saphir symbolisant son union avec l'église romane, le cardinal Talleyrand-Périgord, raide comme un roseau dans sa robe pourpre, s'adressa immédiatement au comte :

« Messire Robert, asseyez-vous. » Il lui laissa le temps de prendre place devant lui. « Je vous ai fait venir pour vous entretenir du vote de cet après-midi.

– C'est la deuxième fois que j'ai le plaisir de vous rencontrer, Monseigneur… » commença le comte. Mais le cardinal ne lui laissa pas le loisir de terminer sa phrase.

« Je connais les hommes… Je suis persuadé que votre attitude durant la réunion de tout à l'heure cache quelque chose de bien plus important que votre petit discours sur la défaite de Maupertuis, les responsabilités du roi et de ses conseillers… et j'en passe », termina-t-il d'un air plein de sous-entendus.

Talleyrand plongea ses yeux noirs, surmontés d'épais sourcils, dans ceux de Robert. Le comte ne broncha pas, non par politesse, mais beaucoup plus pour connaître les intentions du prélat. Il attendait…

Le cardinal fit le tour du fauteuil et vint s'asseoir à côté du comte. Il s'adressa cette fois d'une voix beaucoup plus conciliante, plus confidentielle : « Je souhaiterais partager votre secret. »

Le comte de Saint-Ilpize, stupéfait par les propos directs du cardinal, se demanda si dans son agressivité contre le pouvoir royal, il n'avait pas commis quelque erreur irréparable, et décida de rester sur ses gardes.

« Je me suis largement expliqué tout à l'heure lors de l'assemblée, Monseigneur. Je vous le répète : l'Auvergne n'a rien à voir dans cette affaire de succession entre le roi de France et le roi d'Angleterre. Nous sommes avant tout auvergnats. Cette guerre qui ravage notre région n'a que trop duré. » Il s'emporta légèrement. « En fait pour être franc, nous ne savons plus vraiment qui nous gouverne, ou pour être plus précis, qui est réellement le roi de France... ».

Malgré l'ardeur de la plaidoirie du comte pour sa province, le cardinal ne fut pas dupe et il se contenta de l'écouter.

« Nous avons l'impression, poursuivit Robert, d'expier un crime que nous n'avons pas commis et auquel nous n'avons jamais participé. Et cela dure depuis près de quarante ans...

– Que voulez-vous dire par crime? Soyez plus précis. Expliquez-vous...

Robert semblait hésiter. À son tour, il dévisagea son interlocuteur. Les deux hommes s'affrontaient en silence. Aucun de deux antagonistes ne baissa les yeux.

Le comte Robert fut vite convaincu qu'il pourrait peut-être se faire un allié du cardinal. Après plusieurs minutes d'un silence qui devenait pesant, il se décida à révéler une petite partie de son secret.

« Supposons Monseigneur... Mais supposons seulement, que le roi Jean soit un... » Il hésita, regarda en face Talleyrand, comme pour mieux vérifier l'effet qui allait faire.

« Soit quoi? siffla le cardinal.

– Un usurpateur. » Il appuya bien sur le mot, le laissa pénétrer dans l'esprit du prélat et attendit la réaction.

Talleyrand caressa sa barbe légèrement frisée. Au lieu de répondre, il lui fit signe de poursuivre en levant la main.

« Pour être plus précis… Imaginons que le véritable héritier du trône ait été exclu de ses droits au profit d'un usurpateur… »

Ici, la réponse fusa, sèche :

« Mais quel véritable héritier? Vous en dites trop ou pas assez. »

Il sembla à Robert que son interlocuteur commençait vraiment à être intéressé par ses propos.

« Je ne comprends pas! soyez plus clair! »

Le comte ne voulait pas révéler l'intégralité du secret qu'il détenait.

« Monseigneur, revenons quelques années en arrière, rappelez vous, en 1316, Louis X, que l'on a appelé plus tard « le Hutin » meurt en laissant Clémence de Hongrie enceinte. Quelques mois plus tard, elle met au monde un fils, Jean Ier, qui décédera cinq jours plus tard après avoir été présenté aux Parisiens. Cet enfant sera inhumé sous le nom de Jean le Posthume.

– Tout cela, je le sais.

– Supposons encore… Jean Ier vivant. Il aurait aujourd'hui environ quarante ans.

– Impossible… » s'empressa d'objecter, peut-être un peu trop rapidement, le cardinal, sans perdre une seule parole de Robert. Ses yeux malins fixaient le comte. « Impossible… », répéta-t-il. Il réfléchissait à la manière d'en savoir plus. Après quelques instants, il reprit calmement : « Il est vrai qu'à l'époque, certaines rumeurs ont couru sur une substitution, surtout au moment du couronnement de Philippe V, son oncle. Rumeurs infamantes d'ailleurs, qui accusaient la comtesse Mahaut d'Artois d'avoir empoisonné l'enfant royal. Mais la commission d'enquête chargée d'examiner les faits proclama l'innocence de la comtesse et de son gendre… »

L'atmosphère dans la pièce était de plus en plus tendue. Les deux hommes se jaugeaient. Le cardinal pensait que le comte de Saint-Ilpize n'avait pas lancé cette nouvelle à la légère, qu'il détenait certainement des indices et des pièces importantes.

De son côté, le comte avait l'impression que le cardinal savait quelque chose, depuis longtemps, mais quoi exactement? Il se demanda pour la première fois de quel côté pencheraient le pape et l'Église en cas de conflit de légitimité. Robert suivit son intuition première et affirma :

« Le moment venu, j'apporterai les preuves. »

Talleyrand-Périgord comprit alors que Robert n'en dirait pas plus. Le comte était certainement en possession d'indices importants qui pourraient venir corroborer ce qu'il avait appris en Avignon après la mort de Clément VI. En consultant les dossiers du pape, il était tombé tout à fait par hasard sur une lettre que Clémence de Hongrie adressait au pape deux ans après la mort de son fils. Ce pli avait été remis par la Reine lors de son passage en Avignon, avant qu'elle se retirât dans un couvent.

Dans cette longue missive, Clémence expliquait qu'elle était persuadée que son fils n'était pas mort. Son cœur de mère refusait d'accepter une vérité de plus en plus contestée. Elle relatait les bruits de couloirs recueillis par ses servantes depuis la disparition de son fils. Ce message déchirant d'une mère n'était jusqu'alors jamais sorti du palais des papes. Il était maintenant précieusement rangé dans un tiroir secret de l'hôtel particulier de Monseigneur le cardinal Talleyrand-Périgord.

Le cardinal se pencha légèrement vers le comte et le regarda droit dans les yeux :

« Puisque vous ne voulez rien dire de plus pour le moment, gardez votre secret… Lorsque vous estimerez que le moment sera venu d'agir, envoyez-moi en Avignon un messager avec des preuves. Nous saurons alors, vous et moi, prendre les mesures nécessaires pour faire éclater la vérité. »

Robert avait parfaitement compris le message du prélat.

« Pour l'heure, vous devez voter les subsides afin d'éviter les questions inutiles qui pourraient faire naître une suspicion auprès de l'entourage du bailli », conclut le cardinal. Il se leva, avança la main vers la table pour saisir son large chapeau rouge à quinze glands, l'ajusta sur sa tête, montrant ainsi que l'entretien était clos.

« Au revoir Monseigneur, nous voterons donc les subsides », déclara le comte avant de se retirer.

Le comte de Saint-Ilpize retraversa Clermont, seul cette fois. Il lui fallait rejoindre son cousin Béraud et le convaincre de voter les subsides. Tout en marchant, il pensa qu'il suffirait de lui dire que de toute façon cela ne changerait rien. Il décida également de ne rien raconter de son entretien avec le prélat, d'autant que Béraud n'était pas encore au courant de la confession de Marie de Carsi. Il estima prématuré d'en parler sans avoir entre les mains l'original du testament.

De très bonne humeur, il songea qu'il avait bien agi en envoyant le prieur chercher le moine à Pébrac. Celui-ci se trouvait maintenant en sécurité à Saint-Ilpize. Il espérait que de son côté Enguerrand rapporterait le parchemin. Le moine et le testament : deux atouts majeurs dont il comptait bien se servir le moment opportun…

Le vote de l'après-midi ne fut en fait qu'une simple formalité. À la surprise générale les subsides furent votés à l'unanimité. Tout le monde s'observait. Que s'était-il passé, pour qu'un tel revirement s'opérât?

Quatre cents lances allaient être mises sur pied, leur nombre ne pouvant être augmenté en dehors du consentement des États. L'impôt affecté dans sa totalité à la défense du pays pouvait être levé. Tout le monde parut satisfait, y compris Imbaud du Peschin qui n'arrivait pas à comprendre la nouvelle attitude du comte de Saint-Ilpize, et le lieutenant du roi put lever la séance.

Chapitre VI

LES COMTES D'AUVERGNE

Le changement d'attitude de Robert III, comte de Saint-Ilpize, n'avait échappé à personne, encore moins à Imbaud Brun du Peschin, qui dès la levée de la séance s'enferma avec le bailli, Guillaume de Séris, dans la pièce attenante à la salle de réunion.

« Cette volte-face des comtes d'Auvergne cache quelque chose... Et juste après l'entretien de Robert et de Talleyrand... Cela est inquiétant, déclara Imbaud.

– Oui, surprenant... dit pensivement Séris.

– J'avais bien fait de me méfier du cardinal. J'avais ordonné de le surveiller depuis son arrivée. Giraud, mon serviteur, l'a suivi jusqu'à son hôtel et a attendu caché sous une porte cochère. Pas longtemps, d'ailleurs. Le comte Robert est entré dans l'hôtel avec un ecclésiastique. Il n'en est sorti que beaucoup plus tard. Cette rencontre a trop duré pour être considérée comme une simple visite de courtoisie.

– Je connais le caractère buté du comte de Saint-Ilpize. Son changement d'attitude ne peut provenir que d'une raison impérieuse. Quant à savoir laquelle... »

Imbaud du Peschin ne répondit pas immédiatement. Il avait compris dès le premier face à face que l'homme serait difficile à manier : il se trouvait confronté, non seulement à une véritable force de la nature par sa carrure et sa puissance, mais aussi à un homme intelligent et fier, au regard vif, à l'élocution et à la répartie faciles, sachant convaincre lorsque cela était nécessaire. Le comte apparaissait comme le chef incontesté de cette province trop remuante et cela malgré la suprématie de son cousin, le dauphin d'Auvergne, encore trop jeune pour s'y opposer.

« Avez-vous pu obtenir des renseignements complets sur ces comtes d'Auvergne? demanda-t-il finalement en fronçant les sourcils.

– Mes connaissances sur la famille des comtes d'Auvergne sont trop imprécises, s'empressa de répondre le bailli. J'ai fait venir un moine de l'abbaye de Sauxillanges dont l'érudition est grande. Il vous attend dans l'antichambre depuis le début de l'après-midi. » Sa phrase à peine achevée, il se dirigea d'un pas pesant vers la porte qu'il ouvrit et interpella un serviteur.

« Va me chercher le père Jean! »

Quelques instants plus tard un homme entra avec sous le bras un grand livre. Le religieux fit deux ou trois pas, baissa légèrement la tête en guise de salut et attendit. Le bailli fit les présentations, avant de s'excuser auprès de son hôte et de sortir.

Imbaud du Peschin s'installa confortablement dans un fauteuil devant la table aux pieds massifs et fit signe au moine de s'installer en face de lui. Le père Jean s'avança d'un pas léger malgré son âge, s'assit sur le bord du fauteuil que lui avait montré du doigt Imbaud.

Les deux hommes n'avaient vraiment rien de commun. L'un, jeune, vêtu avec une certaine recherche, paraissait sûr de lui. Son regard fuyant mettait régulièrement mal à l'aise ses interlocuteurs. L'autre, grand et mince, légèrement voûté, accusait son grand âge. Dans sa robe de bure usée et de mauvaise qualité, il avait pourtant plus de distinction que l'homme prétentieux et fourbe assis en face à lui. Son visage ridé faisait ressortir ses grands yeux au regard doux, d'une rare intelligence.

Il avança légèrement son siège, qui grinça sur le plancher et posa délicatement devant lui le gros registre recouvert d'une épaisse couverture en parchemin jauni par le temps.

« Le comte de Séris, m'a assuré que vous étiez l'homme le mieux informé sur l'histoire des comtes d'Auvergne. La personne que je représente ici veut tout savoir sur la province et sur ses seigneurs successifs », lui annonça du Peschin.

Le père Jean leva légèrement la tête, fixa son interlocuteur et déclara d'une voix grave et chaude :

« J'ai effectivement longuement étudié l'histoire de la Terre d'Auvergne. Nous risquons d'en avoir pour fort longtemps, Messire. Peut-être, pourrions-nous limiter le sujet et nous arrêter seulement, sur la période qui vous préoccupe?

– Vous avez raison. Remonter à la nuit des temps ne m'intéresse pas du tout. Notre époque sera largement suffisante. Ce qui me préoccupe actuellement, c'est la généalogie des deux comtes d'Auvergne : Béraud II et son cousin Robert III. Tous les deux, semble-t-il, dauphins d'Auvergne?

– Sans remonter à la nuit des temps, il est indispensable, messire, de vous résumer très rapidement l'histoire de l'Auvergne et ses marches, depuis l'époque romaine...

– Trop loin! rétorqua Imbaud agacé.

– Alors au moins depuis l'an mil.

– C'est cela, je t'écoute. »

Le moine commença la longue histoire en insistant sur le caractère indépendant, fier et courageux des Auvergnats, sur l'isolement d'une province cernée de montagnes qui ne plia jamais devant les envahisseurs venus de pays lointains ou même de régions voisines.

Un serviteur, entré sans qu'il s'en aperçût, interrompit son récit. L'homme servit un repas frugal et remit des bûches dans la cheminée dont les flammes commençaient à faiblir. La nuit était tombée depuis longtemps, laissant pour seule lumière les flammes qui léchaient les pourtours de la cheminée et deux chandeliers, l'un posé sur la table, l'autre sur un bahut derrière le moine. Le bougeoir placé sur la table n'éclairait que très faiblement le visage du moine et son gros livre. Imbaud du Peschin qui préférait rester un peu dans l'ombre, l'avait disposé de façon que son visage fût presque invisible pour son vis-à-vis.

Le père Jean, à peine sa dernière bouchée avalée, reprit le cours de son récit :

« Vers l'année 1155, Guillaume VII, surnommé « le Jeune », fut dépouillé à la mort de son père du comté d'Auvergne par son oncle Guillaume, que l'on appela plus tard « le Vieux ». La discorde entre les deux hommes fut violente au point qu'une guerre ouverte déchira l'Auvergne durant de nombreuses années. Le roi fut contraint d'intervenir avec son armée et imposa un traité qui fut signé entre le neveu, représentant la branche aînée et l'oncle, la branche cadette. Le partage fut inégal, beaucoup plus favorable pour l'oncle. C'est ainsi que Guillaume le

Vieux garda le titre de comte d'Auvergne et obtint les plus belles terres d'Auvergne, avec pour capitale Vic-le-Comte.

« Guillaume VII, tout en gardant le titre de comte d'Auvergne, prit celui de dauphin d'Auvergne, nom emprunté aux dauphins du Viennois, la famille d'origine de sa mère, et prit pour capitale Vodable. Ses terres s'étendaient sur une grande partie de la Limagne, mais n'avaient en réalité aucune commune mesure avec les terres dont il avait été spolié.

Pourtant, grâce aux mariages de ses descendants et aux successions, les territoires ne cessèrent de croître alors qu'après trois générations, le comté de l'usurpateur Guillaume le Vieux, avait subit un démembrement important. Sa plus grande partie tomba d'ailleurs entre les mains de la couronne.

– Pouvez-vous me préciser comment cette partie de la province échut au roi?

– Bien sûr. À l'origine, la province d'Auvergne faisait partie de l'Aquitaine, dont la suzeraineté avait été apportée en dot par Aliénor d'Aquitaine au roi d'Angleterre Henri II. Malgré sa soumission à la couronne anglaise, l'Auvergne conserva son caractère indépendant. En réalité, elle était et restait gouvernée par ses comtes qui préféraient en fait l'autorité franque, beaucoup plus éloignée.

« Vers 1165, les querelles intestines entre le comte d'Auvergne et l'évêque de Clermont eurent pour conséquence une nouvelle intervention du roi de France, Louis le Jeune. Mais les choses ne s'arrangeant toujours pas, le Roi Philippe II dit « Auguste » profita des querelles incessantes, entre le pouvoir comtal et épiscopal pour intervenir militairement et confisquer la province aux Anglais.

« Le comté d'Auvergne passa alors à la maison de Dampierre, en la personne de Guy de Dampierre, seigneur de Bourbon.

« Par la suite le comté fut réuni à nouveau à la couronne et le roi Louis VIII le conféra comme apanage en 1225 à son fils Alphonse de Poitiers, comte de Poitou, qui allait devenir comte de Toulouse. Le roi Louis IX confirma cette donation mais demanda au comte de Poitou d'indemniser les descendants de Guillaume le Vieux.

« La province se trouva ainsi divisée en quatre parties :

« – d'abord, le Comté proprement dit : la Terre d'Auvergne, concédée au comte de Poitou. Après sa mort en 1271, la Terre d'Auvergne retourne à nouveau à la couronne;

« – ensuite, le Comté d'Auvergne, démembrement, en grande partie du précédent, institué par Louis IX en faveur de Guillaume X, avec pour capitale Vic-le-Comte et pour dépendances diverses prévôtés. Cette terre va rentrer, provisoirement, dans la couronne, par le mariage en 1350 de Jeanne, fille de Guillaume XII, avec notre bon roi Jean, malheureusement prisonnier des Anglais.

– Pourquoi, provisoirement? observa Imbaud.

– Tout simplement, répondit aussitôt le moine, parce que Jeanne d'Auvergne est la veuve du duc de Boulogne, et qu'ils ont eu un fils en 1346, Philippe de Rouvre. Ce dernier devrait hériter à la mort de sa mère d'une partie de l'Auvergne, ainsi que cela a été prévu dans le contrat de mariage avec le roi.

« – puis, le Dauphiné, reprit le moine, avec pour héritiers les descendants de Guillaume le Jeune, branche aînée des anciens comtes. Elle-même se divise en deux : la branche des dauphins d'Auvergne et celle des comtes de Saint-Ilpize;

« – et enfin, la seigneurie épiscopale de Clermont sous l'autorité de l'évêque.

« Nous en arrivons maintenant aux personnages qui vous intéressent : les dauphins d'Auvergne, Béraud et Robert. Tout d'abord, leur filiation directe remonte en l'an 1289.

« Leur aïeul commun, le comte Robert III, comte de Clermont, dauphin d'Auvergne, se maria deux fois. Une première fois, en 1279, avec Alix de Mercœur, qui lui donna plusieurs enfants, dont l'aîné, Jean Ier dit « Dauphinet » qui épousa Anne de Poitiers.

« Leur fils, Béraud Ier décédé depuis peu, laissa comme héritier, l'actuel tout jeune dauphin, Béraud II.

« Après le décès de sa première femme, le comte de Clermont, Robert III épousa en deuxième noce, Isabeau de Chatillon, dame de Jaligny et autres lieux, dont il eut deux fils.

« L'aîné, Robert Ier, né vers 1290, allait devenir le premier comte de Saint-Ilpize. Le cadet, après avoir été chanoine de Clermont, devint Prévôt de Brioude. Robert Ier, dauphin, seigneur de Saint-Ilpize, Jaligny et autres lieux, épousa en 1312 une très riche héritière, Almoux de Combronde, qui avait été émancipée deux ans plus tôt. Grâce à ce mariage, les comtes de Saint-Ilpize devinrent les seigneurs les plus riches de toute l'Auvergne, autant par leurs terres immenses que par leurs richesses, sans oublier leur bravoure exceptionnelle.

Almoux de Combronde lui donna un fils, Robert II, qui succéda très jeune à son père. Il acquit une grande renommée. On le surnomma très vite Robert « le Sage ». Il épousa Catherine de Bussières, dont il eut plusieurs enfants. L'aîné est l'actuel Robert III.

Ce dernier, dauphin et comte de Saint-Ilpize, a succédé également très jeune à son père, en 1347. Depuis, de sa forteresse imprenable, il dirige son comté d'une main de fer. En 1351, il a épousé Françoise d'Aurouze, âgée seulement de seize ans, fille unique du seigneur de Rochefort d'Aurouze, avec lequel il a signé un traité d'alliance. Cet accord lui permet d'avoir un accès direct sur ses terres de Ruynes en Margeride. »

Le moine releva légèrement la tête et observa son interlocuteur dont il ne distinguait que l'ombre du visage. Imbaud gardait le silence.

« J'espère, messire, avoir été le plus complet possible. Si vous avez des questions, je suis prêt à répondre. »

Imbaud ne broncha pas.

Sans attendre, le religieux ouvrit alors son livre et en sortit un document qu'il posa sur la table et fit glisser vers son interlocuteur.

GÉNÉALOGIE
DES COMTES DAUPHINS D'AUVERGNE

	ROBERT III comte d'Auvergne 1282-1324	
épouse en 1re noce Alixent de MERCŒUR 1279	épouse en 2e noce Isabeau de Chastillon en 1289	
JEAN Ier dit le dauphinet Mort en 1352 épouse Anne de Poitiers	ROBERT Ier seigneur de Saint-Ilpize né vers 1290 décédé en 1330	
BERAUD Ier 1352-1356	épouse en 1re noce Almoux de COMBRONDE en 1312	épouse en 2e noce Isabeau de CHASTEL PERRON
BERAUD II 1356-1400	ROBERT II le Sage né vers 1315 décédé en 1347 épouse Catherine de BRUSSIÈRES	GUICHARD Grand maître des Arbalétriers
	ROBERT III Comte et Dauphin d'Auvergne Comte de Saint-Ilpize et seigneur de Combronde épouse Françoise d'AUROUZE en 1351	
	BERAUD né en 1352	

Imbaud se pencha en avant, prit le parchemin qu'il parcourut rapidement. Il avait sous les yeux la généalogie de la plus ancienne dynastie auvergnate.

« Parfait. » dit enfin Imbaud. Il remercia le père Jean pour la leçon d'histoire. Pendant que le moine se levait en prenant son livre et quittait la pièce, du Peschin plia le précieux document et le glissa dans son pourpoint. Puis il sortit à son tour du couvent des Jacobins, soucieux.

Chapitre VII

LES PÈLERINS

Un chant religieux, que l'air glacé de la nuit portait depuis le centre de la forêt, guidait les quatre hommes harassés sur le chemin recouvert d'une petite couche de neige gelée qui crissait sous leurs pas. Ils étaient maintenant à une lieue de Vernon et depuis un bon moment avaient pris la précaution de marcher en tenant leurs chevaux par la bride.

Pour parvenir dans la province ennemie de Normandie, ils avaient soigneusement évité les grandes agglomérations fortifiées, contournant Clermont, Bourges, Orléans, Chartres, Évreux. À l'approche des villages, ils avaient revêtu leurs habits de pèlerins. Ils dormaient en dehors des hameaux après avoir envoyé l'un d'eux chercher de la nourriture dans une ferme isolée. Les paysans, que la grande peste de 1348, ses résurgences deux ans plus tard, les longues années de famine, la guerre enfin avaient rendu méfiants, les avaient trop souvent pris pour des routiers déguisés.

Depuis la défaite de Maupertuis en septembre, les mercenaires renvoyés par le Prince Noir et le roi de France rançonnaient et pillaient tout, des bourgs jusqu'aux villes de moyenne importance, sans être inquiétés le moins du monde. Les seigneurs accaparés par la défense de leurs châteaux n'intervenaient que rarement.

Ces petites armées, livrées la plupart du temps à elles-mêmes, se jetaient comme des mouches sur les hameaux. Leur stratégie variait rarement : les soudards envoyaient l'un des leurs sur place pour vérifier que le village était sans défense. Rassurés ils passaient à l'attaque avec chaque fois la même sauvagerie. Soumis à d'abominables sévices, les villageois révélaient la cachette du peu de bien qu'ils possédaient dans l'espoir d'avoir la vie sauve... Après, ils étaient systématiquement massacrés à la hache ou à l'épée, suivant l'humeur de leurs tortionnaires.

Le sort des femmes n'était pas plus enviable. Si les plus âgées passaient assez rapidement de vie à trépas, les plus jeunes servaient de divertissement à ces brigands de grands chemins devant leurs parents ou maris avant de succomber dans d'atroces souffrances.

Aussi rapidement qu'elle était tombée sur le village, la troupe se retirait en emportant un maigre butin, ne laissant derrière elle que cendres et misère, cadavres mutilés, femmes hébétées, gémissantes de honte et de désespoir. Rien n'était épargné : les maisons visitées étaient incendiées. Le bétail était emmené ou égorgé sur place.

Pourtant, il arrivait que les villageois s'organisent contre ces hordes sauvages. La méthode était simple et efficace. Des sentinelles postées à l'extérieur du hameau étaient chargées de guetter l'arrivée des étrangers. Dès qu'un suspect approchait, un gamin courait au village et sonnait la cloche. Aussitôt, les femmes et les enfants partaient se mettre à l'abri dans la forêt la plus proche avec le peu de biens qui leur restait.

Cette formule avait aussi son inconvénient. Si par malheur un homme seul se présentait, il était très souvent occis sans avoir eu le temps de s'expliquer. C'est pourquoi Enguerrand de Montorgue et ses hommes, prudents, préféraient la froidure des forêts aux villages trop hostiles...

Ils arrivèrent bientôt en vue de l'abbaye, ombre massive au centre de la forêt. Malgré l'obscurité, Enguerrand aperçut les contours de la chapelle à quelques pas de lui. Les vitraux éclairés par des candélabres projetaient à l'extérieur une faible lueur qui venait caresser les arbres les plus proches.

Montorgue fit signe à ses hommes de s'arrêter et de rester en retrait. Ils enfilèrent leurs habits de pèlerins et attendirent en silence dans le froid que les chants religieux cessent.

Enguerrand savait que le plus difficile restait à accomplir : convaincre le père abbé de lui remettre l'original du testament de Marie de Carsi. Il réfléchissait en écoutant les voix qui s'élevaient dans le ciel en signe d'adoration. Ces hymnes le ramenaient vers son enfance, dans la petite chapelle de Saint-Ilpize où les moines entonnaient la liturgie pour le comte et ses proches.

Les voix se turent enfin, laissant place à un grand silence aussitôt remplacé par le souffle glacial du vent venu de la Manche et le craquement des branches alourdies par la neige. Ils patientèrent encore quelques instants sans oser bouger, tels des statues de glace. Lorsqu'Enguerrand estima le moment venu, il s'avança vers le monastère.

Ses hommes avaient froid et ne pensaient qu'à se restaurer, se réchauffer et dormir. Leur chef s'arrêta devant la lourde porte en chêne. Le heurtoir de bronze retomba dans un bruit sourd qui se perdit dans la nuit. Après un long moment, il entendit des pas qui approchaient. Puis plus rien. Enguerrand ne bougea pas. Le claquement sec d'un loquet que l'on tirait le fit sursauter.

Par une petite ouverture placée à hauteur des yeux, une lueur apparut au milieu de la porte, vite cachée par un œil sombre. Une voix sortie d'outre-tombe s'adressa aux voyageurs :

« Que voulez-vous, dans la maison du Seigneur?

– Nous sommes des pèlerins. Nous demandons asile pour la nuit », répondit Enguerrand.

Le vieux moine s'approcha de nouveau et, les observant un par un à travers la lucarne entrouverte, il leur trouva l'air fatigué et l'apparence de bons chrétiens. Il s'apprêtait à leur ouvrir, quand une chose l'arrêta : comment de simples pèlerins pouvaient-ils posséder d'aussi robustes chevaux? Il ne voulut pas prendre seul la décision de laisser rentrer les voyageurs.

« Veuillez patienter, je vais prévenir mon supérieur. »

Le frère convers referma la petite ouverture d'un coup sec avant qu'Enguerrand ait pu réagir et se dirigea d'un pas traînant vers un grand couloir.

L'attente parut très longue à Enguerrand et à ses hommes. Au moment où l'inquiétude commençait à les gagner, ils entendirent à nouveau des pas s'approcher de la porte. Le judas se rouvrit, complètement cette fois. Enguerrand aperçut le haut du visage d'un moine qui restait légèrement en retrait et le dévisageait. L'homme s'approcha de l'ouverture.

« Pour quelle raison demandez-vous asile dans notre monastère? À Vernon, vous auriez pu trouver sans problème une auberge pour la nuit. »

La question était sèche, teintée d'une légère inquiétude. Enguerrand comprit immédiatement que la partie n'était pas gagnée. Convaincre le moine allait être difficile... Il réfléchit rapidement avant de répondre d'une voix qui se voulait persuasive :

« Nous venons de très loin. J'ai un message pour votre père abbé.

– Très bien, donnez-moi ce pli. Il lui sera remis demain matin, affirma le religieux.

– Non. J'ai ordre de le remettre en mains propres.

– Alors revenez demain, vous en aurez tout le loisir! » Le ton était devenu quelque peu agressif. Comme pour mieux se faire comprendre, le moine recula légèrement et s'apprêta à refermer le guichet.

Enguerrand comprit ce qui allait se passer s'il ne réagissait pas immédiatement.

« Le père Jordan n'appréciera pas quand il saura que je lui apporte les nouvelles de frère Antoine qu'il attend depuis près trois ans... »

L'attitude du moine se modifia aussitôt. Il avait été très étonné par le départ précipité du maître des novices. Il n'avait eu de cesse de questionner le père supérieur à ce sujet mais celui-ci lui répondait invariablement que frère Antoine était parti à sa demande se recueillir dans une abbaye de leur ordre. Il lui aurait conseillé d'aller en terre d'Auvergne, à Pébrac, où le père abbé était un de ses amis. Le moine croyait d'autant moins à cette version que l'humeur du père Jordan s'assombrissait de jour en jour... Il scruta les pèlerins. Cette fois, il tenait enfin l'occasion de connaître la vérité.

La lourde porte s'entrebâilla en grinçant sur ses gonds pour permettre aux hommes d'entrer. Un palefrenier sortit et s'occupa des chevaux, suivi d'un homme de Montorgue.

Enguerrand se retourna avant que l'huis ne se renferme sur eux. Il aperçut le palefrenier qui ouvrait la grange adossée à l'abbaye. « Ce doit être l'écurie », songea le jeune homme avant d'emboîter le pas aux deux moines.

Frère Norbert – c'est ainsi que le moine s'était présenté en les conduisant au réfectoire – leur fit servir une soupe bien chaude et attendit sans mot dire qu'ils se restaurent. À la fin de ce repas plus que léger, il annonça à Enguerrand :

« Je vais vous conduire dans des cellules pour la nuit. » Enguerrand voulut insister pour rencontrer l'abbé mais le moine le devança : « Vous verrez notre abbé demain matin après l'office ». Enguerrand ne broncha pas : le but de sa mission était presque atteint, il pouvait attendre le lendemain.

Laissé seul dans une étroite cellule, il ferma la porte. Une forte odeur de moisi le prit à la gorge. L'humidité régnait dans toute l'abbaye. Enguerrand posa sur la table une minuscule bougie qui dégageait une fumée noirâtre et fit rapidement le tour de la pièce dépourvue de chauffage. La cellule comportait pour tout mobilier une petite table, un tabouret à trois pieds et, à même le sol, une fine paillasse recouverte d'une couverture grise. La simple croix en bois accrochée au-dessus du couchage d'où débordait de la paille humide et grise accentuait le caractère spartiate de la pièce. Seule une petite lucarne laissait filtrer un peu de lumière dans la journée.

Une rafale de vent pénétra soudain par l'ouverture et éteignit la bougie, plongeant la chambre dans l'obscurité. Frissonnant, Enguerrand décida que le mieux était de se coucher. Il s'approcha en tâtonnant de la paillasse et s'étendit tout habillé.

La cloche qui appelait les moines à la première prière du matin réveilla Montorgue. Il attendit le lever du jour pour se mettre debout puis, après avoir fait deux ou trois fois le tour de la cellule, n'y tenant plus, il se dirigea vers la porte.

Elle était verrouillée de l'extérieur. Énervé et inquiet, il retourna s'asseoir sur le trépied et essaya de se calmer. « De toute façon, quelqu'un viendra bien me chercher », pensa-t-il pour se rassurer.

Il entendit presqu'aussitôt des pas dans le couloir et se précipita vers l'entrée. La targette se souleva et la porte s'ouvrit devant frère Norbert. Enguerrand ne lui laissa pas le temps d'ouvrir la bouche :

« Pourquoi m'avez-vous enfermé, hier soir? »

Le religieux fit semblant d'ignorer sa question.

« Suivez-moi, notre père abbé vous attend. »

La voix était mielleuse et fuyante. Dans les couloirs le moine tenta de faire parler Enguerrand sur le but de son voyage mais le jeune homme, devenu méfiant, se garda de répondre aux questions de ce curieux personnage. Peut-être d'ailleurs avait-il déjà trop parlé la veille…

Arrivé au fond du monastère, près de l'entrée de la chapelle d'où s'échappaient des voix mâles et mélodieuses, le moine s'arrêta devant une porte exactement semblable aux autres et frappa discrètement.

« Oui! »

Norbert ouvrit, entra et présenta Enguerrand, resté légèrement en retrait.

Une voix rauque et chaude jaillit du fond de la pièce.

« Merci mon fils. Vous pouvez vous retirer, je souhaite m'entretenir seul avec notre visiteur. »

De fort mauvaise grâce, le religieux s'en retourna.

Le vieillard attendit que la porte fût fermée pour s'avancer péniblement au-devant de son visiteur, qu'il dévisagea en silence. Après quelques minutes, visiblement satisfait, il alla s'asseoir sous la lucarne. Sa cellule n'était guère différentes des autres. Seul luxe peut-être, le vieux fauteuil dans lequel il se trouvait maintenant. Il fit signe à Enguerrand de s'approcher.

« Vous avez demandé à me voir, mon fils. Tout d'abord, qui êtes-vous? »

Le regard qu'il posa sur Enguerrand fit comprendre à ce dernier que l'abbé le guettait pour savoir s'il allait mentir.

« Mon nom ne vous dira rien...

– Mais encore? »

Enguerrand s'était déjà préparé à une telle question. Ce fut donc tout naturellement qu'il affirma :

« Les gens de mon village m'appellent Bertrand. Je viens de très loin. Frère Antoine, que j'ai rencontré et qui m'envoie auprès de vous, m'a donné un pli à vous remettre en mains propres. »

Le visage de l'abbé se crispa légèrement, il ne semblait pas pressé de prendre le message. Il demanda très simplement :

– Où est-il actuellement?

– À Pébrac, près de mon village. Il se repose d'un long voyage en Italie où il m'a dit que vous l'aviez envoyé...

– Donnez-moi ce pli », s'écria brutalement le vieillard, comme s'il avait peur d'en apprendre davantage.

Enguerrand releva le bas de sa robe poussiéreuse. Il en sortit un parchemin qu'il déplia avant de le tendre à l'abbé. Le vieillard se leva, s'approcha de la lumière qui filtrait à travers la lucarne et parcourut le document deux fois avant de relever la tête. Il se rassit. Enguerrand se rendit compte que l'homme était surpris.

« Avez-vous pris connaissance de cette lettre? demanda l'abbé d'une voix devenue hésitante.

– Non seulement je l'ai lue, mais son auteur m'a raconté dans le détail son long voyage à Rome et sa rencontre avec celui qui devrait être aujourd'hui sur le trône de France.

– Vous savez donc qu'il me demande de vous remettre l'original du testament de cette pauvre femme.

– C'est pour cela que j'ai traversé toutes les provinces dévastées du royaume »

Le père Jordan ne parut pas satisfait par cette réponse.

« Savez-vous pour quelle raison il veut récupérer ce testament?

– C'est très simple : pour le remettre à son véritable destinataire. »

L'abbé réfléchit. Il ne comprenait pas la démarche de son moine. Il se leva et vint se planter devant Enguerrand.

« Je ne peux me dessaisir de ce document. » Et, comme pour se convaincre lui-même : « J'en suis le dépositaire. »

La tâche devenait terriblement difficile. Enguerrand commençait à en vouloir à Robert de lui avoir confié cette mission. « Se saisir par tous moyens du document », avait ordonné le comte. Mais Montorgue ne souhaitait pas employer la force contre un homme d'église, un vieillard de surcroît. Il lui fallait absolument tenter de le convaincre.

« Giannino, le fils de Marie de Carsi, ne peut venir lui-même. Le voyage serait trop risqué.

– Vous connaissez même son nom, observa le vieillard qui se recroquevillait de plus en plus.

– Si l'entourage du roi ou du régent venait à apprendre sa véritable identité, il serait tué. Au mieux finirait-il ses jours au secret dans un cachot... » continua Enguerrand. Au fur et à mesure qu'il parlait, il sentait qu'il marquait des points. Le moine le regardait et l'angoisse se lisait maintenant clairement sur son visage.

Enguerrand décida alors de lancer ce qui lui apparaissait comme l'argument le plus important.

« Si vous vouliez que tout cela reste secret, il ne fallait rien faire et surtout pas envoyer quelqu'un à sa recherche. Maintenant, ce secret appartient à Giannino. Lui seul peut décider s'il doit révéler sa véritable identité. Vous avez déclenché là un processus que vous ne pouvez plus arrêter. »

Achevé par cette dernière phrase, le religieux se rassit et enfouit sa tête dans ses mains. Il resta longtemps silencieux. Enguerrand laissait les paroles qu'il avait lâchées faire leur effet.

Le père Jordan finit par relever la tête.

« J'en avais fait la promesse à une mourante... Oui... Seulement de le retrouver et de lui apprendre qui était sa véritable mère... Maintenant, laissez-moi seul. Je vous donnerai ma réponse ce soir. »

Le vieillard avait parlé dans un souffle et Enguerrand comprit qu'il avait touché juste. Il se leva et sortit. À l'extérieur, il se retrouva pratiquement nez à nez avec frère Norbert. Intrigué, il n'en laissa pourtant rien paraître et partit rejoindre ses hommes.

Norbert n'avait entendu qu'une toute petite partie de la conversation et n'en avait pas très bien compris le sens. Il se précipita néanmoins dans sa cellule pour inscrire sur un parchemin, avant de les oublier, les bribes de phrases perçues derrière la porte. « Pébrac » semblait être la clef de l'énigme, puisque l'abbaye abritait la seule personne susceptible de le renseigner. Puis venaient les mots « Rome », « promesse à une mourante », « testament », « véritable identité » d'un certain « Giannino » ; surtout, le fait qu'il s'agissait « d'un secret » dont « la révélation mettrait en péril sa vie » et « Marie de Carsi ». Norbert se souvint également d'avoir entendu prononcer les noms du roi et de son fils, le prince Charles.

Quel était donc ce testament dont son supérieur était le dépositaire? Le moine décida d'attendre pour tenter d'en apprendre davantage.

La journée se passa sans incident, au rythme de la vie monastique. Peu après le souper, Enguerrand fut de nouveau conduit dans la cellule du père abbé.

L'homme paraissait calme.

« J'ai bien réfléchi à notre conversation de ce matin. Puisque le Seigneur a permis de retrouver le fils de Marie de Carsi, il lui appartient seul de décider de son avenir. »

Après un court instant de silence, il s'approcha du jeune homme.

« Voici le testament d'une mourante. Espérons qu'il en fera bon usage. »

Enguerrand prit le parchemin froissé que le vieillard tenait serré dans sa main. Celui-ci le retint en lui agrippant le bras :

« Une dernière chose. Ce document devra être remis en mains propres à ce prince de sang royal par frère Antoine. Dès que sa mission sera terminée, il devra rentrer pour me rendre compte.

– Je lui en ferai part.

– Adieu mon fils. Que Dieu vous garde. » En même temps qu'il parlait, il bénit son interlocuteur.

Enguerrand remercia le père abbé, cacha le précieux document dans une poche de sa robe, sur sa poitrine et sortit. Sans perdre de temps, il rassembla ses hommes et quitta immédiatement le monastère.

Une heure plus tard, derrière eux, un autre personnage sortait discrètement de l'abbaye et empruntait la route opposée à bride abattue.

Un œil attentif aurait pu reconnaître frère Norbert qui n'avait rien perdu du dernier entretien, surtout des dernières paroles de son supérieur. Le père avait parlé « de remise du testament » à « un prince de sang royal ».

Le moine en avait conclu que ce secret était trop important pour lui. Sa décision fut vite prise : seul son évêque pouvait l'aider. Il attendit le départ des soi-disant pèlerins pour se faufiler à son tour à l'extérieur, prit un cheval dans l'écurie déserte à cette heure et fila sur la route de Rouen.

Chapitre VIII

LE TOURMENTEUR

Quelques jours plus tard, frère Norbert, fourbu, entrait dans Paris. Il ressentait un véritable plaisir à se retrouver dans cette ville où il avait été jadis étudiant et malgré le jour qui déclinait, il ne mit pas longtemps à s'orienter.

Le moine accéléra le pas en empruntant le chemin encombré de Saint-Denis. Il comptait sur ses connaissances pour accéder sans encombre jusqu'au Louvre; aussi ne voulait-il pas paraître impoli en se présentant tardivement chez son ancien condisciple. La nuit tombait tout juste lorsqu'il souleva le heurtoir de la maison de la rue du Grenier Saint-Lazare.

Jehan, d'abord surpris par l'arrivée inopinée de son ancien camarade de théologie, l'accueillit chaleureusement. Il lui présenta sa femme et ses quatre enfants déjà attablés devant une soupe qui sentait bon le chou qu'il lui offrit de partager. Les voix des deux hommes emplirent bientôt la salle d'une discussion animée. Tout le monde écoutait les deux amis heureux de se retrouver après dix ans de séparation. Frère Norbert répondit volontiers aux questions de son ami, puis s'enquit à son tour de la situation de Jehan. L'étudiant turbulent s'était bien assagi. Il tenait à présent la boutique d'orfèvrerie de la rue Quincampoix que sa femme avait héritée à la mort de son père.

« En fait, lui dit Norbert, tu es devenu un vrai bourgeois. »

Jehan baissa la tête, comme s'il s'était attendu à cette réflexion. Puis il fixa le moine.

« Tu sais, cela à du bon d'être un bourgeois. Mais c'est vrai, dans ton état, tu ne peux comprendre… »

Norbert préféra ne pas répondre. Plus tard, alors que sa femme s'était retirée, Jehan finit par poser la question qui lui brûlait les lèvres depuis l'arrivée de Norbert.

« Qu'est ce qui a pu te faire quitter ton abbaye?

– C'est très simple, j'ai été désigné par mon supérieur pour remettre un message au prince Charles », dut bien répondre Norbert.

Le moine savait en venant chez Jehan qu'il aurait à affronter sa curiosité mais il lui fallait en dire le moins possible. Aussi, baissant la voix, se pencha-t-il vers son ami :

« Surtout, ne m'en demande pas plus. À vrai dire, je ne sais pas ce qu'il contient… »

Voyant Jehan, intrigué, ouvrir la bouche, le moine se hâta de poursuivre :

« …mais je suis certain que tu pourrais m'aider à rencontrer le jeune dauphin très vite.

– J'ai nettement l'impression que tu ne connais pas la situation, observa le jeune Parisien.

– Quelle situation? Raconte-moi, je t'écoute.

– Tu es au moins au courant de la catastrophe de Poitiers ?

– Oui, bien sûr, mais quel rapport… ?

– J'y viens. En septembre dernier, après l'enlèvement du roi par les Anglais, le dauphin Charles est rentré précipitamment à Paris. Pour obtenir les subsides nécessaires à une nouvelle armée et payer la rançon du roi, il a convoqué les États Généraux…

– Je ne vois toujours pas…

– Si tu ne cesses de m'interrompre, tu ne pourras effectivement rien voir », rétorqua Jehan, amusé mais de plus en plus intrigué par l'impatience du moine. « La réunion a eu lieu le 15 octobre, mais au lieu d'arranger les choses, elle n'a fait que les aggraver.

– Pourquoi ? interrompit encore le religieux.

– Tout simplement, répondit patiemment Jehan, parce que le peuple pense que la défaite est due non seulement à l'incompétence du Roi, mais aussi à l'incapacité totale de ses conseillers. Les représentants des États, avec à leur tête Étienne Marcel… »

L'orfèvre vit Norbert hausser le sourcil. Il expliqua :

« C'est le prévôt des marchands, un des plus riches drapiers de la capitale. Les représentants, te disais-je, sont entrés en conflit direct avec le pouvoir. Ils ont voulu profiter de la situation désespérée du prince pour poser leurs exigences avant tout vote de subsides.

– Leurs exigences ?!

– D'abord, le dauphin devait chasser ses conseillers, les faire emprisonner et confisquer tous leurs biens. Il devait aussi libérer Charles le Mauvais, le roi de Navarre que le roi Jean tient emprisonné depuis plus d'un an pour avoir comploté avec le roi d'Angleterre, et lui restituer tous ses biens. Enfin, Charles devait accepter de gouverner avec des conseillers choisis par les États…

– Qu'a fait le dauphin? demanda Norbert, qui commençait à se rendre compte qu'il n'arrivait pas vraiment à Paris au bon moment.

– Charles, tu t'en doutes, ne pouvait accepter. Il a renvoyé les États le 10 décembre et a décidé unilatéralement l'émission d'une nouvelle monnaie. Étienne Marcel était fou furieux! Il a refusé la circulation de cette monnaie dans Paris. Mais le plus grave, c'est qu'il a donné l'ordre d'armer les bourgeois…

– Je n'ai vu aucun signe de…

– Non, rassure-toi. La révolte n'est pas encore pour aujourd'hui : pour calmer le jeu, le prince vient de consentir à faire arrêter ses conseillers et à remplacer la nouvelle monnaie par une autre. Les États ont accepté de revenir siéger. Mais cela fait plus de quinze jours – ils sont réunis aux Cordeliers depuis le 5 février – qu'ils débattent des conditions de l'octroi des subsides et la fièvre monte dans Paris. Te voilà maintenant parfaitement informé de la situation. Je crains que tu ne rencontres beaucoup de difficultés avant d'approcher le prince, conclut Jehan.

– Je te remercie pour toutes ces explications. De toute façon, il faut que je le voie le plus tôt possible…

– Je t'accompagnerai, proposa Jehan.

– Merci, mais c'est inutile… Tu dois t'occuper de ton échoppe, objecta mollement le moine.

– Nous verrons cela demain. Maintenant il se fait tard, allons nous coucher. »

Norbert suivit le conseil de son ami qui l'accompagna jusqu'à sa chambre et le laissa seul.

Très tôt le lendemain, après un copieux déjeuner préparé par la femme de Jehan, les deux amis partirent vers le chemin de Saint-Denis. Ils trouvèrent la route déjà encombrée. Des paysans venus en nombre à Paris se pressaient avec leurs pleins chargements de fruits et de légumes pour arriver les premiers au cœur de la cité et avoir une chance de vendre leurs produits aux Parisiens. Plus les deux hommes approchaient de la porte Saint-Denis, plus la foule devenait dense et hétéroclite. Des étudiants se dirigeaient vers la Sorbonne, des soldats s'en allaient prendre leurs services, des mendiants interpellaient les riches bourgeois pour récupérer quelque menue monnaie, des paysans essayaient de se débarrasser, tout le long du chemin, d'une partie de leurs marchandises auprès de femmes qui jacassaient sur le seuil de leur maison…

Le passage de la porte Saint-Denis se fit sans trop de difficulté malgré un encombrement de charrettes dont les soldats vérifiaient le chargement à grands coups de lance.

Nos amis obliquèrent légèrement pour emprunter la rue Saint-Martin, évitant ainsi le flot humain qui affluait de toutes parts. Devant leurs échoppes déjà ouvertes, les boutiquiers vantaient leurs produits à grands cris pour des passants qui la plupart du temps poursuivaient leur chemin sans même jeter un coup d'œil.

Déjà, l'on apercevait les porteurs d'eau qui remontaient de la Seine en hurlant, leur tonnelet rempli à ras bord.

« De l'eau! De l'eau fraîche! »

Jehan et Norbert bifurquèrent à droite vers la rue aux Ours et s'engouffrèrent quelques pas plus loin dans la rue Quincampoix. Cette petite voie qui descendait vers l'église Saint-Jacques de la Boucherie abritait les orfèvres. Chaque quartier, chaque rue, avait sa corporation d'artisans. Il en était ainsi pour les bouchers, les boulangers, les drapiers, les merciers…

La rue Quincampoix était tellement exiguë que si par malheur une charrette s'y aventurait, les passants étaient obligés de se serrer entre les étals des boutiquiers. Jehan s'arrêta devant une petite maison où s'affairaient déjà deux employés. Il fit signe à son ami de le suivre dans la boutique remplie d'objets de toutes sortes en cuivre, en étain où en métal précieux. Il laissa Norbert admirer la finesse des pièces exposées et pénétra dans l'atelier pour donner des instructions à ses ouvriers et aux deux jeunes apprentis-orfèvres. Il en ressortit peu après, bien décidé à accompagner le moine jusqu'au Louvre. Ce dernier se laissa convaincre sans trop de difficulté.

Ils reprirent leur chemin dans une rue de plus en plus bruyante, suivirent la ruelle de la Courairie, prolongement de la rue Quincampoix et siège des plus grands joailliers de la capitale.

Quand il n'était pas interpellé par l'un d'eux qui le saluait, Jehan, tout en marchant, commentait le périple pour Norbert. Rue Marivaux, les cloutiers et autres marchands de fil exerçaient leur profession avec beaucoup d'habileté; rue des Lombards se fabriquaient les pourpoints des grands seigneurs du royaume; Saint-Jacques de la Boucherie servait de point de départ aux pèlerinages pour Compostelle... Ils longèrent l'église devant laquelle de nombreux mendiants attendaient la fin de l'office du matin et se retrouvèrent devant le Pont aux Changes grouillant de monde. De la Seine qu'ils longèrent, on distinguait à peine le flot encombré d'embarcations descendant le courant après avoir déchargé leurs marchandises dans les ports au blé et au foin, devant la place de Grève. Sur l'autre berge, Notre-Dame, majestueuse, dominait la cité de ses cinq nefs, face au Palais Royal où siégeait le Parlement.

Les deux hommes s'arrêtèrent devant la masse imposante des premiers remparts du Louvre. Jehan, renouvelant son offre d'hospitalité, recommanda à Norbert la plus grande prudence. Le religieux remercia son ami et attendit quelques instants qu'il s'éloignât pour se présenter devant le guichet du Louvre.

Le soldat en faction lui apprit l'absence pour quelques jours de la Cour et du prince Charles. Comme Norbert, déçu, insistait, la sentinelle s'énerva, ce qui eut pour effet d'alerter le capitaine des gardes. Le moine persista pour entrer : il ne croyait pas au départ du prince. Le capitaine préféra le laisser pénétrer dans l'enceinte du château pour éviter des complications et l'entraîna dans la salle des gardes toute proche. L'interrogatoire commença.

« Qu'est ce qui vous amène au Louvre, le moine? » Le ton était vulgaire, sans aucun respect pour l'homme de Dieu.

– J'ai une communication importante pour le prince Charles. » Norbert précisa : « De la part de Monseigneur l'évêque de Rouen.

– Il vous faudra attendre le retour du prince. Le plus simple serait de me donner ce pli. Il lui sera remis dès son retour.

– Non, je préfère attendre, je reviendrai plus tard. »

Et Norbert, très calme bien qu'ennuyé par l'absence du lieutenant du Royaume, fit demi-tour. Au moment où il allait sortir, un homme sorti de l'ombre l'interpella :

« Vous semblez avoir fait un long voyage, mon père. Voulez-vous me suivre dans un endroit plus tranquille où nous pourrons parler de votre missive? » Sans attendre de réponse, il fit signe au moine de le suivre à l'intérieur du palais.

Le moine n'hésita qu'un instant. L'homme, richement vêtu, semblait être un personnage important. Il pourrait peut-être l'aider... Il le suivit à travers les couloirs sombres du palais déserté. Seuls quelques domestiques vaquaient sans aucun entrain à leurs occupations quotidiennes.

Arrivés au premier étage, ils entrèrent dans une pièce carrée, luxueusement décorée. L'homme fit signe au religieux de s'asseoir, revint sur ses pas, ferma la porte et vint s'installer près de frère Norbert. Il approcha un peu plus son fauteuil et d'une voix confidentielle, lui glissa à l'oreille :

« Je suis l'homme de confiance de Monseigneur le comte de Poitou, frère du prince Charles. Je suis moi-même arrivé à Paris il y a deux jours mais je pars demain pour rejoindre la Cour. »

Fallait-il se taire ou parler à cet inconnu? Frère Norbert n'eut pas longtemps à réfléchir. Le gentilhomme avait perçu l'hésitation, mais il comprit rapidement que le religieux pouvait être aisément manipulé. Il lança :

« Je connais très bien Monseigneur l'évêque de Rouen. Je serais ravi de lui rendre service. Voulez-vous me remettre son message? »

Le ton et le regard fuyant qui traduisaient l'avidité, laissèrent clairement entendre à Norbert qu'il ne s'agissait pas d'une demande de politesse, mais bien d'un ordre. L'homme semblait prêt à tout pour parvenir à ses fins.

Le religieux choisit de ne pas prendre de risques et raconta dans le détail ce qu'il avait appris dans le silence de son abbaye. Il put d'ailleurs parler sans être interrompu : son vis-à-vis buvait ses paroles. Lorsque le religieux eut achevé son récit, l'homme se leva, alla lentement vers la fenêtre, revint s'asseoir et commença à poser un nombre considérable de questions, auxquelles le religieux était le plus souvent bien incapable de répondre.

Qui étaient les pèlerins qui s'étaient présentés à l'abbaye? Que savait-il exactement du testament et de son bénéficiaire? Quel rapport y avait-il entre ce Siennois et le roi? Lorsque l'inconnu, manifestement intrigué au plus haut point, parut convaincu que le moine ne pourrait lui en apprendre plus, il se décida à se présenter.

« Vous avez très bien agi. Je suis persuadé que nous sommes faits pour nous entendre. Mon nom est Imbaud Brun du Peschin » Puis, après quelques instants d'hésitation : « Avez-vous parlé de ce testament à Monseigneur l'évêque?

– Pas du tout, je lui ai simplement dit que lors d'une confession, un homme m'avait remis un pli pour le prince Charles. Il ne m'a d'ailleurs posé aucune question ni demandé d'explication. Il m'a simplement remis une lettre d'introduction. »

Imbaud se détendit.

« Il est important de garder le secret sur cette affaire, au moins jusqu'à ce que nous en apprenions un peu plus. Puis-je compter sur votre discrétion?

– Et le prince Charles? plaida Norbert.

– Il ne faut pas le déranger. Il a bien assez à faire en ce moment, comme vous le savez. Ce n'est pas la peine de l'ennuyer avec votre histoire. Plus tard, peut-être... » finit par dire évasivement Imbaud.

Frère Norbert perçut immédiatement ce qu'il pourrait tirer de la situation.

« Je suis à votre entière disposition, messire Imbaud.

Celui-ci le regarda droit dans les yeux : « Si vous restez auprès de moi, je ferai votre fortune.

– Je vous suis tout dévoué, messire, mais je ne peux quitter l'abbaye de Vernon sans y être expressément autorisé... répliqua le moine en grimaçant.

– J'en fais mon affaire. À compter de ce soir, considérez que vous êtes à mon service. Pour commencer, vous allez partir dès demain pour Pébrac. Trouvez frère Antoine et essayez d'en savoir plus. Je vous donne rendez-vous dans deux mois à Clermont, en l'hôtel du comte de Séris. Si je n'y étais pas, on vous remettra de nouvelles instructions.

– Je partirai dès demain », acquiesça simplement le religieux.

Imbaud du Peschin s'approcha d'un bahut en bois foncé, y prit une bourse bien remplie et la lui remit. Ensuite, il ouvrit la porte. À son appel, un valet s'avança sans se précipiter.

« Conduisez le père Norbert aux cuisines afin qu'il se restaure, et trouvez-lui une chambre pour la nuit. » Il se tourna enfin vers Norbert et lui souhaita bonne chance.

Lorsque le religieux fut sorti, il interpella un autre serviteur : « Allez me quérir Giraud. Il doit être dans la salle d'armes. »

Resté seul dans sa chambre, Brun du Peschin se demanda ce que ce testament pouvait bien cacher de si important pour avoir conduit un moine jusqu'à Rome. Il en était là de ses réflexions lorsque des pas lourds retentirent dans le couloir. Un coup sec secoua la porte.

« Entrez. »

L'homme qui pénétra dans la pièce était assez étonnant : le genre de personnage que personne n'aurait souhaité rencontrer seul dans une rue à la tombée du jour. Petit et râblé, d'une force exceptionnelle malgré la cinquantaine passée, la tête vissée sur un cou musclé : l'ensemble ne reflétait pas vraiment une grande intelligence. Des sourcils noirs et épais surplombaient de petits yeux noirs empreints d'une cruauté malsaine, dont l'un était à moitié fermé par une large cicatrice blanchâtre.

Giraud présentait l'avantage d'être dévoué à son maître jusqu'à la mort, depuis que celui-ci l'avait sauvé de la pendaison pour avoir tué un couple de paysans après les avoir volés.

Il attendit sans bouger.

« J'ai une mission pour toi... Tu vas te rendre à Vernon. Il y a une abbaye de l'ordre de Saint-Augustin ». Imbaud lui expliqua le chemin à suivre. « Prends quelques hommes avec toi, tu en auras certainement besoin une fois sur place. Là-bas, tu trouveras le père abbé, un vieillard qui a pour nom Jordan. Tu devras le faire parler.

– Mais... parler de quoi?

– Il te suffit de savoir qu'il y a quelques années, l'abbé a reçu la confession d'une femme qui lui a révélé un secret. Cette confession a été recopiée sur un parchemin avant d'être signée par la mourante et son confesseur. Il semblerait que maintenant beaucoup trop de gens s'intéressent à ce testament... L'original a été remis dernièrement à de faux pèlerins. Je veux absolument tout savoir sur cette histoire. Mais attention! Tu devras interroger le moine sans aucun témoin.

– J'ai compris, messire. Je partirai demain.

– Non point! Cette affaire ne peut attendre. Pars dès ce soir.

– Bien. » grogna l'homme de main. Giraud s'apprêta à quitter la pièce, mais Brun du Peschin le retint et lui précisa :

– Attends! Pour entrer au monastère, tu diras que tu viens de la part du frère Norbert.

Giraud sortit. Il avait parfaitement compris les ordres de son maître. À la sortie du palais, il prit le chemin des bas fonds de Paris à la recherche de trois ou quatre de ses hommes qui devaient certainement s'y trouver.

Ce n'est que beaucoup plus tard, à la tombée du jour, que quatre cavaliers à la mine patibulaire quittèrent Paris au galop en empruntant la route de Rouen. Il leur fallut la nuit pour arriver en vue de l'abbaye, après s'être perdu et avoir demandé à plusieurs reprises leur chemin.

Au petit matin, Giraud se présenta seul devant le grand portail et frappa. Après quelques instants d'attente, le loquet glissa en couinant, laissant apparaître l'œil du moine portier. Sans laisser le temps au moine de poser des questions, Giraud l'interpella.

« Je viens de la part du moine Norbert, Je veux voir le père abbé. » Il avait modifié sa voix, essayant d'en adoucir le son rocailleux et brutal.

Le frère convers referma le clapet et ouvrit la porte sans méfiance. Le nom de frère Norbert avait suffi à lui seul de le rassurer. Giraud était dans la place sans avoir rencontré la moindre difficulté. On le conduisit directement auprès du père supérieur, qui le reçut sans attendre.

« Vous m'apportez des nouvelles de notre frère? s'enquit le père.

– Il vous attend à une lieue d'ici, s'empressa d'affirmer Giraud.

– Et pourquoi ne vient-il pas jusqu'ici?

– Il est malade et ne peut plus se lever.

Giraud essayait d'être le plus convainquant possible.

– Lui, malade? Étonnant. » s'inquiéta le supérieur.

– Oui. Il m'a demandé instamment d'aller vous chercher. »

Le père Jordan était inquiet, il se méfiait de cet homme au visage ingrat. Il lui faisait peur. Pourtant l'un de ses religieux était peut-être mourant... Le devoir l'emporta sur son appréhension et le vieillard se leva.

« C'est bien, mon fils, je vous suis. »

Après avoir fait préparer un cheval, ils quittèrent le monastère pour s'enfoncer dans la forêt où ils ne tardèrent pas à être rejoints par les hommes de Giraud. Au lieu de prendre la direction de Vernon, ils empruntèrent un chemin que l'homme d'Imbaud Brun du Peschin avait repéré à l'aller.

À une demi-lieue, ils tombèrent sur une chaumière abandonnée. Le chef s'adressa à l'abbé tout en pointant son doigt vers la maison.

« Votre frère est là-bas. »

Il se tourna vers l'un de ses hommes et l'envoya vérifier que personne n'y habitait.

Dès son retour, rassuré, il invita le moine à descendre de son cheval et à l'accompagner.

À partir de cet instant, tout alla très vite pour le vieil homme : il se retrouva à l'intérieur, ligoté sur une chaise bancale, seul avec son bourreau qui avait pris la précaution d'envoyer ses hommes surveiller les alentours.

Le père Jordan ne comprit pas immédiatement ce qui se passait, mais dès la première question sur le testament, il se mit à trembler.

« Je ne peux répondre, il s'agit du secret de la confession. » À son tour, il interrogea son ravisseur.

« Qu'avez-vous fait de notre frère?

– Ne t'occupe pas de lui. Réponds plutôt à mes questions. » Une gifle cingla la joue du pauvre homme. La lèvre de l'abbé éclata sous le choc et le sang se mit à couler le long de son cou. Mais pas un son ne sortit de sa bouche.

L'angoisse et la peur se lisaient sur le visage du moine. Il savait qu'il ne pourrait résister à la torture : il n'avait jamais pu supporter la douleur. Alors il se mit à prier tout haut pour se donner du courage.

Giraud ne fut pas le moins du monde impressionné. Il connaissait bien les hommes et avait lu la peur dans le regard du religieux. Il savait qu'il finirait par parler. De toute façon, personne ne lui avait jamais résisté. Et puis un vieillard doublé d'un moine, cela ne pouvait que l'exciter un peu plus. La tâche semblait presque trop facile… Il voulait aller vite et il décida d'employer les grands moyens.

Un affreux calvaire commença pour le religieux. Giraud lui fit face, s'arc-bouta sur ses jambes trapues. Il déchira sa robe de bure et commença lentement à lui lacérer la poitrine avec la pointe effilée de son couteau, suivant un rituel qu'il connaissait bien. Il s'arrêta un instant, regarda droit dans les yeux le malheureux moine qui avait de plus en plus de mal à se retenir de hurler de douleur. Il se mordait les lèvres.

« Tu vas parler, je te le garantis… » lui susurra Giraud dans l'oreille. Vicieusement, il glissa la lame de son couteau sous la peau, entre deux déchirures et attendit un instant sans bouger. D'un coup vif, il tira une lamelle de peau, arrachant un hurlement inhumain à l'homme martyrisé. Le bourreau souriait : il aimait voir les gens souffrir. Il se mit à espérer que le moine résisterait tout de même quelque temps…

Lorsqu'il commença à s'attaquer à la peau du dos, centimètre par centimètre, le supplicié épuisé, finit par parler et raconta tout ce qu'il savait, depuis la confession jusqu'à la remise de l'original du testament aux pèlerins.

Giraud, satisfait, détacha l'abbé et lui imposa de rédiger par écrit sa confession. Le père voulut d'abord refuser. Mais le regard de son bourreau lui ôta tout courage. Il commença à écrire lentement, tant sa main tremblait, levant souvent les yeux vers Giraud avec l'espoir que celui-ci le tuerait avant qu'il eût fini son récit.

Loin d'avoir pitié de lui, l'autre le torturait à chaque tentative d'interruption. Alors, baissant la tête, le moine recommençait à écrire. Lorsqu'il eut terminé, il signa en tremblant sa confession.

Satisfait, Giraud lui arracha le parchemin des mains et le rattacha. Il sortit, ordonna à ses hommes de ramasser du bois sec et revint vers le religieux qui le regardait fixement. C'était le regard d'un homme perdu qui suppliait son bourreau d'en finir.

Sans un mot, Giraud se plaça derrière lui, glissa son long couteau sous le menton de l'abbé qui sentit la fraîcheur de la lame sur sa peau. Le geste, ferme et rapide, mit fin aux souffrances du père Jordan.

Giraud sorti, les assassins purent allumer le brasier. Les flammes atteignaient le chaume du toit lorsqu'ils partirent à bride abattue vers Paris.

Le soir même, Giraud rejoignait son maître au Louvre. Il lui remit la confession du père abbé, sans donner d'explication sur la manière qu'il avait employée pour arriver à ses fins ni sur le sort qu'il avait réservé au pauvre abbé, dont la seule erreur avait été de confesser une femme et d'avoir promis de retrouver son enfant.

Imbaud du Peschin renvoya Giraud et lut le parchemin parsemé de taches de sang. Il était maintenant certain qu'un complot se tramait contre le roi et la famille royale. Il lui fallait absolument connaître les noms des conspirateurs et de leur chef. Il décida d'attendre d'en savoir plus avant d'en parler au comte d'Anjou.

Malgré l'heure tardive, il sortit du Louvre d'excellente humeur, bien décidé à fêter ce premier succès à l'hôtellerie de la Plume d'or, juste derrière l'église Saint-Jacques de la Boucherie.

L'air était vif. Il marcha d'un bon pas, remonta le long de la Seine, prit à gauche une ruelle derrière le petit Châtelet et s'arrêta enfin devant l'auberge. Il entra derrière deux gentilshommes passablement éméchés et s'assit à l'écart, à une table restée libre près de la cheminée.

L'aubergiste, qui le connaissait bien, s'approcha avec un pichet de son meilleur vin et un gobelet qu'il posa sur la table.

« Monseigneur veut-il souper?

– Oui, sers-moi. » Et avant que l'homme ne s'en retourne : « La Gueugne est-elle chez elle?

– Elle est là-haut. Elle doit vous attendre… », répondit l'aubergiste, un sourire complice aux lèvres.

Imbaud dîna tranquillement, sans que le brouhaha de l'auberge le dérangeât. La dernière bouchée avalée, il se leva, déposa une pièce qui roula sur la table et sortit.

Il contourna la maison, poussa la porte cochère et escalada d'humeur joyeuse l'escalier qui menait à l'étage. Sur le palier, il se dirigea d'un pas vif vers la porte du fond qu'il ouvrit sans même frapper.

Manifestement, la jeune femme qui se retourna n'attendait pas son visiteur. Elle recula légèrement vers la fenêtre. La pièce était éclairée par quatre bougeoirs placés harmonieusement pour permettre une lumière diffuse. Les meubles de qualité étaient disposés avec beaucoup de goût. De chaque côté de l'unique fenêtre trônaient deux magnifiques bahuts noirs, surmontés de très belles tapisseries flamandes. Dans la petite cheminée finissaient de se consumer quelques bûches. Un renfoncement de la pièce, dans l'ombre, abritait un grand lit recouvert d'une couverture rouge vif qui attirait le regard.

Sans attendre que son hôtesse l'y conviât, Imbaud s'approcha et s'assit dans un petit fauteuil devant elle.

« Je pars demain à Meaux rejoindre le prince Charles. Je resterai absent une dizaine de jours. Si j'ai besoin de toi, je t'enverrai Giraud. » Imbaud n'avait pas l'intention de lui demander son avis.

La Gueugne attendit qu'il eût fini de parler pour s'approcher de lui. Il la regarda s'avancer en se déhanchant, juste ce qui était nécessaire. Elle portait une robe de couleur vive, dont le large décolleté emprisonnait sa petite poitrine et laissait deviner une peau blanche très fine sous laquelle on apercevait les veines de son cou. Son visage aux traits réguliers, attirait l'attention.

Elle fixa Imbaud de ses yeux marron au regard velouté tout en libérant ses cheveux d'un blond presque roux. Il émanait de ce jeune corps une sensualité sauvage à laquelle peu d'hommes pouvaient résister.

Imbaud l'avait rencontrée alors qu'elle n'avait que seize ans, traînant sale, dans les rues de Paris. Il en avait fait immédiatement sa maîtresse, sans se préoccuper des sentiments qu'elle pouvait éprouver. Au bout de quelques semaines, il l'avait installée au-dessus de l'auberge tenue par un ancien valet qui l'avait quitté pour se mettre à son compte.

La jeune femme saisit la main de son amant et l'attira vers le lit. Elle se déshabilla devant lui, fit glisser lentement sa robe à ses pieds. Elle était nue. Imbaud ne pouvait quitter des yeux ce corps blanc, souple et fin. Il s'approcha, ses mains caressèrent les seins dont les pointes durcirent au contact des doigts. Elle l'entraîna sur le lit, se mit à le caresser à son tour. Il écarta sa main et la prit brutalement. Satisfait, il s'endormit sans se préoccuper de la jeune femme. La Gueugne, les yeux ouverts, fixait le plafond, ressassant la détestation qu'elle éprouvait pour son amant dans ces moments d'étreintes furtives. Elle avait assez d'être un simple instrument entre ses mains et aurait bien aimé le quitter. Mais pour aller où? Ses colères lui faisaient peur... Une nouvelle fois, elle se mit à rêver. Peut-être, un jour, rencontrerait-elle un beau jeune homme, qui l'emmènerait loin, très loin... Elle se sentait bien.

Son amant bougea, sa main agrippa sa cuisse brutalement et la pinça presque avec méchanceté.

« C'était bon. » Ce furent les seules paroles qu'il prononça avant de s'habiller et de partir.

Chapitre IX

LE PRÉTENDANT

Giannino quitta l'hôpital Sainte-Marie de la Miséricorde. Il dirigeait l'établissement depuis près de cinq ans, mais les journées lui semblaient aujourd'hui plus difficiles. Il n'avait pas envie de rentrer immédiatement chez lui, où il retrouverait les cris de ses enfants et certainement aussi les jérémiades constantes de sa femme.

Il lui fallait prendre le temps de réfléchir calmement aux événements de la veille. Il accéléra le pas et prit le sentier qui menait au petit jardin accolé à l'arrière de l'hôpital où il savait qu'il ne serait pas dérangé. Il s'assit à même le sol, à l'ombre d'un olivier.

Petit et trapu, Giannino avait conservé un visage rond où reposait une tignasse châtain clair. Seules quelques mèches blanches trahissaient l'approche de la quarantaine. Ce qui frappait chez lui, c'étaient certainement ses petits yeux gris et intelligents, un regard vif qui faisait un peu oublier son long nez et sa bouche trop fine à la lèvre inférieure tombante.

Sa vie paisible et sans problème avait été brusquement ébranlée deux ans auparavant par l'arrivée d'un émissaire de Colas de Rienzi. Le message était simple. Il devait se rendre immédiatement à Rome pour une communication de la plus haute importance.

Il était bien sûr parti immédiatement. On ne refusait pas une invitation du tribun romain. La rencontre avec Colas di Rienzi, en présence d'un moine venu du royaume de France avait duré très longtemps. Depuis cette entrevue, sa vie avait basculé.

À en croire le religieux, il n'était pas Giannino Baglionni. Il était… le fils de Louis X, roi de France et de Clémence de Hongrie! Les quelques jours qui suivirent cette surprenante nouvelle avaient été pour Giannino une suite d'étonnements et de découvertes. Malheureusement, l'assassinat du tribun avait fait tomber toute cette excitation autour de sa naissance.

Après une courte visite à Monseigneur Albornoz, il dut repartir pour Sienne, non sans avoir promis à frère Antoine de garder le secret sur sa naissance. Il emportait avec lui la Charte de Rienzi, une copie du testament de Marie de Carsi.

Depuis son retour, Giannino n'était plus le même. Il ressassait chaque nuit les paroles du moine. « Suis-je vraiment le fils de Louis X et de Clémence de Hongrie, dernier descendant mâle du grand Philippe le Bel? », se demandait-il sans cesse. Il essayait de se persuader que tout cela n'était qu'un rêve affreux, puis, n'y tenant plus, il relisait régulièrement en cachette la copie du testament de celle qu'il avait toujours considérée comme sa mère et la charte que lui avait remis le tribun avant de mourir.

Deux années durant, il avait enfoui ce secret au plus profond de lui-même. À de nombreuses reprises, il avait été tenté de le partager avec sa femme. Finalement il n'en avait rien fait, craignant qu'elle n'en parle à ses amies...

Maintenant l'heure n'était plus à la réflexion. Les événements intervenus la veille, l'obligeaient à prendre des décisions dont il ne pouvait mesurer les conséquences.

Tout avait commencé quelques mois plus tôt, un soir de l'automne dernier. Giannino, l'esprit torturé, avait fini par parler à son confident, Fra Bartolomeï. Celui ci l'avait écouté en silence, sans jamais l'interrompre. Deux jours plus tard, il insistait pour voir le testament et la charte. Giannino avait accepté.

Depuis, l'attitude de Fra Bartolomeï avait complètement changé. Il essayait jour après jour de le convaincre de révéler la vérité pour la faire éclater au grand jour. Giannino avait toujours refusé.

Un soir, Fra Bartolomeï avait été convoqué à une réunion du Grand Conseil de la République de Sienne pour des problèmes purement religieux. Après avoir répondu à toutes les questions, il était resté par simple curiosité. La discussion avait rapidement pris une tournure politique. Le débat était axé sur l'opportunité de continuer ou de suspendre le commerce avec le Royaume de France.

Fra Bartolomeï n'écoutait les interventions que d'une oreille. Son regard courait sur les murs de la grande salle recouverts d'une fresque aux couleurs vives. La commune l'avait commandée en 1337 à Ambrogio Lorenzetti, à l'époque où la ville était dirigée par neuf magistrats, tous issus de l'aristocratie financière. Ils avaient assuré la prospérité de la nouvelle République après avoir renversé l'ancienne noblesse. Malheureusement, les désastres financiers de 1355 avaient entraîné leur chute au profit du Conseil actuel, dix membres élus pour moitié par la noblesse et pour l'autre par les couches populaires.

« Curieux Conseil et curieuse alliance... » songea Fra Bartolomeï, « mais cela fonctionne malgré tout pas trop mal. » Il contempla à nouveau la fresque. Elle était divisée en plusieurs compositions, chacune dominée par un personnage central. Sur l'un des murs, le peintre avait symbolisé le Bien ou les bienfaits d'une bonne gestion. Un sage entouré des six Vertus – la Paix, la Prudence, la Force, la Bonté, l'Espérance et la Justice – occupait la partie centrale de la composition. À chaque extrémité, des scènes de la ville et de la campagne achevaient de donner vie au tableau. De l'autre côté de la pièce, la peinture montrait le Mal ou les effets d'une mauvaise gestion : une scène guerrière occupait tout l'espace. Enfin, sur le mur de face, une peinture résumait l'ensemble : une très belle femme ailée semblait poser son regard sur les membres du conseil et dispensait la fortune, symbole de prospérité.

Un éclat de voix fit sursauter notre homme. De nombreux membres du Conseil, dont les plus importants, parlaient avec agressivité des malheurs de la France depuis plus de trente années. La grande peste avait ravagé les provinces, la désastreuse défaite de Poitiers montrait l'incapacité du roi à réunir une armée soudée face aux compagnies organisées et aux fameux archers anglais du Prince Noir, pourtant très largement inférieur en nombre, et pour finir, le roi prisonnier des Anglais ! Certains parlaient de malédiction des Valois...

C'est à ce moment précis que Fra Bartolomeï, malgré la promesse faite à Giannino, se décida à prendre la parole. Il révéla aux membres du Conseil l'extraordinaire histoire de son ami, de la substitution à la révélation par Colas di Rienzi, en passant par l'éducation de l'enfant en Normandie, puis en Italie, après son enlèvement.

L'assemblée, d'abord sous le choc, se reprit vite. Les conseillers assaillirent le religieux de questions sur ce soi-disant fils de Louis X. Fra Bartolomeï, le plus souvent incapable de répondre, s'aperçut très vite que le Conseil doutait. Le moment était venu d'asséner un grand coup. Il leur révéla que ce prétendant au trône, non seulement était vivant, mais qu'il vivait à Sienne sous le nom de Giannino Baglioni.

La stupéfaction se lisait sur tous les visages, d'autant que certains membres connaissaient parfaitement le directeur de l'hôpital. Une énorme confusion s'ensuivit... Chacun voulait s'exprimer, commenter l'événement à sa manière, indiquer la conduite à tenir...

L'assemblée se divisa finalement en deux clans : l'un voulait par tous moyens travailler à la restauration du souverain dépossédé; l'autre, beaucoup plus modéré, refusait un conflit ouvert avec le roi Jean et le dauphin. Aider Giannino n'apporterait que des ennuis à la République de Sienne, dont le commerce avec la France était encore avantageux malgré la récession actuelle et la faillite des banquiers, quelques années plus tôt, avançaient ces derniers.

Finalement, tard dans la nuit, il fut décidé à une faible majorité... de ne rien faire. Le Conseil n'interviendrait pas directement dans ce conflit, mais laissait une porte ouverte : ceux de ses membres favorables à la restauration du prétendant pouvaient agir librement.

Giannino fut convoqué en secret à de nombreuses reprises. Il dut raconter plusieurs fois son étrange histoire et bien évidemment montrer les preuves qu'il détenait.

À la dernière réunion qui s'était tenue la veille en sa présence, les membres présents, tous représentatifs de la noblesse siennoise, avaient pris trois décisions décisives pour son avenir. La première était certainement pour Giannino la plus importante : une grande partie des dignitaires de Sienne le reconnaissait comme le roi de France, Jean Ier. Les conseillers allaient même plus loin, puisqu'ils désignaient les Valois comme des usurpateurs. La seconde décision, non moins essentielle, consistait à financer en grande partie de son train de vie : un roi ne pouvait s'imposer sans argent. Il fallait payer une armée pour reconquérir le trône. La dernière surprit Giannino car il n'y avait tout simplement pas pensé, malgré l'évidence de la démarche : un messager serait envoyé auprès du roi Louis de Hongrie, neveu de sa mère Clémence – donc son cousin – pour lui révéler son existence, lui demander aide et assistance et lui annoncer sa prochaine visite à Bude, sa capitale. Bien évidemment, les partisans de Giannino n'étaient pas totalement désintéressés. Ils comptaient sur sa reconnaissance une fois le trône reconquis.

Giannino avait passé la dernière nuit à réfléchir. Assis sous l'arbre du jardin de l'hôpital, il hésitait toujours. Ce bouleversement dans sa vie ne venait-il pas trop tard? Il avait déjà quarante ans, une femme, des enfants. Il possédait tout ce que pouvait espérer un homme simple. Une partie de lui-même le poussait à oublier toute cette histoire et à reprendre sa petite vie sans problème… Mais d'un autre côté, s'il était réellement le fils de Louis X, ne devait-il pas, pour son pays qui souffrait mille malheurs, prendre la place qui était la sienne, combattre les Anglais, les jeter hors de France et tenter de régner avec sagesse?

Après une longue méditation, il comprit que si Dieu avait permis la révélation de la confession d'une mourante, il lui fallait assumer son destin.

Il se leva. Sa décision était prise.

Il était Jean Ier, roi de France, dernier descendant direct des Capétiens. Personne ne pourrait l'empêcher de conquérir le trône qui était le sien.

Chapitre X

LE SECRET D'ENGUERRAND

Enguerrand de Montorgue se présenta à la porte du Bazot après plus de quatre mois d'absence. Il avait traîné en chemin après avoir quitté Vernon et s'était arrêté quelques jours dans une auberge à une dizaine de lieues de Clermont.

Pénétrant dans l'enceinte de la forteresse, il emprunta le chemin de Saint-Jacques et tomba sur une foule grouillante de villageois, bourgeois et artisans qui s'affairaient dans un vacarme infernal malgré l'heure matinale. Les charrettes remplies de pierres ou de madriers embarrassaient la ruelle et montaient péniblement jusqu'à l'église Sainte-Marie-Madeleine dont la construction avait repris sous la direction de maître Jean Maheus après quinze années d'interruption. Les chevaux peinaient pour se frayer un passage vers la place du Plain. Le chemin raide montait en lacets jusqu'au donjon. Les bêtes dérapaient sur les galets rendus glissants par l'eau qui débordait des rigoles. Enguerrand dut finalement descendre de cheval et suivre patiemment les chariots jusqu'au chantier.

Arrivé sur la petite place encombrée par les maçons et autres ouvriers qui s'affairaient pour achever le narthex, il bifurqua à droite et emprunta la rampe d'accès nord du château. Il croisa quelques soldats qui descendaient en riant vers la ville basse.

Après la plate-forme de Montrivard, qui longeait la haute muraille, il monta l'étroit chemin et se présenta devant le portail d'accès au donjon.

Avant de pénétrer dans la basse-cour du château, il jeta un regard sur la chapelle de la Sainte-Croix, joyau de la forteresse dont les pierres de lave de couleurs vives rougissaient au soleil.

Le comte, prévenu de son arrivée, l'attendait impatient près du donjon. Dès qu'il l'aperçut, il se précipita et l'entraîna vers la demeure seigneuriale où des serviteurs vaquaient à leurs occupations quotidiennes.

Dans un coin de la pièce, Françoise d'Aurouze surveillait son fils qui jouait près de la cheminée avec un petit paysan de son âge. Dès qu'elle vit apparaître les deux hommes, elle se retourna, adressa un sourire à Enguerrand, prit son fils par la main et entraîna tout son monde à l'extérieur.

À nouveau, Enguerrand fut troublé par le sourire et le regard envoûtant de la jeune femme. Elle portait une cotte bleu pâle qui enserrait sa taille fine. Sa longue chevelure brune couvrait ses épaules menues…

Jamais il ne pourrait oublier leur première rencontre. Il y avait ce jour-là un dîner de chasse au château d'Aurouze…

Arnaud de Condros, le capitaine du château, entra inopinément et s'entretint avec Robert.

Profitant de ce moment, Enguerrand ferma les yeux…

Elle avait à peine quinze ans et lui dix-huit. De toute la soirée, il n'avait pu détacher ses yeux de ce visage toujours souriant. Il avait essayé à maintes reprises d'attirer son attention, mais Françoise, ignorant totalement sa présence, écoutait à l'autre extrémité de la pièce un ami de son père qui lui relatait la journée avec force plaisanteries. La jeune femme riait aux éclats…

Après le souper, il était sorti faire quelques pas sur le chemin de ronde du château qui dominait la vallée de l'Allagnon. Tout à sa rêverie, il admirait le ciel étoilé. Une ombre délicieuse s'était approchée de lui sans qu'il s'en aperçût. Une petite main chaude s'était fondue délicatement dans la sienne. Le cœur battant, il s'était retourné et avait vu ses yeux noisette qui le fixaient avec une telle douceur que tout son corps en avait frissonné.

Françoise s'était approchée, légère, laissant leurs corps se toucher. Elle avait dû se hisser sur la pointe des pieds pour lui offrir ses petites lèvres charnues. Enguerrand se souvint avoir hésité. Puis, presque sans bouger, leurs lèvres s'étaient unies. Il aurait souhaité que le temps s'arrêtât là. Comme à regret, Françoise s'était reculée légèrement et, avec une infinie douceur, lui avait caressé le visage. L'enchantement avait cessé… Elle avait laissé Enguerrand dans un état second que jamais il ne pourrait oublier. Il était resté là un long moment, sans bouger, jusqu'à ce qu'une voix l'interpelle. Alors seulement, il avait réalisé qu'il aimait pour la première fois.

Il n'eut jamais d'autres occasions de la serrer dans ses bras et de retrouver le goût sucré de ses lèvres.

Lorsqu'il apprit un an plus tard son mariage avec Robert, sa douleur fut immense. Cela faisait maintenant plus de six ans… Pourtant, à chaque fois qu'il la rencontrait, la blessure se rouvrait avec la même violence. Toutes les aventures qu'il avait connues par la suite n'avaient fait que renforcer son amour pour Françoise. Personne bien sûr ne connaissait sa passion, même si en femme intuitive, sa sœur avait fait quelques allusions…

Françoise avait laissé flotter derrière elle son parfum. Enguerrand, le cœur serré, se demanda si elle avait oublié cet instant merveilleux… En réalité il ne souhaitait pas de réponse, préférant rester dans une incertitude qui lui convenait parfaitement.

Il rouvrit les yeux en entendant Robert l'interpeller et alla s'asseoir près de son ami.

« Tu as l'air fatigué… lui lança le comte.

– Mais non, soupira Enguerrand en reprenant ses esprits.

– J'ai appris que tu étais arrivé hier soir tard dans la nuit.

– Oui, très tard. »

Montorgue avait cette fois acquiescé fermement, mais il se heurta au visage crispé de Robert. Le comte lui reprochait visiblement de ne pas être venu la veille.

« As-tu récupéré le testament? »

Enguerrand rendit d'abord fidèlement compte de sa mission, sans omettre de détail. Lorsqu'il eut terminé son récit, il tendit l'original du testament de Marie de Carsi.

Robert le lui arracha presque des mains. Il ne parut vraiment détendu qu'au terme de sa lecture. Puis il releva la tête pour demander :

« As-tu lu ce parchemin?

– Oui.

– Qu'en penses-tu? »

Enguerrand ne répondit pas immédiatement. Agacé, Robert insista :

« Alors? »

Au lieu de répondre directement, Enguerrand préféra relater son entretien avec le père abbé.

« Le vieil homme m'a raconté la vie de cette malheureuse femme. Il m'a confié qu'il avait gardé ce secret pendant plus de vingt ans de peur des représailles contre son ordre…

– Je t'ai posé une question! » dit Robert d'une voix forte.

Cette question, Enguerrand l'avait ressassée durant tout le chemin du retour. Une nuit alors qu'il se trouvait seul dans une chambre d'auberge près de Saint-Pourçain, il avait recopié le testament à la lueur d'une mauvaise chandelle. Ce qu'il avait appris à Vernon était tellement extraordinaire qu'il en était inquiet. Enguerrand avait toujours été un homme d'honneur et respectait le roi. Il ne pouvait envisager une telle substitution.

Et si elle avait vraiment eu lieu, certaines explications manquaient. Comment des grands barons du royaume avaient-ils pu procéder? Pourquoi n'étaient-ils jamais revenus chercher l'enfant? Pourquoi Marie de Carsi s'était-elle tue pendant si longtemps, alors que l'enfant royal lui avait été enlevé par celui qui pensait en être le père? Surtout, que se passerait-il si le roi apprenait qu'il n'était en réalité qu'un usurpateur?

Enguerrand regrettait de ne pouvoir en parler à personne. Si son père était encore en vie, il aurait pu le conseiller avec sagesse. Le parchemin qu'il avait même failli déchirer un soir de désespoir était maintenant entre les mains de Robert, dont la détestation pour les Valois n'était que trop connue.

« Mais toi, que vas-tu faire? » s'entendit-il finalement prononcer.

À son tour, Robert garda le silence. Il avait décidé de ne rien révéler à son ami et vassal, mais sa décision était prise. Elle avait mûri durant l'absence d'Enguerrand et surtout après l'entretien qu'il avait eu avec le cardinal de

Talleyrand-Périgord. Il était déterminé à restituer sa couronne au véritable héritier. Il espérait en devenir le principal conseiller et comptait sur son appui pour un autre objectif qui lui était beaucoup plus personnel : devenir le maître incontesté de la terre d'Auvergne usurpée à sa famille. En fait, en y réfléchissant bien, Giannino se trouvait dans une situation quasi identique à la sienne.

Robert possédait déjà deux des cinq éléments indispensables pour accréditer la thèse de la substitution : l'original du testament et la personne susceptible de lui amener Giannino.

Mais il lui en manquait encore trois.

Il fallait convaincre ce Siennois de reconquérir son trône, trouver des alliés parmi les barons du royaume et enfin réunir de l'or pour constituer une armée de taille à lutter contre celui qu'il appelait déjà l'usurpateur.

Il répondit évasivement à Enguerrand :

« Je n'ai encore rien décidé. Je dois en parler à mon cousin Béraud. Pour le moment, je compte envoyer le père Antoine à Sienne en compagnie du prieur, pour rencontrer Giannino.

– Et après ? l'interrompit Enguerrand.

– On verra. Il faut que je réfléchisse. Reviens demain, nous déciderons ce qu'il y a lieu de faire. »

Enguerrand, ravi de voir l'entretien se terminer, quitta la pièce. Il était inquiet. On lui avait appris la veille que sa sœur avait quitté la Pradelle peu de temps après lui. Que signifiait ce départ ? Y avait-il un rapport avec sa mission ou bien s'était-elle une nouvelle fois querellée avec son bouillant amant ? Il n'avait pas osé en parler à Robert.

De son côté, dès le départ de son ami, le comte se rendit place du Plain. Sans se faire annoncer, il pénétra dans le prieuré et tomba immédiatement sur le maître des lieux.

« J'ai une mission importante à vous confier.

– De quoi s'agit-il? s'empressa de demander le père Jacques.

– Il faut que vous vous rendiez à Sienne avec le moine. Il faut convaincre ce Giannino de venir jusqu'ici. Je dois lui parler le plus tôt possible. Évidemment, pas un mot sur votre voyage. Et frère Antoine devra persuader Giannino de venir jusqu'ici clandestinement.

– Bien, Messire. Nous partirons discrètement. »

Le comte allait sortir lorsque le prieur le rattrapa :

« Messire! J'allais oublier. Un religieux est arrivé ce matin de Pébrac.

– Et alors?

– Il m'a raconté qu'un moine est venu de Normandie.

– Ah! fit le comte, intrigué.

– Ce qui est surprenant, reprit le prieur, c'est qu'il a interrogé notre supérieur sur frère Antoine. Il est reparti de méchante humeur. D'après les renseignements que j'ai pu obtenir, ce religieux appartient à notre ordre. Il serait venu sur les instructions d'un seigneur de Clermont. »

Robert fronça les sourcils.

« Il faut donc partir au plus tôt.

– Dès demain », confirma le prieur.

Le père Jacques raccompagna le comte jusqu'au seuil, puis se précipita vers une petite cellule, tout au fond du prieuré.

« Décider frère Antoine ne va pas être simple », se dit-il en ouvrant la porte.

Robert, lui, s'en retourna vers son donjon quelque peu contrarié. Que pouvait cacher l'arrivée de ce moine? Il se rassura rapidement et décida de partir à la chasse s'en se préoccuper de la manière qu'emploierait le prieur pour convaincre frère Antoine.

* *
*

En arrivant à Clermont, frère Norbert avait eut beaucoup de difficultés pour trouver l'hôtel du bailli d'Auvergne. Cinq jours auparavant, en quittant Pébrac, il n'avait pu s'empêcher de longer la rive gauche de l'Allier. Du village de Montgieux, sur les hauteurs il avait pu apercevoir la forteresse du comte de Saint-Ilpize.

Devant lui, dans la salle du conseil, se tenaient maintenant le comte Guillaume de Séris et Imbaud du Peschin, avec derrière eux, légèrement en retrait, Giraud. À chaque fois que celui-ci le regardait, le moine tressaillait. Cet homme lui faisait peur.

Imbaud, pressé d'en savoir plus, avait quitté la cour quelques jours auparavant. Il fut fort déçu lorsque le moine lui raconta l'échec de sa mission. Frère Antoine avait quitté le monastère depuis longtemps. La seule chose que Norbert avait pu apprendre par un moine trop bavard, c'était qu'il était parti en compagnie du prieur de Saint-Ilpize. Il le supposait donc maintenant au château de Robert III.

Après un long conciliabule avec Guillaume de Séris, Imbaud, persuadé que le moine était au secret et prisonnier du dauphin d'Auvergne, ordonna à Giraud :

« Pars immédiatement pour Sienne. Trouve-moi ce soi-disant fils de Louis X et ramène-le moi ici.

– Mais je ne sais même pas…

– Dès que j'en saurai plus, je t'enverrai Norbert », le rassura Imbaud.

Il attendit le départ de son homme de main et se tourna vers Séris.

« Je suis persuadé que ce chien de Robert monte un complot contre le roi. Il faut à tout prix empêcher que cette affaire prenne de l'ampleur, sinon il sera trop tard et nous ne pourrons plus l'arrêter. »

Il s'interrompit quelques instants puis demanda :

« Il faut surveiller ce scélérat... Comment peut-on s'introduire discrètement à Saint-Ilpize? »

Guillaume de Séris resta silencieux quelques instants. Une idée venait de lui traverser l'esprit, qu'il s'empressa de souffler à son interlocuteur.

« Je crois avoir quelqu'un sous la main...

– Ah oui? Et Qui?

– Il y a en ce moment chez le comte Béraud une jeune femme qui connaît très bien Robert. Je vais organiser un dîner pour ce soir.

– Mais qui est cette femme? s'impatienta Imbaud.

– L'ancienne maîtresse du comte, Anne de Montorgue.

– Voilà enfin une bonne nouvelle... »

Chapitre XI

LE SOUPER

Une agitation inhabituelle réveilla la jeune femme étendue tout habillée sur son lit. Les rayons du soleil qui brillait encore de tous ses éclats venaient réchauffer la chambre malgré les rideaux tirés. Elle se leva de fort méchante humeur, rajusta sa robe légèrement froissée, alla tirer les tentures devant la fenêtre et finalement s'assit devant une petite table encombrée d'une multitude d'objets féminins, de la poudre, des parfums aux odeurs envoûtantes, de fins bijoux et autres accessoires.

Au milieu de la coiffeuse, un grand miroir lui renvoya sans complaisance le reflet de son visage encore endormi. Elle rejeta sa chevelure en arrière d'un geste rageur, laissant apparaître une minuscule ride sur son front qui eut pour effet d'accentuer un peu plus sa mauvaise humeur.

Depuis son arrivée à Clermont, rien ne se passait comme elle le désirait.

La sœur du comte Béraud l'hébergeait dans son hôtel de Clermont, mais malgré tous les efforts que déployait Isabelle, rien ne parvenait vraiment à la divertir. Depuis plus de quatre mois, elle l'avait entraînée dans un tourbillon de visites et de réceptions données par les notables de la ville. Anne avait rencontré à ces soirées toute la jeunesse dorée auvergnate, à qui la vie de la grande cité convenait mieux que l'isolement des châteaux.

Certains soirs, elle avait terminé la nuit avec des compagnons de rencontre, plus par ennui que par véritable envie. De nombreux soupirants se précipitaient à sa porte, mais aucun ne l'intéressait réellement. Sauf peut-être ce jeune homme qui tous les jours lui avait fait parvenir une fleur des montagnes. Elle s'était peu à peu habituée à ce petit manège et, un soir, avait accepté une invitation à dîner dans l'hôtel aux murs défraîchis déserté par les parents du jeune homme. Amusée par ses déclarations enflammées, elle avait cédé et lui avait fait découvrir l'amour. Cette liaison durait depuis bientôt un mois.

Anne avait voulu rompre à de nombreuses reprises. Elle trouvait son jeune amant beaucoup trop exigeant, et surtout excessivement jaloux. La veille, elle s'était rendue chez lui avec la ferme volonté de le lui dire. Après avoir fait l'amour, elle avait renoncé et s'était laissée aller à une sérénité qu'elle était toujours surprise de trouver auprès du jeune homme. Depuis, elle ne décolérait plus. Elle ne comprenait pas son manque de volonté et ne cessait de se demander ce qu'elle trouvait de particulier à Guillaume de Peygerolles.

Il était tout l'opposé de l'homme qu'elle aimait. Il était grand et très mince, alors que Robert était de taille moyenne et trapu. Le contraste était encore plus flagrant lorsqu'on les observait de plus près. Guillaume avait des yeux d'un bleu azur, un regard d'une extrême douceur, une chevelure blonde qui entourait un visage enfantin, une peau douce. À l'inverse, Robert avait des yeux marron au regard perçant, la tignasse brune et la peau rugueuse.

Anne en était là de ses méditations lorsqu'on frappa. Sans se presser elle se leva, se dirigea vers la porte et l'ouvrit, toujours de méchante humeur. Une servante lui tendit un pli qu'elle s'empressa de décacheter.

Pendant qu'elle parcourait rapidement le message, Isabelle, curieuse, entra à son tour et s'approcha de son amie.

« Un serviteur du bailli est en bas. Il attend ta réponse. Fais-moi voir... »

Anne, intriguée, lui tendit la lettre.

« Je ne comprends rien à cette invitation à souper. Je n'ai rencontré le comte de Séris que deux ou trois fois aux réceptions de Monseigneur de Mello, depuis sa nomination au lieu et place de Monseigneur d'Aigrefeuille. » Elle ajouta à voix basse, comme pour elle-même : « Le comte est un vieux bonhomme affreux et imbu de sa personne. »

S'adressant à la servante restée près de la porte, elle lui ordonna :

« Va dire au messager que je remercie le comte pour son invitation, mais que malheureusement, je ne pourrai m'y rendre.

– Non, tu ne peux refuser! » s'exclama Isabelle. D'un geste ferme, elle arrêta la soubrette et d'une voix qui ne laissait place à aucune réplique : « Anne se rendra ce soir avec plaisir chez le comte. Va prévenir le messager. »

Anne, interloquée, ne broncha pas.

Isabelle ferma la porte sans douceur. Anne lui reprit le message des mains et le relut lentement, cherchant à découvrir une explication à travers les mots. Isabelle était aussi étonnée qu'elle par l'invitation et un peu jalouse de n'être pas de la soirée. Mais la curiosité était la plus forte...

Elles décidèrent de sortir pour tenter d'obtenir des renseignements auprès d'amis bien placés dans l'entourage du Bailli.

En fin d'après-midi, elles rentrèrent déçues. La seule indication qu'elles avaient pu glaner en ville était qu'un haut personnage de la cour logeait chez le bailli dans le plus grand secret. De son nom et du motif de sa visite, personne ne savait rien : l'homme ne sortait presque jamais de l'hôtel du comte.

C'est avec appréhension que quelques heures plus tard, Anne se décida à frapper au portail de l'hôtel du bailli, en plein cœur de la ville. Un serviteur apparut aussitôt, la fit entrer et l'introduisit dans une pièce richement meublée où deux hommes assis devant la cheminée tournaient le dos à la porte.

Elle reconnut immédiatement le comte de Séris lorsqu'il se leva et s'avança vers elle en boitillant.

« Je vous suis très reconnaissant d'avoir accepté de venir. Approchez, que je vous présente un ami qui nous arrive de Paris. »

L'homme se leva, s'approcha et s'inclina légèrement devant la jeune femme.

« Messire Imbaud Brun du Peschin... Anne de Montorgue. »

Imbaud ne put détacher son regard de la jeune femme. Elle était rayonnante, portait une robe de fine laine noire qui faisait ressortir sa peau cuivrée. Ses yeux bleus le fixaient avec curiosité. Ils restèrent un long moment sans bouger, à s'observer.

« Quelle tigresse! » pensa Imbaud, qui nota une certaine ressemblance avec la Gueugne. « Voilà une femme qui a du caractère... »

Anne, de son côté, s'aperçut immédiatement qu'elle lui plaisait et en fut flattée.

Après quelques banalités échangées, le comte proposa de passer à table. Ce n'est qu'à ce moment qu'elle se rendit compte qu'ils ne seraient que trois pour souper.

Imbaud parla durant tout le repas de la vie à la cour et à Paris. Il essayait d'intéresser Anne qui restait de marbre et se contentait le plus souvent d'écouter. Lorsqu'il l'interrogeait, elle ne répondait que par monosyllabes. Plus le repas avançait, plus elle était persuadée que l'invitation cachait autre chose que les banalités que déclamait l'ami du comte. Elle attendait…

Le dîner terminé, ils revinrent s'installer dans la grande salle.

Dès qu'Anne fut assise, Imbaud commença :

« Je pense, ma chère, que vous êtes suffisamment intelligente pour comprendre que cette invitation a un but précis. »

Anne se dispensa de répondre. « Enfin, nous y voilà », pensa-t-elle.

Imbaud poursuivit.

« Lors de la réunion de Clermont en décembre dernier, nous avons pu constater que l'Auvergne était réticente pour aider le prince Charles à lever une nouvelle armée et à jeter les Anglais hors de France. J'ai été chargé par le comte de Poitou de rallier l'Auvergne et ses comtes à la cause royale. »

Il s'interrompit quelques instants, satisfait : la jeune femme semblait de plus en plus intéressée.

« Pour cela, j'ai besoin de vous. »

Anne attendit la suite, mais rien ne vint.

« Comment puis-je vous aider? finit-elle par demander. Je ne connais personne ici…

– Ce n'est pas à Clermont que j'ai besoin de vous... J'ai appris que vous connaissiez bien le comte de Saint-Ilpize. Vous habitez d'ailleurs à côté, au château de la Pradelle.

– Vous êtes très bien renseigné, Messire. », lança-t-elle, hargneuse. Que savait réellement Brun du Peschin de sa liaison?

Imbaud fit semblant de ne pas s'apercevoir de son agressivité et reprit :

« Il m'est indispensable d'avoir à Saint-Ilpize une personne sur qui je puisse compter et qui me renseigne sur les allées et venues du comte Robert et de ses vassaux.

– Mais pourquoi moi? insista Anne.

– Je suis certain que je peux vous faire confiance. »

Il lui tourna le dos, se dirigea lentement vers la cheminée, se baissa pour mettre une bûche. Sans se retourner, il déclara le plus naturellement possible.

« Nous soupçonnons le comte Robert de fomenter un complot contre le roi.

– Un complot... s'entendit prononcer Anne. »

Un lourd silence, ponctué seulement par le crépitement des bûches léchées par les flammes, s'installa dans la pièce. Le visage tourné vers le feu, Séris, imperturbable, attendait. Imbaud, debout, observait la jeune femme. Un pli formé sur son front faisait ressortir sa minuscule ride.

Anne réfléchissait vite. Peut-être tenait-elle sa vengeance? Puisque Robert l'avait abandonnée d'une façon si lâche, elle ne voyait pas pourquoi elle ne pourrait lui rendre la pareille.

« Je suis prête à vous aider, déclara-t-elle. Je ne peux me rendre moi-même à Saint-Ilpize, peu importe j'arriverai à convaincre quelqu'un de bien placé auprès du comte. »

Dans la pièce, la tension qui était devenue presque insupportable tomba d'un seul coup. Les deux hommes respiraient beaucoup mieux. Ils furent surpris de la pertinence de ses questions, surtout de la dernière :

« Je ne pourrai vraiment vous être utile que dans la mesure où j'en saurai beaucoup plus sur ce complot que semble préparer Robert. » Voyant l'attitude fermée et le silence des deux hommes, elle précisa : « Je n'accepterai de vous aider qu'à cette unique condition. »

Imbaud, satisfait de la tournure des événements, estima qu'il pouvait la mettre en partie dans le secret. Lorsqu'il eut terminé son récit plutôt édulcoré, il précisa qu'elle devrait envoyer régulièrement un de ses serviteurs auprès du bailli pour l'informer et éviter surtout de prendre seule des initiatives.

« La première chose à faire, dès votre retour, sera de vérifier si le moine envoyé à Sienne est bien aujourd'hui à Saint-Ilpize. S'il est là, il faudra me le faire savoir immédiatement. Vous devrez le faire sortir discrètement de la forteresse. Je vous enverrai quelques hommes pour le ramener sous bonne escorte à Clermont. »

Le premier ordre de mission ayant été donné, Guillaume de Séris se leva. Imbaud proposa de raccompagner Anne qui accepta avec un petit sourire malicieux.

Sur le chemin du retour, il ne fut plus question des comtes d'Auvergne. Imbaud faisait une cour empressée à la jeune femme qui semblait ravie.

Devant l'hôtel du comte Béraud, lorsqu'il s'approcha et voulut l'embrasser, elle se déroba d'un geste vif, lui fit un grand sourire, se précipita vers la porte qui venait de s'ouvrir et disparut à l'intérieur, le laissant sans réaction.

Imbaud frustré, fit demi-tour. « Quelle garce! pensa-t-il. Enfin, je crois que j'ai là une bonne recrue. Il est temps maintenant de rentrer à Paris pour en parler au prince Charles. »

Anne était comblée. Elle tenait sa vengeance. Dans son lit, elle pensa à son frère, convaincue que la mission que lui avait confié Robert avait un rapport direct avec ce Siennois qui s'appelait Giannino.

Elle savait déjà qui pourrait l'aider. Guillaume de Chantel, l'écuyer du comte de Saint-Ilpize, était fou amoureux d'elle depuis toujours. Elle saurait bien, contre quelques compensations – pas forcément désagréables d'ailleurs – le faire parler sans qu'il se doute de quelque chose.

Elle sourit dans la nuit noire. Décidément cette mission commençait à l'exciter... Elle quitterait Clermont dès le lendemain matin.

Avant de s'endormir une dernière pensée traversa son esprit. Guillaume de Peygerolles? Très vite, elle la repoussa. Elle n'avait pas le temps de le voir. Tant pis, elle lui laisserait un mot de rupture avant de partir.

Son obsession l'avait reprise, plus forte. Seule la vengeance guiderait ses pas.

Chapitre XII

FAUCON

Le spectacle avait quelque chose de surnaturel. L'orage venait d'éclater. Les éclairs se succédaient sans interruption et les coups de tonnerre qui suivaient étaient épouvantables.

Le chemin qui serpentait à travers la montagne, s'enfonçait dans la forêt de chênes, dont les branches gémissaient sous les coups de butoir des rafales de vent. La pluie se mit enfin à tomber avec une force peu commune, transformant rapidement le chemin en un véritable ruisseau.

La jument glissait à chaque pas. N'importe qui aurait eu peur au milieu de cet enfer. N'importe qui, sauf Anne de Montorgue. Trempée, elle tentait de calmer sa jument affolée en lui caressant l'encolure.

Finalement, elle descendit de sa monture, la prit doucement par la bride, la flatta en lui soufflant des paroles rassurantes. Elle continua son chemin en tirant l'animal qui par moments se cabrait.

Elle y voyait de moins en moins. Une épaisse vapeur se dégageait du sol encore chaud, l'empêchant de se repérer. La pluie lui cinglait le visage et l'aveuglait. Elle avait l'impression de recevoir des coups de fouet. L'eau glaciale tombait de ses cheveux collés à son visage pour ruisseler le long de son cou et glisser sous sa robe, la pénétrant jusqu'aux os.

En quittant le domaine de la Pradelle, elle avait lancé sa jument au galop à travers le Champ du Merle, vaste plaine dominant l'épaisse forêt, sans se préoccuper du ciel qui s'assombrissait. Pourtant Enguerrand, qui avait vu l'orage se rapprocher du côté de Lavoute-Chilhac, avait tenté de la dissuader de sortir. Comme à son habitude, elle n'en avait fait qu'à sa tête, et se retrouvait maintenant en plein bois, à la recherche du sentier qui lui permettrait d'éviter Cissac.

Elle pestait une fois de plus après le ciel, lorsqu'elle distingua entre deux rafales de pluie l'arbre foudroyé l'été précédent. Elle avait dépassé le chemin sans s'en apercevoir et dut faire demi-tour. Elle remonta lentement en se courbant à chaque pas pour éviter les branches. Au moment où elle pensait avoir encore manqué le chemin, elle le vit enfin, caché par des branches d'arbres cassées.

Elle remonta en selle, dirigea sa jument avec fermeté afin d'éviter que l'animal ne glisse dans le ravin qui bordait l'étroit sentier. Aussi brutalement qu'il était arrivé, l'orage s'éloigna, le vent tomba. Déjà, les premiers rayons du soleil transperçaient les feuillages pour la réchauffer.

Anne poursuivit sa route à flanc de montagne pendant un quart de lieue avant d'entrevoir la Rode à ses pieds. Le petit ruisseau qui d'ordinaire descendait en se prélassant à l'ombre des arbres, vers la rivière en contrebas, semblait en proie à la furie. Elle le traversa néanmoins sans trop de difficulté, le longea quelques instants. Pressée, elle prit un raccourci qui coupait à travers la montagne, abandonnant le chemin qui descendait le long du ruisseau.

Elle arriva rapidement derrière les trois maisons de Faucon. Deux seulement étaient habitées par des bûcherons de son frère. La porte de la dernière maison, située un peu en retrait, était ouverte. Sur le seuil, alerté par les aboiements de chiens errants et à demi-sauvages, Guillaume de Chantel, qui n'avait toujours pas compris pourquoi Anne lui avait demandé de venir en secret à Faucon, s'avança vers elle.

La jeune femme sortait de la petite grange où elle avait attaché sa jument.

Guillaume, rayonnant, la regarda s'approcher en silence. Elle lui prit la main d'un geste amical et l'entraîna à l'intérieur, près de la cheminée où un énorme tronc humide se consumait en fumant et en gémissant.

Elle lui était reconnaissante d'avoir pensé à allumer un feu. Elle était trempée et glacée. S'approchant de l'âtre, elle s'empressa de se dévêtir sans se préoccuper de l'homme qui ne la quittait pas des yeux. Dès qu'elle fut nue, elle l'interpella d'un ton moqueur.

« Au lieu de me regarder, donne-moi de quoi m'essuyer et frotte-moi le dos, je suis glacée. »

Guillaume intimidé restait les bras ballants, sans pouvoir détacher ses yeux de la femme qu'il aimait depuis toujours et qui, gamine, partageait ses jeux et ses courses à travers les montagnes. Elle avait bien changé depuis leur enfance. Le corps cuivré brillait d'un éclat particulier devant les flammes. Ses seins un peu lourds mais fermes, aux pointes très brunes, semblaient le narguer. Guillaume préféra baisser les yeux, mais ce fut pire : son regard resta rivé sur un ventre plat où se prélassait une épaisse toison noire...

Il lui apporta une couverture et la lui tendit sans oser l'approcher. Anne le fit sursauter.

« Allons, ne reste pas immobile! Frotte-moi le dos! »

Comme dans un rêve il s'exécuta, l'effleurant à peine.

Sans qu'il eût vraiment le temps de s'en rendre compte, tout bascula très vite. Anne se retourna, la couverture tomba à terre. Avant qu'il eût le temps de se baisser par la ramasser, elle se blottit contre lui et lui offrit ses lèvres.

Guillaume, éperdu de bonheur, mit tout son amour dans ce baiser qu'il espérait depuis si longtemps. Anne ressentit cette passion et en fut émue. Elle se laissa tomber devant la cheminée. Guillaume s'enhardit et se mit à la caresser lentement, découvrant sous ses doigts chaque parcelle de l'être aimé. Ils firent l'amour comme s'ils avaient voulu faire durer éternellement ces instants délicieux, devant le feu qui réchauffait leurs corps dénudés. Heureux, comblés, ils restèrent enlacés sans oser bouger.

Beaucoup plus tard ils se séparèrent avec un certain regret.

Anne partit la première. Guillaume l'aida à sortir sa jument de la grange. Au moment de le quitter, elle ne put s'empêcher de l'embrasser une dernière fois, puis lança sa monture d'un coup sec au galop, sans se retourner.

Anne n'était pas du tout contente. Pour la première fois, depuis bien longtemps, elle avait ressenti son corps frissonner. Elle avait aimé les baisers passionnés de Guillaume. Pourtant, elle avait réussi, très facilement, à obtenir les renseignements sur ce Giannino et le voyage des deux moines pour Sienne. Elle avait même appris comment le trouver sur place. Elle se concentra sur sa mission et s'obligea à ne plus penser à son nouvel amant. Il lui fallait envoyer dès le lendemain un messager auprès du bailli.

Avant d'arriver à la Pradelle, elle se surprit à sourire en pensant à la petite tache ovale, légèrement brune, incrustée sur la poitrine de Guillaume qu'elle n'avait pu s'empêcher de caresser. Robert avait la même sur l'épaule droite.

Guillaume, resté seul, rentra dans la maison. C'était un autre homme. Il prit un trépied et s'installa devant la cheminée où le feu se mourait lentement. Il ferma les yeux. Son esprit et tout son corps étaient toujours avec Anne. Il essayait de prolonger ces instants de bonheur. Ses lèvres frissonnaient encore des baisers sensuels de la jeune femme. La pièce elle-même s'était imprégnée de son doux parfum.

Après un long moment, il se leva et partit. Le retour à Chantel ne lui prit que peu de temps. Il laissa son cheval le guider à travers la montagne. Il ne pensait qu'à une chose : Anne lui avait promis un nouveau rendez-vous…

Lorsqu'il pénétra dans la cour de son domaine, cernée par deux bâtiments fortifiés très abîmés, il fut interpellé par l'un de ses serviteurs.

« Messire Guillaume, le comte Robert vous a fait chercher.

– C'est bien, j'irai au château après souper. »

Guillaume n'avait pas envie de se retrouver immédiatement avec son seigneur. Robert était aussi son rival, désormais… Tout en réfléchissant, il se dirigea d'un pas ferme vers la chambre de sa mère. Arrivé devant la porte, il avait pris sa décision. Il défendrait son amour quoiqu'il arrive.

Agnès de Chantel, alitée, avait conservé malgré toutes ses souffrances un visage plein de douceur et de grâce.

Elle regarda son fils. Lui d'habitude si triste semblait rayonnant, ses yeux brillaient.

« Qu'as-tu fait aujourd'hui, mon fils? »

Guillaume n'avait pas très envie de parler.

« Raconte-moi... », insista Agnès de sa voix douce.

Devant le regard suppliant de sa mère qu'il adorait, Guillaume finit par lui avouer qu'il avait rencontré Anne à Faucon.

Agnès devinait ce qui avait dû se passer à Faucon. Elle savait les sentiments de son fils pour la jeune femme. Son front se plissa imperceptiblement. Elle connaissait trop bien le caractère passionné et autoritaire d'Anne. Comme toutes les mères, elle ne pouvait aimer une femme qui avait fait souffrir son enfant et avait longtemps prié pour que son fils oubliât auprès d'une autre femme cet amour de jeunesse. Elle n'en laissa rien paraître et fit signe à Guillaume de s'asseoir près d'elle, sur le lit.

« Je suis contente pour toi, cela fait bien longtemps que je ne t'ai vu aussi heureux. » Elle s'empressa d'ajouter, à contrecœur : « Il te faudra faire attention à la colère de Robert. Il considère Anne comme sa propriété et ne l'abandonnera pas sans réagir. »

Guillaume lui coupa la parole.

« Il n'y a plus rien à craindre, mère, n'oubliez pas que Robert ne l'a plus vue depuis cinq mois. Il a rompu définitivement avec elle.

– En es-tu certain, mon fils?

– Oui », tenta de plaider Guillaume, mais sa voix trahissait son inquiétude.

Agnès n'osa pas dire à son fils ce qu'elle pensait réellement. Elle était persuadée que la jeune femme se servait de lui pour assouvir sa vengeance. Surtout, en choisissant Guillaume... Elle se contenta de lui dire :

« N'oublie surtout jamais, Guillaume, que Robert est ton demi-frère. » Guillaume préféra ne pas poursuivre la discussion. « Je dois aller à Saint-Ilpize, Robert m'a envoyé chercher. » Il embrassa tendrement sa mère et sortit.

Agnès, à peine la porte fermée derrière son fils, laissa libre cours à ses pensées. Elle se remémora les jours heureux, lorsque Robert II, le père de l'actuel comte, venait lui rendre visite avant de l'installer définitivement au château. Agnès avait à peine dix-sept ans lorsqu'elle était devenue la maîtresse du comte, après la mort de sa femme Catherine de Bussières. Elle lui avait donné Guillaume, qui fut élevé avec son demi-frère Robert. Juste avant de mourir, le comte Robert II avait titré Guillaume et lui avait offert le fief de Chantel.

Agnès soupira. Une larme glissa lentement sur sa joue. Elle priait.

Chapitre XIII

LA COURSE

L'odeur persistante des oliviers imprégnait avec délice les deux moines assis sur un petit banc de pierre, entre deux colonnes du cloître. La nature semblait se réveiller après la canicule insupportable de cette journée de juillet. Les cigales entonnaient leur concert nocturne, tandis qu'au loin, un chien errant aboyait. Aucun des deux hommes n'osait rompre ce silence réparateur.

Ils étaient arrivés peu avant midi à quelques lieues de Sienne. L'endroit était tellement paisible et reposant qu'ils décidèrent de rester jusqu'au lendemain. Leur voyage avait été exténuant. En partant de Saint-Ilpize, ils avaient emprunté les petits chemins plutôt que les grandes voies plus rapides, mais aussi plus dangereuses.

Après avoir traversé les monts de la Margeride, plateau désertique, ils ne s'étaient arrêtés que peu de temps à Mende, la capitale du Gévaudan, puis étaient descendus sur Nîmes à travers les Cévennes. Tout n'était que montagnes et forêts et les deux hommes s'égarèrent à de nombreuses reprises. Ils durent s'arrêter quelques jours à Alès pour se reposer. La descente vers Nîmes leur parut plus facile. À partir de Marseille, qu'ils avaient préféré éviter, ils longèrent la mer à travers le comté de Provence. Ce furent ensuite Gênes, Pise, Florence et enfin cette paisible abbaye au cœur d'une grande forêt.

Chaque soir, ils avaient fait halte tantôt dans un monastère isolé, tantôt dans des petits villages. Ils étaient toujours accueillis avec chaleur par les paysans qui s'empressaient de partager avec eux leur maigre nourriture quotidienne. Après le souper, ils écoutaient jusque tard dans la nuit les plaintes de ces braves gens, régulièrement rançonnés par des bandes de routiers en quête de rapines. Parfois même, les brigands étaient les seigneurs voisins, avides de querelles avec leur maître. Les deux voyageurs, eux, montés sur de robustes mulets, avaient pu parcourir des centaines de lieues, traverser des villes grouillantes, des villages paisibles, des forêts angoissantes, sans jamais être inquiétés. Il est vrai qu'avec leur froc décoloré par le soleil, gris de poussière, leurs mules qui avançaient au rythme de leurs soupirs les deux religieux légèrement bedonnants n'avaient rien d'une proie intéressante pour des bandits de grands chemins.

Le père Jacques n'avait eu aucune difficulté pour convaincre frère Antoine de l'accompagner jusqu'à Sienne. Le moine avait accepté immédiatement : il pensait ainsi achever sa mission, et pouvoir retourner dans sa chère abbaye normande pour prier avec ses frères. Pendant leur voyage, le prieur avait eu à de nombreuses reprises l'occasion d'apprécier les qualités de frère Antoine, toujours prêt à aider son prochain – ce qui l'énervait prodigieusement car cela finissait par les retarder considérablement.

Un jour, il s'était laissé convaincre de s'arrêter quelques jours – alors qu'ils étaient pratiquement arrivés à Nîmes – pour aider une jeune veuve et ses trois petits enfants. Durant trois jours ils avaient moissonné, aidés par le fils aîné qui n'avait guère plus de treize ans. Le soir, ils rentraient littéralement brisés de fatigue par la dure journée passée aux champs en plein soleil, les mains enflées et le dos plié. Le dîner terminé, frère Antoine, avant de se retirer pour dormir, racontait aux enfants des histoires fabuleuses qui se terminaient toujours bien.

Le prieur, quant à lui, préférait la couche chaude de la jeune veuve bien en chair. Dès le premier soir, il l'avait rejointe tard dans la nuit et s'était glissé silencieusement dans son lit. Elle n'avait pas été surprise et l'avait accueilli avec l'ardeur d'une jeune femme sensuelle. Tôt le matin, avec regret, il la quittait pour rejoindre sa paillasse, avant le réveil de la maisonnée.

Il arrivait par moments que le prieur se sentît mal à l'aise, non à cause de ces innombrables entorses au droit canon, mais beaucoup plus parce qu'il savait que frère Antoine le considérait comme un ami. Il s'en voulait de ne pas lui avoir dit toute la vérité sur leur mission. Souvent, sur la route, pris de remords, il avait failli tout lui avouer...

Frère Antoine, semblant sortir de ses méditations, se leva.

« Il est temps d'aller dormir. La journée de demain risque d'être longue et il faudra se présenter à l'aube devant les portes de Sienne.

– Êtes-vous vraiment sur de trouver Giannino? s'enquit le prieur.

– Bien sûr, je vous ai déjà dit qu'il travaillait à l'hôpital », répondit calmement frère Antoine.

Ils se dirigèrent ensemble vers le bâtiment avant de se séparer pour regagner leurs cellules, dans le silence de l'abbaye.

* *
*

Deux jours plus tôt, à quelques lieues de là, dans une petite chambre au premier étage d'une auberge de campagne, un homme était couché, tremblant de froid et transpirant de fièvre.

Il était arrivé vers midi, dans un piteux état. Sa jambe le faisait si atrocement souffrir que l'aubergiste avait dû l'aider à descendre de cheval. De temps en temps, la femme de son hôte montait lui mettre un linge frais sur le front. Elle avait changé le pansement de sa cuisse qui avait saigné une grande partie de la journée. En descendant, craignant que l'homme puisse mourir dans la nuit, elle s'en ouvrit à son mari qui envoya aussitôt quérir un médecin à Sienne.

Giraud maudissait sa malchance. Tout s'était bien passé jusqu'à Grenoble. Il avait quitté Clermont immédiatement après son entretien avec Imbaud et n'avait pas ménagé sa monture, ne s'arrêtant que pour dormir.

Après Lyon, il avait atteint Grenoble en un temps record. C'est là qu'avaient commencé ses ennuis. Il s'était arrêté dans une petite auberge à la sortie de la ville pour ferrer son cheval qui boitait depuis le matin. Au cours du dîner, il avait aperçu, dans un coin de la grande salle cinq hommes à la mine patibulaire qui l'observaient avec insistance. Sur le moment, il n'y avait pas prêté attention, beaucoup plus absorbé par la délicieuse soupe que lui avait servie l'aubergiste.

Le lendemain, dès l'aube, après avoir récupéré son cheval chez le maréchal-ferrant, il quittait l'auberge à bride abattue pour s'enfoncer dans une immense forêt de pins. Alors qu'il débouchait dans une étroite clairière, les cinq hommes de la veille lui avaient barré la route.

Au début, tout ne s'était pas trop mal passé. Il s'était bien défendu, laissant deux de ses adversaires allongés sans vie. Mais l'un d'eux lui avait transpercé la cuisse d'un coup d'épée, et plus vulnérable, il n'avait pas vu s'approcher l'homme derrière lui...

Giraud ne se souvenait pas combien de temps il était resté inconscient. Lorsqu'il était revenu à lui, il était seul dans la clairière avec pour seuls compagnons trois de ses adversaires, raides morts. Il s'aperçut très vite qu'il avait été dévalisé : plus de cheval et plus de bourse.

Il avait essayé sans succès de se lever. Il avait perdu beaucoup de sang et sa jambe le faisait terriblement souffrir. Après avoir arraché un morceau de sa chemise, il l'appliqua sur la plaie pour tenter d'arrêter l'hémorragie, il s'était traîné contre un chêne centenaire et avait attendu, incapable de bouger.

Finalement, un bûcheron qui rentrait de sa dure journée de labeur, l'avait aperçu et emmené jusqu'à sa petite maison à l'orée du bois où sa femme l'avait soigné avec des herbes cueillies dans la forêt.

Il était resté là, une quinzaine de jours, attendant que sa blessure se refermât. Il en avait profité pour envoyer l'homme à Clermont en lui promettant une forte récompense. Ce n'est que dix jours plus tard que celui-ci était revenu avec une bourse bien remplie et un long message du comte de Séris.

Giraud avait ainsi appris que le comte de Saint-Ilpize avait envoyé de son côté deux moines à Sienne et que, pour comble de malheur, ils étaient partis pratiquement en même temps que lui.

Le message se terminait par une information importante : l'homme qu'il recherchait travaillait à Sienne comme directeur de l'hôpital Sainte-Marie de la Miséricorde.

À peine rétabli, Giraud avait remercié ses hôtes et repris son chemin pour arriver à Turin où la douleur l'avait obligé à rester allonger deux jours. Puis il était reparti pour Sienne, mais son état s'aggravait.

La douleur le fit sortir une nouvelle fois de sa demi inconscience. Il ouvrit légèrement les yeux et aperçut un homme penché sur lui. Il voulut se redresser, mais, il retomba, sans force incapable de réagir.

« Messire, votre jambe est en mauvais état », lui annonça le médecin. « Si vous voulez la conserver, il faudra rester allongé plusieurs jours. J'ai enduit la plaie d'une pommade de ma composition qui devrait permettre une rapide cicatrisation, sous réserve bien évidemment que vous ne bougiez pas trop. Je vous ai aussi fait préparer une collation qui devrait faire tomber votre fièvre et vous permettre de dormir. »

Sans attendre de réponse, il souleva la tête du blessé et le fit boire avec l'aide de la femme de l'aubergiste. Le médecin resta encore un peu, puis voyant que l'homme s'assoupissait tranquillement, il sortit en entraînant la femme.

De nouveau seul, Giraud essaya de se soulever… Il devait trouver un moyen de se rendre à Sienne. Il n'eut pas le loisir de trouver la solution et sombra dans un profond sommeil.

Au petit matin, après une nuit quelque peu agitée, Giraud se sentit beaucoup mieux, la fièvre était tombée et sa jambe ne le faisait plus souffrir. La sagesse lui imposait de rester au lit au minimum la journée. Si tout allait bien, il pourrait repartir le lendemain à la recherche de Giannino.

La porte s'ouvrit. La femme de l'aubergiste entra avec un bol de soupe fumante. Elle sourit à Giraud, posa le gobelet sur la table et s'approcha de lui pour l'aider à s'asseoir.

Comme elle se penchait légèrement en avant, Giraud arrêta son regard sur la magnifique poitrine qui ne demandait qu'à s'échapper de la robe largement ouverte. Il ne put s'empêcher de prendre la femme par les épaules et de l'attirer vers lui. Surprise, elle perdit l'équilibre et tomba sur le blessé. Elle ne chercha pas à se relever. Ses lèvres se posèrent goulûment sur celles de Giraud. Ses mains expertes parcouraient le corps velu du blessé. Giraud oublia pour quelques instants sa blessure et sa mission et vécut l'un des meilleurs moments de sa vie aventureuse. Lorsqu'elle sortit, il s'endormit jusqu'au soir.

Chapitre XIV

SIENNE

Devant eux se dressait enfin la masse orgueilleuse de Sienne, protégée par ses épais remparts.

Ils se présentèrent devant la Porte Romana où une foule grouillante s'agglutinait pour pénétrer dans la ville et attendirent patiemment leur tour pour passer la herse devant des gardes vigilants. Ils mirent une bonne heure avant de pouvoir s'enfoncer dans le cœur de la cité à travers d'étroites ruelles où le soleil ne pénétrait pratiquement jamais. La ville n'était que palais, plus richement décorés les uns que les autres, fontaines finement sculptées, églises.

Ils durent demander à plusieurs reprises leur chemin à travers les multiples venelles avant de tomber tout à fait par hasard sur la splendide cathédrale de marbre blanc et noir. Finalement ils se retrouvèrent sur la grande place, toute ronde, légèrement incurvée, entourée de belles maisons soutenues par des arcades. Au centre de la place trônait la fontaine de Branda, fierté des Siennois. Tout en cette ville respirait grâce et douceur.

Là, ils hélèrent un gamin qui jouait. Il accepta contre un ducat de les accompagner jusqu'à l'hôpital.

Ils arrivèrent enfin devant l'immense bâtiment. Un nombre invraisemblable de malades et de mendiants se pressait devant le grand portail.

Le père Jacques interpella une religieuse qui portait des pansements ensanglantés.

« Bonjour, ma sœur.

– Que Dieu soit avec vous, répondit la jeune femme.

– Frère Antoine et moi-même, père Jacques, arrivons de très loin pour rencontrer votre directeur. »

La sœur observa attentivement les deux moines aux robes fatiguées et poussiéreuses. Sans leur répondre, elle ordonna à une toute jeune fille qui passait devant eux :

« Carla, conduis frère Antoine et père Jacques auprès de messire Giannino Baglionni. », Elle laissa les moines et partit rejoindre ses malades qui l'attendaient dans la salle commune.

Quelques instants plus tard, ils se trouvaient dans le bureau de Giannino.

Le prieur examina avec beaucoup d'attention l'homme assis devant un petit bureau éclairé par les rayons du soleil qui pénétraient par une grande fenêtre. Giannino leva la tête vers les visiteurs et reconnut frère Antoine. Il se leva, se précipita vers lui, et le serra dans ses bras en s'exclamant :

« Frère Antoine! Quelle joie de vous revoir! »

Le père Jacques était resté légèrement en retrait. Il fut immédiatement frappé par le sourire à la lèvre inférieure tombante de Giannino. La ressemblance avec la reine Clémence était frappante. Il avait devant lui le portrait aperçu au Louvre quelques années plus tôt. Le bas du visage et le sourire étaient bien les mêmes.

Frère Antoine fit les présentations et expliqua le but de leur visite.

Giannino écouta sans dire un mot, songeur. Les paroles du moine confirmaient la position de la majorité des membres du Conseil de Sienne. Il ne doutait plus de sa naissance et ce comte d'Auvergne venait lui offrir la possibilité de reconquérir son trône. Il laissa le religieux achever son récit avant de prendre la parole.

« Certains membres du Conseil de la République de Sienne, parmi les plus importants, m'ont déjà reconnu comme le véritable roi de France. Ils ont décidé de m'aider. Un messager est parti à Bude pour annoncer à mon cousin le roi de Hongrie ma visite en octobre. » Il s'interrompit, s'approcha de frère Antoine. « Il me sera donc impossible, malgré mon vif désir, de me rendre à l'invitation du comte Robert. », ajouta-t-il.

Frère Jacques, qui jusqu'à cet instant n'avait encore rien dit, plaida la cause du comte de Saint-Ilpize.

« Vous ne pourrez reconquérir votre trône qu'avec l'aide des grands du Royaume de France. Le comte Robert compte de nombreux amis autour de lui. Il a décidé de les réunir clandestinement pour leur révéler votre existence. » Il changea de ton. « Il faudrait à ce propos que vous fassiez une copie de la charte que vous a remise Colas de Rienzi. »

Giannino, hésitait encore. Aurait-il le temps d'aller en terre d'Auvergne et de revenir avant son départ pour Bude?

Frère Antoine le décida en une seconde en prononçant avec respect :

« Sire... Il le faut. » Il laissa le mot pénétrer lentement au plus profond de Giannino, puis reprit : « Sire, vous ne pourrez jamais monter sur le trône sans l'aide du comte d'Auvergne. L'argent des Siennois et l'aide de votre cousin le roi de Hongrie ne seront pas suffisants face à l'armée du roi Jean… »

Frère Antoine avait plaidé avec chaleur. Giannino ne doutait plus. Celui qu'il considérait comme son ami, l'avait appelé « Sire ». Ce mot résonnait encore dans ses oreilles…

« Quand partons-nous?

– Le plus tôt possible », s'empressa de répondre le prieur, de peur qu'il ne change d'avis. « Vous devez être de retour avant fin septembre…

– Je vais prévenir ma famille.

– Frère Antoine va vous accompagner. Surtout, ne parlez pas de votre destination, même à votre femme. Vous me rejoindrez au monastère avant la nuit. »

Le prieur avait parfaitement saisi que sans frère Antoine, il ne serait jamais parvenu à convaincre Giannino. En les laissant ensemble, il était certain qu'ils seraient à l'heure au rendez-vous.

Tout en marchant en direction de sa maison, Giannino entreprit de raconter à son ami ses tourments depuis le jour où il avait appris la vérité sur sa naissance. Il pensait chaque nuit à Marie de Carsi, à cette chaleur maternelle qui lui avait manqué depuis le jour où son père était venu le chercher. Celle qu'il chérissait dans son cœur n'était pas sa véritable mère et cette femme, dont l'enfant avait été sacrifié pour qu'il puisse vivre, l'avait aimé peut-être plus fort encore que s'il avait été son véritable fils. Le religieux laissait son compagnon s'épancher. Il sentait, à travers ces mots, une profonde douleur qui ne pourrait jamais cicatriser. Frère Antoine essaya de lui faire comprendre avec douceur qu'il ne devait pas être malheureux. Marie, par son amour pour lui, était devenue sa véritable mère et lui avait donné une immense preuve de son affection avant de mourir. Ces paroles simples semblèrent rasséréner Giannino.

Dès qu'ils passèrent le seuil de la maison, un petit garçon aux joues roses, les lèvres pleines de confiture, se précipita dans les bras de son père. Derrière lui, une femme, la quarantaine, le corps légèrement empâté mais encore désirable, s'approcha. Elle tenait dans ses bras une ravissante petite fille aussi blonde qu'elle.

Giannino embrassa son fils Gabriel, et s'adressa à Necca, sa femme :

« Je te présente frère Antoine que j'avais rencontré à Rome, il y a deux ans.

– Bonjour, mon père.

– Je dois partir avec lui. » s'empressa de préciser Giannino, et plus doucement : « Immédiatement. »

– Pour aller où? »

La voix était légèrement angoissée.

« À Rome », répondit le religieux

Comme Necca n'en demandait pas plus, Giannino s'excusa et laissa sa femme avec le religieux. Il se dirigea d'un pas vif vers l'arrière de la maison et pénétra dans une petite chambre, espérant y trouver son fidèle serviteur. Mais la pièce était vide. Il ressortit et appela l'homme à plusieurs reprises, sans résultat.

« Comme d'habitude, introuvable quand on a besoin de lui... Sûrement encore sa bande de va-nu-pieds. », grommela Giannino. Il ne pouvait partir sans lui. Battista savait manier le couteau comme personne et saurait le protéger en cas de danger. Il se décida à interpeller un serviteur et l'envoya chercher son homme dans les quartiers mal famés de Sienne.

Pendant ce temps, il en profita pour s'enfermer dans sa chambre. Il poussa le bahut placé contre le mur, se mit à genoux, retira une planche posée à même le sol et plongea sa main dans la cavité pour en sortir un petit coffret. Il le vida sur le meuble et prit une des deux copies du testament et de la charte qu'il avait pris soin de faire depuis longtemps. Il remit les originaux dans la cachette, puis repoussa le meuble. Ayant vérifié que tout était bien en place, il ressortit après avoir pris quelques effets personnels pour le voyage.

Durant son absence le religieux avait essayé avec beaucoup de gentillesse de rassurer l'épouse de Giannino, mais en vain. Le maître de maison donna quelques instructions à sa femme, lui précisant qu'il ne serait pas longtemps absent, tout au plus deux mois.

C'est à ce moment qu'arriva Battista

« Prépare tes affaires, tu pars avec moi. » Le jeune homme, surpris, voulut ouvrir la bouche. « Fais vite, nous t'attendons. », lui ordonna Giannino.

Au moment du départ, il serra très fort ses enfants dans ses bras, embrassa sa femme puis sortit sans se retourner. Sa famille ne devait pas voir les larmes qu'il chassa promptement.

Chapitre XV

SAINT-PRIVAT DU DRAGON

Les grosses chaleurs de l'été n'avaient pas ralenti la petite troupe qui avait emprunté les anciennes voies romaines mal entretenues, mais certainement plus rapides.

Dans la bibliothèque d'un petit monastère à la sortie du Puy, frère Antoine et Giannino attendaient à présent patiemment le retour du prieur de Saint-Ilpize, parti à l'aube avec Battista pour rencontrer un serviteur du comte Robert.

L'amitié entre les deux hommes s'était renforcée durant le voyage. Frère Antoine essayait de calmer les ardeurs de Giannino qui se voyait déjà le maître du royaume qu'il traversait. Mais le plus souvent, ils avaient marché en silence, chacun absorbé par ses propres pensées.

Durant les derniers jours, Giannino avait interrogé le père Jacques sur Robert, car son angoisse grandissait au fur et à mesure qu'ils approchaient de ses terres. Les réponses de l'abbé restaient toujours très laconiques. La seule dont il pouvait l'assurer, c'est que le comte était prêt à tout faire pour l'aider à monter sur le trône.

Toujours impatient, Giannino s'adressa à frère Antoine :

« Il est tard... Le père Jacques et Battista devraient être rentrés depuis longtemps.

– Ne soyez pas impatient mon fils. L'auberge où ils sont partis est à plusieurs lieues d'ici. Et il se pourrait qu'ils n'aient pas trouvé immédiatement leur homme. Il doit nous attendre depuis plusieurs jours et ne connaissait pas la date de notre arrivée. »

Giannino, que les paroles du moine n'avaient nullement rassuré, déambulait maintenant impatiemment à travers la pièce.

« Non, ce n'est pas normal, il a dû se passer quelque chose... Peut-être vaudrait-il mieux quitter au plus tôt l'abbaye.

– Calmez-vous, nous sommes à l'abri ici. Seul le père abbé sait qui nous sommes. »

L'attente dura encore longtemps. Beaucoup plus tard le moine et Battista revinrent enfin. Sans leur laisser temps de poser des questions, le prieur s'installa dans un fauteuil et fit signe à ses amis de prendre place en face de lui.

« Nous partirons demain matin très tôt par la route de Langeac pour rejoindre le comte.

– Où avons-nous rendez-vous ? l'interrompit Giannino.

– À Saint-Privat-du-Dragon. La route est longue. Nous n'y serons que demain soir.

– Ce n'est pas au château de Saint-Ilpize ?!

– Non, le comte Robert veut prendre toutes les précautions possibles pour que cette rencontre reste discrète. Saint-Privat du Dragon se trouve à un peu plus d'une lieue du château et présente l'intérêt d'être complètement isolé dans la montagne. »

Frère Antoine paraissait également surpris par la décision du comte. Manifestement, Robert ne tenait pas à rendre officielle la visite de Giannino. Il n'en laissa rien paraître – Giannino était suffisamment agacé par ce changement imprévu – et se contenta de dire d'une voix calme :

« La journée de demain sera longue. Je vous suggère d'aller nous coucher. »

Dans sa cellule, frère Antoine ne put s'endormir. Pourquoi tenir cette rencontre secrète, alors que le prieur lui avait toujours déclaré que le comte mettrait son armée et ses gens au service de la vérité?

Contrarié, il décida d'aller demander des explications au prieur. Il sortit discrètement de sa chambre et se dirigea silencieusement vers le fond du couloir.

Devant la porte de la cellule du père Jacques, après avoir vérifié qu'il était seul dans le couloir obscur, il frappa doucement. Pas de réponse. Il frappa à nouveau un peu plus fort et, se penchant, colla son oreille contre la cloison. Aucun bruit ne filtrait. Il tourna finalement la poignée, mais la porte était fermée. Il frappa à nouveau... Toujours rien...

Frère Antoine retourna silencieusement dans sa cellule, plus inquiet qu'à l'aller, et incapable de s'endormir. Des questions plus alarmantes les unes que les autres se bousculaient dans sa tête. Une surtout : au lieu d'aider Giannino, le comte n'allait-il pas plutôt le livrer aux hommes du roi? Pire encore, n'avait-il pas décidé de le tuer?

Frère Antoine passa une nuit tourmentée et au petit jour il se rendit à la chapelle, espérant par la prière échapper à ces noires pensées. L'endroit était frais. Il frissonna mais retrouva la sérénité dans la prière.

Il fut interrompu par le prieur qui vint sans bruit se glisser à ses côtés. Frère Antoine attendit qu'il prenne place et se retourna.

« Je suis passé vous voir hier soir, mais vous n'étiez pas dans votre cellule… »

Le père Jacques ne se départit pas de son calme.

« Vous avez dû venir au moment où j'étais ici à la chapelle.

– Pourquoi allons-nous à Saint-Privat plutôt que directement à Saint-Ilpize?

– Je vous ai déjà répondu hier soir », lança le prieur d'un ton sec.

Le brave moine préféra en rester là, mais décida de rester sur ses gardes. Les deux hommes sortirent en silence de la chapelle et rejoignirent Giannino et son serviteur qui les attendaient pour partir.

Après une demi-lieue ils bifurquèrent vers un sentier bordé d'immenses ronciers qui déchiraient leurs vêtements déjà fatigués. Les flancs des chevaux n'étaient pas épargnés : de légers filets de sang striaient leur robe, régalant de grosses mouches.

Le chemin se rétrécissait de plus en plus; ils durent continuer à pied dans la forêt toujours plus en plus épaisse où ne filtrait aucun rayon de soleil. Ils marchèrent une bonne partie de la matinée avant de pouvoir remonter sur leurs chevaux et accélérer leur marche. Vers midi, ils débouchèrent dans une clairière baignée de soleil. À l'extrémité opposée, assis à l'ombre sur un arbre déraciné par un de ces terribles orages auxquels l'Auvergne était habituée en été, deux hommes attendaient tranquillement.

Ils se levèrent avec lenteur et s'approchèrent du prieur qui les salua. Frère Antoine reconnut immédiatement les armes du comte Robert sur la tunique des deux hommes.

« Nous vous attendons depuis longtemps. Vous êtes bien en retard, dit l'homme qui semblait être le chef.

– Nous ne sommes point soldats, rétorqua sèchement le prieur. Nous allons nous arrêter quelques instants pour nous restaurer et nous reposer.

– Pas le temps ! Il y a encore du chemin à faire à travers la montagne avant d'arriver à Saint-Privat, répartit l'homme sur le même ton.

– Nous prendrons le temps ! »

Joignant le geste à la parole, le prieur descendit de cheval et fit signe à ses compagnons de faire de même.

Les soldats haussèrent les épaules et se rassirent en ignorant les quatre hommes. De toute façon, leur mission était d'accompagner ces gens : s'ils arrivaient en retard ce n'était pas leur problème.

Ils quittèrent la clairière en début d'après-midi pour s'engouffrer à nouveau dans la fraîcheur toute apparente de la forêt, car très vite, ils transpirèrent et furent obligés de descendre de leur monture pour franchir les pentes escarpées. Les montées étaient exténuantes et les descentes guère plus faciles, car les chevaux glissaient sur la mousse qui poussait à flanc de montagne. Épuisés, les quatre voyageurs suivaient de plus en plus difficilement les soldats qui avaient l'air quant à eux aussi frais qu'au départ.

Ce n'est que tard dans l'après-midi, alors que le soleil déclinait à l'horizon, qu'ils arrivèrent aux abords du village de Saint-Privat. Ils furent accueillis par les aboiements déchaînés de chiens, crocs en avant, qui n'osèrent cependant les toucher. La troupe traversa le village – quelques maisons assemblées autour d'une bâtisse fortifiée dont le donjon était à moitié ruiné.

Les soldats s'approchèrent de la tour carrée. Enguerrand, alerté par le vacarme des chiens, les attendait sur le seuil.

Robert et Enguerrand étaient arrivés en fin d'après-midi : le comte avait reçu dans la matinée le message du Puy le prévenant de l'arrivée du prieur et du Siennois dans la soirée à Saint-Privat.

Robert, après avoir longuement réfléchi, s'était finalement décidé à en parler à sa femme. Il lui avait tout raconté avant de lui montrer le testament de Marie de Carsi, qu'il avait sorti d'une cachette connue d'eux seuls, derrière la cheminée de la grande salle, parmi les nombreuses chartes de sa famille.

Françoise, qui avait laissé son mari parler sans l'interrompre, tenta de le dissuader de s'engager dans une aventure qui risquait de tourner très mal pour lui et la province tout entière.

« Même si cette histoire est vraie, les Valois ne se laisseront pas destituer par un imposteur… Siennois de surcroît.

– Quel imposteur? Il est l'héritier de la couronne! »

Françoise vit Robert s'énerver. Elle savait qu'il ne voyait dans cette histoire qu'un moyen de devenir le maître incontesté de l'Auvergne. Aussi lui conseilla-t-elle de s'en ouvrir à Enguerrand qui serait certainement de bon conseil. Furieux de l'incompréhension et de la réaction de sa femme, il haussa les épaules et sortit, tout en pensant que décidément son épouse ne comprendrait jamais rien. Il se dirigea vers le donjon. Françoise avait raison sur un seul point. Enguerrand lui serait peut-être très utile et ne le trahirait jamais, même si les choses tournaient mal… De toute façon, il ne risquait rien à lui en parler. Son ami était déjà au courant du testament.

Il trouva Enguerrand avec Guillaume et interrompit une discussion qui semblait animée.

« Guillaume! Va me quérir Lomenède. Il doit être chez lui. »

L'écuyer, qui se doutait que le comte voulait rester seul avec Montorgue, sortit sans répondre.

Robert entraîna son ami vers le fond de la salle des gardes et emprunta l'étroit escalier de pierre. Ils montèrent l'un derrière l'autre. Sur la petite plate forme qui dominait la vallée, Robert se tourna vers son vassal et le mit au courant de ses intentions envers Giannino.

Enguerrand fut d'abord surpris d'apprendre que le fils de Marie de Carsi se trouvait si près de Saint-Ilpize, mais se ressaisit très vite. Depuis le début, il se doutait que Robert voulait retrouver ce Giannino. Les différentes missions qu'il lui avait confiées l'avait renforcé dans sa conviction, mais il était vraiment loin de penser qu'il puisse réussir à faire venir ce Siennois jusqu'ici.

Il ne fut en revanche nullement étonné lorsque le comte lui annonça qu'il voulait installer Giannino sur le trône. Il lui fit simplement comprendre qu'il fallait redoubler de prudence.

« Pourquoi? le questionna Robert.

– Je pense que les hommes du roi doivent être au courant.

– Au courant de quoi?

– De l'existence de Giannino.

– Mais par qui? » lui lança Robert.

Enguerrand réalisa qu'il parlait trop. L'attitude de sa sœur, depuis son retour de Clermont l'inquiétait. Anne était capable de tout pour se venger de son amant et il se mit, à nouveau, à regretter de lui avoir parlé de sa première mission en Normandie.

« Je ne sais pas, c'est une intuition, finit-il par dire évasivement.

– On verra bien. Pour l'instant tiens-toi prêt avec cinq hommes de confiance, nous partirons en fin d'après-midi pour Saint-Privat. »

Sur ses mots, Robert avait tourné les talons et disparut par l'escalier.

Enguerrand était resté pour contempler le paysage qui s'étendait devant lui. Il aimait son pays de toute son âme, mais il était inquiet. Allait-il perdre tout ce qu'il aimait sur cette terre en suivant Robert ? Chassant cette pensée de son esprit, il descendit à son tour.

À la petite porte qui fermait la première enceinte, il était tombé nez à nez avec Françoise qui regagnait le logis seigneurial les bras chargés de fleurs.

« Bonjour! avait-elle lancé de sa voix chaude et chantante.

– Bonjour ». Enguerrand était incapable d'en dire plus.

C'est elle qui engagea la conversation, pressée de connaître la décision de son mari.

« Je suppose que Robert t'a parlé du testament de cette pauvre femme et de l'arrivée de son fils. Je crains qu'une nouvelle fois mon mari ne s'engage dans une aventure difficile et en tout cas certainement vouée à l'échec… » Elle regarda Enguerrand avec intensité. « J'avais demandé à Robert de t'en parler. L'a-t-il fait?

– Il m'en a parlé, en effet. Mais il ne m'a pas demandé mon avis. Il m'a simplement ordonné de l'accompagner ce soir à Saint-Privat.

– Et que doit-il se passer là-bas? »

Enguerrand gêné, n'osait poursuivre : Robert n'avait pas tout dit à sa femme.

« Alors? » insista-t-elle. « Tu me dois la vérité. »

Le jeune homme ne pouvait plus reculer.

« Nous devons y rencontrer le Siennois. Il est venu à la demande de ton mari.

– Que va-t-il faire?

– Je crois qu'il va lui proposer son aide.

– Tu dois protéger Robert », prononça Françoise avec angoisse. « Je crains le pire pour lui et pour nous. Il ne veut pas simplement aider cet homme, il veut beaucoup plus.

– Ah ? Et quoi? » Mais le jeune homme se doutait de la réponse.

« Il veut l'Auvergne. Toute l'Auvergne. » insista Françoise.

Enguerrand écoutait et admirait la jeune femme qui défendait les siens avec une telle conviction. Il réalisa que c'était la première fois qu'il se trouvait seul aussi longtemps avec elle depuis son mariage.

Françoise s'aperçut du changement de comportement d'Enguerrand, mais ne chercha pas à en tirer profit. Elle lui sourit doucement et se contenta d'insister d'une voix suppliante.

« Nous avons besoin de toi, Enguerrand. Tu dois nous protéger, mon fils et moi.

– Je le ferai », répondit-il, le regard accroché à ce visage qui respirait la douceur. Il partit avec regret.

Françoise ne bougea pas, ses yeux restèrent longtemps fixés sur la haute silhouette de l'homme qui s'éloignait. Elle ressentit un imperceptible frisson qui traversa son corps au moment où Enguerrand disparut. D'un pas lent, l'esprit ailleurs, elle se dirigea vers le logis.

Enguerrand salua les deux moines puis s'approcha de Giannino.

« Bonsoir Messire, le comte Robert vous attend », déclara-t-il avec respect.

Il les précéda à l'intérieur du donjon. La salle basse était sombre et fraîche, éclairée par une petite lucarne étroite d'où l'on pouvait apercevoir les maisons et le chemin d'accès qui surgissait de la forêt.

Dès que tout le monde fut à l'intérieur, à l'exception de Battista resté pour s'occuper des chevaux, Enguerrand ferma la lourde porte. Aussitôt, la pièce s'assombrit un peu plus.

Robert avait attendu qu'ils fussent installés pour faire son entrée. Il arriva de l'étage supérieur, salua d'un signe de tête et s'approcha de Giannino, qu'il prit dans ses bras et serra contre sa poitrine d'un geste théâtral que connaissait bien Enguerrand.

« Messire, je vous remercie d'être venu jusqu'ici. J'ai appris que vous devez vous rendre prochainement à Bude pour y voir le roi...

– ...mon cousin », rectifia Giannino.

Sans prêter attention à la réflexion du Siennois, Robert se lança dans un long discours où il déclara plusieurs fois avec solennité sa volonté de tout faire pour restituer la couronne à son légitime héritier et renverser les usurpateurs.

Tous écoutaient le comte sans oser l'interrompre. Il est vrai qu'il en imposait. Pour impressionner son visiteur Robert avait revêtu son habit de cérémonie dont la couleur d'un rouge vif tranchait avec les vêtements fatigués et poussiéreux des voyageurs.

Son discours terminé, il observa Giannino pendant que celui-ci le remerciait par des phrases d'une rare banalité.

Cet homme était peut-être le fils de Louis le Hutin... Quelle serait sa réaction s'il arrivait jusqu'au pouvoir suprême?

Ces questions n'inquiétaient pas vraiment le comte. De toute manière, plus il l'observait, plus il était persuadé qu'il avait en face de lui un homme facile à manier. Il n'aurait aucune difficulté à se servir de lui pour récupérer l'intégralité du comté d'Auvergne. Peu lui importait en fait qu'il fût ou non le dernier capétien.

Enguerrand, en retrait, étudiait lui aussi le visage de Giannino. Il avait bien du mal, à croire qu'il s'agissait du petit fils du grand Philippe le bel. Pourtant le père Jordan n'avait pu mentir.

Robert reprit la parole et interrogea Giannino. Il voulait vérifier qu'il était bien le fils adoptif de Marie de Carsi.

Giannino, d'abord impressionné par le comte, reprit petit à petit confiance en lui. Il commença le récit de sa jeunesse, d'abord en Normandie puis avec son père à Sienne. Il avait parfaitement compris qu'il s'agissait d'un interrogatoire en règle et acceptait de s'y soumettre avec beaucoup de bonne volonté : son avenir en dépendait peut-être.

Plus il parlait, plus il croyait fermement en ses paroles. Pour lui, aucun doute, il était le dernier capétien direct. Lui seul serait capable de rétablir la paix dans le royaume.

Lorsqu'il eut terminé, Robert déclara avec solennité :

« Sire, la reconquête de votre Royaume sera difficile mais pas impossible. Le peuple a beaucoup souffert et rend les Valois responsables de ses malheurs. » Il s'arrêta un instant pour laisser le temps à ses paroles de faire leur chemin. « Bien préparé, vous pourrez monter sur le trône, mais pour cela, il faut du temps.

– Combien de temps? coupa Giannino, impatient.

– Il nous faut élaborer un plan et convaincre mes amis. Notre armée devra rivaliser avec celle du régent…

– Combien de temps? insista Giannino.

– Une bonne année » finit par annoncer Robert, comme à regret.

Enguerrand, qui avait écouté en silence Giannino conter sa jeunesse, ressentit une sincère sympathie pour cet homme qu'on avait sacrifié pour permettre à d'autres de prendre le pouvoir. Il fit observer :

« Ne devrions-nous pas rechercher les barons qui vous ont confié à Marie de Carsi ? Cela, ne devrait pas être trop difficile.

– Cela fait plus de quarante ans », dit calmement frère Antoine qui, de son côté, pensait la même chose.

Robert n'y avait pas songé. Ne voulant pas rester sans rien dire, il reprit l'initiative.

« Voilà une excellente idée, je vais dès demain envoyer un de mes hommes à Paris pour se renseigner discrètement auprès des anciens membres du grand Conseil. Nous devrions, sans trop de mal, retrouver le nom des barons présents lors de votre naissance, en dehors bien sûr, de la comtesse Mahaut d'Artois, qui serait à l'origine de la décision prise par certains barons.

– Il faudra interroger leur famille et leur entourage, confirma frère Antoine.

– Ce sera le plus difficile, fit Enguerrand. »

La réunion touchait à sa fin. Robert insista une dernière fois sur la plus grande prudence et le secret absolu, pour éviter une contre-attaque des Valois. Giannino le remercia d'une voix chaleureuse.

« Je sais que je puis compter sur votre aide et je vous en suis très reconnaissant. Restons en contact. Dès mon retour du Royaume de Hongrie, je vous enverrais mon serviteur Battista. »

Robert conseilla à Giannino de rester deux jours à Saint-Privat avant de reprendre la route pour Sienne et lui proposa de mettre à sa disposition deux de ses hommes pour l'accompagner jusqu'au Puy.

Giannino refusa, déclarant qu'avec Battista il ne craignait rien.

Robert s'approcha alors lentement de Giannino. D'un geste qui se voulait respectueux, il le serra dans ses bras, lui souhaita un bon voyage et se retira avec Enguerrand.

À la même heure, beaucoup plus au nord de la province, à Clermont, Giraud terminait son récit en présence d'Imbaud du Peschin et du comte Guillaume de Séris.

Il raconta comment à Sienne il avait manqué de peu les deux moines qui étaient repartis avec Giannino. Il n'avait appris que peu de chose de sa femme sinon qu'il était parti pour Rome. Après avoir insisté, elle lui avait conseillé d'aller voir Fra Bartolomeï. Celui-ci, beaucoup plus bavard, lui avait raconté contre quelque menue monnaie, que le Conseil de Sienne avait reconnu Giannino comme le véritable roi de France et qu'il devait se rendre à Bude en octobre pour rencontrer le roi de Hongrie. En insistant encore, il put obtenir de Bartolomeï qu'il relate par écrit tout ce qu'il savait sur le testament et sur la charte du tribun romain Rienzi.

« As-tu ce document? » siffla Imbaud.

Giraud glissa sa main dans son pourpoint usé, pour en ressortir un parchemin froissé qu'il tendit à son maître.

Du Peschin parcourut le document et le passa au comte.

Giraud voulut entamer le récit de son retour, mais Imbaud l'arrêta d'un geste de la main, ramassa une bourse posée sur la table et la lui tendit.

« Tu peux sortir, nous en savons assez. »

Giraud, qui n'en demandait pas plus pour quitter la pièce, se retira.

« Cet homme est un imposteur! » Imbaud était rouge de colère. « Il a menti. Il n'a jamais été à Rome. Ces moines sont des hommes du comte Robert. Je suis certain qu'ils sont partis retrouver le comte dans son nid d'aigle ».

Séris, soucieux, chercha d'abord à calmer son ami.

« Non, je ne le pense pas. Pourquoi seraient-ils allés à Saint-Ilpize?

– Pour comploter... fit Imbaud en haussant les épaules.

– Alors... Cette affaire devient sérieuse. Il faut sans attendre prévenir le roi à Londres

– Oui, vous avez raison; je vais envoyer un messager auprès du comte Jean. Il prendra la décision qui s'impose. »

Le comte de Séris acquiesça.

« Cette histoire est insensée... À votre avis pourrait-elle être vraie? ne put-il s'empêcher de demander.

– Bien sûr que non, grogna Imbaud d'une voix ferme, il s'agit simplement d'un complot pour déstabiliser notre Roi et profiter de son absence pour s'approprier le pouvoir.

– Vous avez certainement raison, Messire. Du moins je l'espère. », prononça calmement le comte.

Imbaud quitta la pièce. Il se dirigea vers sa chambre, avec la ferme intention d'écrire son message. Arrivé devant sa porte, il fit brusquement demi-tour. Quelqu'un pourrait le renseigner sur le voyage du Siennois. Il partit à la recherche de Giraud qu'il trouva attablé dans la cuisine devant un pichet de vin et une épaisse soupe qui fumait.

« Envoie un homme à Saint-Ilpize. Je veux voir Anne de Montorgue ici dans deux jours »

Chapitre XVI

L'INTERROGATOIRE

Une pluie fine se mit à tomber alors qu'elle pénétra dans Clermont. Transpercée par l'humidité malgré sa cape, Anne frissonna. Ebles la suivait péniblement à une encolure. Le vieil homme n'aurait pour rien au monde failli à son serment : Anne n'était encore qu'une enfant lorsque son père, mourant, lui avait demandé de la protéger. Depuis, il veillait sur elle et malgré son âge, était parti avec elle de la Pradelle la veille en fin de matinée.

Ils avaient rejoint Vieil-Brioude par la forêt où ils s'étaient joints à des paysans qui partaient pour Issoire afin d'y vendre leurs produits avec quatre hommes en armes. Les routes étaient devenues si peu sûres que même pour quelques lieues, les hommes étaient obligés de se regrouper et de s'assurer une protection. Anne et Ebles en avaient bénéficié jusqu'à Issoire puis avaient pris seuls le chemin longeant l'Allier presque à sec en cette fin d'été. La route ne présentait dès lors plus aucun danger : ils se trouvaient sur les terres du dauphin d'Auvergne surveillées par ses troupes.

Il était déjà tard lorsqu'Anne se présenta devant l'hôtel du comte de Séris. On la conduisit immédiatement dans la grande salle où elle put se réchauffer près de l'âtre. Après un long moment, commençant à penser que le serviteur avait oublié de prévenir son maître, elle finit par s'asseoir face à la cheminée, le dos à la porte. Elle se releva aussitôt, soucieuse et inquiète. L'attente lui paraissait insupportable.

Dès qu'elle avait reçu la convocation d'Imbaud du Peschin, elle avait donné rendez-vous à Guillaume. Le soir même, ils se retrouvaient à Faucon pour la troisième fois. Anne voulait se persuader que son seul objectif était d'obtenir de nouveaux renseignements sur les faits et gestes de Robert ; elle savait en réalité qu'il ne s'agissait que d'un prétexte. Elle avait besoin de Guillaume, de le toucher, de l'embrasser, de se serrer dans ses bras, de se sentir aimée. Plus les jours passaient, moins elle pensait à Robert qui s'effaçait dans ses rêves devant son écuyer. Bien sûr, au début, elle avait lutté, mais ce qu'elle pensait n'être qu'une faiblesse commençait à prendre beaucoup d'importance : elle commençait à l'aimer. À leur dernier rendez-vous, lorsqu'après avoir repoussé le plus possible l'instant de la trahison, elle l'avait interrogé, elle s'était sentie sale.

Dans la salle qu'elle parcourait à présent de long en large, Anne revoyait Guillaume, confiant, qui avait tout livré sans aucune retenue. Cela ne pouvait plus durer. Elle allait expliquer à Imbaud que c'était la dernière fois qu'elle le renseignerait.

La porte s'ouvrit brusquement devant Imbaud du Peschin flanqué de l'habituel comte de Séris. Ils s'avancèrent vers elle lentement.

« Je suis heureux de vous voir ici. », la salua Imbaud, qui changea, aussitôt de ton. « Il vous a fallu du temps pour arriver...

– Je n'ai malheureusement que peu de renseignements à vous donner », répondit Anne. Mais l'empressement dont elle fit preuve n'échappa pas à d'Imbaud, habitué aux interrogatoires.

– Nous allons bien voir. » L'interrogatoire commençait « Où est ce diable de comte de Saint-Ilpize?

– Il est parti depuis une quinzaine de jours.

– Pour où?

– Je n'en sais rien.

– Allons, réfléchissez bien... »

La réplique était coupante; Anne sentit la menace et trembla imperceptiblement.

– Je crois pour Avignon...

– Pourquoi Avignon? » Imbaud était à présent intrigué.

– Il devait voir un cardinal.

– Lequel?

– Je n'en sais rien. »

Anne ne semblait plus vouloir coopérer et Imbaud se demanda ce qui avait pu lui faire changer d'avis... Quelques mois plus tôt, elle aurait fait n'importe quoi pour se venger... Peut-être s'était-elle réconciliée avec Robert? Il fallait faire attention.

« Le comte a-t-il reçu un étranger avant son départ pour Avignon?

– Pas que je sache, répondit-elle, cette fois en toute bonne foi. « Vous savez bien que je ne peux pénétrer dans le château. »

Excédé, Imbaud lui lança à la figure d'une voix hargneuse et pleine de mépris :

« Vous avez bien changé! J'ai connu une femme plus fière, plus empressée de se venger. Vous me décevez... » Son visage devint encore plus dur, ses yeux se firent ceux d'un serpent. « Vous savez qui je représente... Votre ancien amant complote contre la couronne. » Il lui laissa le temps d'enregistrer ses paroles. « Je pourrais vous faire arrêter et jeter en prison pour complicité. Alors répondez, sinon... »

L'avertissement, cette fois était clair. Anne, sentant pourtant que l'homme ne la menaçait pas à la légère, prit le parti de ne révéler qu'une parcelle de ce qu'elle avait appris de son frère et de Guillaume.

« Le comte est parti pour Avignon après s'être entretenu avec deux moines qui revenaient d'un long voyage.

– Qui sont ces moines?

– Je n'en connais qu'un.

– Lequel?

– Le prieur. »

Imbaud ne tenait plus en place.

« Quel prieur?

– De Saint-Ilpize » répondit Anne le plus calmement possible. L'atmosphère devenait irrespirable.

– Et l'autre? insista Imbaud.

– Je ne l'ai jamais vu.

– Vous ne savez pas d'où il vient? menaça Imbaud.

– De l'abbaye de Pébrac, je crois... »

Elle en avait assez dit et s'abstint de parler de l'entretien qui avait eu lieu à Saint-Privat-du-Dragon avec l'étranger dont lui avait parlé son frère avant son départ. Elle avait remarqué l'inquiétude d'Enguerrand, depuis quelques temps déjà. Il lui avait parlé de la substitution, de la reconnaissance de ce Siennois comme héritier de la couronne et enfin du départ de Robert pour Avignon, où il devait rencontrer en secret le cardinal de Talleyrand-Périgord. Enguerrand n'avait fait que confirmer ce que lui avait dit spontanément Guillaume. Mais aucun des deux n'avait parlé de complot contre le Roi.

Imbaud, quant à lui, comprit qu'il ne pourrait plus rien apprendre d'Anne. Du moins le peu qu'elle avait accepté de lui livrer recoupait le récit de Giraud. Plus tard, peut-être… Il proposa d'une voix mielleuse : « Il se fait tard, allons souper. »

Anne préféra prétexter une grande fatigue et demanda la permission de se retirer dans sa chambre.

Ravi de pouvoir s'en débarrasser aussi vite, Imbaud se leva pour appeler un serviteur. Dès qu'elle fut sortie, il s'adressa à Séris qui avait préféré ne pas intervenir dans l'interrogatoire.

« Qu'en pensez-vous, mon cher comte?

– Ce qu'elle a dit corrobore les déclarations de Giraud.

– Bien sûr, mais je suis convaincu qu'elle en sait beaucoup plus. La nuit porte conseil : je l'interrogerai de nouveau demain matin avant de partir pour Paris.

– Êtes-vous sûr que cela soit bien nécessaire? tenta d'objecter le comte, qui appréciait de moins en moins les méthodes d'Imbaud.

– Il faut qu'elle nous dise tout ce qu'elle sait », rétorqua ce dernier.

Un valet annonça que le souper était servi, mais la méchanceté qui émanait des propos d'Imbaud avait de toute façon ôté toute envie à Séris de s'y opposer.

« Allons rejoindre nos invités. Ils doivent s'impatienter », se contenta-t-il de répondre.

Anne, à peine enfermée dans sa chambre, se précipita sur le lit et s'assit pour retrouver une respiration régulière. Il lui fallait partir et vite : Imbaud ne se contenterait certainement pas du peu qu'elle lui avait livré, et elle avait compris lors de l'interrogatoire que ni son rang ni son sexe ne l'empêcheraient d'utiliser la force. Elle ne pouvait rester un instant de plus dans cette maison sans risquer sa vie. Elle se ressaisit, s'allongea tout habillée et prit le parti d'attendre que tout le monde soit couché pour s'enfuir.

Au milieu de la nuit, elle se leva, s'approcha doucement de la porte et l'ouvrit. Aucun bruit, la maison était endormie. Discrètement en se retournant à chaque pas, elle descendit les marches du grand escalier de pierre. Dans l'immense vestibule, elle mit quelques instants pour se repérer avant de prendre le couloir de gauche, seul endroit de l'hôtel qu'elle ne connaissait pas. Au bout du corridor, elle distingua une porte faiblement éclairée par une malheureuse chandelle accrochée au mur qui finissait de se consumer en tremblotant.

Avec précaution, Anne posa la main sur le loquet mais n'osa le soulever. Elle était glacée, une sueur froide lui traversait le corps. Elle se reprit, poussa la porte qui grinça sur ses gonds. Haletante, elle s'arrêta immédiatement et attendit sans bouger… Rien, pas un bruit. Elle se glissa à l'intérieur. Elle était dans les cuisines.

Les dernières braises d'un feu agonisant dans la cheminée éclairaient la pièce parfaitement rangée, ne laissant plus rien paraître de l'intense activité qui y régnait dès le début de la journée et jusque tard dans la nuit. Les yeux d'Anne en firent le tour avec vivacité. Au fond, elle aperçut une ouverture sombre. « Certainement la souillarde », pensa-t-elle. Elle s'y précipita et faillit manquer les trois marches pratiquement invisibles. Anne fit demi-tour pour se saisir d'une chandelle et retourna explorer la pièce. Au milieu trônait un immense bloc en briques qui servait de four à pain et d'où rayonnait encore une douce chaleur. Sur le côté, une petite porte ornée de vitraux.

Elle allait l'atteindre lorsqu'un bruit sec la plaqua contre le mur. Elle souffla la bougie, retint sa respiration et attendit. Rien ne bougea. Elle franchit le seuil. Il ne lui fallut que quelques secondes pour se retrouver à l'extérieur.

Elle se dirigea vers les écuries où elle était sûre d'y trouver Ebles qui devait dormir près des chevaux. Mais comment le prévenir sans réveiller les palefreniers ? Elle se glissa sans bruit à l'intérieur et chercha d'abord sa jument. Seule la lune laissait filtrer par les petites ouvertures une timide lumière. Anne commença à s'énerver, butant dans la pénombre sur tout ce qui traînait. L'anxiété l'empêcha de percevoir le danger.

Elle sentit d'un seul coup une présence, se retourna trop tard. L'ombre était déjà sur elle, la précipitant par terre sans ménagement. Sa tête heurta le sol, heureusement amortie par la petite épaisseur de foin qui servait de litière aux bêtes et lui évita de s'évanouir.

Anne se débattait en silence avec toute son énergie, n'osant crier de peur de réveiller les valets. L'homme était sur elle, l'odeur de sa transpiration l'asphyxiait. La lutte ne dura que quelques secondes : elle n'était pas de force. Il la plaqua au sol, lui enserra d'une seule main les poignets et de l'autre libéra d'un geste brutal les seins qu'il pétrit sans douceur, enfonçant ses ongles dans la chair sensible. Anne tressaillit de douleur et se mordit la lèvre pour ne pas hurler.

Elle essaya de se dégager, mais la brute pesait sur elle de tout son poids. Lorsque l'homme plaqua ses lèvres sur sa bouche, elle sentit son haleine fétide, mélange d'ail et d'écurie. Elle en eut un haut le cœur qui la fit sursauter, et lui permit pour un instant de se dégager de cette bouche immonde. Pour toute réponse, elle reçut une gifle. Mais pour la frapper, son assaillant avait dû libérer ses bras. Anne s'accrocha désespérément aux cheveux de la brute, les tirant de toutes ses forces sur le côté pour le repousser. Il la gifla de nouveau avec une telle force qu'elle lâcha prise. Elle se sentit perdue et se mit à trembler sans pouvoir se maîtriser. La peur l'envahissait. L'homme se coucha sur elle. La panique la submergea lorsqu'elle sentit sa main froide et rugueuse qui remontait le long de ses cuisses nues pour atteindre son sexe. Dans un dernier sursaut, elle tenta de l'écarter, mais il avait pressenti son ultime réaction et écrasa sa paume sur sa bouche. Elle sentit l'autre main qui prenait possession de son sexe.

N'y tenant plus, elle lui mordit la main de toutes ses forces et sentit immédiatement le sang couler dans sa bouche. L'homme ne put retenir un cri de douleur. Contrairement à ce que pouvait espérer Anne, cela l'excita encore plus et de rage, il déchira sa robe, la dénudant complètement.

À bout de force, elle ne bougea plus, paralysée par l'horreur.

Voyant sa proie calmée, il se déshabilla à son tour. D'un geste prompt, il lui écarta les jambes avec les genoux et s'apprêta à la pénétrer…

Tout à son excitation, il ne sentit pas la silhouette qui s'approchait silencieusement derrière lui. D'un geste souple et rapide, l'ombre lui saisit la tête, la tira en arrière, dégageant son cou. Une lame effilée trancha la gorge de la brute qui s'effondra sur le côté.

Ebles se pencha délicatement vers sa maîtresse à demi inconsciente. Il rabattit la robe déchirée, lui caressa le visage avec douceur. Petit à petit, elle reprenait conscience. Il l'aida à se lever, l'enveloppa de sa cape et l'entraîna à l'extérieur. À quelques pas de la maison, il trouva un recoin où il l'installa, toujours tremblante.

« Attendez-moi là, je vais chercher les chevaux. »

Anne n'eut pas le courage de répondre.

Il revint rapidement et ils quittèrent sans regret cette maison maudite en direction d'Issoire.

* *
*

Robert III se trouvait de nouveau face à Monseigneur Talleyrand-Périgord. Il venait d'achever un récit qu'il avait quelque peu arrangé et le cardinal paraissait songeur. Il était satisfait de ce qu'il venait d'entendre. Depuis sa première rencontre avec le comte, il avait relu les documents qu'il possédait, et surtout la copie du procès intenté quelques années plus tôt à la belle-mère de Philippe V, Mahaut d'Artois. Si la comtesse et le roi avaient été blanchis, Talleyrand pensait comme de nombreux hauts personnages du Royaume que le procès avait été truqué. Il avait toujours été convaincu de l'assassinat.

En revanche, il n'avait jamais envisagé une quelconque substitution. Les preuves apportées par Robert l'en avaient à présent convaincu. Si l'enfant avait échappé à la mort, le problème était de savoir ce qu'il était devenu et si ce Giannino était bien le fils de Louis X.

Il s'en ouvrit au comte.

« Comment pouvons-nous être certain que ce Giannino est bien le fils de Clémence de Hongrie et de Louis X?

– Le testament, lui répondit aussitôt Robert.

– Cela ne prouve rien. Il ne confirme que la substitution et la jeunesse de l'enfant royal jusqu'à l'âge de onze ans auprès de Marie de Carsi. Après, que s'est-il passé? Giannino est-il bien le petit Jean élevé par cette femme?

– La charte du tribun romain le prouve.

– Cela ne prouve rien du tout, répliqua le cardinal. Ce fou de Rienzi n'était qu'un aventurier opportuniste. Il a très bien pu établir cette charte pour asseoir son autorité sur Rome et le pape. Cette reconnaissance pouvait lui permettre d'agir sur les uns ou les autres pour obtenir plus de pouvoirs... Et il y a autre chose... J'ai envoyé deux clercs à Sienne pour faire une enquête sur Giannino et son père : il y a une question à laquelle je n'ai pas de réponse...

– Laquelle Monseigneur?

– Pourquoi l'amant de Marie de Carsi est-il revenu enlever cet enfant après plus de dix ans?

– Vous pensez que cet homme connaissait la vérité?

– Pas forcément toute la vérité. Mais il devait savoir quelque chose.

– Vos clercs ont-ils trouvé?

– Pas encore. Ils cherchent. Dans quelques semaines, nous en saurons certainement plus.

Robert se souvint d'une remarque de son prieur.

« Giannino ressemble à sa mère, affirma-t-il avec conviction.

– Ce n'est pas suffisant, lui lança le cardinal d'une voix sèche. Attendons la visite qu'il doit faire dans le royaume de Hongrie. La réaction du roi devrait nous éclairer un peu plus et nous servir ».

Le cardinal souhaitait maintenant rester seul. Il se leva.

« Je vous conseille de rentrer et de ne rien faire jusqu'à ce que vous ayez reçu un message de ce Giannino. De mon côté, dès que j'aurai des nouvelles de mes clercs, je vous enverrai quelqu'un à Saint-Ilpize. » La voix devint beaucoup plus solennelle. « Nous sommes peut-être détenteurs d'un secret qui pourrait bouleverser le royaume. Soyons patients, réunissons le maximum de preuves. Le temps travaille pour nous. »

Talleyrand, majestueux dans sa robe écarlate, raccompagna Robert jusqu'à la porte et, la main posée sur son épaule, lui recommanda une nouvelle fois la prudence.

Une fois dehors, Robert se félicita d'avoir omis d'informer l'ecclésiastique qu'il avait envoyé un homme à Paris pour se renseigner auprès des barons et de leurs familles.

Chapitre XVII

EXPÉDITION DE ROBERT KNOLLES

Juillet-août 1359

Les cloches de Saint-Ilpize carillonnaient pour annoncer le départ de Robert III vers Clermont pour rejoindre l'armée d'Auvergne. Le comte avait répondu favorablement à l'appel de son cousin Béraud et avait recruté pour l'occasion une compagnie d'archers picards libérée par la trêve de Bordeaux, de véritables mercenaires sans foi ni loi proposant leurs services au plus offrant et passant d'un camp à l'autre sans l'ombre d'un scrupule.

Toute la population, massée sur les remparts, le long de la rue Saint-Jacques et à l'extérieur de la forteresse, voyait partir ces hommes avec soulagement. Arrivés un mois plus tôt, ils avaient envahi le château en groupes plus braillards les uns que les autres. Le comte avait été contraint, devant la pression des habitants et de son bailli, de les installer à l'extérieur du château, dans deux grandes granges accolées aux remparts nord. Malgré cela, chaque soir depuis leur arrivée, ces brutes se jetaient littéralement sur la petite cité. À la nuit tombée, tous les habitants se calfeutraient dans leur maison en interdisant aux enfants et surtout aux jeunes filles de mettre le nez dehors. La place appartenait alors aux mercenaires. Jusqu'au petit matin, les ruelles retentissaient des chants grivois et des cris obscènes des soudards, redoublant de vigueur lorsque quelque passant malencontreusement sorti de chez lui avait la mauvaise idée de croiser leur chemin.

Sous l'évident contentement des spectateurs se glissait une certaine inquiétude : avec les Picards, le comte emmenait presque toute la garnison du château. La citadelle ne disposait plus que de quelques soldats sans doute incapables de défendre seuls les bourgeois, artisans, commerçants, religieux, paysans réfugiés à l'abri des murailles, journaliers des tanneries du bord de l'Allier et la multitude de femmes et d'enfants qui accompagnaient tout ce monde.

Seule la présence d'Enguerrand de Montorgue les rassurait un peu. Le comte lui avait confié la défense de sa forteresse sur la demande expresse de messire Bertin : Montorgue avait la confiance de tous et savait faire preuve de beaucoup de courage. Personne n'avait oublié la première alerte, au début de l'année, lorsque Robert III s'était rendu à Clermont pour y décider avec les États généraux de mesures défensives contre les chevauchées incessantes de routiers, de compagnies, de bandes d'aventuriers libérés par les armées anglaises et françaises.

Resté seul avec quelques soldats, Enguerrand avait réussi à mettre en fuite une compagnie de mercenaires anglais assoiffés de butin. Averti de l'arrivée imminente de la troupe par des guetteurs placés sur les montagnes environnantes, il était sorti de la forteresse avec quelques hommes qu'il avait placés de chaque côté du chemin de Tapon, près du bois de Sagne, seul accès à la forteresse pour des gens qui ne connaissaient pas la montagne. Les hommes bien cachés par les renflements de la montagne et par les ronciers avaient attendu patiemment et en silence l'arrivée des routiers. Une petite bande hurlante, déguenillée mais bien armée, avait surgi dans le nuage de poussière des chariots tirés par des chevaux lancés au trot. Enguerrand les avait laissé approcher le plus près possible du pré de Sagne, puis avait donné l'ordre d'attaquer. Les soldats s'étaient jetés en criant sur la troupe, l'encerclant tel un fer à cheval et créant rapidement la confusion dans les rangs ennemis surpris. Enguerrand s'était chargé du chef qui, après un court corps à corps, avait préféré battre en retraite avec ses hommes. La forêt les avait engloutis. Le courage, le sang-froid d'Enguerrand qui n'avait pas hésité à monter en première ligne au moment de l'assaut, avaient alors forcé l'admiration de tous. Cette agression n'était pas la première : les châteaux constituaient pour les pillards une base idéale pour rançonner toute une région et Robert avait dû par cinq fois depuis novembre dernier défendre Saint-Ilpize. Pour le moment, les agresseurs avaient dû se contenter de dévaster quelques hameaux aux alentours.

La troupe de Robert commençait à franchir la porte principale du château. Au premier rang des badauds, des femmes, plus inquiètes du sort de leurs hommes que d'une attaque de la forteresse, les regardaient partir les yeux rougis par les larmes, les traits tirés par l'angoisse.

Enguerrand aurait préféré partir aussi, mais le dauphin lui avait confié sa forteresse, son fils, sa femme et la population. Il observait du donjon l'armée qui descendait vers l'Allier en direction de Tapon. La compagnie formait un ruban aux multiples couleurs de l'arc en ciel, qu'illuminait un soleil resplendissant. Bannière au vent, Robert chevauchait en tête, entouré de ses principaux vassaux reconnaissables à leurs écus et à leurs équipements de guerre aux couleurs éclatantes; derrière eux, une centaine de soldats bien équipés, choisis dans la garnison et parmi les paysans de ses domaines; enfin légèrement en retrait, la compagnie d'archers picards vêtus d'habits disparates aux couleurs ternes et fatiguées. Monté sur un superbe destrier noir, leur capitaine arborait avec arrogance, devant la population pressée de le voir partir, une cotte en mailles de fer rongée et légèrement rouillée recouverte d'une tunique rouge vif qui jurait avec son épaisse tignasse rousse et sa barbe tellement épaisse qu'elle ne laissait paraître que des yeux durs et un large nez boursouflé.

Guillaume de Chantel sortit le dernier du château et remonta au galop toute la troupe pour rejoindre Robert. Il était inquiet. Anne n'avait pas reparu depuis leur dernière rencontre à Faucon et Enguerrand ne savait rien, sinon que sa sœur était partie pour Clermont.

Le dauphin Béraud avait lancé un appel pressant à toute l'Auvergne pour défendre le territoire contre l'invasion imminente de Robert Knolles, dont l'armée venait de prendre de force la ville de Cusset et avançait dangereusement vers les frontières de l'Auvergne.

Capitaine de Brest et seigneur breton par la grâce du roi d'Angleterre Édouard III, Robert Knolles dominait ses hommes par sa forte corpulence et son intelligence. Il les commandait d'une main de fer et avait décidé à l'instar du Prince Noir, de traverser le royaume pour le piller une nouvelle fois.

Telle une coulée de lave emportant tout sur son passage, Knolles avançait inexorablement, précédé d'une réputation terrible, vers le centre de la France, vers l'Auvergne qui devait regorger d'or et de vivres. Début mars, il prit et incendia Auxerre, remonta les vallées de la Loire et de l'Allier, poussant ses compagnies en Nivernais, en Berry, en Beaujolais. Là, il divisa son armée au risque de l'affaiblir pour lancer une partie de ses hommes sur les monastères isolés et sans défense.

Dans l'espoir d'enrayer cette nouvelle chevauchée sanglante, le régent Charles envoya Thomas de la Marche avec le titre de lieutenant du duc de Bourbon. Ce grand capitaine réussit non sans mal à réunir une armée de plus de quatre mille hommes qui entreprit une marche forcée pour rejoindre Knolles et sa cavalerie.

Fin mai, le Breton que rien ne semblait pouvoir arrêter descendait avec ses hommes vers l'Auvergne. Il s'attaqua à Saint-Pourçain, dont il fit le siège durant plusieurs jours. Thomas de la Marche, sur ses talons, se précipita vers la ville, réussit à y pénétrer de nuit et harcela tant et si bien les hommes de Knolles par des sorties incessantes, qu'au bout de quelques jours, l'ennemi préféra abandonner la ville fortifiée pour fondre sur Pont-du-Château, Saint-Beauzire, Tirande qu'il mit à sac.

Si la noblesse auvergnate voyait avec inquiétude s'approcher cette horde qui ne respectait aucune des règles de la guerre et de la chevalerie, elle craignait plus encore l'armée de Thomas de la Marche, dont elle redoutait qu'elle mît la main sur le pays au nom du prince Charles. Cette appréhension la décida enfin à se regrouper autour de Béraud. Comtes, barons et chevaliers accouraient à son appel, bannières déployées, pour sauver le pays.

* *
*

C'est dans une cohue indescriptible que Robert et ses vassaux entrèrent dans Clermont, après deux jours de chevauchée sous un soleil de plomb. Il avait préféré laisser sa petite armée à une demi-lieue de Clermont sous les ordres de Guillaume de Chantel, pour éviter les accrochages entre ses archers picards et les troupes des autres seigneurs auvergnats.

Des conseils extraordinaires où se rendirent Béraud et son cousin se tinrent à Clermont, à Montferrand et à Riom. Les seigneurs de la région élirent rapidement à l'unanimité, comme chefs de l'armée auvergnate, le comte Louis de Bourbon avec à ses côtés Béraud II, Jean de Boulogne et le seigneur de Montaigu. Robert III avait préféré, à la surprise générale, rester en retrait, bien que de nombreux seigneurs – parmi lesquels son cousin – lui eussent proposé de prendre la tête d'une armée. Sa place était auprès de Béraud, avait-il objecté.

Knolles, tenu informé par ses espions des interminables discussions et préparatifs de l'adversaire, décida avec ses lieutenants de s'éloigner des forces de Thomas de la Marche qui s'approchaient dangereusement. Il pensait pouvoir échapper à l'armée auvergnate, non encore formée et reconstituer ses troupes séparées depuis un mois. Il ordonna le départ après avoir envoyé plusieurs chevaucheurs vers son lieutenant Hugues de Calverly avec ordre de le rejoindre, puis quitta rapidement le Forez et entra en Basse-Auvergne.

La jonction eut lieu à Pont-du-Château. Calverly ramenait avec lui les compagnies de Jean de Winck et d'Allet de Buet. L'armée de Knolles n'avait jamais été aussi puissante : plus de trois mille hommes aguerris, avides de conquêtes qui descendaient en rangs serrés, vers Issoire, en évitant Clermont.

De l'autre côté, l'armée auvergnate enfin constituée, forte de six mille hommes, se mit en route après avoir appris non sans inquiétude l'approche de Knolles. Elle fut bientôt rejointe au sud de la Basse-Auvergne par les troupes des provinces méridionales, par celles des montagnes sous la bannière de Comptour d'Apchon, par celles du Velay commandées par le vicomte de Polignac, par celles du Gévaudan dirigées par Guérin de Chateauneuf d'Apchier et enfin par celles du Rouergue avec pour chef Jean d'Armagnac. Tous ces contingents se regroupèrent pour former la plus grande armée auvergnate depuis celle de Vercingétorix : dix mille hommes prêts à défendre la terre de leurs ancêtres.

L'armée se divisa en deux groupes : le premier sous les ordres du dauphin d'Auvergne, le second sous les ordres du comte Louis de Forez, neveu de Louis de Bourbon. Les princes d'Auvergne avaient été plus rapides que Thomas de la Marche qui, se voyant évincé, préféra rester à Saint-Pourçain à observer les deux armées.

Toujours bien renseigné par ses espions, Knolles prit la dimension de l'armée qui venait à sa rencontre. En bon chef de guerre, il décida qu'il était plus sage d'abandonner Issoire et de prendre la direction du Rouergue pour pénétrer dans les régions presque sans défense de la Haute-Auvergne.

Il avait sous-estimé les Auvergnats. Béraud, prévenu par des chevaucheurs envoyés à travers tout le pays, pour suivre l'avancée de l'ennemi, se lança à sa rencontre. Il le poursuivit pendant plus de cinq jours à travers les montagnes. Finalement, début août, après une course poursuite épuisante, les deux armées se retrouvèrent face à face sur la rive gauche de l'Allier, au sud après Massiac, au lieudit la Roche, tout près du château d'Aurouze.

Exténué, Knolles avait préféré s'arrêter et faire front. Il se trouvait coincé entre l'Allagnon presque à sec à cette saison et la montagne recouverte d'une immense forêt de sapins trop serrés pour lui permettre de passer assez rapidement. En dépit de sa mauvaise position et de son infériorité en nombre, le Breton demeurait persuadé que son armée, beaucoup mieux équipée, sortirait victorieuse de l'affrontement.

Il installa son campement légèrement en retrait, dans la forêt. La défense s'organisa avec rapidité et efficacité. Des centaines de bûcherons coupèrent les arbres les plus proches pour élargir une petite clairière naturelle. Dès qu'un sapin était à terre, il était élagué, taillé en pointe, tiré par des chevaux jusqu'à la lisière où il était fiché en terre pour former une ligne de pieux infranchissables. Pour permettre à ses hommes de travailler vite et sans danger il envoya une centaine de ses meilleurs cavaliers à la rencontre de l'ennemi pour le forcer à reculer ou au moins le retarder.

Robert III, qui formait avec ses hommes l'avant-garde du contingent, vit fondre sur lui des mercenaires hurlants, la lance en avant. Il analysa rapidement la situation et comprit qu'il ne pourrait arrêter cette force lancée au galop.

Il n'entrevit qu'une seule solution et donna calmement ses instructions. Tous ses hommes se regroupèrent pour faire front, lances baissées, semblant attendre le choc, imperturbables dans le bruit assourdissant des hurlements des hommes et des fers de sabots qui résonnaient sur le sol rocailleux. L'ennemi était sur eux… Au cri de Robert, dans un ensemble parfait, ses compagnons levèrent leurs lances, éperonnèrent brutalement leurs montures qui dans un sursaut s'écartèrent à gauche et à droite, laissant au milieu un espace libre où l'ennemi vint s'engouffrer, emporté par son élan et ne réalisant que trop tard son erreur. Les mercenaires, pris dans une tenaille humaine, virent les soldats du comte se jeter sur eux sans qu'ils pussent réagir. Peu réussirent à s'en sortir, tout au plus une dizaine. Les autres furent massacrés sur place à l'exception de trois prisonniers.

Deux heures plus tard, Robert fut rejoint par le gros de l'armée. Béraud et les autres chefs décidèrent de fixer le camp légèrement en retrait sur un petit monticule qui formait une protection naturelle.

À la nuit tombée, l'on pouvait apercevoir les lueurs des camps séparées seulement par une large prairie déjà jaunie par un été torride et dont seule la partie au bord de l'Allagnon conservait un aspect d'herbe grasse.

* *
*

Un brouhaha indescriptible s'échappait de la tente des princes d'Auvergne où tous les chefs de l'armée s'étaient réunis en grand conseil. La chevalerie auvergnate n'était pas loin de renouveler les erreurs de Poitiers : chaque seigneur revendiquait l'honneur d'aller combattre l'ennemi en premier sans se soucier des autres et des conséquences. Le plus excité de tous était sans conteste le jeune vicomte de Narbonne, qui vivait là sa première guerre.

« Attaquons maintenant! L'effet de surprise et notre nombre devraient nous permettre de les massacrer sans subir trop de pertes. »

Jean d'Armagnac, outré par les propos du jeune écervelé, se leva et lui coupa la parole vertement.

« Vous oubliez les règles, Narbonne! Votre façon d'agir est indigne d'un chevalier. Même si nous avons affaire à la pire espèce de bandits, nous devons les affronter de face. »

Le jeune vicomte blêmit sous l'affront public. Les lèvres pincées, il s'avança d'un pas vif vers le comte d'Armagnac. Son voisin, d'un geste rapide, le retint par le bras. Narbonne, observant d'un coup d'œil l'assemblée, n'aperçut qu'hostilité; il préféra reprendre sa place. Jean d'Armagnac qui n'avait pas bougé d'un pouce, s'assit tranquillement, détendant ainsi l'atmosphère.

Les discussions reprirent sans que quiconque réussît à imposer son point de vue. Les Auvergnats s'interpellaient, criaient pour couvrir le brouhaha mais n'écoutaient finalement qu'eux-mêmes. Un poing brutalement posé sur la table mit fin à la querelle. Des cruches sautèrent, des gobelets se renversèrent sous le choc. Le silence se fit immédiatement. Le dauphin de Saint-Ilpize, jusque-là en retrait, se leva. Son regard passa sur l'assemblée. Tous connaissaient sa vaillance à Poitiers et son expérience des combats depuis la trêve de Bordeaux. Personne n'aurait osé broncher.

« S'il est vrai, commença Robert, que l'armée de Knolles est moins importante que la nôtre, elle n'en n'est pas moins plus redoutable. Nous avons affaire à des militaires rompus à la guerre, bien entraînés, bien armés et qui obéissent aveuglement à leur chef.

– Nous aussi, nous sommes bien armés, lui jeta effrontément le jeune vicomte de Narbonne.

– Taisez-vous et écoutez! cria Jean d'Armagnac.

Robert attendit que le silence revînt.

« Knolles a certainement prévu une attaque de nuit. Il serait imprudent d'attaquer ce soir. Nos hommes ont marché cinq jours, ils ont besoin de repos. Je propose d'attendre une journée et de lancer l'assaut après-demain à l'aube. Les troupes de l'ennemi sont certainement moins fatiguées. Nous mettrons la journée de demain à profit pour les harceler avec quelques soldats. »

La majorité de l'assemblée se rendit à l'avis de Robert, mais les jeunes chevaliers, impatients de se battre, continuaient à protester. Béraud les fit taire. En accord avec Louis de Bourbon et de Jean de Boulogne, il ordonna solennellement :

« Mon cousin a raison. Nous attaquerons après-demain, un peu avant le lever du soleil. Tu organiseras des sorties toute la journée de demain, ajouta-t-il à l'attention de Robert. Soyez prudents, Knolles doit être sur ses gardes après ce qu'il a subi cet après-midi. »

Satisfait, le comte de Saint-Ilpize se tourna vers le bouillant vicomte de Narbonne.

« Vous allez pouvoir vous dépenser et prouver votre vaillance! Soyez prêt demain à l'aube avec une centaine d'hommes.

– Nous serons prêts, n'ayez crainte, Messire Robert », lui répondit Narbonne d'une voix d'où perçait plus de défi que d'obéissance.

La réunion close, les chevaliers quittèrent la tente sans se presser par petits groupes. Robert sortit le dernier avec Guillaume de Chantel.

« Tu partiras en début d'après-midi dès que la troupe de cet impétueux jeune homme sera rentrée. Prends cinquante hommes avec toi.

– J'emmènerai Lomenède et Cissac. Ils sont rapides et très bons cavaliers. Nous choisirons chacun une quinzaine de soldats. Nous essayerons de ramener d'autres prisonniers.

– Excellente idée! Il nous fait des renseignements sur l'armée de Knolles. Je me méfie de lui : c'est un retors doublé d'un bon soldat. Il est bien capable de nous jouer un mauvais tour. Évite le plus possible l'affrontement et rapproche-toi de son camp pour rapporter un maximum d'informations. »

Robert avait raison de s'inquiéter. Knolles avait organisé sa défense comme un grand chef de guerre. L'attaque frontale serait bientôt impossible. Ses charpentiers allaient travailler toute la nuit à la construction d'un rempart infranchissable de troncs de sapin sur toute la largeur de la prairie. Il faisait également creuser un immense fossé devant ces épieux pour rompre un assaut de la cavalerie adverse. Il expédia des éclaireurs pour reconnaître un chemin en cas de retraite précipitée. Tard dans la nuit, une dernière inspection avec Calvery et de Wink l'avait un peu rassuré. Il aurait préféré ne pas s'arrêter et poursuivre sa route avec le gros de son armée en ne laissant sur place qu'un de ses lieutenants et un millier d'hommes pour retarder les poursuivants. Mais Calvery et Wink s'y étaient opposés. L'armée d'Auvergne était selon eux beaucoup trop importante et aurait massacré facilement la troupe restée sur place. Knolles s'était finalement rallié au bon sens de son lieutenant.

La première nuit fut donc calme. Dès l'aube, l'armée de Knolles était en place pour résister à un assaut. La matinée conforta le mercenaire dans sa supériorité : quelques escarmouches sur son flanc gauche furent vite repoussées sans trop de dégâts et laissèrent sur place de nombreux Auvergnats.

Le retour du vicomte de Narbonne fut en effet loin d'être encourageant. Malgré leur bravoure, ils avaient essuyé une défense active et bien organisée. Ils rentraient avec des pertes importantes et de nombreux blessés.

« Voilà notre fringant vicomte de retour, annonça, le comte d'Armagnac, un sourire aux lèvres. »

Robert, lui, ne souriait pas : il savait l'entreprise dangereuse. Beaucoup de soldats resteraient sur le champ de bataille. Il laissa partir ses hommes après quelques recommandations.

Guillaume se dirigea vers la forêt voisine afin de contourner légèrement l'ennemi tout en restant le plus longtemps possible invisible. Il avait décidé de les approcher par leurs arrières. Ils chevauchèrent en silence, décrivant un large arc de cercle. Lorsqu'il estima se trouver juste derrière l'ennemi, il fit ralentir sa troupe et s'approcha doucement. Ils surplombaient la clairière et pouvaient observer à leur gré l'agitation du camp. Un conciliabule s'établit avec Lomenède et Cissac.

« Nous pourrions les attaquer par surprise », déclara Lomenède.

La tentation était forte, pourtant Guillaume hésitait. Les pertes risquaient d'être importantes.

« Ce ne serait pas très prudent, objecta-t-il.

– Mais non, plaida à son tour Cissac. Ils n'auront pas le temps de réagir. »

Ils n'eurent pas le temps d'en dire plus. Un des hommes envoyé en reconnaissance s'approchait d'eux.

« Une troupe arrive derrière nous, annonça-t-il excité.

– Combien sont-ils? Interrogea Guillaume

– Au moins une centaine, et bien armés. Je crois qu'ils nous ont aperçus. Ils se sont divisés en plusieurs groupes pour nous barrer la route du retour.

– Eh bien, ce n'est plus la peine de réfléchir. Séparons-nous en trois : toi, Cissac, avec tes hommes à ma gauche et toi Lomenède, à ma droite. Fonçons droit devant nous et rendez-vous de l'autre côté du champ, près des nôtres. Tuez en un maximum. »

Guillaume leur souhaita bonne chance, attendit qu'ils prissent leurs positions de chaque côté. Sortant son épée de son fourreau il donna le signal du départ. Les hommes s'élancèrent au trot puis au galop en direction du camp de Knolles. Ils tombèrent sur une armée qui s'attendait bien sûr à un assaut, mais pas par-derrière. Les hommes de Guillaume purent traverser le camp, tuant tout ce qui se présentait devant eux, sans rencontrer beaucoup de résistance.

Ils se rapprochaient à présent de la ligne de front extérieure et là, malheureusement l'ennemi s'était ressaisi. Les archers pointaient leurs carreaux sur eux, visant chacun un homme. Une grêle de flèches les accueillit au moment où ils arrivaient à découvert, serrés de près par les cavaliers qui déboulaient derrière eux depuis la montagne. Quelques hommes tombèrent transpercés de part en part. Les autres, sans se retourner, s'approchaient dangereusement des épieux inclinés vers l'extérieur. Cissac les aperçut le premier. Il s'arrêta et hurla :

« Attention! Devant! Des épieux! Prenez de l'élan! »

Ensemble, les hommes de Cissac et de Lomenède passèrent au galop sur la ligne d'archers qu'ils bousculèrent et écrasèrent avant de sauter la ligne d'épieux. Les premiers la franchirent sans difficulté mais les troncs leur avaient masqué les fossés profonds. La plupart des chevaux, les pattes ou les reins brisés, restèrent au fond du piège, entraînant leurs cavaliers. Les survivants tentaient d'escalader la tranchée et couraient en tous sens dans le champ pour éviter les volées de flèches. Les quelques hommes qui avaient réussi à passer s'arrêtaient pour les prendre en croupe.

De loin, Guillaume aperçut la catastrophe. Il rassembla ses hommes autour de lui : « Ils ont creusé un fossé derrière les pieux. Après les avoir franchi, essayez de vous arrêter pour prendre de l'élan et sautez. Ramassez les blessés au passage. »

Il devenait de plus en plus difficile d'échapper aux mercenaires qui s'accrochaient à eux pour les faire tomber. Guillaume se rendit compte que s'ils ne partaient pas immédiatement ils ne pourraient plus s'enfuir.

« Allez, sautez! », cria-t-il à ses hommes.

Il éperonna son cheval qui se cabra, tenta de se dégager de la meute qui essayait de le désarçonner. Un de ses compagnons s'approcha et l'aida à grands coups d'épée. Ils sautèrent les derniers, retinrent un instant leurs chevaux pour mieux les arracher au fossé qu'ils franchirent sans trop de mal pour se diriger vers les derniers hommes qui couraient en tous sens. Les uns sautaient en croupe, les autres s'accrochaient aux harnais ou à la queue des chevaux. Les flèches sifflaient à leurs oreilles, mais ils ne s'en souciaient pas : il leur fallait courir pour s'en sortir indemne. Malheureusement, les projectiles bien ajustés atteignaient souvent leur but et de nombreux fuyards tombèrent pour ne plus se relever.

Guillaume, un peu en retrait, venait de lâcher un de ses compagnons la poitrine transpercée par une flèche. Il se dirigea vers un autre, légèrement penché en avant, qui marchait en se tenant la jambe. Au moment où il lui saisissait la main pour l'aider à sauter sur sa monture, il entendit un sifflement aigu et sentit un choc terrible à la cuisse. Il était touché... Malgré la douleur, il ne lâcha pas son compagnon qui réussit à monter en selle. Il éperonna son cheval qui partit au galop.

Au milieu du champ, alors qu'ils pensaient être sauvés, une nouvelle série de traits s'abattit sur eux. Cette fois, son cheval touché, trébucha en avant et s'écroula brutalement. Guillaume n'eut pas la force de sauter et se retrouva coincé sous sa monture. La douleur fut telle qu'il perdit immédiatement connaissance.

Arrivés devant leur camp, Lomenède et Cissac rassemblèrent leurs compagnons, à peine une vingtaine de survivants. Plus de la moitié était restée sur le champ de bataille, morts ou au mieux blessés. Ils interrogèrent les derniers arrivés; aucun n'avait aperçu Guillaume. La seule chose dont ils étaient sûrs, c'est qu'il avait sauté le fossé.

Robert fut effondré d'apprendre la disparition de son écuyer. Il réalisa pour la première fois que c'était son demi-frère qu'il ne reverrait peut-être plus. À la tombée de la nuit, il envoya plusieurs hommes le plus près possible de l'armée ennemie pour tenter de le retrouver et se rendit à la réunion du Conseil avec l'espoir de revoir Guillaume à son retour. La décision du Conseil ne tarda pas. L'attaque fut confirmée, pour le lendemain avant le lever du soleil. Chacun regagna sa tente pour se préparer. Robert, lui, passa sa nuit à interroger chaque homme, dès qu'il rentrait. À chaque fois, la réponse était négative.

Très tôt, bien avant l'aube, l'armée auvergnate était prête. Béraud, bannière au vent, avec à ses côtés Robert III, formait la première bataille. Plus bas, près de la rivière, les hommes rangés sous la bannière de Louis de Forez attendaient l'ordre de départ. Béraud donna le signal et les armées se mirent en marche dans un fracas de ferraille et de hennissement de chevaux surexcités.

À mi-parcours, l'armée put apercevoir devant elle les feux de bivouac de l'ennemi. Aucun bruit en face, aucun préparatif, aucune sentinelle ne donnait l'alerte. Robert, surpris par ce silence et craignant une ruse de Knolles, demanda qu'un petit détachement fût envoyé en éclaireur. Béraud refusa et l'armée reprit sa marche sans rencontrer d'obstacle. Ils arrivèrent jusqu'au fossé sans qu'ils entendissent aucun bruit… Béraud fit appeler les charpentiers qui s'approchèrent avec des chariots remplis de larges planches. Déposées par-dessus le fossé, elles leur permirent de passer après avoir enlevé sans peine quelques épieux.

À l'intérieur du camp, ce fut la consternation. L'armée de Knolles s'était littéralement volatilisée.

La veille, Knolles avait appris l'assaut imminent par l'un de ses hommes qui avait réussi à s'échapper et avait décidé de fuir. Guidées par des paysans récupérés par ses chevaucheurs, les compagnies avaient plié bagages en silence. Elles étaient passées à travers les hautes montagnes pour rejoindre la route de Limoges.

L'armée auvergnate, déçue, renonça à les poursuivre et fit demi-tour. Sur la route du retour, de Massiac à Issoire, l'armée délivra les forteresses occupées par d'autres capitaines anglais et gascons qui s'étaient établis dans ces châteaux et rançonnaient la population des environs.

À Massiac, Robert poursuivit ses recherches quelques jours en vain pour retrouver Guillaume. Convaincu de sa mort, il se lança avec ses archers picards dans une expédition punitive sur le château de Brossadol, qu'il dévasta après deux jours d'un siège sanglant. Satisfait, il s'en retourna vers Saint-Ilpize avec au moins une bonne nouvelle. De nombreux seigneurs auvergnats étaient prêts à l'aider dans sa quête pour imposer le Roi Jean Ier. Il avait dû pour cela révéler une petite partie de la vérité. Son cousin était le seul qui restât encore sceptique. Si Béraud était maintenant persuadé devant les preuves que lui avait montré son cousin que Giannino était bien le fils de Louis X, il ne souhaitait pas le porter sur le trône. On ne pouvait effacer quarante ans d'autorité des Valois, lui avait-il déclaré, sans diviser tous les grands du Royaume. L'entreprise ne pouvait qu'apporter un peu plus de catastrophes dans un pays déjà largement saturé.

Robert ne perdait pas espoir de le convaincre. Leur dernière entrevue avait d'ailleurs laissé Béraud troublé.

« Si Giannino est bien le fils de Clémence de Hongrie, avait dit Robert, je te rappelle que nous sommes ses cousins.

– Ah, et comment? s'était étonné Béraud.

– La reine Clémence était la sœur de Béatrice de Hongrie, qui a épousé notre grand-père, Jean II, dauphin du Viennois.

– Peut-être que tu as raison, mais il me faut du temps, je te ferai porter ma réponse plus tard. », avait répondu Béraud. Mais Robert l'avait vu vaciller. « Les choses prennent bonne figure. Il me faut juste encore un peu de patience... », songeait-il en approchant de sa forteresse.

Chapitre XVIII

LA COMPAGNIE

Août 1359

Enguerrand de Montorgue, qui passait toutes ses journées depuis plus de deux mois au château de Saint-Ilpize, commençait à avoir la nostalgie de sa bastide isolée. La Pradelle lui manquait, mais aussi ses longues promenades solitaires sur ses hautes terres fouettées par le vent.

À de nombreuses reprises, la cloche de la chapelle de la Sainte-Croix, installée sur le pignon ouest, s'était mise à carillonner. Lorsque l'alerte était donnée, une masse disparate de paysans, de journaliers et autres vagabonds se précipitait vers les portes du Plain et du Bazot pour se réfugier à l'intérieur des remparts. La citadelle devenait pour quelques jours invivable. La population triplait, les gens s'énervaient pour des futilités, ce qui engendrait de nombreuses bagarres. Le guet devait intervenir à longueur de journée pour remettre de l'ordre. Les prisons du donjon étaient surpeuplées de gens surexcités. Heureusement dès la fin de ces alarmes les paysans retournaient chez eux, entraînant avec eux toute cette populace incapable de vivre en communauté.

Dès le départ de Robert, Enguerrand s'était installé au premier étage du donjon, dans l'ancienne chambre des seigneurs de Saint-Ilpize. Cette pièce était abandonnée depuis une trentaine d'années, depuis que le père de Robert avait fait construire un logis seigneurial plus confortable dans l'aile sud du château, sur la partie abrupte qui faisait face au hameau de Chazieux.

Ce matin-là, pendant qu'il s'habillait tout en jetant un coup d'œil par la petite ouverture donnant sur la montagne, d'où filtraient les premiers rayons du soleil, il entendit du bruit dans la salle située juste en dessous, où se tenait le capitaine des gardes. « La relève a déjà eu lieu, pensa Montorgue, je dois être en retard. » Il se dépêcha d'enfiler son vieil habit noir légèrement usé, qu'il appréciait particulièrement. Fin prêt, il descendit rejoindre les gardes par l'étroit escalier de pierre.

Il n'avait pas atteint le rez-de-chaussée que la cloche de la chapelle romane jouxtant le donjon sonna à toute volée. Il s'arrêta, assourdi par la résonance dans l'étroit passage, rebroussa chemin et escalada les marches quatre à quatre. Sur la plate-forme qui dominait toute la région, il fut immédiatement interpellé par une des sentinelles qui lui désigna de la main le chemin de Tapon.

« Messire, regardez tous ces gens qui arrivent! »

Enguerrand aperçut une foule impressionnante de paysans qui accouraient vers le château, traînant derrière eux, des chariots surchargés tirés par des bœufs essoufflés, des moutons, des vaches et autres animaux. Il fallait agir et vite.

« Tiens-moi informé dès que tu apercevras une troupe ou quelque chose d'inhabituel sur le chemin. Fais aussi surveiller les montagnes. Je t'envoie deux hommes. »

Il descendit et trouva en bas le capitaine du château qui l'attendait.

« Fais lever la herse de la porte du Bazot, mais attention, mets plusieurs hommes à l'extérieur pour filtrer tout ce monde. Il se pourrait que des routiers en profitent pour s'infiltrer dans la forteresse. Aucune charrette ne doit pénétrer sans avoir été entièrement fouillée. Dès que tout le monde sera rentré, fermez les portes et abaissez la herse. »

Arnaud de Condros, la trentaine passée, capitaine du château depuis plus de dix ans, le visage tanné par le temps, l'œil vif, avait l'habitude de la défense de la forteresse. Bien qu'un peu amer d'avoir été supplanté par Enguerrand, il avait fini, au fil des jours, par accepter la nomination de son ami.

« Et la porte du Plain? observa-t-il.

– Trop dangereuse, c'est l'endroit le plus vulnérable du château. Une attaque de ce côté risquerait de nous être fatale, surtout avec la construction de l'église. Les remparts Nord et Est ne sont pas terminés. Cette porte doit impérativement rester fermée. Les paysans passeront tous par la porte du Bazot en empruntant le ravin du Vallat. Quant aux poternes de la Coste et de Durtaillo, qu'on les ferme dès que la population du bas de l'Allier sera rentrée… La garnison est-elle en place?

– Tous les hommes sont sur les remparts.

– J'en veux une vingtaine devant l'église en construction. », ordonna Enguerrand d'une voix ferme et décidée.

Le capitaine parti, il s'adressa à un soldat assis qui se restaurait après sa nuit de garde.

« Tu finiras de manger plus tard. Va me quérir le bailli. »

L'homme se leva de mauvaise grâce et sortit en maugréant.

Après avoir donné d'autres ordres indispensables, il quitta la première enceinte pour emprunter la cour basse où une partie de la petite garnison s'affairait. Il observa un instant les soldats et reprit son chemin vers la rue Saint-Jacques. La deuxième enceinte terminée depuis très peu de temps grouillait d'une population inquiète à cause de la cloche qui ne cessait de carillonner. Montorgue marchait d'un pas vif sans se préoccuper des gens qui l'interpellaient. La peur se lisait sur tous ces visages, pourtant habitués à de pareilles alertes. Il atteignit rapidement l'auberge Saint-Julien, sur la place du Chapial, coincée entre deux énormes maisons de riches bourgeois, poussa la porte et parcourut d'un regard circulaire la vaste salle où seuls les domestiques nettoyaient le sol en carrelage brun craquelé par le temps. L'aubergiste qui avait vu Enguerrand entrer, se précipita.

« Que puis-je pour vous, Messire Enguerrand?

– As-tu vu mon écuyer?

– Pons était bien là hier soir, avec sa bande d'amis de Saint-Privat. Ils ont d'ailleurs fait fuir mes meilleurs clients avec leurs méchantes plaisanteries... »

Enguerrand, qui ne souciait manifestement pas des agapes de son écuyer, l'interrompit :

« Sais-tu où il est maintenant?

– Non... Mais je les ai vus sortir très éméchés en compagnie de jeunes femmes. Ils se dirigeaient vers la poterne de la Coste, certainement pour se rendre à Chazieux. », précisa l'aubergiste.

Enguerrand comprit qu'il était inutile de continuer à chercher Pons et repartit sans même saluer l'aubergiste. Devant la porte, celui-ci l'interpella :

« Que se passe-t-il, nous sommes attaqués?

– Une simple alerte », lui affirma le jeune homme, qui ne voulait pas poursuivre la conversation.

Montorgue remonta vers le donjon, furieux. « Jamais là quand j'ai besoin de lui! », ruminait-t-il. Ce n'était pourtant pas la première alerte, mais il sentait que cette fois, elle était sérieuse. Qui allait-il envoyer à la Pradelle chercher sa sœur et ses gens?

La montée fut beaucoup plus difficile, les paysans encombraient déjà la rue principale trop étroite. Les échoppes de la rue Saint-Jacques étaient restées fermées mais Enguerrand avait l'impression que tout le monde voulait monter vers l'église Sainte-Marie-Madeleine, pourtant l'endroit le plus vulnérable de la forteresse.

En pénétrant dans la cour haute, il aperçut le bailli qui l'attendait devant le logis seigneurial avec Françoise d'Aurouze tenant par la main son fils Béraud.

« Vous m'avez fait appeler? », interrogea respectueusement Bertin.

Enguerrand salua tout d'abord la jeune femme qui lui sourit en retour, puis se tourna vers le bailli.

« Oui. Envoyez le maximum d'hommes valides sur les remparts Nord et Est, le long du chemin de ronde du Vallat. » Personne dans le château n'ignorait que cette partie était la plus sensible. Les remparts, trop bas, rendaient l'accès pour les assaillants plus facile, surtout du côté de la colline Saint-Marcel dominant le château. Le Sud et l'Ouest semblaient en revanche imprenables : à cet endroit, la forteresse reposait sur un piton volcanique surplombant un précipice de plus de trente pieds au-dessus de l'Allier.

« J'ai déjà donné les ordres, Messire. J'ai fait également évacuer toutes les maisons à l'extérieur des remparts, y compris les tanneries. Cela n'a d'ailleurs pas été sans mal, tous ces gens ne voulaient pas abandonner leurs biens.

– Espérons qu'il s'agisse encore d'une fausse alerte. », observa Françoise, mi-inquiète, mi-souriante.

Comme pour lui donner raison la cloche s'arrêta.

« Certainement... », s'empressa de la rassurer Enguerrand. S'adressant à nouveau à Bertin : « Essayez de calmer la population.

– N'ayez crainte, tous savent ce qu'ils doivent faire. Les plus inquiets sont les paysans, répondit le bailli qui appréciait l'efficacité et le calme du jeune homme. Il salua, s'apprêta à quitter la cour haute, se ravisa. « Vous pourrez me joindre près de la porte du Bazot ».

À peine Bertin parti, Françoise regarda Enguerrand et de sa voix douce et chaude, elle lui dit :

« Rentre un instant, tu n'as encore rien mangé et la journée risque d'être longue. » Sans attendre sa réponse, elle se dirigea vers sa maison, précédée de son fils qui partit en courant.

Enguerrand la suivit, admirant la démarche de la jeune femme dont la robe verte en simple drap de laine serrée à la taille laissait deviner à chaque pas les courbes régulières de son corps. Il entra derrière elle dans la salle commune imprégnée par l'odeur de la soupe qui attendait près de l'âtre.

Françoise lui fit signe de s'asseoir, prit des mains de sa servante la marmite de soupe fumante, servit d'abord le jeune homme, puis remplit son bol et s'assit face à lui. Ils mangèrent en silence.

Enguerrand appréciait ces instants privilégiés auprès de la femme qu'il aimait. Depuis le départ de Robert, c'était devenu un rituel. Chaque matin elle l'attendait et ils mangeaient ensemble une soupe agrémentée d'un peu de fromage et d'une miche de pain.

Il la regardait. Françoise avait maintenant vingt-quatre ans et n'avait jamais été aussi belle. Depuis la naissance de son fils, elle rayonnait. Son visage n'était que grâce et sourire. Le jeune homme remarqua qu'elle avait laissé ses boucles tomber sur ses épaules. Son regard glissa rapidement vers sa gorge blanche contrastant avec ses cheveux noirs. La robe légèrement décolletée laissait deviner la naissance de sa poitrine qui se soulevait légèrement à chaque respiration. Un petit grain de beauté apparaissait furtivement, qui troublait fort Enguerrand. Françoise releva d'un geste gracieux une mèche qui venait de tomber sur ses yeux noisette légèrement bridés. Elle avait remarqué le regard d'Enguerrand posé sur elle. Ses lèvres s'entrouvrirent pour laisser s'épanouir un léger sourire imprégné de douceur et d'une certaine complicité. Enguerrand la dévisageait toujours. Elle voulut lui dire quelque chose, mais un soldat rompit le charme.

« Messire! Une fumée noire au-dessus de Chantel! »

Enguerrand se leva, regarda la comtesse et se précipita à l'extérieur, vers le donjon, en maudissant le temps qui lui avait manqué. Il ne saurait jamais ce que voulait lui dire la jeune femme.

Sur la plate-forme, il aperçut au loin une épaisse fumée noire qui montait vers le ciel. « Ce ne peut venir que de Tapon, se dit-il, la fumée est trop loin pour que ce soit Chantel. » Il se retourna vers une sentinelle :

« Va me quérir l'un des derniers paysans arrivés de Tapon et demande en bas qu'on aille me chercher Condros. »

Dès que l'homme fut parti, il scruta l'horizon, mais ne vit rien d'autre que l'immense colonne de fumée. Il abandonna en recommandant aux sentinelles d'être attentives et redescendit. Le capitaine l'attendait au pied du donjon.

« Il faut fermer toutes les portes.

– C'est fait, tout le monde est rentré, la herse du Bazot est descendue.

– Très bien. Rassemble tous les soldats et tous les hommes valides sur les remparts.

– Ce sera vite fait, lui répondit Condros, nous n'avons que cinquante soldats.

– Mais où sont les autres ?!

– J'ai envoyé hier une vingtaine d'hommes sur la route de Langeac à la demande du prieur de Lavoûte qui craignait une attaque.

– Ah, c'est vrai ! J'avais oublié...

– Dès l'alerte, un de mes hommes est parti les chercher. Ils devraient être de retour dès ce soir. Ils passeront par Chazieux, annonça le capitaine.

– Parfait. Sais-tu de combien nous disposons d'hommes en état de combattre dans la ville ?

– D'après le bailli, presque deux cents, plus autant de femmes.

– Bien. Intercale trois hommes entre chaque soldat et place des femmes dans les tours. Elles jetteront des pierres et de l'huile bouillante sur l'ennemi sans prendre trop de risques. Le reste de la population doit se répartir vers les maisons, le long des remparts, pour éteindre tout commencement d'incendie.

– Le bailli a organisé la surveillance des maisons avec les enfants et les vieillards. Restent les paysans ?

– Nous avons besoin de toute la population. Prends les jeunes avec toi. Je crains que cette fois ce soit sérieux. Dès que tout sera en place, installe-toi sur la grosse tour de l'est, près de l'église. Tu pourras mieux surveiller les remparts Nord et Est. Je pourrai également t'apercevoir du donjon. »

Arnaud parti, Enguerrand se retourna vers un soldat accompagné d'un jeune paysan qui attendait depuis un moment sans rien dire.

« Sais-tu ce qui se passe à Tapon? »

Le jeune homme, plutôt bavard, raconta que Tapon avait été attaqué à l'aube par une compagnie bien armée et que seul la moitié du village avait pu s'enfuir, les autres ayant été rassemblés près de l'église par les routiers. Ensuite, il avait aperçu les soldats qui mettaient le feu en contrebas du village. Après, il ne savait plus rien, il était parti.

« Où étais-tu lors de l'attaque? lui demanda Montorgue.

– Au-dessus de Tapon avec les moutons de mon père. Je les ai abandonnés pour venir me réfugier ici.

– Comment t'appelles-tu, mon garçon?

– Pierre, Messire. »

Montorgue observa attentivement le jeune homme. Il devait avoir à peine vingt ans, était bien bâti et avait l'air intelligent.

« Tu m'as l'air débrouillard...

– Pour ça oui, Messire. D'ailleurs, tout le monde au village m'appelle La Belette.

– Très bien Pierre ou La Belette, comme tu préfères, j'ai une mission à te confier.

– Laquelle? s'empressa de demander le berger pressé de montrer sa vaillance.

– Tu connais bien la montagne...

– Pour sûr, l'interrompit le jeune homme, j'y suis né. Personne ne connaît la montagne mieux que moi, fit-il en haussant les épaules. Que faut-il que je fasse?

– Laisse-moi finir, si tu veux le savoir! Pars pour La Pradelle et reviens avec ma sœur et mes gens. Tu les guideras à travers la montagne en passant par Goudoux, Channat, Le Bancillon, puis tu descendras vers l'Allier que tu longeras jusqu'à Chazieux. Là tu attendras la nuit pour rentrer à Saint-Ilpize, par la porte du Plain où un de mes hommes t'attendra caché à l'extérieur. »

La Belette, excité, attendit avant de répondre d'être certain que Montorgue eût bien terminé.

« Comptez sur moi, messire Enguerrand, je connais chaque pouce de terrain, je vous ramènerai tout le monde cette nuit, dit-il d'une voix fière.

– Je te fais confiance. » Et s'adressant à l'homme qui l'avait amené : « Fais le sortir discrètement par la porte du Plain. »

Enguerrand regarda un instant le jeune homme partir et se dirigea vers les remparts dont il entreprit de faire le tour, pour vérifier que chaque soldat était bien à sa place. Il déplaça quelques hommes vers l'église : l'endroit le préoccupait beaucoup. À demi satisfait, il revint vers le donjon d'où il envoya deux des trois sentinelles rejoindre les autres sur les remparts. Il scruta de nouveau l'horizon pensivement. La fumée semblait maintenant moins épaisse... Une chose le tracassait. Pourquoi la sentinelle placée sur la montagne, de l'autre côté de l'Allier, n'avait-elle pas donné l'alerte?

Le mystère serait élucidé plus tard. Maintenant, il n'y avait plus qu'à attendre : toutes les portes étaient fermées, la garnison était en place et la majeure partie de la population était sur les remparts prête à se défendre. Mais pendant combien de temps? Robert ne lui avait pas laissé assez de soldats et pour comble de malheur, il en avait lui-même laissé sortir...

Il fut arraché à ses réflexions par une immense clameur. Il dirigea instinctivement son regard vers Tapon. De la forêt surgissait une centaine d'hommes armés, hurlants, qui poussaient devant eux, des femmes, des enfants et des vieillards en guenilles dont ils se servaient comme boucliers. Des cris d'abomination s'élevaient des remparts devant une telle cruauté.

Les mercenaires sortaient du bois de tous côtés, protégés par les prisonniers. Ils progressaient très vite vers les remparts. Enguerrand frémit. Il ne pouvait se décider à donner l'ordre de tirer à ses archers.

Arnaud de Condros attendait, impatient, les ordres d'Enguerrand. Il n'apercevait que sa tête qui dépassait des créneaux du donjon et devinait ses pensées. Qu'aurait-il fait à sa place? Il ne voulait pas y penser. Enguerrand devait prendre une décision. Il serait bientôt trop tard.

Étreint par l'angoisse, Enguerrand ne vit pas arriver derrière lui Françoise qui s'approcha du bord et regarda la masse humaine qui s'avançait en hurlant. Elle comprit immédiatement ce qui devait se passer dans la tête de Montorgue et posa sa main sur son bras comme pour lui insuffler du courage. Il sursauta, se retourna et la vit, tout près – si près qu'une mèche de ses cheveux vint lui effleurer la joue.

Enguerrand l'attira légèrement en arrière, pour lui éviter la vue de spectacle horrible. Elle se laissa entraîner… Il la prit dans ses bras et sentit imperceptiblement le corps de la jeune femme s'abandonner. Le temps était suspendu. Leurs lèvres s'effleurèrent d'abord avant de s'unir.

Françoise la première reprit conscience Elle recula légèrement, posa un doigt sur les lèvres d'Enguerrand.

« Surtout ne dis rien… Toute la population à confiance en toi. Tu dois les défendre, même au prix d'un sacrifice – aussi dur soit-il.

– Je ne peux pas. Je ne peux donner cet ordre, lui répondit Enguerrand d'une voix inaudible.

– Tu le dois pour nous sauver, dit-elle avec douceur, les yeux fixés sur lui. Je vais rejoindre les femmes sur les remparts. Ma place est là-bas. »

Sans attendre sa réaction, elle s'en retourna, laissant Enguerrand seul avec sa conscience. Les premiers assaillants étaient maintenant à portée de flèches. Il s'approcha du bord, de manière à être aperçu de Condros et donna enfin l'ordre tant attendu.

« Tirez, mais essayez d'éviter les otages », hurla-t-il, pour se faire entendre.

Les soldats bandèrent leurs arcs et au signal de Condros, une volée de flèches partit en sifflant vers les assaillants. Elles s'envolèrent d'abord dans le ciel pour retomber sur les premiers rangs ennemis, leur causant de terribles pertes. Malheureusement, de nombreux otages tombèrent, devant les murailles, mortellement touchés.

Une deuxième, puis une troisième volée de flèches s'élevèrent dans le ciel.

La compagnie dut reculer, devant l'averse pour se mettre à l'abri dans la forêt en abandonnant ses otages sur place. Les pauvres gens en profitèrent pour se précipiter vers la porte du Bazot fermée.

Enguerrand quitta le donjon, dévala en courant la rue Saint-Jacques jusqu'à la porte du Bazot où il arriva essoufflé.

« Arnaud! Couvre-nous avec les archers, je vais tenter une sortie avec une vingtaine de volontaires pour aider ces pauvres gens.

– Je t'accompagne, proposa le capitaine.

– Pas question. Ils peuvent revenir.

– Bon. Laisse-moi le temps de rejoindre mes archers. »

Pendant que le capitaine, déçu, remontait aux remparts, Enguerrand réunit autour de lui une trentaine de volontaires. Tout le monde était prêt à venir. À l'extérieur, les premiers otages, criaient et cognaient pour qu'on leur ouvre. Au signe de Condros, Enguerrand s'adressa aux gardes.

« Levez la herse et abaissez le pont-levis. Si les mercenaires nous attaquent, fermez immédiatement.

– Non, pas question, protesta le bailli.

– Vous préférez que toute la ville soit massacrée? », lui rétorqua Enguerrand d'une voix ferme.

Plus personne ne dit mot et la herse se leva dans un bruit de chaînes. Le pont-levis à peine abaissé, une foule de femmes et d'enfants s'engouffra dans l'ouverture empêchant Enguerrand et ses hommes de sortir. Il leur fallut attendre que tout ce monde soit à l'abri pour passer.

Pendant ce temps, Condros, ayant aperçu Montorgue et ses hommes dehors, ordonna le tir vers la forêt, pour dissuader l'ennemi de donner l'assaut. Tout alla très vite, Enguerrand et ses hommes ramassèrent les blessés, enfants pleurant et femmes gémissantes étendues par terre qui levaient le bras dès qu'elles les apercevaient. Ils durent faire plusieurs aller et retours, protégés par les archers qui surveillaient le bois. Rapidement, tous les blessés à l'abri, ils purent rentrer, ovationnés par la population tout entière. Enguerrand ne s'attarda pas et remonta vers le castel laissant les rescapés entre les mains du Bailli.

La compagnie attaqua ce jour-là par trois fois. À chaque fois, elle fut repoussée par les archers et les femmes qui du haut des tours lançaient de l'huile brûlante et des pierres récupérées près de l'église en construction. Le soir, les sentinelles des remparts purent voir à l'abri de la forêt les lueurs du campement de leurs assaillants qui festoyèrent tard dans la nuit.

Dans la salle des gardes, Enguerrand réunit Arnaud de Condros, Bertin, Françoise et quelques vassaux de

Robert III arrivés dans la soirée par le chemin de Chazieux avec les hommes partis la veille. Au total, Enguerrand pouvait compter sur une centaine de soldats aguerris. La route de Chazieux était encore libre mais un soldat envoyé par Condros surveiller l'ennemi venait de leur apprendre que la compagnie avait reçu des renforts importants dans la journée. Les estimations variaient entre six cents et mille hommes. Les routiers n'étaient donc pas prêts d'abandonner le château. Tout le monde n'était pas d'accord sur la manière de défendre la forteresse. Quelques partisans d'Arnaud de Condros estimaient qu'il fallait tenter une sortie dès le lendemain matin, pour faire croire que la garnison était importante. D'autres, comme Enguerrand, déclaraient qu'il valait mieux rester à l'intérieur pour défendre au mieux la ville. Finalement, sur l'insistance de Françoise d'Aurouze qui en l'absence de son mari représentait l'autorité, il fut décidé de se rallier au choix d'Enguerrand.

Lorsque la séance fut levée, Montorgue se dirigea avec Arnaud de Condros vers la porte du Plain. Ils furent rejoints par Françoise qui avait appris dans la journée qu'Enguerrand avait envoyé un homme à la Pradelle.

Ils durent attendre, le milieu de la nuit avant de voir arriver la Belette avec Anne et une dizaine de serviteurs. Sans hésiter, Françoise proposa d'héberger Anne.

« Je vous remercie, je resterai avec mon frère », répondit Anne, qui ne trouva rien d'autre à dire.

– Comme vous voudrez », dit Françoise qui reprit le chemin de son logis.

Enguerrand s'adressa à Condros.

« Double les sentinelles pour la nuit. »

La compagnie attaqua durant quatre jours, ne leur laissant que peu de répit. À chaque assaut, les routiers s'approchaient un peu plus des remparts, et pouvaient désormais jeter des échelles contre les murs. Les assiégés avaient de plus en plus de difficulté à les repousser.

Dès le deuxième jour, les assaillants avaient comblé le ravin du Vallat avec les ruines des maisons détruites à l'extérieur. La nuit, on entendait distinctement des coups de pioche contre les remparts. Tout le monde savait à quoi s'en tenir. Les routiers creusaient des mines sous les fortifications pour les faire s'écrouler. Le troisième jour, les attaques furent plus nombreuses du côté de l'église : l'ennemi avait fini par comprendre où était la faiblesse du château fort et cette fois, la route de Chazieux était coupée.

Enguerrand était partout à la fois, encourageant les uns, secourant les autres. À l'aube du cinquième jour, il avait perdu près de la moitié de ses hommes. Le désespoir régnait dans la ville. Depuis la veille, la nourriture était rationnée. Les derniers hommes valides étaient sur les remparts, guettant le premier assaut. L'attente ne fut pas longue. Une masse hurlante déferla vers les murailles du Nord à l'Est. Une première averse de flèches ne l'impressionna que très peu : elle avançait protégée par de larges boucliers. La première vague de routiers portait des échelles rudimentaires qui furent jetées contre les remparts et les murs de l'église fortifiée. Les assaillants commencèrent à escalader sans se préoccuper du jet permanent de pierres lancées avec de moins en moins de vigueur par les femmes épuisées. La deuxième vague s'attaqua à la porte du Bazot qui résistait tant bien que mal à un énorme tronc d'arbre porté par une quarantaine d'hommes protégés par une palissade. Chaque coup résonnait jusqu'à la rue Saint-Jacques, affolant la population.

En fin de matinée, près de la porte du Plain, la bataille faisait rage. Certains mercenaires avaient réussi à pénétrer par l'église et l'on se battait au corps à corps, essayant de défendre chaque pouce de terrain. Enguerrand était arrivé sur la place depuis peu avec une dizaine de soldats.

La forteresse allait bientôt tomber.

Il interpella Pons.

« Va chercher Condros. Qu'il s'enferme dans la première enceinte avec les femmes et les enfants. Qu'il prenne avec lui dix soldats et autant de civils. Trouve aussi Anne et la comtesse pour qu'elles se mettent à l'abri. Surtout, ne les perds pas de vue. Je te les confie. Tu m'en répondras sur ta vie.

– J'y cours ! ...Et vous, Messire ?

– Nous essayerons de vous protéger jusqu'au bout. Allez ! Ne perds pas de temps !

– Et après ? insista Pons.

– Françoise saura quoi faire, ne t'inquiète pas. »

Pons ne comprit rien, mais obéit à son maître.

La bataille dura encore une bonne partie de l'après-midi, Enguerrand et ses hommes étaient exténués. Ils reculaient, mais les pertes ennemies étaient considérables. Les femmes et les enfants s'étaient réfugiés avec Pons à l'intérieur de la première enceinte. Condros avait refusé de se mettre à l'abri, préférant mourir avec ses hommes. Avec une poignée d'entre eux, il défendait vaillamment la porte du Bazot éventrée, empêchant l'ennemi de pénétrer dans la ville. De son côté, Enguerrand qui avait été obligé de laisser l'église entre les mains des agresseurs, se battait avec acharnement pour les empêcher de pénétrer dans la rue Saint-Jacques et vers l'entrée principale du château. Il en arrivait de partout. Les derniers survivants étaient submergés. Ils se battaient à un contre dix.

À l'instant où tout semblait définitivement perdu, les routiers se mirent à refluer à l'appel de leurs chefs. Bientôt, il ne resta plus sur le terrain que des morts ou des blessés des deux camps. L'incompréhension et la surprise se lisaient sur les visages fatigués qui regardaient l'ennemi fuir si près de la victoire...

Leur étonnement fut de courte durée. Pons, du haut du donjon, hurlait :

« Des renforts! Des renforts! »

Enguerrand et ce qui restait d'hommes valides se précipitèrent sur les remparts en partie effondrés. Sur la rive opposée, à la hauteur de Jazindes, une armée s'apprêtait à franchir la rivière.

« Le comte Robert! » crièrent-ils tous ensemble.

Pour cette fois encore, Saint-Ilpize était sauvé.

Chapitre XIX

EMELINE

Décembre 1359

Le pays traversait une des phases les plus pénibles de son histoire. Après un séjour de sept mois à Bordeaux, le roi prisonnier des Anglais fut transféré à Londres où on lui offrit une prison dorée. Il y tint une cour qui rivalisait en faste avec celle du roi d'Angleterre, Édouard III. On lui permit même de conserver son Conseil, mais le gouvernement du Royaume depuis Londres n'était qu'une accumulation d'erreurs. Le plus souvent, Jean se trouvait en opposition avec son fils Charles, proclamé régent du Royaume lors de la réunion du Grand Conseil, le 14 mars 1358.

Charles avait réussi à force de volonté à imposer son autorité, d'abord aux grands du Royaume et au clergé, enfin aux bourgeois, non sans mal. Étienne Marcel était allé jusqu'à envahir le palais royal un soir de février 1358 et avait fait assassiner à coup de hache, sous les yeux du prince Charles, deux de ses conseillers, les maréchaux de Champagne et de Normandie, donnant le signal de l'insurrection parisienne.

Le régent avait dû quitter la capitale dès le début, mais n'était pas resté inactif. Depuis Meaux et Compiègne, il avait convaincu les États généraux de se ranger de son côté pour contre-attaquer et s'imposer face aux bourgeois parisiens.

L'erreur d'Étienne Marcel fut de croire en son pouvoir. Elle lui fit commettre plusieurs maladresses. Il pactisa d'abord avec Charles le Mauvais, se rangea aux côtés des « Jacques » – des paysans aisés qui s'en prenaient à tout ce qui pouvait ressembler à un noble ou à un riche propriétaire foncier. Surtout, le drapier, égaré par sa haine viscérale à l'endroit du dauphin, n'était pas préparé au siège que Charles installa le 29 juin 1358 – plus de quatre milles lances prirent position autour de Paris. La famine s'installa presque immédiatement dans la ville surprise par la rapidité des troupes royales.

Le siège de la capitale avait brisé l'unanimité autour d'Étienne Marcel; l'annonce de l'entrée dans Paris de Charles le Mauvais lui fit perdre le peu de crédit qui lui restait. Inquiets de voir leur chef prêt à livrer la ville aux Anglais, les bourgeois réagirent précipitamment : ils le firent assassiner le 3I juillet 1358, au moment où il se préparait à ouvrir les portes à l'ennemi et la capitale, qui s'était opportunément souvenue de l'existence du régent, lui réserva un accueil triomphal.

Si à Paris, l'autorité de Charles ressortait renforcée de cet épisode, il n'en était pas de même du côté des provinces. Les grands seigneurs du royaume tentèrent d'en profiter pour rejeter une tutelle royale de plus en plus contestée. Les provinces du centre ne furent pas en reste.

Dans l'Auvergne ravagée par les mercenaires, Robert III était certainement le seul à maintenir son autorité sur son territoire et celui de ses vassaux, grâce à sa petite armée d'archers picards qu'il payait fort cher, mais qu'il contrôlait de moins en moins bien. Il lui fallait à la fois se battre contre les pillards, reconquérir les châteaux de ses vassaux qui n'avaient pas pu résister et éviter que ses archers ne se jetassent à leur tour sur ces proies faciles.

De Clermont, Imbaud du Peschin surveillait de très près l'évolution de l'autorité de plus en plus imposante de ce dauphin d'Auvergne détenteur de territoires immenses. Imbaud avait pu obtenir les pleins pouvoirs de son maître Jean de Berry. Le frère du régent rêvait du comté d'Auvergne, et s'appuyait sur Imbaud qui de son côté lorgnait les terres de Robert III. Le Prince avait informé le roi à Londres du complot qui se fomentait contre la couronne. La réaction du roi avait été immédiate :

« Dites à mon fils de ne parler de cela à personne, surtout pas à son frère Charles. Je veux qu'on me fournisse toutes les preuves avant d'arrêter les conspirateurs. »

Accompagné de la Gueugne ravie de quitter Paris, Imbaud était donc revenu à Clermont depuis une quinzaine de jours, bien décidé à prouver la trahison de Robert. Il avait perdu tout contact avec le comte depuis de longs mois, et de son côté Anne de Montorgue n'avait donné aucun signe de vie après son départ précipité de Clermont. Tout en finissant de s'habiller pour la grande réception du comte Béraud, il pensa qu'il fallait absolument la contacter. Il était au moins sûr de rencontrer Robert à la soirée. Le comte, lui avaient indiqué ses espions, était à Clermont depuis plus de trois jours et multipliait les rencontres secrètes avec de nombreux seigneurs auprès desquels il apparaissait depuis la chevauchée contre Knolles comme le chef incontesté de l'Auvergne. La popularité grandissante de

Robert était loin d'arranger les affaires d'Imbaud, qui quitta sa chambre l'air soucieux.

Au même moment, à l'autre bout de la ville, à l'hôtel du comte Béraud, dans une belle chambre au deuxième étage, Robert III finissait également de s'habiller, mais contrairement à Imbaud, d'excellente humeur. Depuis son arrivée dans la capitale auvergnate, il n'avait pas perdu de temps. Fin prêt, il renvoya son serviteur et s'assit devant la table. Après quelques minutes de réflexions, il prit une plume d'oie, la trempa dans un petit encrier en corne légèrement incrusté dans le plan de travail et saisit un parchemin, qu'il divisa en deux d'un grand trait. À droite, il inscrivit le nom des seigneurs qu'il avait réussi à convaincre, à gauche, les réticents. Lorsqu'il eut terminé, il examina la liste puis se leva, satisfait. Il pouvait assurément compter sur plus des deux tiers des chevaliers auvergnats.

Robert s'approcha de la fenêtre et regarda la rue en contre bas. Les invités commençaient à arriver devant l'hôtel de son cousin. « Il faudrait descendre… », songea-t-il. Mais il ne bougea pas et pensa à son cousin, son seul échec…

Son entretien de la veille avec Béraud ne s'était pas passé comme il l'aurait souhaité. Le comte avait commencé par lui faire part des nombreuses plaintes auprès du sénéchal de Beaucaire. Les seigneurs voisins de ses territoires en Basse, Haute Auvergne et en Velay demandaient que cessassent les exactions des hommes de Robert qui depuis plusieurs mois les pillaient, allant même jusqu'à violer leurs femmes et leurs filles. Robert avait eu toutes les peines du monde à se disculper, expliquant qu'au contraire, lui-même devait se défendre des attaques des grandes compagnies et autres routiers qui ensuite se repliaient sur les territoires de ses voisins pour les rançonner. Pensant que le moment était propice, il avait rappelé à son cousin leur conversation après la bataille manquée contre Knolles.

Béraud lui avait répondu que le moment n'était pas encore venu et qu'il voulait encore réfléchir.

Robert, pour se rassurer, baissa une dernière fois les yeux sur le parchemin, avant de le plier et le glisser dans son pourpoint. « Finalement, se dit-il, Béraud finira bien par se rallier lorsqu'il s'apercevra que toute l'Auvergne est derrière moi. »

La soirée promettait d'être réussie. L'hôtel du dauphin se remplissait. Toute la noblesse de l'Auvergne était présente. Les salons, richement décorés et illuminés par d'énormes candélabres, accueillaient les plus belles femmes de la région, parées de leurs plus riches atours.

Imbaud du Peschin vêtu comme à son habitude avec recherche, évoluait parmi cette noblesse dont il enviait la fierté. Le comte de Séris l'avait présenté à de nombreux seigneurs qui s'empressaient de s'éloigner après l'avoir salué, préférant ne pas s'afficher avec l'éminence grise du comte de Berry, personnage détesté par l'aristocratie auvergnate. Bientôt, il se retrouva seul, sans que cela le dérangeât le moins du monde. Il préférait observer, essayant de mémoriser tous ces hommes qui entouraient le comte Robert et son épouse, certainement de très loin la plus jolie femme de la soirée malgré la sobriété de la coiffe qui recouvrait sa chevelure et de sa robe en drap de laine mauve aux larges manches fendues que seule rehaussait une superbe ceinture ornée de pierres brillantes.

Après le souper servi dans la grande salle du premier, les convives redescendirent au rez-de-chaussée. Imbaud était toujours de méchante humeur. Il avait dîné en bout de table avec des personnes de moindre importance, alors que sa position de représentant du comte Jean, aurait dû le placer sur l'estrade, au centre de la salle, avec les hôtes de marque. Il avait la nette impression qu'on l'avait relégué intentionnellement avec les petits seigneurs. Ulcéré, il continuait seul dans son coin à observer tous ces gens qu'il détestait, et surtout Robert, entouré de quelques amis. Il aurait payé fort cher pour entendre leur discussion.

Tout à coup, des éclats de rire joyeux interrompirent les conversations. Robert se retourna, prêt à remettre en place les gêneurs. Il aperçut un petit groupe, légèrement en retrait. Trois jeunes chevaliers, loin de s'interrompre, continuaient de plaisanter avec une jeune femme. Robert la dévisagea avec un certain agacement, puis l'admira. Elle portait une robe rouge, serrée à la taille et largement décolletée, qui contrastait avec une gorge blanche et un visage très fin. Contrairement aux autres femmes, elle ne portait pas de coiffe et avait laissé sa chevelure blonde tomber sur ses épaules. Robert ne pouvait détourner son regard de cette femme qui lui plut immédiatement. Imbaud avait suivi le regard du comte et aperçu la Gueugne. Il sourit intérieurement, comprenant en un éclair ce qu'il pourrait en tirer. Il avait bien fait de faire venir sa maîtresse. Discrètement, il s'approcha de la jeune femme, lui fit signe puis se dirigea vers la pièce voisine, légèrement en retrait. La Gueugne s'excusa et le rejoignit. Imbaud ne lui laissa pas le temps de parler.

« Tu es très belle ce soir. J'ai l'impression que tu as beaucoup de succès auprès de tous ces jeunes chevaliers », déclara-t-il d'un ton ironique qui n'échappa pas à la jeune femme.

Elle leva la tête vers lui, quelque peu étonnée par son attitude : Imbaud était d'habitude plutôt avare de gentillesse.

« Que me vaut ce compliment, Messire?

– Je veux que tu me rendes un service. »

– Évidemment! », pensa la Gueugne qui demanda tout haut : « Lequel? »

– Approche. Regarde là-bas, légèrement sur la gauche, l'homme vêtu d'un habit gris, entouré de trois hommes.

– Oui, je vois. Qui est-ce?

Avant de répondre, il laissa à Emeline le temps de bien l'examiner.

« C'est le comte Robert... J'ai aperçu tout à l'heure son regard posé sur toi avec une certaine insistance.

– Et alors?

– Je crois que tu lui plais. »

Pour toute réponse, la Gueugne haussa les épaules. Elle comprenait de moins en moins où voulait en venir son amant.

« Je veux qu'il devienne ton amant. »

La phrase la frappa de plein fouet.

« Quoi?! ne put-elle que répondre.

– Ne me fais pas répéter. Tu m'as parfaitement compris.

– Non! » clama-t-elle si fort que des voisins se retournèrent.

Imbaud leur lança son plus beau sourire et entraîna la jeune femme par le bras un peu plus loin. Il la serrait si fort qu'elle faillit crier.

« Pourquoi? » s'inquiéta-t-elle d'une voix angoissée.

Il lui imposa le silence d'un regard dur, les lèvres pincées, la main toujours crispée sur son bras. La Gueugne frissonna et comprit qu'il valait mieux ne rien dire.

« J'ai besoin d'avoir en permanence quelqu'un près de lui. Je veux tout savoir de cet homme.

– Comment pouvez-vous me demander une telle chose? interrogea-t-elle, d'une voix tremblante de colère et de honte.

– Calme-toi. Tu oublies d'où tu viens, lâcha-t-il méchamment. Si tu ne veux pas y retourner, obéis. » La voix, cinglante, ne laissait à la pauvre femme aucune possibilité de refus, sauf de retrouver la rue. Ses yeux se voilèrent légèrement. Elle avait du mal à retenir ses larmes. D'une voix hésitante et presque inaudible, elle finit par répondre :

« Je vais essayer. »

Il desserra son étau, convaincu qu'elle avait parfaitement compris le message. Humiliée, Emeline partit vers la grande salle, sans un regard pour son amant.

Robert l'aperçut dès qu'elle entra. Il la suivit des yeux, se déplaça légèrement, pour se trouver dans son axe. Elle arrivait droit sur lui… Il se retint d'avancer, mais ne put s'empêcher de la dévisager.

Françoise, de l'endroit où elle se trouvait, avait aperçu le jeu de son mari. Lasse et ne voulant pas faire de scandale, elle s'excusa auprès de ses amies et préféra se retirer.

La Gueugne fut rejointe au milieu de la pièce par l'un des jeunes chevaliers. Robert préféra attendre et se mêla à un groupe, en pleine discussion, juste à côté de lui. Ravi de sa présence, Comptour d'Apchon le prit à partie, lui demandant ce qu'il pensait du choix des otages pour remplacer le roi en Angleterre. Robert savait que son cousin Béraud, en faisait partie.

« Ils devraient tous refuser de partir », maugréa le comte.

Devant cette réponse surprenante, la conversation reprit de plus belle, opposant les pour et les contre. Robert dut répondre à de nouvelles questions plus embarrassantes les unes que les autres sur l'état du royaume. Il ne se souciait pas des convenances et lança d'un ton de défi :

« Le roi s'est laissé prendre, qu'il se débrouille seul… »

Sans attendre, il les abandonna ébaubis par sa dernière tirade et se dirigea d'un pas vif vers le milieu de la salle. La jeune femme avait disparu. Son regard d'aigle fit le tour de la pièce. Il fallait se rendre à l'évidence, elle n'était plus là. Je dois la retrouver, se dit-il en s'approchant d'Enguerrand en pleine conversation avec Isabelle, la sœur du comte Béraud. Il lui glissa en passant :

« Je sors un instant. »

Il se dirigea vers la sortie. La Gueugne, légèrement en retrait, l'aperçut. Elle fit un détour et se précipita vers l'entrée. Lorsqu'il passa la dernière porte, Robert se trouva devant la jeune femme. Il fut tellement surpris qu'il la regarda sans prononcer une parole. Devant son regard insistant, la Gueugne rougit légèrement. Elle se reprit et de sa voix chaude :

« Bonsoir Messire, vous partez déjà? »

Avant de répondre, Robert ne put s'empêcher de la détailler.

« Bonsoir… Je ne vous ai jamais vue. Vous n'êtes pas d'ici?

– J'arrive de Paris.

– Comment vous appelez-vous?

– Emeline. »

La jeune femme se prêtait en souriant aux courtes questions du comte. La conversation s'arrêta là. Robert n'était pas fait pour des grandes discussions de cour et, légèrement mal à l'aise, ne savait plus très bien comment s'y prendre. Emeline s'en rendit compte et s'amusa de cette situation. Elle mit à profit ces quelques instants, pour l'observer à son tour. L'homme ne lui déplaisait pas. Il avait quelque chose de sauvage – de rustre plutôt, pensa-t-elle. À vrai dire, il avait un certain charme. Il se dégageait de lui une certaine puissance. Tout l'opposé de son amant.

« J'allais moi aussi sortir faire quelques pas dehors. Voulez-vous m'accompagner? » lui demanda-t-elle, en le regardant dans les yeux.

Sans se soucier de sa réponse, elle lui prit le bras et l'entraîna. Dehors, le vent glacial les frappa de plein fouet mais ne les empêcha pas de marcher longtemps en silence. Dans la nuit noire, Emeline se serra contre lui, comme pour se protéger du froid. La neige se mit à tomber d'abord imperceptible puis par gros flocons recouvrant la ruelle d'une boue grisâtre. Sans prévenir, Robert l'attira à l'abri d'un porche, la serra contre lui et chercha maladroitement ses lèvres. La Gueugne fit semblant de se dégager avant de les lui abandonner. Elle fit glisser ses doigts sous son lourd vêtement qu'elle écarta pour se blottir contre lui. Il en profita pour poser sa main glaciale sur sa poitrine. La Gueugne sentit ses doigts comprimer ses seins et perçut le trouble dans ses yeux. Elle se dégagea et le tira à l'extérieur. Ils continuèrent leur promenade, jusqu'à ce que Robert aperçût devant eux l'enseigne d'une auberge dont le rez-de-chaussée était encore éclairé malgré l'heure tardive. Il entraîna la jeune femme à l'intérieur et demanda une chambre à l'aubergiste. Une servante, une chandelle à la main, les conduisit vers l'escalier. Emeline ne disait rien. À l'étage, la servante ouvrit une porte, alluma les deux chandelles posées sur un bahut rustique et sortit. Robert s'approcha d'une des bougies et la souffla, plongeant la pièce dans une quasi-obscurité. Il s'approcha de la jeune femme, la prit dans ses bras et la porta jusqu'au lit.

Bien plus tard, assouvis et heureux, ils s'endormirent enlacés. Réveillés à l'aube, ils refirent l'amour à la recherche du plaisir de la veille. Pendant huit jours, Robert retrouva Emeline chaque soir, chez elle, dans la petite chambre que lui avait loué Imbaud dès son arrivée. Avant ou après l'amour, ils avaient pris l'habitude de parler longtemps. Emeline, avec beaucoup d'habileté, l'avait mis en confiance et Robert devenait bavard.

Chaque matin, après le départ de son nouvel amant, elle se rendait à l'hôtel de Clermont où commençait un interrogatoire serré. Souvent, après avoir livré les informations tant attendues, Imbaud la prenait comme une catin pour bien lui faire comprendre qu'il était son seul maître. Lorsqu'elle rentrait chez elle, la jeune femme s'effondrait, en pleurs, sur son lit.

Chapitre XX

LA RECONNAISSANCE

1357-1359

Parti d'Italie le 2 octobre – huit jours à peine après son retour d'Auvergne – Giannino, accompagné de quatre chevaliers Siennois, avait mis deux mois pour rallier Bude. Les rencontres avaient parfois été désagréables, au point que pour traverser les monts Bakony, une région montagneuse et très boisée particulièrement inhospitalière, ils avaient préféré à de nombreuses reprises payer un fort tribut aux seigneurs locaux. Quatre mois après ce voyage exténuant, il attendait toujours le retour du roi Louis, parti de sa capitale pour tenter de remettre de l'ordre aux frontières du nord.

Dès son arrivée, Giannino s'était installé sur la rive droite du Danube, dans une petite maison au bord du fleuve, à l'intérieur des remparts. Cette demeure lui avait été prêtée par la puissante communauté juive installée en Hongrie, grâce à la recommandation chaleureuse d'un juif hongrois fort sympathique qu'il avait rencontré à Venise. Chaque matin, il avait pris l'habitude de monter jusqu'au gigantesque château construit un siècle plus tôt par le roi Bela IV, en espérant glaner des nouvelles du retour du monarque. Il avait fini par se lier d'amitié avec le capitaine de la garde à qui il avait raconté une partie de son histoire. Il avait mis une telle foi dans son discours, que l'officier avait décidé de l'aider au mieux de ses possibilités – dont il fallait bien reconnaître qu'elles étaient pour le moment limitées.

Mais aujourd'hui était un grand jour. Giannino avait revêtu ses plus beaux habits et était sorti très tôt. Il avait entendu dire la veille que le roi était enfin rentré. Le chemin qu'il emprunta était raide et montait directement vers l'église. Il s'arrêta quelques instants sur l'une des collines pour prier à l'église Saint-Mathias, érigée pratiquement à la même époque que la forteresse. Il était tellement impatient de rencontrer enfin son cousin qu'il ne fit que rentrer et sortir du lieu saint. À l'extérieur, il réalisa qu'il était bien trop tôt pour se présenter à la porte du château. Il fit demi-tour et se dirigea vers le petit bastion qui surplombait le Danube. Sur la rive opposée, il aperçut le village de Pest, qui s'étendait le long du large fleuve. Il ne comprenait pas pourquoi aucun pont ne réunissait les deux rives. Le passage se faisait par un bac retenu par une grosse corde qui reliait régulièrement Pest à la forteresse de Bude. Seuls les gens un peu fortunés pouvaient l'emprunter, car le prix de la traversée était élevé. Les moins avantagés montaient sur de petites embarcations instables.

Pour se distraire, Giannino s'était souvent rendu le matin à la porte basse où accostaient les bacs. Il admirait l'adresse avec laquelle les bateliers dirigeaient leurs embarcations. Suivant l'humeur du fleuve, il leur fallait partir plus ou moins loin en amont pour aborder devant le quai.

Il se pencha pour mieux apercevoir la grande barque surchargée qui tentait de remonter le fort courant après avoir raté l'appontement. « Il n'y arrivera jamais... » pensa-t-il. Il la vit disparaître dans un coude du fleuve et attendit. Ne la voyant pas remonter le courant, il se redressa, fit demi-tour et se dirigea vers le château où une foule grouillante se pressait malgré l'heure matinale.

Passant sans encombre le pont-levis, il se rendit directement dans la salle des gardes. Le capitaine, qui l'avait reconnu, l'accompagna à travers un labyrinthe de couloirs. Le jeune officier s'arrêta et lui fit signe d'attendre.

« Je vais prévenir le prince Bernard de votre arrivée. Je lui ai rapporté votre histoire hier dès son retour avec le roi.

– Et qu'a-t-il dit? supplia presque Giannino.

– Il m'a simplement demandé de vous amener ici dès votre arrivée.

– Qui est le prince Bernard? demanda encore le Siennois.

– Un grand personnage du royaume! C'est le cousin du roi. », expliqua l'officier avec respect.

Resté seul dans le large couloir, Giannino n'osa pas s'asseoir. Il dut attendre un bon moment avant que le capitaine ne revint accompagné du prince, qui se présenta à lui.

« Je suis le prince Bernard. Le capitaine m'a fait part de votre histoire. J'ai parlé au roi de vos nombreuses visites et de votre demande d'audience. »

Giannino sentit immédiatement une certaine réserve dans l'attitude de son interlocuteur.

« Quand me recevra-t-il? demanda-t-il, impatient.

– Certainement pas maintenant. Sa Majesté est très occupée. Elle m'a chargé de vous entendre en présence du Grand Conseil. Voulez-vous revenir cet après-midi? »

Giannino comprit qu'il ne devait pas insister. Il remercia le prince et sortit en compagnie du capitaine.

« Vous avez de la chance, lui dit ce dernier. Vous allez être entendu par le Grand Conseil.

– Ce Grand Conseil ne m'intéresse pas! C'est le roi que je veux rencontrer. Je n'ai pas fait ce long voyage pour être reçu par un... Conseil! » rétorqua Giannino d'un ton cassant.

Pour le calmer, le jeune homme lui précisa :

« Le roi ne reçoit qu'après l'accord du Conseil. »

Giannino haussa les épaules.

« Quel pays... »

En début d'après-midi, il se présenta à nouveau devant la salle de garde. Le capitaine était absent. Un homme assis au fond de la pièce se leva et lui demanda de le suivre. Le serviteur l'accompagna jusqu'à la chambre du Grand Conseil et fit signe à Giannino d'entrer. Une vingtaine de seigneurs de hauts rangs étaient assis devant une longue table rectangulaire. Le prince Bernard, au milieu, présidait

D'abord impressionné, le Siennois n'osa s'avancer. Le prince Bernard, d'une voix qui se voulait conciliante, l'invita à s'approcher. Giannino fit trois pas.

« Sa Majesté nous a chargés de vous entendre. Voulez-vous nous raconter votre histoire qui, il faut bien le dire, paraît quelque peu invraisemblable? »

Giannino qui était loin de s'attendre à un tel accueil, s'approcha de la table et regarda un par un tous ces dignitaires. Il comprit vite qu'il lui faudrait être convaincant s'il voulait être reçu par celui qu'il considérait comme son cousin. On lui proposa de s'asseoir, mais il refusa. Il commença aussitôt son récit, en s'abstenant de parler de sa rencontre avec le comte d'Auvergne. Pendant qu'il parlait, il examinait son auditoire. Au fur et à mesure qu'il avançait dans son récit, il sentit qu'il marquait des points importants. Lorsqu'il eut terminé, il déposa sur la table devant le prince une copie du testament de Marie de Carsi. Un long silence s'ensuivit, durant lequel les membres du conseil examinèrent le document les uns après les autres. Celui qui paraissait le plus âgé prit la parole.

« Il faut reconnaître que votre histoire est plus que troublante… »

Giannino fut alors soumis à un véritable interrogatoire entrecoupé de discussions entre les membres du Conseil. À plusieurs reprises, il crut comprendre qu'il était question d'un testament adressé avant de mourir par la reine Clémence à son frère, dans lequel elle déclarait n'avoir jamais cru à la mort de son fils. « Voilà au moins une bonne nouvelle », songea Giannino.

Le prince Bernard finit par mettre un terme à la réunion.

« Nous allons étudier votre cas avec beaucoup d'attention. Nous vous transmettrons prochainement la réponse du Roi. » Giannino n'eut pas le temps de poser à son tour des questions que déjà les dignitaires se levaient et, sans plus faire attention à lui, quittaient la pièce en échangeant tout haut des propos contradictoires le concernant.

Seul, un peu dépité, Giannino se savait que faire. Il regardait la table et les fauteuils vides, indécis, se demandant s'il avait réussi à convaincre ces vieillards. Le serviteur l'interpella finalement pour le raccompagner.

Une fois dehors, Giannino laissa éclater sa colère. Il était tellement énervé qu'il parlait tout haut, faisant retourner les passants qu'il croisait.

« Pour qui se prennent-ils? Je suis le roi Jean Ier et on me traite comme un vulgaire imposteur! »

Il devait pourtant absolument rencontrer son cousin. Sans une reconnaissance écrite de sa part, sa légitimité serait fortement compromise. Il se calma seulement en arrivant devant chez lui et mit au courant ses compagnons qui le convainquirent d'attendre les conclusions du Grand Conseil.

Le roi Louis ordonna d'étudier son affaire et d'effectuer des recherches sur sa naissance et sa jeunesse. Il fit envoyer des hommes, à Paris, à Sienne et en Avignon, pour recueillir des renseignements sur la mort de Jean Ier, la reine Clémence et sur ce Giannino qui se prenait pour son cousin. Il dépêcha même un moine dans le couvent où sa tante avait fini ses jours pour qu'il interrogeât secrètement la mère supérieure et les religieuses confidentes de la reine durant les dernières années de sa vie.

Toutes ces recherches durèrent des mois. Le Grand Conseil créa une commission spéciale qui se pencha sur les pièces d'un dossier qui s'épaississait de jour en jour. Enfin, après plus d'une année d'enquête, la commission remit ses conclusions au Grand Conseil. Elle concluait à la légitimité de Giannino.

Le Grand Conseil se réunit en séance plénière et écouta en silence les rapporteurs de la commission. Contre toute attente, il vota à l'unanimité l'imposture du prétendant. Le prince Bernard, farouche adversaire de la reconnaissance, avait largement contribué à ce vote. Et tout le monde savait que ses propos étaient en réalité ceux du roi.

Dès qu'il fut informé de la décision, Giannino entra dans une colère folle. Il s'entêta et réussit à faire remettre en secret une copie de la Charte de Rienzi à certains membres du Grand Conseil. Troublés, ceux-ci demandèrent au prince Bernard de recevoir Giannino.

Dès qu'il fut en présence du prince, Giannino, ne lui laissa pas le temps de parler.

« Je ne quitterais Bude que lorsque le roi m'aura reçu. »

Surpris par la ténacité du Siennois, le prince Bernard modéra les propos qu'il s'apprêtait à lancer pour congédier l'importun.

« Notre roi hésite encore...

– Pourquoi? rétorqua Giannino de plus en plus agacé.

– Les preuves ne sont pas suffisamment convaincantes.

– Que lui faut-il de plus? »

Le prince préféra ne pas répondre et mit fin à l'entretien.

Aidé par la puissante communauté juive de Bude, et par une cinquantaine de seigneurs hongrois qui commençaient à être convaincus de sa bonne foi, Giannino finit par obtenir du roi une nouvelle étude de son dossier.

Finalement le 15 mai 1359, soit après presque deux années d'attente, il eut la surprise de recevoir une convocation de l'évêque de Bude, à laquelle il se rendit sans perdre de temps.

« Le roi Louis a été obligé de s'absenter. Il m'a remis une lettre pour vous, lui annonça le prélat.

– Si je comprends bien, le roi ne veut toujours pas me recevoir! », s'écria Giannino.

L'évêque lui répondit avec calme.

« Il ne le peut, je viens de vous annoncer son départ de Bude. » Il lui tendit le pli. « Prenez et lisez, vous comprendrez. »

Giannino tendit la main, prit la lettre, s'approcha de la fenêtre, la déplia et la lut à haute voix :

« Nous, Louis, Roi de Hongrie, reconnaissons solennellement en Giannino le fils de Notre tante Clémence et de Louis, Roi de France. »

Les larmes aux yeux, le Siennois relut deux fois l'acte de reconnaissance. Il avait enfin gagné, il pouvait maintenant rentrer en Italie et préparer la conquête de son royaume. Plus rien ne pouvait s'opposer à lui. Il allait reprendre son trône… Il quitta Bude dès le lendemain avec un seul regret : son cousin ne l'avait pas reçu avec les honneurs dus à son rang.

Dès son retour à Sienne, il dépêcha son serviteur auprès du comte Robert avec une copie de la reconnaissance du roi de Hongrie ainsi qu'une longue missive. Il prit ensuite le chemin de la Toscane, afin d'y rencontrer la reine Jeanne de Naples, comtesse de Provence, devenue sa cousine par alliance après son mariage avec André de Hongrie, frère de Louis.

Grâce à la reconnaissance hongroise, il put obtenir avant son départ cinquante mille florins des banquiers siennois pour mettre sur pied une armée. Bien sûr, les financiers avaient obtenu une contrepartie non négligeable : la promesse de pouvoir rentrer en France pour y reprendre leurs activités dès qu'il serait couronné à Reims.

Battista quitta Sienne le même jour que son maître par un petit matin brumeux, avec sur sa poitrine bien cousus sous son bliaut les précieux documents. En fin d'après-midi, harassé, transi de froid par l'automne précoce, il s'arrêta dans une auberge isolée en pleine campagne où il se fit servir à souper et monta se coucher après avoir déclaré à l'aubergiste qu'il partirait très tôt le lendemain. Épuisé, il sombra dans un sommeil réparateur.

Il se réveilla de fort bonne humeur. Son premier réflexe avait été de tâter son bliaut qu'il avait conservé sur lui toute la nuit. Les lettres, dont il connaissait le contenu, étaient toujours bien en place. Satisfait, il s'habilla et descendit manger dans la salle en effervescence malgré l'heure matinale. Il ne s'attarda que peu de temps, paya l'aubergiste et sortit. Il récupéra son cheval à l'écurie et se dirigea vers le portail de l'auberge, qu'un moine franchissait au petit trot de son mulet. Lorsqu'il arriva à sa hauteur, le religieux se retourna et l'interpella.

« Eh bien, mon fils! Vous m'avez l'air bien pressé. »

Sans hésitation Battista lui répondit :

« Je dois rejoindre Pise, le plus vite possible.

– Oh! Quelle aubaine! Je m'y rends moi-même. La traversée de la Toscane jusqu'à Empoli n'est pas très sûre, mon fils. Voulez-vous faire la route en ma compagnie?

– Je n'ai pas le temps, l'abbé. » Battista jeta un coup d'œil sur la monture du religieux. « Votre mulet n'a pas l'air en bonne santé, il ne pourra pas suivre la cadence de mon cheval.

– Restons ensemble, juste pour la traversée de cette grande forêt devant nous. Je me sentirai plus en sécurité... », plaida le moine.

Battista finit par accepter, estimant s'en tirer à bon compte. Les deux hommes empruntèrent le chemin qui menait à la forêt au rythme du mulet.

« D'où venez-vous, mon fils? interrogea le religieux

– De Sienne.

– Mais qu'allez-vous faire à Pise? Quel est votre nom? Que faites-vous? »

Les questions se succédaient mais Battista n'y répondait que par monosyllabes. La curiosité du moine commençait à l'agacer sérieusement. Il finit par maudire l'instant où il avait accepté de l'accompagner. La forêt de pins les engloutit, les protégeant du vent du nord glacial à cette époque de l'année. Au bout, de deux bonnes heures, ils arrivèrent à un croisement, sans avoir rencontré âme qui vive. Le religieux, derrière Battista, l'interpella.

« Arrêtons-nous quelques instants, ma mule boite depuis un bon moment. » Sans attendre, il descendit de sa monture. Battista se retourna, haussa les épaules, irrité, s'arrêta à son tour et se dirigea vers un arbre pour attacher son cheval. Il revint en arrière et s'approcha du moine qui essayait en vain de lever l'antérieur de l'animal.

« Laissez-moi faire », grommela-t-il.

Il poussa légèrement le religieux, se baissa et souleva à son tour la patte du mulet. Il ne voyait pas, ce qui pouvait le faire boiter. Il se retourna pour interroger son compagnon. Trop tard… Il n'eut que le temps d'apercevoir la lame du poignard qui se planta maladroitement dans sa poitrine. Il regarda le religieux avec stupeur et tenta de s'accrocher à lui. L'autre recula d'un geste vif, poussa Battista qui glissa à terre sans force. Avant de s'évanouir, il sentit dans une demi-inconscience le moine le fouiller et lui arracher ses précieux documents.

Frère Norbert abandonna Battista sans oser le regarder. Il enfourcha le cheval de son compagnon inanimé, attacha sa mule à sa selle et partit au galop. Sa mission était presque remplie. Imbaud du Peschin avait eu une excellente idée en l'envoyant à Sienne surveiller la maison de cet imposteur. Il avait patienté une année entière qu'il avait mise à profit pour se lier avec la famille du Siennois et Fra Bartolomeï. C'est d'ailleurs grâce à ce dernier que, prévenu du retour de Giannino, il avait pu épier chacun de ses faits et gestes. Le départ précipité de son fidèle serviteur avait éveillé ses soupçons. Il dut réagir vite et prendre une décision. Le suivre ou rester? Son intuition lui fit prendre la première solution. Il ne le regrettait pas… Il lui fallait rejoindre Clermont, le plus vite possible. Malgré sa satisfaction, son esprit était ailleurs. C'était la première fois qu'il agressait un homme. « J'espère qu'il s'en sortira… », pensa-t-il. Il essaya de se convaincre que l'homme n'était pas mort, mais n'y parvenait pas. Il avait bien tenté à l'auberge de se glisser dans sa chambre, mais Battista avait pris la précaution de rabattre le loquet. Jamais il n'avait été dans son intention d'agir de cette manière.

Alors que le moine était déjà, très loin, Battista sortit lentement de son évanouissement. Il se sentait très faible.

Frigorifié, il se traîna difficilement jusqu'au premier arbre pour s'y adosser. De là, il était bien visible. Il ouvrit son bliaut ensanglanté et constata que sa blessure n'était pas très profonde mais saignait abondamment. La lame avait glissé, s'enfonçant dans le bas de sa poitrine. Il déchira une partie de son vêtement, en fit une boule qu'il appliqua sur la blessure pour stopper une possible hémorragie. Au bout d'un moment, se sentant un peu mieux, il essaya de se relever lentement mais la tête lui tournait. Il rageait. Lui qui côtoyait à Sienne la pire racaille, se faire avoir aussi bêtement et par un moine inexpérimenté! Battista dut attendre la tombée du jour pour voir enfin arriver une charrette remplie de fourrage. Le paysan l'aperçut, l'aida à s'installer sur le foin et repartit en direction de l'auberge que notre homme avait quittée le matin même. Durant le trajet, le paysan resta discret. De toute façon, Battista n'aurait pas pu lui répondre, car il s'était endormi dès que la charrette s'était mise en route.

Une douleur insupportable le réveilla. Deux hommes le transportaient sans précaution dans une chambre de l'auberge. Un peu plus tard, une vieille femme toute ridée pénétra dans la pièce et entreprit de le soigner.

« Tu es un solide gaillard, dans deux ou trois jours tu seras debout. En attendant, bois ce bouillon. »

Elle l'aida à s'asseoir et lui tendit un bol fumant qu'il but avec l'impression d'ingurgiter de l'eau chaude trop salée. À plusieurs reprises, il voulut s'arrêter, mais la vieille le surveillait et le forçait à boire. L'effet du breuvage fut pratiquement immédiat. Il s'endormit sous les yeux de celle que l'on appelait la sorcière dans la région.

Le surlendemain, Battista était debout. Il avait largement eu le temps de réfléchir, du fond de son lit. Sa décision était prise : au lieu de revenir en arrière, il poursuivrait sa mission. Il connaissait par cœur les termes de la reconnaissance et de la missive pour le comte Robert. Une seule chose était maintenant importante : rattraper le moine, s'il le pouvait encore ou au pire, arriver à Saint-Ilpize afin de prévenir le comte de la catastrophe. Celui-ci devait certainement savoir pour qui son agresseur travaillait.

Le troisième jour, alors que le soleil essayait de percer la brume matinale, Battista était fin prêt, bien décidé à arriver le premier. Pour rattraper le temps perdu, il comptait prendre un bateau à Livourne plutôt que d'emprunter la route normale qui longeait la côte et de débarquer à Montpellier pour traverser les Cévennes et les monts de la Margeride. Il était sûr de gagner plusieurs jours, sauf si la mer était forte.

Pour la deuxième fois, il passa sous le portail de l'auberge.

Chapitre XXI

L'ANGOISSE

Anne se réveilla en sursaut... Elle transpirait, sa chemise de lin lui collait à la peau, elle pleurait. Elle avait encore rêvé de Guillaume de Chantel supplicié par Imbaud qui ricanait de plaisir devant les cris inhumains de son amant. N'en pouvant plus, elle se leva et s'approcha de la fenêtre en tremblant de froid. La pâle lueur d'un nouveau jour venait l'effleurer. Elle observa un instant la nature encore endormie puis se recoucha. Elle s'assit sur son lit et pensa à nouveau à Guillaume, disparu depuis plus de cinq mois. Elle refusait de croire à sa mort.

Depuis le retour de Robert et de son armée, elle avait interrogé tous les soldats. Personne n'avait pu lui expliquer clairement ce qui lui était arrivé. Bien sûr, les compagnons de Guillaume lui avaient raconté comment il avait disparu après avoir ordonné à ses hommes de se replier pour fuir les flèches. La seule chose dont elle était certaine, c'est qu'il était tombé de cheval et qu'on ne l'avait jamais retrouvé malgré les recherches entreprises après le départ de l'armée de Knolles.

Elle avait revu plusieurs fois Robert depuis son retour. Manifestement, il ne se préoccupait plus d'elle et cela ne la dérangeait pas. Même si elle continuait à ressentir un léger pincement au cœur à chaque fois qu'elle rencontrait le comte, elle pensait à Guillaume, et se rendait compte qu'elle l'aimait. Elle avait bien changé depuis leur première rencontre à Faucon. Il lui suffisait de fermer les yeux, pour sentir les mains rugueuses de Guillaume sur son corps lisse. Calmement, mais fermement, elle prit la décision de partir, dès ce jour pour Massiac, dernier endroit où son amant avait été aperçu. Avant de se mettre en route, elle irait rendre visite à Françoise d'Aurouze, devenue son amie et sa confidente après avoir été sa rivale.

Anne s'habilla et descendit dans la grande salle où son frère, seul, finissait de manger devant la cheminée.

« Tu es bien matinale ce matin, remarqua Enguerrand.

– J'ai décidé de partir pour Massiac. » Et sans lui laisser le temps de répondre : « Je suis sûre que Guillaume est toujours vivant. »

Montorgue n'était pas surpris de la décision de sa sœur. Il était simplement étonné qu'elle eût attendu si longtemps pour réagir.

« Tu as mis du temps à prendre conscience que tu l'aimais... Veux-tu que je t'accompagne?

– Non, je préfère partir seule. »

Enguerrand n'osa pas lui dire ce qu'il pensait. Pour lui, Guillaume était malheureusement bien mort. Il essaya sans conviction de la convaincre de rester.

« Les chemins ne sont pas sûrs. Les routiers sont de retour. Tu ne peux voyager sans une bonne escorte, surtout à travers la montagne.

– Une escorte ne servirait qu'à attirer l'attention. »

Enguerrand craignait pour la sécurité de sa sœur.

« Prends au moins mon écuyer, il pourra te défendre...

– Non, je partirai avec Ebles, il connaît très bien la montagne.

– Ebles! Il est beaucoup trop vieux, il ne pourra pas te protéger!

– Au contraire, personne ne se méfiera d'un homme âgé accompagné de son fils.

– De son fils?

– Tu ne penses quand même pas que je vais partir habillée en femme!

– Je vois, une fois de plus, que tu as tout organisé... Alors au moins, promets-moi de revenir vite et sois prudente. Je dois partir immédiatement pour Saint-Ilpize, Robert m'a fait prévenir très tôt ce matin. Bonne chance... »

Enguerrand, au fond de lui-même, comprenait sa sœur. Il aurait fait de même pour Françoise.

Anne fit appeler Ebles. En l'attendant elle mangea de bon appétit. Elle n'eut pas à patienter bien longtemps. Le vieil homme frappa discrètement et entra en boitant légèrement, souvenir d'une mauvaise blessure à la hanche. Le fidèle serviteur de la famille avait un peu plus de cinquante ans, et malgré son visage ridé, aux nombreuses cicatrices qui le faisaient paraître beaucoup plus vieux, il était toujours en excellente forme. Anne le mit sur le champ au courant de son projet. Ebles écoutait sa maîtresse avec admiration, ravi de pouvoir encore être utile à la fille de son seigneur.

« Quand voulez-vous partir? demanda-t-il.

– Tout de suite. Quelle est la route la plus sûre pour aller à Massiac?

– Nous traverserons l'Allier à hauteur de Lomenède pour revenir sur Jazindes et prendre le chemin de Saint-Just à travers la montagne. Une fois là-haut, nous rejoindrons Massiac par Léotoing. Par cette route, nous ne rencontrerons que des habitués. Les routiers ne s'aventurent pas dans ces montagnes : ils risqueraient de s'égarer.

– Très bien. Prépare les chevaux, je vais me changer. Nous passerons d'abord à Saint-Ilpize.

– Je pense qu'il serait plus prudent de partir directement et discrètement », répondit Ébles.

Anne, qui connaissait bien l'écuyer de son père, réfléchit et finit par convenir qu'il avait raison.

Au milieu de la matinée, un vieil homme légèrement voûté sur un cheval qui avait l'air aussi fatigué que son maître et un jeune homme mal habillé, monté sur une jument malingre quittèrent La Pradelle. Personne ne les remarqua lorsqu'ils traversèrent la rivière sur le bac pourtant bien rempli...

Un peu plus tôt dans la matinée, Enguerrand pénétrait dans le logis seigneurial de Saint-Ilpize. Robert, debout et de fort méchante humeur, était en grande conversation avec le prieur assis à côté d'un troisième personnage que Montorgue reconnut immédiatement. Il les salua. Robert sans même lui répondre, lui fit signe de s'asseoir à côté du prieur et demanda à Battista de recommencer son récit. Celui-ci, de bonne grâce, raconta pour la deuxième fois des mésaventures dont il n'avait pas lieu d'être fier. Lorsqu'il eut terminé, le comte prit la parole.

« Battista, voulez-vous dicter au prieur les termes exacts de la reconnaissance du roi Louis de Hongrie et de la missive de votre maître ? »

Lentement, le serviteur de Giannino récita les textes. Le père Jacques transcrivait ses paroles sur un parchemin.

Cela prit du temps, ce qui permit à chacun de réfléchir sur les conséquences du vol des documents. Lorsqu'ils eurent terminé, Robert interrogea le jeune homme sur son agresseur. Battista qui n'était pas près de l'oublier, en fit un portrait parfait. Au fur et à mesure de la description, Enguerrand voyait se dessiner dans son esprit le visage d'un homme.

Où l'avait-il déjà rencontré ? Sa mémoire lui faisait cruellement défaut. Pourtant, il en était sûr. Il l'avait déjà vu... Lorsque Battista jura contre les moines et les monastères, un éclair jaillit, dans sa tête. Il l'interrompit.

« Je connais ce moine. » La surprise était générale. « Je l'ai rencontré à l'abbaye de Vernon. Il s'appelle Norbert... Mais que faisait-il à Sienne ? »

Contre toute attente, la réponse vint du prieur.

« Il ressemble étrangement à la description que l'on m'a faite du moine qui s'est présenté, il y a deux ans, à Pébrac, après le départ de frère Antoine... Il a dû suivre sa trace jusqu'à Sienne.

– Pour le compte de qui ? » demanda Enguerrand de plus en plus intrigué.

– Certainement de quelqu'un de haut placé... lança Robert. Mais qui ? Il faut absolument récupérer ces documents avant qu'ils ne tombent entre les mains du régent ou du roi. »

Enguerrand réfléchissait toujours. Il se souvenait vaguement que sa sœur, lors d'un court séjour à Clermont, l'avait mis en garde contre Imbaud du Peschin qu'elle avait rencontré à l'hôtel du comte de Séris. Elle disait avoir surpris une conversation entre Imbaud et le comte de Séris. Ils parlaient d'un complot fomenté pour renverser le roi et mettre à sa place un soi-disant descendant des Capétiens qui aurait été substitué à l'âge de cinq jours. Il avait tenté d'en savoir plus, mais sa sœur avait prétendu ne rien savoir d'autre. Jusqu'alors, il n'en avait jamais rien dit de peur que Robert s'en prenne à Anne. Il prit la parole, essayant d'être le plus convaincant possible.

« Je ne serais pas étonné qu'il s'agisse d'un moine aux ordres d'Imbaud du Peschin. » Devant l'étonnement de Robert, et pour éviter les questions qui n'allaient pas manquer de tomber, Enguerrand reprit, conscient de l'importance de ses propos. « Anne m'a dit avoir rencontré Imbaud du Peschin chez le comte de Séris. Il racontait à qui voulait bien l'écouter qu'il était là sur les ordres du roi pour arrêter des hommes hauts placés qui complotaient contre lui et son fils. Enguerrand avait évité de prononcer le nom de Robert. »

Le silence se fit à nouveau dans la pièce. Le moment était grave… Robert se remémora le visage ingrat et antipathique de ce personnage qu'il avait rencontré lors des États généraux, trois ans plus tôt.

De son côté le prieur se rappela les dernières paroles du moine de Pébrac venu lui conter la visite du religieux de Vernon. Ce dernier avait déclaré être là sur les ordres d'une personnalité importante. Il confirma sa pensée en déclarant :

« Le moine qui s'est présenté à Pébrac avait précisé être envoyé par un grand du royaume. »

Robert s'assit et interrogea à nouveau Battista sur les termes exacts de la lettre que lui avait adressé Giannino. Comme pour être encore plus convaincu du danger qu'il courait, il demanda au prieur de lui relire lentement le document.

Il était en danger mortel. À plusieurs reprises Giannino citait son nom et le remerciait de son aide. Il n'y avait plus de temps à perdre.

« Je vais partir avec Enguerrand pour Clermont. Il faut impérativement récupérer ces lettres, sinon nous risquons fort de voir arriver les troupes royales à Saint-Ilpize. »

S'adressant à Battista : « Quant à vous, restez au château et attendez mon retour. Je vous remettrai une lettre pour votre maître. »

Au prieur : « Interrogez frère Antoine. Je veux tout savoir avant mon départ sur ce moine de Vernon. »

Enfin, à Enguerrand : « Nous partirons demain matin, prépare une escorte de dix hommes. »

Chapitre XXII

LA VÉRITÉ

Debout devant la fenêtre, il souriait. Ses yeux fuyants tentaient de reconnaître les passants dans la ruelle malgré la brume hivernale et la faible lumière de la lune. Pourquoi tardait-elle? Pour une fois, aucun mouvement de mauvaise humeur ne le traversa. Il attendrait patiemment qu'elle daignât arriver. Clermont s'engourdissait doucement dans un hiver sans neige. Il abandonna la fenêtre après un dernier coup d'œil et retourna s'asseoir au coin du feu. Imbaud du Peschin était seul dans la pièce éclairée par un unique chandelier posé sur la table près de lui. Son regard se fixa sur les parchemins étalés devant lui. Pour la dixième fois au moins et avec une certaine jouissance, il relut la copie de la reconnaissance et la lettre adressée par Giannino au dauphin Robert.

« Ce moine est un homme précieux... », ne put-il s'empêcher de dire tout haut. Il pouvait enfin confondre le comte de Saint-Ilpize et ses amis. Imbaud se voyait déjà propriétaire des titres et des terres du dauphin. « Évidemment, se dit-il, je n'ai pas l'original du testament de Marie de Carsi. J'ai beaucoup mieux. » La reconnaissance officielle de Giannino accréditait la thèse de la substitution. L'affaire était bien montée; il n'était pas loin d'y croire lui-même. Imbaud posa le parchemin et s'empara de la lettre adressée au comte Robert. Un véritable aveu! Sa joie était immense.

Dans l'après-midi, il avait décidé d'envoyer discrètement Giraud dès le lendemain auprès du roi à Londres avec une copie des deux documents. Il avait préféré s'adresser directement au souverain plutôt qu'à son fils. C'était évidemment un risque à courir, mais la récompense serait plus grande. « Au pire, songea-t-il, le comte de Poitiers me renverra. Je trouverai bien un autre soutien. » Il aurait préféré que frère Norbert accompagnât son homme de main, mais ce dernier avait déclaré qu'il irait beaucoup plus vite sans s'encombrer du moine.

Sa seconde décision avait été plus difficile à mettre en application. Convaincre Séris d'envoyer un messager auprès du Sénéchal de Beaucaire n'avait pas été une mince affaire. Finalement, après deux heures de discussion, un cavalier était parti dans la soirée avec un pli du comte, dont Imbaud avait pesé et dicté chaque mot. Les ordres étaient simples : arrêter Robert qui agissait comme les nombreuses compagnies en ravageant avec ses archers picards les châtellenies voisines des siennes. Ce prétexte devait suffire à faire réagir les troupes du Sénéchal chargées de faire respecter l'ordre dans les provinces du centre. Imbaud ne doutait pas le moins du monde que la forteresse de Robert fût assaillie par les troupes royales. Il grimaçait de plaisir en imaginant le comte ramené enchaîné à Clermont.

Il se leva, remit une bûche dans l'âtre et retourna près de la fenêtre. Toujours personne dans la ruelle. Que faisait-elle? Il était planté devant la fenêtre, sans vraiment regarder à l'extérieur, plongé dans ses noires pensées, lorsqu'il entendit frapper.

« Entrez! »

Un serviteur annonça un homme de main d'Imbaud.

« Messire, dit celui-ci, je n'ai pas trouvé la jeune femme chez elle. Sa servante m'a déclaré qu'elle était partie rejoindre le comte Robert.

– Ah... le comte est donc de retour dans notre bonne ville. » Imbaud regretta d'avoir envoyé un messager auprès du sénéchal. « Parfait, laisse-moi maintenant. »

À nouveau seul, il déambula dans la pièce, contrarié. Il ne ferait pas l'amour ce soir. Il se consola en pensant qu'il aurait certainement de bonnes nouvelles, du comte de Saint-Ilpize le lendemain, rangea les précieux documents dans une armoire et alla se coucher en se demandant pourquoi le comte était revenu à Clermont.

Robert, arrivé le jour même avec Enguerrand et ses hommes, n'avait pas perdu de temps. Il avait organisé aussitôt les recherches. Ses soldats avaient quadrillé la ville, avec une description précise du moine. Tous les monastères, toutes les églises, avaient reçu la visite de ses hommes. Le soir, il fallut se rendre à l'évidence, le religieux était introuvable. Il ne restait plus qu'une possibilité. L'homme devait être dans la demeure du comte de Séris. Il chargea Enguerrand de surveiller l'hôtel du comte.

Lorsque tout le monde fut parti, Robert attendit Emeline qu'il avait fait prévenir. Plongé dans ses réflexions, il n'entendit pas la porte s'ouvrir.

« Robert... », prononça gaiement la jeune femme.

Il leva aussitôt la tête, la regarda et admira une nouvelle fois sa beauté. Emeline s'avança lentement vers son amant. Elle se débarrassa de sa longue cape de laine qu'elle posa sur un siège et offrit ses lèvres gourmandes à Robert qui s'empressa de les saisir. Il l'entraîna vers le lit caché au fond de la pièce et la déshabilla avec sa maladresse coutumière. Au début, Emeline se laissa faire, amusée, avant de prendre l'initiative. Elle éveilla lentement le désir de son amant, jusqu'à ce qu'il la prenne. Ils firent l'amour, heureux de se retrouver et restèrent allongés dans l'obscurité. La Gueugne observait son amant qui sommeillait, la tête posée sur sa poitrine dénudée. Elle n'osait bouger de peur de le réveiller. La résolution qu'elle avait prise en chemin s'effritait de plus en plus. Pourtant, en entrant dans la pièce, elle était bien décidée à tout avouer. Maintenant, il ne restait plus rien de sa résolution. L'homme qu'elle aimait était blotti contre son corps et elle avait peur de mettre fin aux courts instants de bonheur qu'elle lui volait à chacune de ses visites. Le courage lui manquait. Lui révéler la vérité, c'était bien sûr le perdre définitivement et en plus recevoir les foudres d'Imbaud. Elle avait honte. Elle ne pouvait pas rester plus longtemps. Délicatement, elle fit glisser la tête de Robert sur le côté, pour de se dégager. Il se retourna sans se réveiller. Emeline en profita pour se lever et s'habiller, sans faire de bruit. Elle s'approcha de lui, se pencha, déposa un baiser rempli de tendresse sur ses lèvres et s'en alla.

Lorsqu'elle arriva chez elle, sa servante l'attendait, à moitié endormie, assise sur un petit tabouret, devant la porte d'entrée. Emeline lui tapota la joue.

« Que fais-tu ainsi?

– Je vous attendais. On vous demande à l'hôtel de messire Guillaume de Séris. », répondit la femme d'une voix endormie.

Emeline n'avait pas très envie de ressortir. Malheureusement, les ordres de son maître ne se discutaient pas. Avec regret, elle descendit le petit escalier, dont les marches grinçaient à chaque pas. Les rues n'étaient pas sûres, surtout la nuit, mais Imbaud lui avait choisi une chambre à quelques pas de sa demeure.

Dès l'instant où elle approcha de l'hôtel du comte, Enguerrand, légèrement en retrait, la prit en filature. Il était intrigué. Que venait faire si tard, une jeune femme, dans cette ruelle? La Gueugne s'arrêta devant le porche, souleva le lourd heurtoir en bronze et le laissa retomber. Enguerrand en profita pour s'approcher sans se faire remarquer. Il n'arrivait pas à voir son visage, pourtant, il avait l'impression de reconnaître cette démarche légère. Au risque de se faire voir, il longea le mur. La porte s'ouvrit, un serviteur approcha sa chandelle près du visage de la jeune femme pour mieux la dévisager et la laissa entrer.

Enguerrand, qui n'avait rien perdu de la scène, eut du mal à retenir un cri de surprise. Emeline... ici! Il n'en croyait pas ses yeux. Il fit demi-tour et se précipita chez son ami.

Il monta les marches quatre à quatre, sans se préoccuper du bruit. Il ne se donna pas la peine de frapper avant de pénétrer dans la pièce. Il réveilla Robert qui dormait profondément.

« Que t'arrive-t-il? Tu as trouvé le moine?

– Emeline est-elle venue ce soir?

– Oui, répondit Robert intrigué. Pourquoi?

– Je viens de la voir...

– Et alors? Elle est sortie pendant que je dormais.

Enguerrand hésita quelques instants.

– Je viens de la voir...

– Où? l'interrompit Robert maintenant bien réveillé.

– ...pénétrer dans l'hôtel du comte de Séris. Là où loge Imbaud du Peschin », ajouta-t-il à regret.

Interloqué, Robert ne sut que répondre. Enguerrand lui asséna le coup de grâce.

– Je crois que tu as été manipulé par cette femme. »

Robert, ulcéré, ne disait toujours rien. Il savait que son ami avait raison. Sa colère montait au fur et à mesure qu'il prenait conscience de son infortune.

Enguerrand eut la sagesse d'attendre que le comte puisse réfléchir à la situation. Peut-être pourrait-il en tirer avantage? Enfin, il rompit le silence.

« Enguerrand, fais-la quérir dès demain matin par l'un de nos hommes. Surtout qu'il ne la quitte pas, nous allons l'interroger. » Il ajouta d'une voix hargneuse : « Elle parlera... »

Enguerrand préféra ne rien ajouter et sortit. Pour le comte, il n'était plus question de dormir. Il se mit à parler tout haut. « Elle m'a bien eu, la garce... Je me vengerai... Je la tuerai... » Il mit longtemps à retrouver son état normal. « Enguerrand avait raison lorsqu'il trouvait bizarre son apparition soudaine... », pensa-t-il.

Le lendemain peu avant midi, Emeline pénétra dans la chambre de Robert, se demandant pourquoi il l'avait fait chercher de si bonne heure. Robert et Enguerrand l'attendaient assis face à la porte. La jeune femme vit le regard dur de son amant qui se leva et l'attrapa brutalement par les épaules. De rage, il la serra très fort. La jeune femme poussa un cri de douleur.

« Pour qui travailles-tu? » La question était sèche et précise.

« Je ne comprends pas... Pour personne... » répondit-elle d'une voix inquiète. Il lui fallait gagner un peu de temps. Que savaient-ils, au juste? Elle n'eut pas le loisir de réfléchir plus longtemps : une énorme gifle lui cingla le visage, faisant éclater sa lèvre inférieure. Il la secoua de plus belle. Sa tête valsait d'avant en arrière.

« Alors ? Tu vas répondre ? Ou veux-tu que je te rafraîchisse la mémoire ? » Robert hurlait, le visage contre celui d'Emeline. « Tu travailles pour Imbaud du Peschin ? »

Emeline était effondrée. Il savait tout. Ce qu'elle avait tant redouté arrivait. Elle se sentit tout à coup lasse. Elle n'avait plus la force de lutter. Robert, voyant qu'elle cédait, reprit moins fort :

« Je veux tout savoir sur cet homme. Pourquoi t'a-t-il demandé d'être ma maîtresse ? » Il ajouta, en la secouant de nouveau : « Une piètre maîtresse d'ailleurs...

– Oui... C'est Imbaud... souffla Emeline. Pour surveiller tous tes faits et gestes et te faire parler. » Elle se mit à pleurer et tenta de lui dire, entre deux sanglots : « J'ai voulu te dire la vérité, hier...

– Et pourquoi n'as-tu rien dit ? grogna Robert qui ne supportait pas les larmes.

– J'avais honte... Peur de te perdre. »

Robert ne voulut rien entendre. Il la gifla de nouveau et continua son interrogatoire. Ils finirent par apprendre qu'Imbaud voulait faire arrêter le comte, dans sa forteresse par les troupes du sénéchal de Beaucaire sous de faux prétextes. Enguerrand, plus calme que son ami, demanda :

« Sais-tu où se trouve le père Norbert ?

– Je ne connais personne de ce nom.

– As-tu vu un religieux dans l'entourage d'Imbaud ? » insista Enguerrand.

Entre deux sanglots, elle réussit à confirmer.

« Un religieux loge actuellement chez le comte de Séris, dans une petite maison au fond du jardin. C'est peut-être celui que vous cherchez. »

Recroquevillée dans un coin de la pièce, la main posée sur sa joue en feu, Emeline n'avait plus rien à leur apprendre. Robert fit appeler un de ses hommes.

« Enferme cette garce dans la cave et mets deux soldats devant la porte », ordonna-t-il en la montrant du doigt.

« Que vas-tu faire d'elle? demanda Enguerrand dès qu'elle fut sortie On ne peut la laisser partir, elle irait directement voir du Peschin. »

La réponse fusa. Robert était furieux d'avoir été à ce point trompé.

« Je vais la faire exécuter ce soir.

– Tu ne peux tuer cette femme simplement parce qu'elle t'a humilié. Elle n'a fait qu'obéir aux ordres de son maître... plaida Enguerrand.

– C'est une espionne de la pire espèce! », lui cria Robert.

Enguerrand pensa qu'il allait falloir être très convaincant s'il voulait sauver la jeune femme.

« J'ai une idée, dit-il le plus calmement possible.

– Ah oui, et laquelle? ironisa Robert.

– On pourrait à notre tour se servir d'elle.

– Et comment?

– En l'emmenant à Saint-Ilpize et en attendant une bonne occasion de se venger.

– Tu as peut-être raison... Donne des ordres pour qu'on l'emmène discrètement dès cette nuit à Saint-Ilpize et qu'on la jette dans un cachot, au secret. »

Enguerrand venait de sauver Emeline. Pour combien de temps? Il ne se faisait pas d'illusion sur la cruauté dont Robert était capable.

« Bien, reprit le comte. Cette affaire est close, parlons maintenant de ce moine... Il faut l'enlever dès cette nuit pour le questionner en dehors des murs de Clermont. »

Ils mirent minutieusement au point l'opération.

Chapitre XXIII

LA CONFRONTATION

Les hommes patientaient sans bouger, cachés sous le porche d'une maison inhabitée à quelque soixante pieds de l'hôtel du comte de Séris. Ils attendaient que s'éteignent toutes les chandelles de la grande demeure. Au deuxième étage, une lueur blafarde projetait sur le mur d'en face une ombre qui se déplaçait dans la pièce. La dernière fenêtre se plongea enfin dans le noir. Robert avait tenu à diriger personnellement les opérations. Après avoir donné ses dernières instructions, il donna l'ordre de l'assaut attendu par les soldats qui commençaient à geler sur place. Deux sentinelles restèrent en faction pour surveiller la maison et la ruelle. Les autres suivirent le comte et Enguerrand en silence. Ils se glissèrent dans l'impasse qui longeait l'immeuble. Un mur haut de huit pieds protégeait la maison. Ils le longèrent jusqu'au bout, pour atteindre la porte de derrière. Sans bruit, Enguerrand la poussa. La chance était avec eux : elle n'était pas fermée. Ils s'arrêtèrent un instant dans le jardin pour reconnaître les lieux. La nuit était très noire, sans lune. Un brouillard épais commençait à tomber. Robert repéra finalement la maison au fond du jardin. Une pâle lueur tremblotante s'échappait de la lucarne de l'étage.

« Il est là-haut, dit-il à voix basse.

– Espérons qu'il ne se sera pas enfermé », lui souffla Enguerrand.

Ils avancèrent avec précaution jusqu'au seuil. Robert posa la main sur la poignée. Il hésita un instant, se tourna vers les autres puis se décida à soulever le loquet. Il poussa doucement la porte qui grinça légèrement en s'entrebâillant et fit signe à deux soldats d'approcher.

« Suivez-moi au premier, nous allons ceinturer notre homme. » Il ajouta : « Je ne veux entendre aucun bruit. » À Enguerrand : « Visite le rez-de-chaussée. Ramasse tout ce qui peut traîner comme parchemins. Nous ferons le tri plus tard. »

L'escalier était en pierre. « Au moins ne risque-t-il pas de craquer… », pensa Robert. Ils montèrent tous les trois en silence. Il plaça ses hommes de chaque côté de la porte d'où filtrait un léger rai de lumière. L'épée d'un des soldats heurta un objet. À l'intérieur le bruit avait alerté l'homme. Sa réaction fut rapide. Il souffla la petite chandelle, plongeant la chambre dans une obscurité complète, se leva et se dirigea à tâtons, inquiet, vers l'entrée.

De l'autre côté, Robert l'entendit s'approcher. Ils ne pouvaient plus attendre. Il ouvrit la porte d'un geste brusque et se retrouva nez à nez avec une ombre qui le bouscula de toutes ses forces. Le choc jeta le comte à terre. Les deux soldats, surpris par la rapidité de l'individu, ne purent l'intercepter. Le religieux, malgré sa grosse robe de bure, dévala les quelques marches jusqu'en bas.

Alerté par le bruit, Enguerrand était sorti précipitamment de la pièce qu'il avait entrepris de visiter. Il se trouva au pied de l'escalier, à l'instant où l'homme surgit. Aidé de son écuyer, qui lâcha le bougeoir qu'il tenait d'une main, ils réceptionnèrent le moine sans trop de difficulté. Il se mit à hurler, se débattant comme un beau diable pour se dégager. Enguerrand ramassa le chandelier et l'assomma d'un coup sec. Quelques instants plus tard, Robert les avait rejoints.

« C'est bien lui, dit Enguerrand. C'est le moine qui m'avait accueilli à Vernon. »

Robert se tourna vers la grande maison. Mais rien ne bougea. Rassuré, il murmura à ses hommes :

« Il faut filer maintenant. »

Deux hommes traînèrent le religieux inconscient à travers le jardin et les ruelles désertes. À quelques pas de la demeure toujours endormie, ils récupérèrent leurs chevaux. Il leur restait maintenant à sortir de la ville avant l'ouverture des portes. Ils approchèrent de l'entrée ouest – la moins empruntée.

Robert s'arrêta devant la sentinelle. L'homme, peu habitué à voir en pleine nuit autant de gens, était sorti de l'ombre la lance en avant. Derrière lui, le capitaine, alerté par le bruit des chevaux sur les pavés, se précipita. Il reconnut immédiatement le comte d'Auvergne.

« Ouvre-nous, ordonna Robert d'une voix forte. J'ai prévenu de mon départ mon ami le comte de Séris.

– Que vous arrive-t-il, en pleine nuit?

– Rien de particulier. Je dois simplement être très tôt à Saint-Ilpize. »

Mais le capitaine, toujours soucieux des ordres, insista.

« Ne pouvez-vous pas attendre l'aube, Messire? La nuit, personne ne doit sortir de la ville…

– Je ne peux attendre. Cela suffit! Ouvre et vite! »

Il éperonna légèrement son cheval, qui fit un bond en avant.

Le capitaine préféra donner l'ordre aux sentinelles d'ouvrir les portes et de les laisser passer. La troupe se remit en route et passa au petit trot devant l'officier qui n'eut pas le temps d'apercevoir le religieux couché en travers d'un cheval au milieu des soldats. Dès qu'ils furent à l'extérieur de l'enceinte, ils partirent au grand galop sur la route d'Issoire.

Le soleil commençait à poindre à l'horizon, lorsqu'ils empruntèrent un petit chemin rocailleux qui descendait vers l'Allier, à un quart de lieue d'Issoire. Ils avaient chevauché sans rencontrer âme qui vive. Lorsqu'il estima être suffisamment éloigné de la route, à l'abri de la forêt, Robert donna l'ordre de s'arrêter.

Il envoya trois sentinelles en arrière, près de la voie principale, pour empêcher les curieux de s'aventurer jusqu'à eux. Deux autres partirent en amont, en direction de la rivière. Les derniers restèrent près des chevaux. Il fit signe à Bertrand, son nouvel écuyer, de le suivre avec le moine. Robert et Enguerrand s'enfoncèrent dans le bois, en direction de la rivière. Le prisonnier, les mains liées derrière le dos, paraissait de plus en plus inquiet. Frère Norbert ne comprenait pas pourquoi il avait été enlevé. Il avait bien vaguement reconnu l'un des hommes, mais n'avait jamais rencontré leur chef.

Ils s'arrêtèrent au bord de la rivière. Un fort courant faisait rouler les galets sur les berges. Le prisonnier fut projeté à terre sans ménagement avant d'être poussé brutalement vers la rive. Déséquilibré, il buta, glissa sur les galets humides et tomba de tout son long dans l'eau. Il tenta maladroitement de se relever. Le courant et ses mains attachées l'en empêchaient.

Personne n'essaierait de le secourir, il le savait. Il fut pris de panique et se mit à appeler au secours, désespérément. Au bout d'un moment, frigorifié, tremblant de tous ses membres, il réussit enfin à se mettre debout et voulut sortir de l'eau. C'était compter sans le comte, qui le repoussa violemment, le faisant retomber lourdement dans l'Allier... Cette fois, il fallut l'aider à se relever. Il toussa, essayant de recracher l'eau qu'il avait ingurgitée.

Robert pouvait commencer son interrogatoire. Il lui posa les premières questions sans obtenir de réponse.

« Très bien, lança le comte. Tu resteras dans l'eau jusqu'à ce que tu consentes à parler. »

Très vite, Norbert comprit que son entêtement ne servirait à rien. Il tremblait de plus en plus et ne sentait plus ses pieds. Comme pour l'aider, le comte lui tendit la main, mais au lieu de le sortir, il le repoussa. Cette fois, personne ne le releva.

« Ou tu parles, ou je te saigne sur place! » cria Robert.

Vaincu, le religieux se mit à tout raconter sans même attendre les questions. De Vernon à Clermont en passant par Sienne, tout y passa. Lorsqu'il eut terminé ses aveux, on le jeta sur les galets.

Le comte était préoccupé. Imbaud du Peschin était au courant de tout. Il devait rentrer le plus vite possible à Saint-Ilpize pour préparer sa défense, contre les troupes du sénéchal de Beaucaire. Restaient les lettres...

« Enguerrand ! Pars immédiatement pour Londres. Il faut intercepter ce Giraud avant qu'il ne rencontre le roi sinon tout est perdu.

– Je pars. Le moine me dira à quoi ressemble cet homme. »

Norbert essaya d'être le plus précis possible.

« Il est petit, râblé, un cou de taureau, au moins cinquante ans mais encore costaud. Des sourcils épais, des yeux noirs cruels et une cicatrice sous l'œil gauche.

– Voilà un sacré bonhomme, conclut Enguerrand, je pourrai facilement le reconnaître. Le seul problème, c'est qu'il est parti depuis deux jours. Il a pris beaucoup d'avance.

– Ce n'est pas très grave, lui rétorqua le comte. Il s'arrêtera certainement à Paris et peut-être y restera-t-il deux ou trois jours, en pensant que personne ne le poursuit. De Paris, le chemin de la Normandie lui étant interdit, il sera contraint de traverser la Manche à Calais après être passé par l'Artois. »

Enguerrand ne voyait pas où Robert voulait en venir. Il le laissa terminer.

« Toi, tu passeras par Orléans, Rouen et tu franchiras la Manche discrètement avec un petit bateau de pêche.

– Où?

– À Rouen, tu prendras la route d'Yvetot et tu suivras la vallée de la Durdent que tu laisseras pour prendre la direction du château de Valmont. Il te faudra l'éviter. De là, tu descendras vers la côte jusqu'au château de Sassetôt. Tu demanderas à rencontrer un de mes amis, le comte Guillaume de Mauconduit. Il te fera traverser la manche sans problème. Une fois sur la terre d'Albion, va directement à Londres.

– J'emmène Pons avec moi, se contenta de répondre Enguerrand.

– Bien sûr. »

Ils se serrèrent la main. Robert regarda son ami droit dans les yeux.

« Ma vie et celle de ma famille sont entre tes mains. Bonne chance. »

Robert attendit que son ami disparaisse derrière le bosquet. Il se retourna, s'adressa à son écuyer, sans même jeter un coup d'œil sur le moine qui grelottait sur la gravière. « Jette-le dans l'Allier. »

* *
*

Anne était si exténuée que personne ne l'aurait reconnue. Elle avait maigri. Elle sillonnait la région depuis plus de vingt jours avec Ebles, visitant chaque village, chaque maison. Chaque jour, ils élargissaient, un peu plus leur rayon d'action autour de Massiac. Plus de dix fois, ils étaient retournés sur le champ de bataille. À plusieurs reprises ils avaient obtenu des renseignements sur des hommes blessés recueillis ici ou là. Alors, ils y allaient. À chaque fois qu'Anne entrait dans une maison, son cœur battait plus fort. Hélas ! il fallait se rendre à l'évidence : Guillaume avait définitivement disparu. Ebles n'osait pas lui conseiller d'abandonner. Il était convaincu que Guillaume était bel et bien mort. Mais comment le lui expliquer?

Un jour qu'ils s'étaient un peu plus éloignés que d'ordinaire, ils rencontrèrent un berger qui sortait ses brebis du village d'Auriac, à environ une demi-lieue de Massiac. À nouveau Anne posa sa question, sans conviction.

« Berger, sais-tu si un soldat a été hébergé et soigné depuis le départ de l'armée? »

Le jeune garçon, se concentra et finit par répondre.

« Il y a environ cinq mois, une troupe est passée. Les hommes avaient l'air très pressés. Ils ont laissé sur le bord du chemin un blessé en bien mauvais état.

– Des soldats? demanda Ebles.

– Oh, non! »

Ebles s'adressa à Anne.

« Certainement une bande de routiers qui a abandonné un des siens. »

Anne, têtue, insista cependant.

« Peux-tu nous indiquer où il se trouve actuellement?

– Bien sûr. Il a été recueilli par la femme du forgeron de Bussac. Vous suivez ce chemin pendant un quart de lieue. À la croix, vous prendrez le sentier qui monte vers les sapins et ensuite, tout droit. À la sortie du bois, vous apercevrez le village. Vous ne pourrez pas manquer la forge, avec le bruit…

– Merci, berger. »

Ebles était sceptique, il voulait faire demi-tour. Anne s'en aperçut. Elle ne voulait pas discuter et partit en direction du bois sans se préoccuper de son serviteur. Ebles haussa les épaules et rejoignit sa maîtresse.

Vers midi, ils aperçurent enfin les quelques dix toits de lauze qui formaient Bussac. Lorsqu'ils se présentèrent devant la première fermette, des chiens vinrent les accueillir en aboyant, suivis d'une vieille femme toute ridée, qui trottina jusqu'à eux. Anne lui offrit son plus charmant sourire.

« Un berger, près d'Auriac, nous a dit qu'un homme blessé serait ici? »

Elle regarda Anne de ses petits yeux noirs, presqu'invisible.

« Lequel, petite? »

La réponse de la vieille qui avait reconnu derrière son déguisement une femme la prit au dépourvu. C'est Ebles qui répondit.

« Vous avez plusieurs blessés?

– On en a eu deux, mais l'un est mort presqu'aussitôt. »

L'angoisse gagnait Anne.

« Comment s'appelait-il? s'entendit-elle prononcer d'une voix crispée.

– Je ne sais pas, il n'a jamais pu ouvrir la bouche.

– Et l'autre, où est-il?

– Chez l'Adrien, le forgeron. » En parlant, la vieille avait montré du doigt la forge silencieuse. Comme si elle en avait assez dit, elle fit demi-tour et repartit.

Le cœur d'Anne tapait dans sa poitrine. Lorsqu'ils arrivèrent devant la maison, Ebles resta en retrait. La maison semblait déserte. Anne ouvrit la porte sans frapper. Elle mit quelques instants avant de s'accommoder à la pénombre de la pièce dont elle fit vite le tour d'un regard anxieux. Au milieu, il y avait une longue table, avec de chaque côté des bancs. Un feu crépitait dans la grande cheminée. La marmite qui pendait en son centre, laissait filtrer une bonne odeur d'agneau cuit. De l'autre côté de la table, un grand lit vide qui devait accueillir toute une famille. Anne, par instinct, s'avança vers le coin sombre de l'unique pièce. Sur une petite paillasse faite de quelques planches recouvertes de paille, il lui sembla distinguer une forme humaine. Elle s'approcha de plus près... Un homme dormait sur le côté, le visage tourné vers le mur. Elle se pencha en avant, avança la main et la posa délicatement sur son épaule.

L'homme, assoupi, se réveilla et se retourna, comme mu par un ressort. Pendant un long moment, ni l'un, ni l'autre ne surent quoi dire. Ils passèrent ainsi de la stupéfaction totale à un bonheur infini.

Leurs visages étaient prêts à se toucher; leurs lèvres telles des aimants, se rencontrèrent pour un baiser où chacun donna le meilleur de lui-même. Ils se dévisagèrent, s'embrassèrent à nouveau. Guillaume aperçut pour la première fois des larmes de joie couler des yeux bleus d'Anne. Son bonheur était là, devant lui, il pouvait le sentir, le toucher. Pendant ces mois de souffrance où il avait plusieurs fois frôlé la mort, il n'avait cessé de penser à elle. Il était sûr que seule l'image d'Anne lui avait permis de survivre.

Plus tard, il lui conta son aventure, depuis qu'il avait été fait prisonnier par les hommes de Knolles. Un soldat l'avait ramassé, mourant, et l'avait jeté inanimé dans une charrette, pour en tirer une rançon. Durant la nuit, les mercenaires pressés ne s'étaient pas aperçu qu'il avait glissé au bord. Un dernier chaos l'avait éjecté hors de la carriole. La chute l'avait réveillé. Il s'était alors traîné jusqu'au fossé pour laisser passer toute l'armée. Après, il ne se souvenait de rien. Il s'était retrouvé dans cette maison, entre la vie et la mort, durant des mois.

Il s'assit sur le lit, demanda à Anne de lui donner les deux bâtons posés par terre. Aidé des morceaux de bois, il se leva et marcha jusqu'à la table, pour s'asseoir. Ses traits étaient tirés. « Il souffre », pensa Anne, qui le regardait avancer péniblement. Guillaume l'embrassa, puis lui demanda de l'aider. Il se leva, soutenu par la jeune femme. Ils sortirent de la maison. Guillaume respira à pleins poumons. Il rayonnait de joie.

« Dans huit jours, grâce à toi, je pourrai monter à cheval et dans quinze jours, nous partirons pour Saint-Ilpize. »

Ebles les regarda ému.

Chapitre XXIV

LE SÉNÉCHAL DE BEAUCAIRE

Le tocsin, assourdissant, se mit à sonner à toute volée. Depuis deux jours déjà, les habitants de la forteresse étaient en alerte. L'armée du sénéchal avait été aperçue au-delà d'Ally, en direction de Brioude où elle devait s'arrêter avant de traverser l'Allier pour rejoindre le nid d'aigle des dauphins de Saint-Ilpize.

Hommes, femmes et enfants se précipitèrent sur les remparts où les soldats avaient déjà pris place. Les enfants se bousculaient pour essayer d'apercevoir quelque chose. L'armée était impressionnante. Au fur et à mesure qu'elle sortait de la forêt, elle s'étalait de chaque côté de la plaine, en un ruban qui n'en finissait pas de grossir. En premier, les archers se positionnaient face au château, hors d'une portée de flèches. Les cavaliers et les piétons suivaient en un nombre impressionnant pour se regrouper, sur la petite colline au nord-est, face au pont-levis du Bazot. Ensuite, des chariots remplis de nourriture et tout le nécessaire d'une armée en campagne pour un long siège, étaient tirés par des bœufs essoufflés. Enfin apparut, entassée sur des carrioles, une quantité considérable d'échelles de trébuchets (sortes de frondes géantes capables d'expédier un boulet de cent livres à plus de cent cinquante pieds) et autres armes de guerre.

Des remparts, la population regardait ébahie et inquiète. Jamais Saint-Ilpize n'avait vu un tel déploiement de force. Les cris des soldats, les hennissements des chevaux, les grincements des chars, tous ces bruits ajoutaient à l'inquiétude.

Brusquement, le silence se fit. Tous les regards se tournèrent vers la forêt. Étendards en avant, un groupe de chevaliers en armes investit à son tour la plaine. Leur tête enfouie dans des heaumes qui brillaient au soleil, leurs armures étincelantes, recouvertes de tunique aux couleurs vives où se mélangeaient le blanc, le rouge, le noir, le bleu, les hommes étaient montés sur des destriers plus beaux les uns que les autres. Ils s'écartèrent, à gauche et à droite, formant une ligne de front impressionnante. Une trompe se mit à sonner et le sénéchal de Beaucaire apparut, magnifique, précédé de sa bannière dressée vers le ciel.

« Ils sont plus de cent chevaliers! » cria un gamin de son observatoire.

Du haut du donjon, Robert observait aussi, sans mot dire.

Le sénéchal se dirigea vers la droite en direction de l'Allier, près des tentes bleues que montaient une trentaine de serviteurs. L'armée mit la journée à installer son campement et à préparer ses défenses. Les guerriers avaient disposé une trentaine de bouches à feu face aux murailles.

Robert avait regardé le déploiement pratiquement toute la journée depuis son observatoire. Il savait par expérience que ces armes impressionnantes faisaient plus de bruit que de dégâts. Il donna ses dernières instructions à ses lieutenants et au capitaine des archers picards. Tout était maintenant en place, il n'y avait plus qu'à attendre. Tous les hommes valides, soldats, bourgeois, artisans, paysans venus se mettre à l'abri, savaient très précisément où ils devaient se placer et ce qu'ils devaient faire. Au sommet de chaque tour, des pierres étaient entassées. Dès l'assaut, elles seraient lancées par les vieillards et les enfants. Tout le long des remparts, des femmes préparaient de l'huile bouillante que d'autres jetteraient sur les assaillants si le besoin s'en faisait sentir. Depuis deux jours, les vivres avaient été stockés et répartis dans des greniers surveillés par de vieux soldats. Quand à l'eau, elle ne manquerait pas : Saint-Ilpize était une éponge, gorgée de puits. Le comte comptait beaucoup sur ses archers qu'il avait répartis tout autour de la forteresse. Ces hommes étaient aussi habiles à l'arc qu'au tir à l'arbalète. Ils étaient capables de tirer un carreau dont le fer à quatre faces perçait une armure à plusieurs pieds.

En fin d'après-midi, alors que le soleil s'apprêtait à disparaître derrière la montagne, éclairant de ses derniers rayons la petite chapelle près du donjon, un fort brouhaha s'éleva de la plaine. L'armée faisait mouvement. Robert descendit vers la tour devant l'église et scruta l'ennemi. Les troupes se déployaient sous les ordres des officiers comme pour un assaut. Les archers prenaient place devant, en trois rangées espacées de quelques pieds. Juste derrière, les piétons, armes à la main, étaient prêts à se lancer contre les murailles. Les cavaliers, légèrement en retrait le long du bois, retenaient leurs chevaux qui piaffaient.

Le silence s'établit. Plus rien ne bougea pendant quelques courts instants.

Un cri, un ordre et tout commença.

Du côté de l'Allier, une troupe, de chevaliers, approcha, étendards au vent. À sa tête, Le sénéchal de Beaucaire, monté sur un cheval noir. L'armée avançait fièrement, à travers la plaine, en direction de la porte du Bazot. Manifestement il s'agissait d'une démonstration de force. Si la population fut en partie impressionnée, cela ne fit que sourire le comte et ses soldats.

Arrivés devant les remparts, ils s'immobilisèrent. Leur chef fit avancer d'un pas son destrier, se souleva légèrement de sa selle et d'une voix forte :

« Robert, dauphin d'Auvergne, comte d'Auvergne, de Combronde, de Saint-Ilpize et autres lieux! » Il s'arrêta un instant, pour souffler après cette énumération de titres. « Je suis le sénéchal de Beaucaire. Je viens t'arrêter au nom du roi. » Pour appuyer sa requête, il s'adressa à la population tout entière. « Livrez-moi votre comte et la ville sera épargnée! »

Le silence retomba, le sénéchal fit reculer lentement son cheval. Robert l'interpella du rempart.

« Que me reproche-t-on, messire le sénéchal?

– Le roi a reçu de nombreuses plaintes contre vous et vos mercenaires. Vous devez comparaître à Clermont devant un tribunal spécial pour répondre de vos actes de pillages, tortures, tueries, viols et autres méfaits.

– De qui tenez-vous tous ces mensonges?

– De vos voisins. »

Robert éclata d'un rire puissant et rocailleux.

« Et si je ne me rends pas, qu'allez vous faire? ironisa-t-il.

– Je prendrai votre forteresse au nom du roi et je vous emmènerai enchaîné tel un vulgaire bandit. » Le sénéchal s'adressa de nouveau à la ville. « J'ai reçu l'ordre de brûler Saint-Ilpize.

– Je suis innocent de toutes ces accusations, hurla Robert. Partez avec votre armée. »

L'envoyé du roi, lança un appel au bailli, espérant qu'il serait plus raisonnable.

« Bailli, saisissez-vous du comte, remettez-le moi et vous aurez tous la vie sauve. »

Bertin installé au-dessus de la porte du Bazot, répondit d'une voix qui trahissait son angoisse.

« Nous sommes tous avec le comte Robert.

– C'est donc un refus?

– Exactement, sénéchal, vous avez bien entendu, railla le comte.

– Oui », confirma, le bailli, beaucoup plus mollement et avec une certaine hésitation dans la voix.

L'affaire était entendue. Le sénéchal et ses hommes firent demi-tour.

Dans la forteresse, si la grande majorité approuvait la réponse du bailli, une petite minorité commentait les conséquences du refus de livrer leur comte.

De retour au campement, le sénéchal réunit ses chevaliers.

« Cet homme est fol. Que peut faire une poignée de mercenaires, contre une armée de plus de trois mille hommes? »

Pas un seul de ses officiers ne le contredit.

« Nous n'en aurons que pour quelques jours. Attendons : ils manqueront bientôt de vivres et d'eau, déclara l'un d'eux.

– Je n'ai pas envie de m'attarder dans cette région sauvage. Préparez les hommes pour un assaut dans deux jours. », répliqua le sénéchal.

Dès la première nuit, les préparatifs allèrent bon train. En quarante-huit heures, les trébuchets furent installés le plus près possible des remparts. Les menuisiers avaient fabriqué un nombre incroyable de grandes échelles, capables d'atteindre les chemins de ronde des murs d'enceinte.

Des paysans réquisitionnés dans les villages alentours avaient creusé un fossé pour casser toute sortie des assiégés.

La veille du troisième jour, le sénéchal réunit ses officiers sous sa tente. Il avait pris soin de faire étudier le terrain autour du château. Ses ordres furent brefs et précis.

« Les parties sud et ouest sont pratiquement imprenables. J'ai fait placer quelques hommes sur la route de Chazieux et sur l'autre rive pour éviter toute fuite. Ce fol est maintenant bien encerclé. Même un rat ne pourrait sortir de cette enceinte. Capitaine, placez une centaine d'hommes avec quelques archers sur la colline qui plonge sur l'église en construction. L'assaut de ce côté devrait être plus facile.

– Pas certain, répondit l'officier. Le comte le sait. Il a dû y placer un maximum de soldats.

– Nous verrons bien. En tout cas, nous allons attaquer à la fois par le nord et par l'est. » Il se retourna vers un petit homme vêtu simplement et qui était resté légèrement en retrait. « Où en sommes-nous, sous terre? »

La Taupe – surnom qu'on lui avait donné depuis plus de trente ans – s'approcha des chevaliers.

« Les trois galeries sont bien avancées. Dans deux jours, nous serons sous les remparts.

– Tu ne peux aller plus vite? lui jeta un officier.

– Non : par endroits la roche est trop dure. Il faut la contourner.

– Nous ne pouvons attendre plus longtemps. Premier assaut à l'aube, dès le lever du soleil, décida le sénéchal. Les assiégés auront le soleil face à eux, il faudra en profiter. »

Robert, de son côté, avait mis à profit ces deux jours pour renforcer les murs devant l'église. Il avait fait creuser à l'intérieur de l'enceinte un immense fossé devant la porte du Plain, très vulnérable. On l'avait provisoirement recouvert de planches, pour permettre une éventuelle sortie. Un rempart de pierres construit à la hâte protégeait l'accès vers la ruelle Saint-Jacques et la partie haute du château. Le comte et ses hommes savaient qu'il leur faudrait certainement abandonner cette partie de la forteresse. Pour mieux la défendre, il y plaça ses meilleurs archers.

Le sénéchal donna l'assaut à l'aube. Les premières giclées de flèches tombèrent comme une averse de grêle à l'intérieur des remparts, leur sifflement couvert par la cloche qui sonnait à toute volée, plus par habitude que par nécessité, car chacun était à sa place bien avant l'aube.

Les hommes du sénéchal, protégés par les flèches qui passaient au-dessus de leur tête, atteignirent rapidement les remparts sans que les assiégés réagissent. Devant le manque de mouvement de l'ennemi, un deuxième groupe rejoignit le premier. Les échelles furent jetées par dizaines contre la muraille. Les piétons commencèrent l'escalade en hurlant.

Robert attendit que les hommes fussent à mi-chemin des échelons pour donner l'ordre de jeter des pierres et d'ébouillanter les assaillants. En même temps, ses archers se dressèrent, leurs arcs bandés et visèrent la masse humaine qui déferlait.

Ce fut une hécatombe. L'ennemi, surpris par la soudaineté de la réaction, se replia en désordre en laissant sur le terrain un nombre impressionnant de soldats tués ou blessés.

Impuissant, Beaucaire regardait son premier échec. Il lança ce jour-là deux autres attaques sans plus de résultat. Pire, le comte, en bon stratège, avait profité du dernier assaut pour faire une sortie sur la colline, devant l'église, là où l'ennemi n'avait pu creuser un fossé. Le sénéchal avait vu massacrer ses hommes sur les hauteurs sans avoir eu le temps de réagir.

Les attaques se prolongèrent encore trois jours. La forteresse restait intacte et se dressait arrogante face à l'armée du roi. De chaque côté, on dénombra des centaines de morts. Par chance pour les assiégés, la pluie tomba les deux derniers jours, rendant la plaine impraticable. Les assaillants pataugeaient dans une boue affreuse, les chevaux glissaient, les flèches incendiaires s'éteignaient avant d'atteindre leurs objectifs. Les galeries s'effondraient les unes après les autres, sans pouvoir atteindre les pieds de l'épaisse muraille. Le moral des agresseurs était au plus bas.

À Saint-Ilpize, tout n'était pas fameux. Les morts avaient laissé des places vacantes sur les remparts. Les assiégés, en alerte jour et nuit, étaient exténués. Robert avait effectué deux autres sorties, décimant et surtout déstabilisant l'adversaire. Il savait qu'il ne pourrait tenter une nouvelle diversion. Il avait perdu trop de guerriers lors de la dernière expédition.

Le soir du sixième jour, le sénéchal rassembla une nouvelle fois sous sa tente ce qu'il lui restait d'officiers et chevaliers valides. L'instant était important. Un chevalier avait réussi à faire un prisonnier, durant la dernière sortie du comte Robert. Lors de son interrogatoire, il avait fait des déclarations étonnantes.

« Que l'on fasse venir le prisonnier! », lança le sénéchal au milieu d'une assemblée d'hommes plus démoralisés les uns que les autres.

Un officier sortit et revint immédiatement avec un jeune homme aux vêtements déchirés.

« Veux-tu répéter tes paroles? fit l'officier d'une voix cassée.

– Répéter quoi? demanda l'homme en se redressant.

– Ce que tu m'as dit tout à l'heure, sur la forteresse.

– Bien sûr… J'ai dit que vous n'arriverez pas à prendre Saint-Ilpize, marmonna-t-il en regardant effrontément le sénéchal.

– Et pourquoi donc? », demanda ce dernier.

La Belette ne se fit pas prier pour répondre.

« Le comte Robert savait depuis un mois que vous deviez venir. Il a fait venir tous ses vassaux avec leurs hommes, sans compter ses archers picards. Quant à un long siège, impossible : tout a été prévu. Les greniers sont pleins, les citernes aussi. »

Consterné, le sénéchal ne tarda pas à se décider. Après avoir fait sortir le soldat de Robert, il déclara solennellement à ses officiers.

« Nous levons le siège. Cette nuit. »

De l'extérieur, La Belette, gardé par un soldat, avait tout entendu. Il sourit doucement. Le comte avait eu une bonne idée. Personne ne saurait jamais qu'il s'était laissé prendre exprès, pour tromper l'ennemi. Il en oublia presque la situation dans laquelle il se trouvait.

Le lendemain matin, les sentinelles des remparts aperçurent à travers la brume et la pluie les derniers soldats de l'armée vaincue quitter le pré de Sagne.

Les cloches se mirent à carillonner devant la population en liesse qui se précipita sur les fortifications, pour apercevoir l'armée du roi disparaître dans la forêt. Robert ordonna deux jours de fête.

Le comte, fier d'avoir fait battre en retraite les troupes de Jean II, remit à Battista une longue lettre pour Giannino. Il lui donnait rendez-vous en Avignon pour l'été.

« Après avoir écrasé les troupes du roi, plus rien ne nous arrêtera! », lança-t-il à Battista en guise d'adieu.

Le serviteur de Giannino quitta Saint-Ilpize le soir même en compagnie d'un soldat, convaincu de la puissance du comte.

Pendant que toute la ville festoyait gaiement, Robert s'enfonça dans les geôles de son donjon. Plus il descendait dans les profondeurs du rocher, plus l'odeur d'humidité était forte. Il longea deux geôles d'où sortaient des plaintes lugubres et arriva devant une petite porte basse qu'il ouvrit. Pour entrer, il lui fallut se baisser. Une forte odeur de moisi le prit à la gorge. Il avançait à l'aide de sa torche qui fumait. Emeline, enchaînée au fond du cachot mit du temps à le reconnaître. Ses yeux avaient du mal à s'accommoder à la faible lumière. Elle recula d'instinct. Son corps n'était plus qu'un squelette recouvert d'une robe sans couleur et déchirée. Chaque jour, elle devait partager sa maigre pitance avec les rats pour qu'ils la laissent tranquille.

Robert s'approcha de la jeune femme. Elle se leva avec difficulté et se colla au mur, les mains devant son ventre pour protéger l'enfant qu'elle attendait. Il voulut la toucher. Instinctivement, elle glissa sur le côté. Il l'attrapa et la jeta par terre pour la prendre de force. Emeline se défendit avec le peu de vigueur qui lui restait. Il saisit brutalement un sein qu'il serra dans sa main. Elle le griffa et lui cracha au visage. Fou de rage, il la gifla de toutes ses forces, la projetant contre le mur d'où elle glissa, sans connaissance. Robert la regarda un court instant, haussa les épaules et sortit. En remontant les escaliers humides, il décida de passer sa soirée avec sa femme.

* *
*

Deux jours plus tard, harassé et déguenillé, mais souriant, La Belette revenait à Saint-Ilpize. Il avait réussi à fausser compagnie à l'armée en déroute sans vraiment de difficulté.

Chapitre XXV

BRIQUEDALLE

E Ils avaient parcouru beaucoup plus vite le même chemin que deux ans auparavant. Depuis deux jours déjà, ils traversaient les territoires anglais sans avoir rencontré le moindre incident. Enguerrand en connaissait la raison. Il avait appris à Orléans que des pourparlers étaient en cours entre des délégations du roi Jean II et celles d'Édouard III, dans un petit hameau près de Chartres, en présence de Monseigneur de la Foret qui intervenait au nom du pape Innocent VI. Une trêve avait été décidée pour la durée des négociations. Nos deux cavaliers en avaient profité pour traverser la Normandie à bride abattue. Ils avaient pratiquement galopé de jour et de nuit, ne s'arrêtant que pour se restaurer et permettre à leurs montures de souffler.

Ils avaient traversé Yvetot bien après le lever du soleil et rejoint la vallée de la Durdent, à quelques lieues à l'ouest. Le pays de Caux était recouvert d'une épaisse brume. Ils suivirent l'étroite rivière, bordée de grandes prairies où broutaient paisiblement de belles vaches bien grasses aux robes qu'ils trouvèrent curieuses.

Pons s'interrogea tout haut.

« Quelles bêtes ! Elles sont énormes ! Et quelles couleurs !

– Regarde comme l'herbe est grasse, expliqua Montorgue. Rien à voir avec nos terres arides et sèches... »

Ils firent halte vers midi, à un quart de lieue du château de Grainville, dans une auberge au bord de la rivière. Après s'être restauré, Enguerrand demanda son chemin à l'aubergiste.

Au milieu de l'après-midi, d'un vallon surplombant les vallées, ils aperçurent au loin le donjon d'un château, émergeant d'une épaisse forêt.

« Certainement le château de Valmont, lança Pons.

– Tu as raison. C'est le siège de la haute justice de toute la région. Mieux vaut l'éviter », lui répondit son maître en écho.

Ils effectuèrent, conformément aux instructions de Robert, un large détour à travers les champs et les prairies, pour finalement s'égarer sur le chemin de Fécamp. Heureusement, un vacher les remit sur la bonne voie.

Enfin, ils aperçurent le village de Sassetôt. Ils étaient arrivés, mais il leur fallut déchanter. Pas de château ! Sur la petite place de l'église, cernée par quelques maisons, ils trouvèrent un vieil abbé dans une robe trop large et sans couleur en train de sermonner des gamins qui lançaient des pierres sur la maison de Dieu.

Enguerrand héla un jeune garçon qui passait en courant près de lui.

« Le château du comte de Sassetôt ? »

L'enfant lui indiqua le chemin et proposa de les accompagner. Pons l'agrippa par les épaules et le fit monter sur son cheval. Guidés par le petit Normand tout blond au visage couvert de taches de rousseur, ils se rendirent à la résidence du comte.

Guillaume de Mauconduit, vicomte de Blosseville et sire de Sassetôt les accueillit. Enguerrand trouva l'homme fort sympathique et se présenta à lui.

« Que d'honneur : voir l'Auvergne venir jusqu'à moi!, s'exclama Mauconduit. Les amis du dauphin d'Auvergne sont les bienvenus dans ma demeure. Je ne peux oublier que le comte m'a sauvé la vie à la bataille de Maupertuis. J'étais pourtant son ennemi… » S'apercevant de l'étonnement du jeune homme, il ajouta : « Je vous raconterai cela plus tard. Que puis-je faire pour vous?

– Il me faut franchir la mer le plus rapidement possible. Le comte Robert m'a dit que vous pourriez m'aider. »

Guillaume de Mauconduit, discret, ne posa aucune question. Il se contenta de confirmer.

« Reposez-vous cette nuit. Demain, au lever du soleil, nous irons ensemble à Fécamp. Là-bas, il sera facile de trouver un bateau pour l'Angleterre. Il en part tous les jours… »

Enguerrand l'interrompit.

« Non, personne ne doit nous voir.

– Ah! Je comprends. Très bien, je vais immédiatement envoyer un de mes hommes sur la côte. Nous trouverons certainement une solution. » Il réfléchit quelques instants puis proposa : « Il serait préférable que vous ne logiez pas ici ce soir. Venez avec moi, nous passerons la nuit au manoir de Briquedalle.

– Où? demanda Enguerrand.

– Ne vous inquiétez pas, c'est juste à côté de Sassetôt. Ainsi, vous serez plus près de la mer. » Avant de partir, il interpella l'un de ses hommes. Leur conciliabule ne dura que quelques instants.

Ils ne mirent que peu de temps pour se rendre à Briquedalle. Le manoir n'était pas grand, mais ses formes étaient harmonieuses et fines. Le mélange de briques rouges et de galets lui donnait un aspect gracieux. Guillaume en était très fier.

« Mon oncle, Michel de Mauconduit, l'a fait construire vers 1327 pour y recueillir les voyageurs et les malades. Il l'appelait : « l'hospital ». Il a également fait bâtir une petite chapelle contre le bâtiment, que vous apercevez sur votre gauche et a placé l'ensemble sous le patronage de Saint-Martin. »

Après un dîner copieux de coquillages, de crabes, d'étrilles et de poissons, qu'Enguerrand découvrit et apprécia tout particulièrement, ils restèrent une bonne partie de la nuit devant une grande cheminée, dans la vaste salle d'hôte du manoir. Guillaume raconta la manière dont le comte Robert l'avait sauvé, après la folle journée de Maupertuis. Le soir de la bataille, légèrement blessé mais coincé sous son cheval mort, il avait été oublié parmi des milliers de cadavres et autres blessés qui appelaient à l'aide. Robert, parti à la recherche de ses hommes, avait empêché un soldat du roi de France de l'achever pour récupérer ses effets et ses armes. Il l'avait aidé à se relever et l'avait laissé partir. Il avait pu, appuyé sur une lance cassée, rejoindre l'armée du Prince Noir. Durant ce court instant ils n'avaient fait qu'échanger leurs noms.

Ils parlèrent, une bonne partie de la nuit, des malheurs du pays divisé par les querelles incessantes des deux souverains. Très tard, Enguerrand remercia son hôte, s'excusa et se retira.

En se déshabillant près de la cheminée, il refit le compte du temps qu'il lui avait fallu pour rejoindre les côtes normandes. Il était persuadé d'avoir rattrapé Giraud qui avait dû emprunter une route beaucoup plus longue. « Même s'il ne s'est pas arrêté à Paris, pensa-t-il, je dois avoir un ou deux jours d'avance sur lui. » Il lui restait à trouver sans perdre de temps un petit bateau. Pour cela, il faisait une entière confiance à Guillaume de Mauconduit qui était, à n'en pas douter, un homme d'honneur. Il se coucha, frissonna légèrement, peu habitué à une telle humidité. Ses pensées se tournèrent vers Saint-Ilpize et Françoise d'Aurouze. Il essaya, dans son esprit, de reconstituer son image, mais n'en n'eut pas le temps : il sombra rapidement dans un sommeil réparateur.

Le lendemain, lorsqu'il descendit, le comte l'attendait, avec près de lui un homme d'une trentaine d'années, le visage buriné, vêtu de vêtements grossiers.

« Messire Enguerrand, voici Michel, qui vous mènera en Angleterre.

– Bonjour, lança Montorgue.

– Vous pouvez avoir toute confiance en lui. Michel est l'un de mes pêcheurs. Son père et son grand-père étaient déjà au service de ma famille. », précisa le comte qui souhaitait que son invité fût entièrement rassuré.

Enguerrand ne perdit pas de temps.

« Quand pourrons-nous partir? »

Le marin répondit d'une voix claire qui plut instantanément à Enguerrand.

« Normalement, cette nuit. La marée sera haute et si le temps gris persiste, la nuit sera bien noire. Personne ne pourra vous apercevoir.

– Où comptez-vous accoster?

– Je connais une petite plage discrète, près d'Hastings. De là, il vous sera facile de trouver des chevaux.

– Parfait.

– Michel viendra vous chercher ce soir, à la tombée de la nuit, intervint Guillaume. Maintenant, je vous emmène à la chasse, proposa-t-il en hôte avisé.

Après une journée fort agréable malgré le brouillard qui persistait et un copieux souper, le pêcheur se présenta vêtu chaudement. Enguerrand remercia chaleureusement son hôte et quitta le manoir de Briquedalle avec Pons.

Ils suivirent le pêcheur en silence à travers la plaine jusqu'à Sassetôt. Michel marchait d'un bon pas sur le chemin de terre boueux. Une lune pâle éclairait leur route par moments, pour laisser bientôt place à des nuages plus inquiétants les uns que les autres, qui défilaient dans le ciel à une vitesse vertigineuse. Une pluie fine et glaciale se mit à tomber lorsqu'ils quittèrent le plateau pour emprunter un sentier abrupt qui descendait entre deux collines boisées. Le vent faisait ployer et grincer les arbres. Après avoir manqué de tomber plusieurs fois, ils atteignirent un tout petit hameau, plongé dans la brume. Une dizaine de maisons basses aux toits de chaume se blottissaient dans le creux de la vallée. Michel se tourna vers les deux hommes.

« Nous sommes arrivés. »

Enguerrand ne put s'empêcher de demander :

« Comment s'appelle ce lieu?

– Les Dalles », lui répondit le marin dans un souffle.

Ils reprirent leur marche jusqu'à la mer. Une masse sombre s'étalait devant eux. Enguerrand s'approcha, le spectacle était magnifique. Un bruit sourd accompagnait le ressac qui frappait violemment la petite digue, avant de repartir, entraînant dans ses rouleaux mousseux des milliers de galets qui roulaient en grondant sur le fond de l'eau. De chaque côté, de hautes falaises noires, sentinelles silencieuses, dominaient la mer.

Le pêcheur lui fit signe de le suivre. Ils s'avancèrent lentement vers une digue de rochers noirs et effilés qui émergeaient de la surface à chaque reflux. Michel s'enfonça dans l'eau. Un bateau de pêche, ballotté au gré des vagues, était retenu avec peine par trois marins. L'embarcation tournait sur elle-même, comme une coquille de noix. Enguerrand et Pons, peu rassuré, s'enfoncèrent à leur tour dans la mer, de l'eau jusqu'aux genoux, manquant de tomber à chaque vague. Avec agilité, le pêcheur agrippa une main tendue et se hissa sur le pont. Enguerrand, juste derrière, tenta d'attraper une corde, mais une vague plus forte que les autres le submergea. Il perdit l'équilibre. Pons, à ses côtés, eut la présence d'esprit de le saisir à l'instant où il coulait, juste avant qu'il ne soit happé par une nouvelle lame. Il leur fallut plusieurs essais avant de réussir à monter à bord, trempés jusqu'aux os. Le capitaine les installa tant bien que mal à l'avant, sur le pont. Malheureusement, ils n'étaient à l'abri ni des vagues, ni de la pluie fine qui s'était remise à tomber.

Michel hissa la petite voile grise qui claqua au vent, faisant pencher dangereusement le bateau. D'une main sûre, le marin manœuvra vers l'ouest pour prendre le vent. Le navire gémit, sembla hésiter puis, rapidement maîtrisé, fila vers les côtes anglaises. La houle était très forte et les marins durent à plusieurs reprises unir leurs efforts pour éviter de chavirer. Enguerrand, recroquevillé à l'avant, malade, n'osait bouger de crainte de basculer dans l'eau. Il regarda son écuyer. Pons n'était pas en meilleur état, ce qui le rassura un peu.

Il finit au bout d'une bonne heure, par s'habituer au roulis incessant du bateau. Il faisait confiance à ces hommes calmes, aux gestes précis et en profita pour éclaircir ses idées. La démarche du comte lui apparaissait de plus en plus incertaine. Le roi, même prisonnier, et son fils Charles, tenteraient tout pour conserver leur couronne, déjà bien contestée par le roi d'Angleterre. Effacer quarante ans de règne des Valois semblait impossible. Bien sûr, si Giannino était bien le petit fils du grand Philippe Le Bel, Enguerrand, homme d'honneur devait tout faire pour réparer l'injustice. Mais il n'était toujours pas sûr de l'identité du Siennois…

Michel s'approcha de lui et le secoua légèrement.

« Nous allons bientôt accoster. Il faut vous préparer car nous ne pourrons pas rester très longtemps.

– Je suis prêt.

– Vous vous êtes assoupi durant la traversée?

– Un peu... », lui répondit Enguerrand en se levant. Il était stupéfait. Devant lui, les mêmes grandes falaises que la veille. Inquiet, il se tourna vers le marin.

« Nous sommes bien en Angleterre?

– Bien sûr! Pourquoi cette question? demanda le marin en haussant les sourcils.

– Cela ressemble tellement à la côte que nous avons quittée hier soir... »

Pour toute réponse, Michel se contenta d'un sourire. Le bateau approchait à grande vitesse de la côte. Un marin descendit la voile et le bateau ralentit immédiatement sa course. Il finit par racler le fond en douceur près d'une petite grève recouverte de galets.

« Vous pouvez descendre. Une fois à terre, dirigez-vous vers la droite, vous trouverez des petites maisons de pêcheurs et une auberge où vous pourrez acheter des chevaux », leur expliqua Michel, avant de tendre une main rugueuse qu'Enguerrand s'empressa de serrer avec chaleur.

L'Auvergnat enjamba le bastingage et sauta dans l'eau, suivi de Pons toujours malade. Ils avaient de l'eau jusqu'à la taille mais n'eurent aucun mal à rejoindre la plage malgré les vagues qui les poussaient. Arrivé sur la grève, Enguerrand se retourna vers le bateau. Sa voile claquait déjà au vent. Il avait fait demi-tour et repartait, laissant derrière lui un léger sillon d'écume blanche. Ils marchèrent d'un pas rapide jusqu'à l'auberge. Personne ne s'inquiétant de la manière dont ils étaient arrivés sur la terre de la terrible Albion, ils achetèrent deux chevaux et partirent au galop en direction de Douvres où ils espéraient devancer Giraud.

Il leur serait plus facile de repérer l'homme de main d'Imbaud du Peschin au débarcadère plutôt qu'à Londres.

Chapitre XXVI

LE TRAITÉ DE BRÉTIGNY

8 mai 1360

Peu après la trêve de Bordeaux, Édouard III avait durci les conditions de détention du roi de France. Le 24 mars 1359, il réussit à extorquer du prisonnier un tribut beaucoup plus important que celui exigé en septembre 1357. Au prix déjà insupportable pour le Royaume des quatre millions d'écus d'or pour la rançon s'ajoutaient la souveraineté sur l'Aquitaine, le Poitou, le Quercy et la Bigorre. Jean II abandonnait ainsi à son geôlier la moitié du royaume, avec en plus la Normandie, la suzeraineté des terres de Bretagne et certains ports stratégiques.

Le roi signa mais réussit à transmettre une protestation secrète à son fils aîné. Le régent du Royaume ne comptait de toute façon pas accepter de telles conditions. En mai, il réunit l'assemblée des trois États à Paris, qui décida de rejeter les accords de Londres et de reprendre les hostilités contre les Anglais.

Furieux, Édouard III débarqua avec son fils Lancastre et marcha sur Reims où il comptait se faire couronner roi de France et achever ainsi la conquête commencée trois ans plus tôt. La ville tint bon malgré un long siège et l'Anglais dut rentrer après une dernière tentative sur Paris.

Le terrain devenait favorable pour entamer des négociations. L'accord définitif fut conclu le 8 mai 1360, à Brétigny.

Si le roi d'Angleterre renonçait définitivement à la couronne, s'il abandonnait tous droits sur la Normandie des Plantagenêts et l'Anjou, si la rançon était ramenée à trois millions d'écus d'or, il obtenait, dégagé de tout hommage au roi de France comme vassal, la souveraineté du duché d'Aliénor d'Aquitaine, annexait la Saintonge, le Quercy, le Limousin, le Poitou, l'Agenais, le Périgord et le Rouergue, conservait Calais et prenait en gage des otages choisis parmi les princes, chevaliers et bourgeois. Le roi Jean serait libéré dès le traité ratifié, les otages arrivés à Londres et un acompte substantiel de la rançon versé.

Le contrat de Brétigny était un désastre pour le Royaume de France.

* *
*

Enguerrand et son compagnon traînaient depuis cinq jours sans succès sur les quais de Douvres. D'une auberge, ils surveillaient à tour de rôle les arrivées de bateaux en provenance de Calais. Ils commençaient à désespérer et regrettaient de ne pas avoir suivi le conseil de Robert d'aller directement à Londres pour surveiller la résidence du roi.

La brume matinale commençait à envahir les quais. Enguerrand venait juste de remplacer Pons. Il avait placé deux hommes recrutés dès son arrivée à la sortie du port. Il se promena un instant le long des quais déserts. Au bout de la jetée, alors qu'il allait faire demi-tour, il entendit une corne de brume au large. Se demandant comment le navire allait accoster dans l'épais brouillard, il revint sur ses pas et se cacha derrière les barriques de vin de Bordeaux qu'il avait repérés le matin. Le navire entra au port lentement. Des marins, penchés au bastingage, hurlaient des ordres au timonier sur le pont arrière. Un grincement sinistre précéda de peu le choc de la coque sur la pierre mouillée du quai. Quelques instants plus tard, le bateau solidement amarré se vidait de ses passagers par une large planche jetée sur le quai.

Les yeux fixés sur la passerelle, Enguerrand dévisageait chaque passager. Des marins d'abord, puis un nombre important de soldats aux armes du Prince Noir. Enguerrand en conclut que le navire arrivait de Bordeaux.

« Ce n'est pas encore dans celui-là que doit être mon homme… », pensa-t-il désappointé. Sans savoir vraiment pourquoi, il décida pourtant de patienter encore un peu derrière les tonneaux. Peut-être le bateau avait-t-il fait escale à Calais…

Sur la passerelle, les passagers avaient été remplacés par un va-et-vient d'hommes chargés de lourds fardeaux qui vidaient à une vitesse incroyable les cales surchargées de vin, de fruits et autres denrées provenant de la riche province d'Aquitaine, ainsi que les multiples caisses remplies de toutes sortes d'objets, récupérés pour la plupart lors de pillages des armées anglaises. Pour passer le temps, Enguerrand essaya d'imaginer tout ce que pouvait contenir les coffres qui faisaient courber les hommes qui les portaient. Tout à coup, son regard fut attiré par deux marins en grande conversation sur le pont avec un troisième homme légèrement en retrait. L'inconnu, la tête couverte d'un large chapeau, s'avança et emprunta la passerelle derrière les deux marins. Sur le quai, l'homme regarda à droite et à gauche, avant de se décider. Finalement il se dirigea vers la ville. Enguerrand se recula légèrement, sans le perdre de vue. Lorsqu'il passa près de lui d'un pas décidé, aucun doute n'était possible. Enguerrand reconnut aussitôt Giraud. Il lui laissa prendre une légère avance et le suivit. Il ne fallait surtout pas le perdre de vue. À la sortie du port, Giraud pénétra dans l'unique auberge. Enguerrand interpella un de ses hommes.

« J'ai repéré notre homme. Va me chercher Pons, qu'il vienne me rejoindre avec des chevaux dans la petite ruelle, derrière l'auberge. Dépêche-toi. »

Il se cacha à l'intérieur d'un entrepôt, juste en face, et attendit l'arrivée de Pons. L'écuyer ne tarda pas à le rejoindre avec les deux hommes.

« Les chevaux sont là, dit-il.

– Attendons qu'il sorte. Il ne faut pas le laisser s'échapper. Inutile de le tuer, ordonna-t-il à ses hommes. Il me faut simplement les documents. Vous vous paierez avec sa bourse. »

Giraud sortit plus d'une heure plus tard et prit la direction du centre de la ville. Ils le suivirent à bonne distance et virent l'homme accélérer le pas en s'engageant dans une petite rue déserte.

« Maintenant! », ordonna Enguerrand.

Ils fondirent sur lui et tentèrent de le ceinturer. L'homme se débattit et réussit à sortir son épée du fourreau. Il fit face à ses adversaires, le dos collé au mur. À trois contre un, il avait peu de chances de s'en sortir. Pourtant, il leva son épée d'un air de défi et se défendit avec une telle vigueur qu'il tua l'un des agresseurs et blessa l'autre au bras. Enguerrand, resté seul face à lui, se rendit vite compte qu'il avait affaire à un rude adversaire. Un duel sans merci s'engagea sans qu'aucun des deux combattants n'arrivât à prendre le dessus. Enguerrand glissa sur les pavés humides et se retrouva à terre. Giraud se précipita sur lui, lame en avant, pour l'embrocher. Enguerrand roula sur le côté et l'épée ripa sur le sol. Giraud, à son tour, pris par son élan trébucha. Son adversaire en profita pour se relever… Ils étaient à nouveau face à face et le combat reprit de plus belle. À cet instant, personne n'eut pu dire qui allait l'emporter. Giraud voulait en finir. il mit toute la force qui lui restait dans un assaut qui fit reculer Montorgue et l'accula contre le mur. Giraud allait porter le coup mortel. Il s'arrêta un instant pour dévisager Enguerrand et chercher la peur dans les yeux de l'Auvergnat. Cette hésitation le perdit : Pons, à qui il tournait le dos, l'assomma avec le plat de son épée. Giraud tomba comme une pierre sur la chaussée.

Sans perdre de temps, Enguerrand se pencha et entreprit de le fouiller. Il trouva rapidement une bourse pleine, mais dut déchirer le bliaut pour récupérer ce qu'il cherchait. Il ne prit pas le temps de regarder de plus près les documents et, se relevant, lança l'argent au blessé. Les trois hommes quittèrent la place en abandonnant Giraud inanimé et sa victime.

Au port, regagné en courant, Enguerrand négocia son retour avec un marin pêcheur qui accepta de les embarquer sur le champ lorsqu'il vit l'or qu'on lui offrait. Ce n'est qu'en pleine mer, à l'abri d'une petite guérite et à la lueur d'une malheureuse chandelle, qu'Enguerrand put fébrilement examiner les documents. Tout était bien là : la reconnaissance de Louis II, un message d'Imbaud du Peschin pour le roi et une copie de la lettre de Giannino à Robert. Une copie… Tout danger n'était donc pas écarté. Il fallait absolument retrouver l'original. Enguerrand décida néanmoins de reproduire pour lui les documents une fois à terre, souffla la bougie et remonta sur le pont. La mer était calme, une légère brise soufflait. Ils seraient bientôt en France.

* *
*

Lorsqu'il revint à lui, Giraud fut étonné d'être encore vivant. Sa tête lui faisait mal. Il se releva péniblement et se sentit immédiatement soulagé du poids de sa bourse. Regarda autour de lui dans le faible espoir d'apercevoir ses agresseurs, il aperçut l'homme allongé. Après s'être assuré qu'il était bien mort, il le fouilla sans succès, chercha du regard son épée, qu'il trouva dans la rigole. Par réflexe, il passa sa main sous son bliaud. Plus rien ! Jurant, Giraud partit en courant à la recherche des voleurs. Il parcourut deux jours durant les bas fonds de Douvres sans succès, jusqu'au moment où il apprit qu'un vagabond nommé Blake dépensait sans compter avec des filles, dans une auberge mal famée à la sortie de la ville, tout près de la mer. Il s'y rendit aussitôt et n'eut aucun mal à repérer l'homme, assis dans un coin de la salle avec une femme dans chaque bras. Giraud décida d'attendre qu'il sorte.

Il patienta une bonne partie de la nuit dans le brouillard et l'humidité qui le transperçaient. Alors qu'il commençait à se croire condamné à battre la semelle jusqu'au petit matin, Blake sortit.

« Veux-tu que je t'aide ? » proposa Giraud.

L'homme leva la tête et l'observa d'un regard vitreux. Il voulut ouvrir la bouche mais en fut incapable. Giraud le prit par le bras et l'entraîna le plus loin possible de l'auberge. Dès qu'il eut repéré un endroit isolé, il s'arrêta et commença un interrogatoire musclé. Après quelques coups bien placés et un bain forcé dans la mer qui l'avait bien dessoûlé, l'homme devint vite bavard.

« Oui, on nous a payé pour vous attaquer. Mon ami en est mort.

– Qui ? » demanda brutalement Giraud.

Pour que l'homme comprît bien à qui il avait affaire, il le gifla avec une telle force que Blake se retrouva à terre.

« Je ne sais pas », bégaya l'Anglais. « Je ne les avais jamais vus par ici.

– Que voulaient-ils ?

– Des documents... Ils nous ont proposé votre bourse contre les documents.

– Tu les as ?

– Non, ils m'ont donné seulement la bourse. Je les ai vus vous fouiller et prendre quelque chose dans votre habit.

– Sais-tu où ils sont maintenant ?

– Je ne les ai pas revus. »

Giraud comprit qu'il ne pourrait plus rien apprendre de ce bandit. Il se doutait qu'il avait eu affaire à des hommes du comte Robert. Lui seul avait pu le faire suivre. Il fit tout de suite le rapprochement avec la disparition de la Gueugne et surtout celle du moine Norbert avant son départ de Clermont. Cela ressemblait trop à des enlèvements. Imbaud du Peschin en était convaincu, lui aussi. Il n'avait plus qu'une chose à faire : rentrer à Clermont le plus vite possible pour y subir les foudres de son maître.

Blake se releva lentement et murmura à l'adresse de l'inconnu.

« Je peux partir ? »

Giraud l'avait complètement oublié.

« File », grogna-t-il au pauvre bougre.

Blake partit en titubant. Il ne put aller bien loin, Giraud s'approcha silencieusement et lui transperça la poitrine à l'aide de sa lame effilée.

Chapitre XXVII

AVIGNON

Mai 1360

Installé depuis plus de deux heures dans une antichambre du palais pontifical, Giannino attendait, de plus en plus nerveux. Pour la troisième fois, il se leva et arpenta la pièce déserte. Par moments lui parvenait du couloir, un bruit de pas qui approchait. À chaque fois, il se tournait fiévreusement vers la porte, mais le bruit s'éloignait et la pièce retombait dans un silence monacal. Giannino relut pour la dixième fois la convocation de Talleyrand-Périgord.

Ce cardinal lui était parfaitement inconnu et il sentait qu'il s'agissait là d'un moyen de se débarrasser de lui. En Avignon depuis presque deux semaines, il se précipitait quotidiennement au palais, se frayait un chemin dans la cohue indescriptible qui encombrait la haute porte de la résidence papale et s'entendait répéter les mêmes promesses par les religieux de l'accueil : bien sûr, on avait transmis sa requête, oui on examinait sa demande d'audience auprès d'Innocent VI… Le troisième jour, un jeune prêtre l'avait reçu. Il lui avait tout raconté plusieurs fois pour que le religieux pût transcrire ses propos. Il avait signé le document… « une véritable confession », avait-il alors pensé. Cette formalité, lui avait-on assuré, était indispensable pour qu'il fût reçu. La convocation n'était arrivée que douze jours plus tard.

Giannino commençait à être lassé des demi-succès : Louis de Hongrie l'avait reconnu mais n'avait pas cru bon de le recevoir; il n'avait pas plus rencontré Jeanne de Naples en Toscane : du bout des lèvres, le sénéchal du Royaume l'avait reconnu au nom de la reine mais avait refusé de lui remettre un document officiel, lui conseillant seulement de se rendre en Avignon pour obtenir l'approbation de l'église… Il s'était alors pris à rêver. Sous le regard de tous les barons et prélats du Royaume enfin réconciliés grâce à lui, il avançait dans la cathédrale de Reims pour recevoir le Saint Chrême de l'Archevêque. Il avait mis à profit ces derniers mois, pour étudier l'histoire de ses ancêtres avec un religieux français. Rien de son grand père paternel, Philippe Le Bel ne lui était à présent inconnu. Il voulait tellement lui ressembler…

Et voilà que le pape, lui aussi…

« Voulez-vous me suivre? Son Éminence vous attend. »

Giannino sursauta. Reprenant ses esprits, il suivit le serviteur obséquieux à travers d'immenses couloirs. La pièce richement décorée dans laquelle il pénétra devait servir de bureau. Sur les quatre murs, de superbes tapisseries représentant des scènes de la Bible. Au pied de chacune, des bahuts massifs supportaient de hauts candélabres qui projetaient de larges flammes pointues. Au fond, une cheminée sans feu était flanquée de fauteuils brodés. La large table installée au centre croulait sous une multitude de livres, parchemins, petits bibelots. Derrière, un homme austère à la longue barbe légèrement frisée, écrivait.

Sans se préoccuper de sa présence, le cardinal absorbé par son travail continua d'écrire. Giannino, debout, impressionné, suivait des yeux l'oscillation, au rythme de sa main, du rubis ornant la croix d'or.

Le cardinal leva enfin lentement la tête vers son visiteur.

« Asseyez-vous, mon fils. » Il lui montra de la main l'un des fauteuils près de la cheminée. Puis, s'installant dans l'autre siège : « Sa Sainteté m'a chargé de vous recevoir et de vous transmettre un message. »

Giannino se redressa, un sourire aux lèvres.

« Sa Sainteté a pris connaissance de votre récit avec beaucoup d'attention. Vous savez que notre souverain Pontife est du Royaume de France et qu'il suit de très près tout ce qui s'y passe... » Talleyrand-Périgord se leva. « Votre soudaine apparition n'est pas vraiment faite pour simplifier la situation actuelle. »

Le sourire de Giannino disparut.

« Mais...

– Laissez-moi finir », coupa sèchement le cardinal. « Le Royaume se retrouve aujourd'hui avec trois prétendants et un roi prisonnier des Anglais.

– Trois!? interrogea Giannino ahuri.

– Je vois que vous connaissez mal la situation... Écoutez-moi avec attention et cette fois, tâchez de ne pas m'interrompre. »

Talleyrand revint s'asseoir, s'adossa tranquillement dans son fauteuil et commença.

« Édouard III d'Angleterre est comme vous le savez le petit fils de Philippe le Bel. Il profite de la guerre pour revendiquer la couronne de France. Il vient d'ailleurs de faire une incursion malheureuse jusqu'à Reims... Son cousin Charles, puisque petit-fils de Louis X et de Marguerite de Bourgogne, le fils de Jeanne de Navarre, qu'on surnomme « le Mauvais » peut lui aussi prétendre se faire sacrer à Reims. Et il ne s'en prive pas : sa couronne de Navarre ne lui suffit manifestement pas... »

Le cardinal s'interrompit pour laisser Giannino prendre la mesure de ses paroles. Il se leva et se plaça derrière le Siennois.

« Et maintenant, vous... Vous ne trouvez pas que cela fait beaucoup de prétendants pour un seul Royaume?

– Mais, Monseigneur, je détiens des preuves... »

Talleyrand-Périgord repoussa l'objection d'un geste de la main.

« L'église est très lente à croire aux miracles. Sa Sainteté ne doute pas de votre bonne foi mais doit être prudente.

– C'est-à-dire?

– Soyez patient, vous la connaîtrez bien assez tôt. Le pape a pour l'instant décidé de ne pas trahir les Valois. »

Un lourd silence s'installa. Giannino finit par se ressaisir.

« Si je comprends bien, Monseigneur, Sa Sainteté refuse de voir en moi le fils de Louis X.

– Ce n'est pas tout à fait cela... Vous déformez mes propos. Le pape ne fera rien pour ou contre vous. », répondit Talleyrand d'une voix ferme.

Il regarda Giannino qui, déçu, se levait pour partir. D'un geste prompt, le prélat lui fit signe de se rasseoir.

« Attendez! Ne soyez pas aussi impatient... Reconnaissez au moins que votre histoire à quelque chose d'extraordinaire et qu'elle tombe très mal.

– Le roi de Hongrie m'a signé une reconnaissance, rétorqua sèchement Giannino.

– Justement, parlons-en. Louis de Hongrie a tout intérêt à jeter la confusion sur le Royaume de France. N'oubliez pas qu'il cherche à se venger de la mort de son frère André, assassiné il y a quinze ans par sa jeune épouse la reine Jeanne. Louis veut récupérer le trône de Naples qui appartenait à ses ancêtres, sans oublier, bien sûr, le comté de Provence.

– Mais, l'interrompit Giannino, le pape l'a déclarée innocente!

– C'est vrai... » Mais Talleyrand n'osa pas aller plus loin. Il n'oubliait pas qu'à l'issue de l'enquête la reine avait cédé la terre d'Avignon au souverain pontife pour quatre-vingt mille florins. Pour lui, si la reine n'avait pas participé en personne à ce meurtre, elle en était peut-être l'instigatrice et son second mari, Louis de Tarente, certainement la main meurtrière. Il reprit. « La reine Jeanne a très bien fait de vous suggérer de venir en Avignon. Le Très Saint Père a, comme ses prédécesseurs, une particulière affection envers la comtesse de Provence...

– Alors... prononça Giannino qui commençait à s'énerver.

– Calmez-vous, je n'ai fait pour l'instant que vous transmettre la décision de notre Saint Père. »

Giannino ne comprenait plus rien.

– Je ne comprends pas, souffla-t-il, intrigué.

– C'est pourtant simple : de nombreux cardinaux, dont je fais partie, ne sont pas du même avis que le pape. J'ai pour ma part étudié votre dossier avec beaucoup d'attention.

– Ce qui veut dire?

– Ce qui veut dire... Que je suis intimement convaincu de votre haute naissance. » Il avait appuyé sur les deux derniers mots. « Malheureusement, en dehors de mon soutien moral et de celui de quelques cardinaux, je ne pourrai pas vous être d'un grand secours.

– Restons-en là, gronda Giannino.

– Laissez-moi, terminer! » Le cardinal commençait à s'énerver. Il baissa la voix, pour lancer sur le ton de la confidence : « Je sais que vous avez rencontré le comte de Saint-Ilpize.

– Qui vous l'a dit? interrogea, interloqué, Giannino.

– Lui-même. Il vous sera d'une très grande utilité. Il m'a d'ailleurs confirmé qu'il ferait tout ce qui est en son pouvoir pour vous aider à retrouver votre rang. Je vais lui transmettre dès aujourd'hui un message. »

Le cardinal se leva. L'entrevue était terminée.

Giannino était troublé par les derniers mots de l'homme d'église. Le prélat en savait plus sur lui qu'il ne voulait le laisser entendre. Il tenta une dernière démarche.

« Vous ne pouvez vraiment pas m'aider? Je ne connais personne en Avignon… » Sa voix devint suppliante. « Je ne peux plus attendre, le roi Jean sera bientôt libéré. Je dois agir avant son retour. »

Talleyrand se concentra, la tête penchée en avant. Ses doigts caressaient la croix sur sa poitrine…

« Vous avez peut-être raison. Un traité a été signé il y a quelques jours à Bretigny. Un émissaire du pape est arrivé avant-hier avec un exemplaire.

– Que dit ce traité? s'empressa de demander Giannino.

– Le roi sera libéré sous peu, mais il faut que le Royaume verse d'abord les trois millions d'écus. Il perdra en outre une grande partie de ses territoires au profit d'Albion.

– Le pays ne pourra jamais payer une telle somme!

– Édouard III a tout prévu. Des otages choisis parmi les grands seigneurs du Royaume, chevaliers et autres bourgeois, seront la garantie du paiement de la rançon.

– Le roi d'Angleterre se contenterait pour l'instant d'un acompte?

– Exactement.

– Monseigneur, supplia Giannino, il faut agir maintenant, profiter du mécontentement général… »

Le cardinal réfléchissait rapidement. Il sentait qu'il devait aider cet homme. Les documents que possédait Giannino lui donnaient de bonnes chances d'aboutir et peut-être de se faire couronner. De son côté, il avait réuni en secret, grâce aux clercs envoyés à Sienne, Rome et Paris, un certain nombre de pièces qui pourraient appuyer la légitimité de cet homme. Il pouvait donc coopérer ou du moins faire semblant pour protéger ses arrières. Le moment venu, il pourrait décider, sans risque, de choisir son camp. Il se résolut à poser la question qui ferait de lui, un complice.

« Que vous faut-il? »

La réponse tomba, brutale.

« Une armée.

– Avez-vous de l'argent?

– J'en ai, mais peut-être pas suffisamment : de quoi l'entretenir six mois. »

Talleyrand leva les mains vers le ciel.

« Il vous faudra beaucoup plus longtemps! Au moins deux ans!

– Malheureusement, je ne peux pas. Voilà une raison supplémentaire pour aller vite, soupira Giannino.

– Très bien, vous m'avez convaincu. Allez voir de ma part Jean de Vernay.

– Qui est ce Vernay?

– Un gentilhomme anglais, un ancien capitaine. Vous devriez le trouver à deux lieues au sud d'Avignon.

– J'y vais de ce pas.

– Attendez… » Talleyrand fit le tour de sa table, s'assit, prit sa plume d'oie qu'il trempa dans un encrier en corne et se mit à griffonner quelques mots. Il se leva et s'approcha de Giannino.

« Tenez, remettez-lui ce message. Un dernier conseil, ne vous précipitez pas, attendez d'avoir revu Robert III avant d'agir. » Il ajouta en appuyant sur chaque mot : « Le comte de Saint-Ilpize est un homme habile, puissant et grand capitaine. Sans lui, vous ne pourrez jamais réussir.

– Je le sais, Monseigneur, mais je crains de ne pas avoir le temps de patienter. »

Le prélat revint vers sa table, prit une bourse bien remplie et la remit au prétendant.

« Voilà ma modeste contribution et bonne chance. »

Talleyrand médita longtemps après le départ de Giannino. Il reprit sa plume et écrivit un long message sur lequel il apposa son sceau de cire rouge, à l'aide d'une bougie posée sur un chandelier. Il secoua la petite sonnette posée à côté de lui et se leva.

« Partez immédiatement en Auvergne, ordonna-t-il au clerc qui avait répondu à son appel. Remettez ce pli au comte Robert III. Vous le trouverez à Saint-Ilpize. » Il retint un instant le message entre ses doigts et déclara : « Surtout ce message ne doit en aucun cas tomber entre d'autres mains.

– Ne vous inquiétez pas, il sera remis en mains propres, Monseigneur.

– Ah, j'oubliais. Changez d'habits, vous ne pouvez pas partir comme cela. », dit-il en montrant la soutane impeccable du clerc.

* *
*

Giannino quitta Avignon furieux. En se dirigeant vers le sud, il jura de se venger de ce pape incapable dès qu'il serait roi de France. Il ferait comme son grand-père, Philippe le

Bel, qui avec son fidèle chancelier Guillaume de Nogaret, avait intenté un procès pour hérésie, idolâtrie et sodomie à l'encontre du défunt pape, Boniface VIII. Il trouverait bien des raisons pour destituer Innocent VI. « Au moins, se dit-il, même si ce cardinal ne m'a pas dit tout ce qu'il savait, il est prêt à m'aider... Pour l'heure, voyons ce capitaine anglais. »

La rencontre eut lieu le soir même, dans le campement du mercenaire. Jean de Vernay, gentilhomme anglais de grande taille, avait été banni de son pays à la suite d'un crime affreux. Capitaine volontaire, il avait combattu avec succès dans les rangs du Prince Noir. Depuis la trêve, il parcourait le pays avec son armée de mercenaires. S'il l'avait bien observé, Giannino se serait aperçu qu'il avait affaire à un aventurier sans scrupule. Voyant immédiatement le parti qu'il pourrait tirer d'une alliance avec Giannino, Vernay proposa son aide pour conquérir le trône. En contrepartie, il jouirait de pouvoirs importants dès que le prince serait couronné.

La proposition était intéressante. L'Anglais était certainement un bon capitaine, il bénéficiait d'une armée imposante et de la recommandation du cardinal Talleyrand. Une question le tracassait : Giannino hésita... Peut-être valait-il mieux attendre le comte Robert avant de signer une quelconque alliance? Il y avait aussi la proposition de la grande compagnie italienne de Landau qui lui avait offert son aide, mais pas avant six mois... Vernay s'aperçut que l'homme n'arrivait pas à prendre de décision. Il plaida tant et si bien sa cause que beaucoup plus tard dans la nuit, Giannino apposa sa signature sur un traité dont chaque phrase avait été étudiée par les deux hommes.

Le roi Jean avait maintenant une armée avec à sa tête Jean de Vernay qui héritait du titre pompeux de lieutenant du Royaume.

Chapitre XXVIII

LA VISITE

Enguerrand et son écuyer avaient parcouru le Royaume à bride abattue, ne s'arrêtant que pour permettre à leurs chevaux de souffler. Lorsqu'il aperçut Saint-Ilpize du chemin de Chantel, Enguerrand fut consterné par l'état de la forteresse. Il pensa aussitôt à une nouvelle attaque des compagnies.

Robert l'accueillit au milieu d'un nombre considérable de maçons, menuisiers et autres corps d'états qui s'affairaient pour réparer les dégâts. Ils partirent s'enfermer seuls dans la salle de garde du donjon, où le comte lui relata rapidement l'assaut manqué du château. En d'autres circonstances, il aurait raconté les moindres détails du siège; aujourd'hui, seul le résultat de l'expédition de Montorgue l'intéressait.

« J'ai réussi à reprendre les documents entre les mains de Giraud, dès son débarquement à Douvres, se hâta donc d'informer Enguerrand. Malheureusement, la missive que Giannino t'avait adressée n'est qu'une copie. Je suppose qu'Imbaud du Peschin a conservé l'original.

– Il va falloir le lui reprendre, grogna Robert, devenu soucieux.

– Ces deux plis ne nous apprennent rien. Le serviteur de Giannino nous les avait parfaitement résumés. En revanche, la lettre de Peschin au roi est très inquiétante.

Le comte la parcourut plusieurs fois. Il avait vraiment de quoi être alarmé. Imbaud accusait le comte Robert de traître et demandait au roi les pleins pouvoirs pour l'arrêter avec ses complices. Il parlait également de Giannino, le désignant comme un imposteur, qu'il fallait absolument faire disparaître.

« Qu'as-tu fait de ce Giraud ? finit-il par demander.

– Je l'ai laissé sur la chaussée.

– Tu n'as pas vérifié s'il était mort ? »

Enguerrand s'attendait à cette question.

« Je n'ai pas eu le temps... Le plus important était de récupérer ces pièces. De toute façon, aucune importance : s'il est encore en vie, il n'a pas pu aller à Londres sans documents... », mentit Enguerrand qui répugnait en réalité à tuer quelqu'un sans nécessité absolue.

« Tu aurais dû vérifier s'il était bien mort, cela m'aurait permis de gagner du temps. Maintenant, il doit être de retour à Clermont... Cet intrigant est parfaitement au courant de mes faits et gestes. Qui a pu le renseigner aussi bien ?

– Certainement ce moine de Vernon ! », s'empressa de répliquer Montorgue, craignant que Robert n'émette des soupçons sur sa sœur.

Robert renchérit.

« Le sénéchal est venu m'arrêter sous un faux prétexte. Tout vient d'Imbaud. Il doit vouloir à tout prix récupérer l'original du testament pour incriminer Giannino.

– Je pense qu'il y a autre chose…
– Et quoi donc?
– Je me demande… Non, en fait, je suis certain que ce qui l'intéresse vraiment, ce sont ton titre et tes terres. Cet homme est un ambitieux, doublé d'un arriviste et d'un jaloux.
– Tu as peut-être raison. Quoi qu'il en soit, il va certainement renvoyer un émissaire à Londres. Nous n'avons que quelques mois devant nous.
– Le plus important est de reprendre l'original de la lettre.
– Tu as raison. Je vais immédiatement envoyer un homme. Cette lettre doit se trouver à l'hôtel de Séris. Maintenant, il faut que je parte pour Solignac. Nous nous reverrons à mon retour.
– Que vas-tu faire là-bas?
– Trop long de t'expliquer maintenant.
– Veux-tu que je t'accompagne?
– Non, il vaut mieux que tu restes ici. Les troupes du sénéchal pourraient revenir. Je te confie Saint-Ilpize. »

Avant de sortir, Enguerrand demanda.

« As-tu des nouvelles d'Ithier? »

Robert le mit au courant des recherches effectuées.

Ithier de Lomenède était parti depuis près de deux années pour Paris. Il passait le plus clair de son temps à interroger les familles des anciens barons de Louis X. Pour avoir refusé d'assister au sacre du nouveau roi, la plupart avait été bannie par Philippe V et sa terrible belle-mère Mahaut d'Artois. Ithier parcourait les provinces pour tenter d'obtenir des renseignements. Il avait pu récupérer un certain nombre des documents réunis pour blanchir Mahaut d'Artois lors de l'enquête initiée par Philippe V. Mais il avait aussi retrouvé dans un petit village le valet d'un des deux sorciers qui avaient déposé à charge lors du procès. L'homme avait accepté de signer une confession relatant la visite de Mahaut à son maître. Celle-ci aurait bien demandé du poison pour faire mourir le petit prince. De tous les autres témoignages, il ressortait clairement que l'enfant inhumé à Saint-Denis n'était pas le fils de Louis X et de Clémence de Hongrie. Mais rien ne venait étayer le fait que Giannino serait bien l'enfant substitué.

« Rien de plus », conclut Robert.

* *
*

Imbaud ne décolérait pas. Cette fois, il avait dépêché un nouvel émissaire auprès du roi le jour même du retour de Giraud, un de ses plus fidèles amis. Mais il avait irrémédiablement perdu du temps sur Robert. La disparition de la Gueugne le tracassait aussi. Imbaud se doutait qu'elle avait été enlevée par Robert, qui avait quitté Clermont le même jour.

« Pars pour Saint-Ilpize, ordonna-t-il à Giraud d'une voix dure. Je suis sûr que le comte la retient prisonnière dans sa forteresse… Et tâche cette fois de réussir. Je la veux ici, dans les plus brefs délais. »

La tête baissée, Giraud bredouilla :

« Je vous la ramènerai.

– Pendant que tu seras là-bas, essaye discrètement de voir Anne de Montorgue. Fais-la parler. » Il s'approcha de Giraud et à voix basse, pour que le comte de Séris n'entendît rien : « Ensuite, arrange-toi pour la faire disparaître. »

Giraud, avant de partir, posa la question qui le tourmentait depuis Douvres.

« Avez-vous des nouvelles du moine Norbert?

– On a retrouvé son corps sur les bords de l'Allier. »

Il n'en fut pas étonné et sortit sans demander de quoi était mort le religieux.

« Quel imbécile! s'exclama Imbaud dès qu'il fut seul avec Séris. Je n'aurais pas de réponse de Londres avant un mois! Et le temps presse. Sans ordres du roi, le sénéchal ne retournera pas à Saint-Ilpize... surtout après sa lamentable défaite. » Une idée lui traversa l'esprit. « Un homme peut nous aider.

– Qui? interrogea le comte.

– Thomas de la Marche.

– Assurément, La Marche ferait n'importe quoi pour récupérer ses terres de Nonette et d'Auzon, que le régent lui a retirées pour satisfaire son frère, le comte de Poitiers ». Si le comte trouvait l'idée excellente, il la savait aussi risquée. Le comte de la Marche n'était pas homme à se laisser manipuler facilement. Il n'osa s'en ouvrir à Imbaud.

« Il faut que je le rencontre rapidement, reprit ce dernier. Savez-vous où il se trouve?

– Il doit être avec ses compagnies de mercenaires bretons, près de Saint-Pourçain.

– Parfait, je partirai dès demain à sa recherche.

* *
*

En l'absence de Robert, parti depuis plus de quinze jours, Enguerrand s'activait au château. Craignant une nouvelle attaque surprise, il fit accélérer les travaux de réparations. Il était partout à la fois et se dépensait sans compter. Il avait organisé la défense du château et placé des hommes en sentinelles sur toutes les montagnes environnantes. Ainsi, si une nouvelle armée se présentait, il serait prévenu. À de nombreuses reprises, il entrevit Françoise d'Aurouze sans jamais réussir à l'approcher. Enguerrand était persuadé qu'elle l'évitait. Il l'avait observée et avait remarqué que la jeune femme, d'ordinaire toujours souriante était devenue triste. Un soir, il s'en ouvrit à sa sœur qui, plus belle que jamais, passait le plus clair de son temps à Faucon, dans les bras de son amant. Il apprit l'amitié qui liait les deux femmes depuis l'attaque du château. Anne, toujours aussi bavarde, lui avait raconté comment elle avait retrouvé Guillaume, blessé, près de Massiac. Bien sûr, elle lui redit tout son amour pour le jeune homme. Enguerrand n'en avait pas été surpris. Il connaissait depuis toujours les sentiments de Guillaume envers sa sœur, il l'estimait depuis longtemps, mais craignait les réactions du comte. Aussi, un soir qu'ils se trouvaient seuls dans leur bastide fortifiée de la Pradelle, ils en parlèrent librement.

« Robert est-il au courant de ta liaison avec Guillaume? demanda Enguerrand.

– Je ne crois pas, fit évasivement Anne. De toute façon, Robert sait à quoi s'en tenir sur mes sentiments envers lui.

– Et pourquoi? »

La jeune femme hésita avant de se confier à lui.

« Lors d'un dîner, alors qu'il avait bu plus que de raison, il s'est approché et m'a empoigné les seins, en essayant de m'entraîner derrière la tenture de la grande salle.

– Qu'as-tu fait?

– Ne t'inquiète pas... Il était si brutal que j'ai failli le gifler devant tous ses invités... L'intervention de Françoise a permis d'éviter le pire.

– Qu'a-t-elle fait?

– Oh, rien de bien particulier. Le regard suppliant qu'elle m'a lancé, à ce moment précis, m'a immédiatement calmée... J'ai arraché ses mains de sur ma poitrine en les griffant, et je suis sortie.

– Tu m'as fait peur… Tu es si impulsive! Et Guillaume? demanda Montorgue anxieux.

– Il s'est levé, fou furieux. Là encore, c'est Françoise qui a agi. Elle l'a retenu par la main au moment où il se précipitait sur Robert pour me défendre.

– Robert ne sait aperçu de rien?

– Il était tellement ivre qu'il n'a rien vu. Et Françoise l'a aussitôt entraîné dans leur chambre.

– La pauvre… », ne put s'empêcher de lâcher le jeune homme, blême de rage.

Son changement d'attitude n'avait pas échappé à Anne. Son frère serait-il amoureux de Françoise? Elle s'employa habilement à satisfaire sa curiosité insatiable par un flot de questions plus indiscrètes les unes que les autres, mais rien ne transpira des réponses qu'il lui fit. Il garda jalousement son secret. En désespoir de cause elle finit par lui rappeler :

« N'oublie pas que je suis devenue la confidente de Françoise. »

Elle venait de toucher juste. Il allait parler.

« Pourquoi paraît-elle si triste? » bredouilla Enguerrand. Il ne parvenait pas à maîtriser sa voix.

« Elle souffre de la brutalité permanente de son mari. »

Le jeune homme préféra en rester là.

« Il est tard, allons nous coucher. »

Enguerrand resta encore un long moment seul dans la grande salle. Sa sœur avait quant à elle pris une résolution. « Il aime éperdument Françoise, songeait-elle en se déshabillant, et il est malheureux. Je ne peux le laisser ainsi. ». Avant de s'endormir, une dernière pensée lui vint à l'esprit, qui la réjouit. Et si Françoise était, elle aussi, amoureuse? Elle mit longtemps à s'endormir, impatiente du lendemain où elle pourrait interroger la comtesse.

* *
*

Enguerrand, l'esprit ailleurs, regardait la nuit qui tombait sur la vieille demeure des Montorgue. Il prit le gobelet de vin rouge posé sur la table et le porta à ses lèvres. Le regard plongé sur l'horizon, il tentait de mettre de l'ordre dans ses idées. Robert arrivé la veille, de fort méchante humeur, avait refusé de parler de son voyage à Solignac. Il lui avait simplement dit qu'il le verrait plus tard. Le lendemain, lorsqu'il avait voulu le voir, Robert était déjà sorti avec un homme sans dire où il allait. Il l'avait attendu en vain toute la journée et avait fini par rentrer à la Pradelle. Malgré l'épaisseur des murs, il faisait chaud dans la grande salle où il attendait le retour de sa sœur. Les chiens aboyèrent à l'extérieur. Surpris, il se leva et se dirigea vers l'entrée. En passant dans le couloir, il arracha d'un geste prompt son épée accrochée au mur : les chiens connaissaient trop bien Anne pour aboyer à son arrivée et les visiteurs sont rares sur les hauteurs du domaine de la Pradelle. Il n'eut pas le temps de se poser plus de questions. Du seuil, il aperçut, au bout de la grande allée, un cavalier qui approchait au galop.

« Certainement Robert qui me fait chercher… », pensa-t-il, lorsque l'homme arriva sur lui… Il rappela ses deux molosses qui vinrent en grognant s'asseoir à ses pieds. Sa stupéfaction fut grande lorsqu'il reconnut Françoise d'Aurouze. Elle avait les cheveux au vent et s'était enveloppée dans une large cape du comte Robert.

« Toi! ne put que bredouiller Enguerrand.

Françoise sourit de sa stupéfaction. Elle lui demanda avec douceur :

– Aide-moi. Ne reste pas figé à me regarder comme une apparition. »

Il se précipita et l'aida gauchement. Elle glissa de son cheval pour se retrouver dans ses bras. Durant un instant, ils restèrent comme paralysés. Enguerrand, le premier, se recula. Il prit le cheval par la bride, le tira jusqu'à l'écurie, derrière la maison. À son retour, son visage avait reprit son aspect habituel.

« Je m'aperçois que tu as plus d'égard pour mon cheval que pour moi, lui lança Françoise d'une voix ironique. » Regrettant immédiatement ces mots, elle le prit amicalement par le bras et demanda : « Puis-je rentrer? Il faut que je te parle de choses importantes. »

Enguerrand entraîna la jeune femme à l'intérieur de la demeure.

« C'est la première fois que je viens chez toi, dit-elle gaiement. Je vous envie, ta sœur et toi. Que j'aimerais vivre comme vous, dans cette solitude, au milieu des montagnes... »

Lorsqu'ils pénétrèrent dans la grande salle, Enguerrand lui présenta un fauteuil près de la cheminée éteinte.

« Non, merci. Je ne peux rester très longtemps. » Elle le dévisagea de ses yeux qui pétillaient de malice et releva d'un geste gracieux sa grande chevelure brune. Elle avait l'air heureuse d'être là. « Robert ne devrait pas tarder à rentrer.

– Où est-il? demanda Enguerrand, qui la regardait intensément tandis qu'elle posait sa cape, laissant apparaître une longue robe qui faisait ressortir la minceur de son corps.

– Oh, tu le sais bien, il a été retrouver sa maîtresse, en face, à Pruneyrolles, dit-elle sans aigreur.

– Non, tu te trompes », répondit Enguerrand.

La jeune femme s'approcha légèrement de lui.

« Cela n'a aucune importance, j'en ai pris mon parti depuis longtemps, dit-elle d'une voix lasse. Tu sais bien que j'ai épousé Robert sur ordre de mon père. » Elle s'interrompit, hésita, puis, dans un murmure. « Si l'on m'avait demandé mon avis, j'aurais refusé.

– Pourtant... tu l'aimes? »

La question posée d'une voix presque inaudible, avait quelque chose de poignant qui ne laissa pas indifférente la jeune femme. Elle fut sûre à cet instant précis qu'il l'aimait et qu'il en souffrait. En le regardant bien en face, elle répondit avec franchise.

« Au début, j'ai essayé... » Elle ne put aller plus loin, et se contenta d'ajouter : « C'est pourtant le père de mon fils ».

Un lourd silence s'établit. Enguerrand ne pouvait détacher son regard de cette femme si belle. Il aurait voulu la serrer contre lui, la protéger, l'aimer. Françoise sentit cette tension, hésita, attirée par cet homme dont le premier baiser, quelques années plus tôt, la brûlait encore. Elle se reprit

« J'ai appris que Robert retenait dans ses geôles depuis quelques mois, une jeune femme, qui s'appelle Emeline. » Elle ne quittait pas des yeux Enguerrand, guettant une réaction. « C'est son ancienne maîtresse qu'il a ramenée de Clermont? »

Enguerrand n'osait répondre, préférant attendre que la jeune femme eût terminé. Mais elle ne dit plus rien.

« Qui te l'a dit? finit-il par lâcher avec regret.

– Ta sœur. » Son regard si souriant tout à l'heure s'était légèrement durci. Elle se rendit compte qu'Enguerrand était au courant et en profita. « Pourquoi cette femme est-elle prisonnière au château? Qu'a-t-elle pu faire pour être enfermée à son âge?

– Qui t'a dit qu'elle était sa maîtresse? demanda-t-il indécis.

– Allons, ne soit pas ridicule et ne cherche pas à dévier la conversation. Qui me l'a dit? Tout simplement une servante qui a eu pitié de cette jeune femme.

– T'a-t-elle dit également que cette femme a trahi ton mari? Elle a été la maîtresse de Robert sur ordre de son amant pour le faire parler. J'étais avec Robert, le jour où elle lui a tout avoué. »

Françoise ne voulait plus rien entendre.

« Cette fille va mourir, si personne ne fait rien. Il faut la secourir.

– Peut-être, admit Enguerrand. Je peux intervenir auprès de Robert, si tu le souhaites, suggéra-t-il.

– Surtout pas! Il serait capable de la faire disparaître.

– Alors que proposes-tu? »

Avant que Françoise puisse répondre, la porte s'ouvrit devant Anne.

« J'ai entendu la fin de votre conversation, déclara-t-elle d'un ton qui se voulait dégagé. Je suis tout à fait d'accord avec Françoise, il faut arracher Emeline des griffes de Robert. Et toi seul peut intervenir. Il ne fera jamais rien contre toi.

– Pas sûr! se défendit Montorgue.

Les deux femmes plaidèrent la cause d'Emeline avec conviction et chaleur. Elles savaient qu'il finirait par accepter.

« Bien… Vous avez gagné, je vais y réfléchir. », finit-il par dire après un moment.

Satisfaite, Françoise, dont le visage avait repris sa douceur habituelle, s'approcha d'Enguerrand. En s'avançant, son regard se porta discrètement sur Anne qui comprit le message et se retira discrètement.

Françoise s'immobilisa devant le jeune homme. Sans le quitter des yeux, elle posa délicatement ses mains sur son visage qu'elle caressa. Enguerrand la serra dans ses bras.

Loin de résister, elle se blottit contre sa poitrine et leva lentement la tête. Enguerrand vint au-devant des lèvres entrouvertes qui s'offraient aux siennes. Il entreprit de délacer le bliaud de la jeune femme, dégageant une fine chemise collée à sa poitrine blanche aux formes rondes. Enguerrand glissa sa main, emprisonna un sein qui durcit aussitôt à son contact. Il continua à parcourir de ses larges mains le corps parfait qui frémissait à chaque caresse.

Anne, poussée par la curiosité revint dans la pièce et rompit le charme. Françoise se dégagea à regret. Son visage s'empourpra lorsqu'elle croisa le regard d'Anne, mais elle ne put s'empêcher de déposer un dernier baiser sur les lèvres chaudes. Elle saisit sa cape et sortit précipitamment. Enguerrand voulut la rattraper. C'était sans compter sur sa sœur, qui, plus prompte, se dirigea vers la porte, en lui faisant signe de rester.

Elle rejoignit son amie à l'extérieur. Françoise voulut dire quelque chose. Anne fut plus rapide qu'elle.

« Surtout, ne dis rien. Je te comprends. » Elle hésita, s'approcha et lui souffla à l'oreille. « Gardons pour nous ce secret. »

Françoise, sans un mot, embrassa Anne. De ses beaux yeux coulèrent des larmes de bonheur.

Chapitre XXIX

L'ÉVASION

La file d'attente devant la herse du Bazot n'en finissait pas, malgré l'heure matinale. Paysans, soldats, bourgeois, religieux, étrangers formaient une masse compacte qui se pressait pour entrer dans la forteresse. Chaque homme était fouillé par les soldats en faction à l'entrée. Les chariots encombraient le chemin, retardant considérablement le travail des hommes.

Giraud attendait patiemment son tour, assis sur la charrette couverte d'un riche drapier de Clermont venu acheter des marchandises dans les tanneries des bords de l'Allier. À l'aube, Giraud l'avait abordé à la sortie de Brioude et l'avait convaincu un peu brutalement de voyager avec lui jusqu'à Saint-Ilpize.

Sans demander l'avis du marchand, il avait échangé ses vêtements trop voyants avec ceux trouvés dans l'arrière du chariot. Il en avait profité pour dérober une bourse remplie d'écus bien cachée sous une pile de tissu. Durant le court voyage le long de l'Allier, la conversation fut réduite à une simple phrase, juste avant l'arrivée.

« Drapier, tu m'aides à pénétrer dans la forteresse. Après, pas un mot. », avait dit Giraud, menaçant.

L'homme avait promis de se taire. De toute façon, il avait tellement peur qu'il aurait fait n'importe quoi pour se débarrasser de ce passager encombrant.

Leur tour arriva, enfin. Le sergent s'approcha d'eux et les interpella.

« D'où venez-vous? Que venez-vous faire ici? »

Le bourgeois répondit d'une voix qu'il voulait rassurante.

« Je viens de Clermont pour acheter des marchandises dans vos tanneries. » Il précisa en désignant son passager : « Mon valet m'accompagne pour porter les peaux. »

Le sergent fit signe à deux soldats restés en arrière de fouiller le chariot. Sans prendre de précaution, l'un des hommes grimpa à l'arrière et à l'aide de sa lance souleva les paquets et piqua dans les ballots imposants, de tissu. Il ressortit en criant à son chef.

« Il n'y a personne à l'intérieur.

– C'est bon, vous pouvez passer. »

Le marchand tira légèrement sur les rênes et les chevaux avancèrent lentement pour franchir le pont-levis. Arrivé sur la petite place du Chapial, Giraud sauta sur le chemin recouvert de galets. Il regarda une dernière fois son compagnon de voyage, mit ses doigts sur ses lèvres en signe de silence et disparut dans la foule sans plus se préoccuper de lui.

Coiffé d'un chapeau noir aux larges bords rabattus sur son visage, il espérait ne pas être reconnu. Il aperçut la petite auberge à l'enseigne de Saint-Julien. « Voilà l'endroit idéal pour ce que je cherche. », pensa-t-il en pénétrant à l'intérieur. La salle était pleine. Giraud s'assit à la table d'hôte au milieu de la pièce. Une fumée âcre, refoulée par la cheminée, imprégnait l'atmosphère et piquait les yeux. Il se sentit immédiatement observé par les hommes assis autour lui, méfiants envers cet étranger dont le visage était à demi caché par son chapeau.

Il attendit le temps qu'il estima nécessaire pour permettre à tous ses gens de s'habituer à sa présence. Son regard se fixa sur les trois vauriens installés à l'autre bout de la table. Il glissa sur son banc pour se rapprocher d'eux, leva la tête en direction d'un des hommes et se lança.

« J'arrive du Puy.

– Et alors? » répliqua le plus jeune sans lever la tête.

Giraud ignora leur attitude et s'enhardit.

« Je suis à la recherche d'une personne... » Il interpella une servante bien en chair, qui s'approchait d'eux avec un cruchon de vin à la main. « Sers-nous à boire! ». La femme s'empressa de remplir les gobelets vides. Pendant qu'elle servait, Giraud lui passa la main sur ses hanches et pinça ses fesses rebondies. La servante sursauta légèrement sans broncher. Elle était habituée, depuis des années, aux mains vicieuses qui s'aventuraient sur ses formes avantageuses.

« Quel est ton nom? se décida à demander, les lèvres pincées, l'homme assis en face de lui.

– Gerber, mentit Giraud.

– Qui cherches-tu?

– Je vous le dirai si vous acceptez de m'aider. », souffla-t-il, en posant discrètement sur la table une petite bourse en cuir. L'effet fut immédiat. Les trois vauriens fixaient, le petit sac avec convoitise et la réponse ne tarda pas.

« Tu nous intéresses.

– Parfait. Tout d'abord, avez-vous un endroit discret pour discuter de notre affaire? »

En guise de réponse, celui qui semblait le plus âgé, se leva et fit signe aux autres de le suivre. Dehors, ils empruntèrent le chemin de Saint-Jacques qui montait en serpentant vers l'église et le château. À chaque instant, ils étaient obligés de se serrer contre les étals pour laisser passer les chariots qui roulaient péniblement vers le haut des remparts. La ruelle était encore fraîche, malgré le soleil qui réchauffait les façades des étroites maisons à trois étages. Giraud observait les gens qu'ils croisaient et qui descendaient à travers les venelles vers la porte du Durtaillo, pour accéder à la ville basse, à l'extérieur de la deuxième enceinte. La ruelle n'en finissait pas de monter. Au détour d'un petit virage pratiquement à angle droit, la voie s'élargit. Du côté droit, on apercevait des maisons plus imposantes avec des petits jardins intérieurs; de l'autre, on longeait les remparts qui montaient jusqu'à l'église. Giraud avait chaud, il transpirait. D'un geste brusque, il ôta son chapeau, laissant son visage entièrement à découvert. Mal lui en prit : face à eux descendait en riant un petit groupe de jeunes femmes. Anne reconnut immédiatement l'homme de main d'Imbaud. Sa réaction fut prompte. Elle se cacha derrière ses amies au moment où ils se croisaient, puis, les quittant précipitamment, elle emboîta le pas des quatre hommes qui poursuivaient leur chemin d'un bon pas, sans se douter un seul instant qu'ils étaient suivis. Juste avant la place du Plain, ils pénétrèrent dans une petite maison étriquée, coincée entre le Prieuré et la demeure d'un notable de la petite cité. Anne attendit que la porte se refermât pour poursuivre son chemin vers la cour haute du château, où elle était certaine de trouver Enguerrand.

Au premier étage de la maison, Giraud interrogea ses nouveaux comparses :

« Je cherche une jeune femme blonde qui a du arriver ici il y a quelques semaines.

– C'est bien vague, comme description, fit Bertrand, le chef de la petite bande.

– Cette femme venait de Clermont avec le comte Robert. Elle est peut-être prisonnière.

– Pourquoi? questionna le plus jeune.

– Laisse-le parler! coupa sèchement Bertrand.

– Je suis ici pour le compte d'un grand seigneur. Il veut récupérer cette femme, qui était sa maîtresse.

– Qu'a-t-elle fait? lança le chef, dont la curiosité irritait Giraud.

– Je n'en sais rien. Je suis là pour la trouver et la ramener. », répondit-il, agacé.

Les trois hommes se mirent à parler entre eux à voix basse, ce qui énerva Giraud.

« Vous voulez gagner des écus où vous avez peur? », leur lança-t-il d'un air arrogant.

Bertrand s'approcha de l'homme de main d'Imbaud.

« C'est bon, nous sommes avec toi. Je pars me renseigner auprès des soldats du comte. Cela ne sera pas facile, il nous faut du temps et de l'argent.

– Mon maître est un homme généreux, vous ne le regretterez pas... Avant, il me faut une cachette, je ne tiens pas à me faire remarquer. »

Le chef regarda Giraud bien en face.

« D'abord, fais voir ta bourse. »

Giraud eut une réaction inattendue. Il se dressa. Son visage devint cruel. Il plissa le front, faisant jaillir sa cicatrice sous l'œil et d'un ton sans réplique, qui fit frissonner ses interlocuteurs.

« Lorsque vous aurez trouvé cette femme. »

L'autre avait compris. Il se contenta de préciser en baissant le ton.

« C'est bien, je te fais confiance. Amiel va te conduire dans une cache près de la porte Blanche. Dès que j'aurai des renseignements je viendrai vous retrouver. Au fait, comment s'appelle cette jeune femme?

– Emeline.

– Ce nom ne me dit rien.

– Connaissez-vous Anne de Montorgue? demanda alors Giraud d'un air distrait.

– Tout le monde la connaît! Une sacrée jolie garce, fit le plus jeune.

– Elle habite au château? insista Giraud.

– Non, elle vit avec son frère, là-haut sur la montagne, répondit Bertrand en montrant du doigt la direction de l'est. Pourquoi?

– Tu es bien curieux. Pour l'instant, contente-toi de me trouver Emeline... et le plus vite sera le mieux pour vous », lui rétorqua Giraud d'un air mauvais.

* *
*

Anne ne put voir son frère à la Pradelle que tard dans la soirée. Il avait passé toute la journée à Montgieux pour régler un différend entre le vassal de Robert et quelques paysans. Lorsqu'elle le vit enfin rentrer, Anne ne lui laissa même pas le temps de s'asseoir.

« Giraud est à Saint-Ilpize.

– Comment a-t-il pu entrer dans la forteresse?

– Je ne sais pas. En tout cas, il est bien là, insista sa sœur. Je l'ai suivi jusque derrière le prieuré.

– Comment, le connais-tu? demanda Montorgue.

– Je l'ai aperçu à Clermont chez le comte de Séris avec Imbaud, finit-elle par avouer.

L'inquiétude d'Anne gagna son frère.

« Il est venu pour Emeline?

– Ou pour moi, soupira-t-elle d'une voix tremblante.

– Mais non, tu t'inquiètes pour rien, dit-il tout en pensant le contraire. De toute façon, tu as bien fait de le suivre. Je vais donner des ordres pour le cueillir demain à l'aube.

– S'il est encore dans cette maison.

– On verra bien... Pour l'heure, il faut délivrer Emeline. » Il réfléchit, puis annonça : « Robert repart demain pour quelques jours avec ses archers picards.

– Tant mieux!

– Préviens Françoise et Guillaume. Nous agirons demain dans la nuit. »

Le lendemain, comme prévu, Robert quitta son château à la tête d'une petite armée et laissa la garde de la forteresse à Enguerrand. Depuis quelques temps, le comte s'absentait plusieurs jours et rentrait avec un butin important et de nombreux prisonniers. Enguerrand, farouchement opposé à ces expéditions que le comte appelait « des excursions punitives », avait refusé de l'accompagner.

Dès la nuit tombée, Enguerrand se rendit dans la salle d'hôte du logis seigneurial. Anne, La Belette – à son service depuis l'attaque du château – et Françoise, qui avait renvoyé tous ses serviteurs, l'y attendaient. Il ne manquait plus que Guillaume qui s'était arrangé pour être de garde. Giraud restait introuvable. Enguerrand interrogea Pierre.

« As-tu obtenu des renseignements à l'auberge?

– Rien, répondit le jeune homme. Pourtant, j'ai interrogé tous ceux qui s'y trouvaient, y compris l'aubergiste.

– Vraiment rien? insista Montorgue, déçu.

– Si, peut-être... La servante de l'auberge m'a dit avoir vu un homme d'une cinquantaine d'années, avec un visage à faire peur traversé par une cicatrice sous l'œil. » Il baissa la voix : « Il parait même qu'il lui a caressé les fesses. »

Tout le monde se mit à sourire.

« C'est tout? demanda Anne.

– Non, elle m'a dit aussi que notre homme était ressorti avec Bertrand et sa bande.

– Qui est ce Bertrand? demanda Françoise.

– Un vaurien, répondit Anne.

– Il faut absolument les retrouver! insista Enguerrand en regardant La Belette.

Guillaume, qui avait attendu la relève pour placer trois de ses hommes au donjon, entra précipitamment et lança à la ronde :

« Tout est prêt! Nous pouvons y aller. »

Ils attendirent encore une heure que le château s'endormît complètement. Lorsqu'Enguerrand donna le signal du départ, Guillaume s'approcha d'Anne et la serra dans ses bras. Enguerrand se dirigea vers la porte sans oser regarder Françoise.

« Attendez! », dit cette dernière.

Elle se tourna vers un bahut dont elle souleva le couvercle pour en sortir un paquet qu'elle remit à Enguerrand.

« Des habits propres pour la jeune femme. »

Françoise jeta un regard circulaire. Les hommes se dirigeaient vers la sortie. Elle en profita pour déposer un baiser furtif sur les lèvres d'Enguerrand, qui rougit légèrement avant de rattraper les autres à l'extérieur.

Les trois hommes se dirigèrent vers le donjon dans une nuit si noire que les nuages traversant le ciel à une vitesse vertigineuse étaient presqu'invisibles. La sentinelle de la tour de guet les laissa pénétrer à l'intérieur sans rien dire. Des torches éclairaient la salle de garde vide. Guillaume et Pierre prirent en passant deux brandons allumées et se dirigèrent vers le fond de la pièce qu'avait déjà atteint Enguerrand. La porte grinça sur ses gonds lorsqu'il l'ouvrit. L'un derrière l'autre, ils entreprirent de descendre les quelques marches glissantes qui menaient au souterrain. Cet accès ne servait pratiquement jamais, sauf à Robert lorsqu'il voulait rendre visite discrètement aux prisonniers. Plus ils descendaient, plus l'odeur de moisi devenait insupportable. Ils atteignirent une porte en chêne cerclée de fer. Enguerrand fit tourner lentement la clef restée dans la serrure et poussa la porte avec précaution : derrière se trouvait la salle des interrogatoires et il n'était pas impossible qu'une séance s'y déroulât malgré l'heure tardive. Guillaume se tenait derrière, l'épée en avant. Ils attendirent un instant, mais rien ne semblait bouger de l'autre côté. Ils se glissèrent à l'intérieur. Une torche se mourait à l'autre bout... Avec précaution, ils traversèrent la salle qu'emplissait une odeur âcre de sang séché. Le plus dur restait encore à faire. Ils leur fallaient descendre les deux étages de geôles. À l'instant où Guillaume allait poser la main sur la poignée de la porte d'accès aux cachots, celle-ci bougea en gémissant. Ils eurent juste le temps de se plaquer de chaque côté de l'ouverture. Un petit homme gras, à la barbe sale entra. Il n'eut pas le temps d'ouvrir la bouche. La Belette se précipita sur lui et le poignarda d'un geste sec et précis. L'homme tituba avant de glisser mollement sur le sol dallé. Guillaume ne perdit pas un instant et ramassa le trousseau de clef échappé des mains du gardien. Avant de repartir, ils tirèrent l'énorme masse inerte derrière un appareillage de torture.

« Au moins, souffla Guillaume, en voilà un qui ne fera plus souffrir les prisonniers... »

La voie était libre; ils pouvaient descendre sans être dérangés. À mesure qu'ils s'enfonçaient dans le rocher par un étroit escalier en colimaçon, dont les marches humides les obligeaient à s'appuyer à des murs douteux, l'odeur devenait de plus en plus épouvantable – mélange de sueur, d'excréments et d'humidité. Au deuxième sous-sol, ils longèrent un couloir où s'alignait un nombre impressionnant de portes basses, d'où s'échappaient des gémissements et des pleurs. Les geôles du comte regorgeaient de prisonniers entassés à plusieurs dans des petites cellules sans discrimination de sexe ou d'âge qui attendaient pour la plupart le paiement d'une hypothétique rançon. Enguerrand était de loin le plus écœuré, plus par les procédés de son ami que par les odeurs qui filtraient des cellules. Ils décidèrent de se répartir les cellules. Chacun passait sa torche devant les petites ouvertures des portes en prononçant le nom de la jeune femme que le couloir renvoyait en écho.

« Emeline… Emeline… Emeline… »

Tous les prisonniers s'approchaient de leur porte en suppliant qu'on les délivrât. Enguerrand et ses amis auraient bien ouvert toutes les cellules, mais le risque était trop important. Ils se résignèrent à poursuivre leur recherche. La Belette finit par la trouver. À l'appel de son nom, la jeune femme n'avait tout d'abord pas bronché. Il avait dû appeler deux fois avant d'entendre un gémissement de l'autre côté. Il revint chercher Enguerrand et Guillaume à l'autre bout du couloir.

« Je crois que je l'ai trouvée. Elle est au fond. »

La cellule était sombre. Enguerrand fit signe à Guillaume de s'approcher. Leurs torches dessinaient des ombres sur les murs. L'odeur était difficilement supportable, mais ils s'approchèrent du fond de la geôle. Deux énormes rats, dérangés par la lumière, leur passèrent entre les jambes avec des petits cris aigus. Ils étouffèrent un cri en voyant la masse informe recouverte de loques immondes de saleté. Recroquevillée, assise par terre, les genoux repliés sur la poitrine, la jeune femme, aveuglée et apeurée, couvrait son visage de ses mains. Ils s'avancèrent en parlant le plus doucement possible. Enguerrand se pencha vers elle et lui parla pour essayer de la calmer. Lentement, elle baissa ses mains et l'observa avec angoisse. Enguerrand ne la reconnut pas immédiatement. Ses cheveux blonds étaient gris et collaient à sa peau. Deux hématomes sur ses joues tranchaient avec son teint terreux. Seuls ses yeux semblaient encore vivants.

« Qui êtes-vous? bredouilla la jeune femme d'une voix éteinte.

– Emeline, nous venons pour t'emmener loin d'ici. Peux-tu te lever? »

Elle émit un pauvre sourire et tenta maladroitement de se lever. La Belette se précipita pour la retenir avant qu'elle ne retombe. De sa robe sans couleur, déchirée, apparaissait un malheureux sein recouvert d'une petite couche de crasse grise. Ses jambes étaient devenues squelettiques et portaient difficilement son ventre gonflé qu'elle soutenait de ses mains. Il fallut d'abord la détacher des deux anneaux fixés à ses chevilles recouvertes de sang séché qui la maintenaient, contre le mur d'où suintait un filet d'eau.

Ils se mirent à deux pour l'aider à se débarrasser de ses guenilles et à enfiler les vêtements propres qu'ils avaient apportés. Chaque geste la faisait grimacer de douleur. Lorsqu'elle fut prête, ils l'aidèrent à tour de rôle à monter les escaliers. Ils durent s'arrêter quelques instants dans la salle des gardes pour lui permettre de souffler. À la lumière des chandelles, les trois hommes purent se rendre compte des souffrances qu'elle avait supportées. Son corps en resterait à jamais marqué. Elle voulut se redresser seule, tituba, mais Pierre se précipita vers elle pour la soutenir. Elle le remercia d'un vague sourire.

Ils sortirent sans autre difficulté du donjon et se dirigèrent derrière la maison de Robert où se trouvait le souterrain permettant de quitter la forteresse par la grotte de Saint-Ilpize. La descente fut plus difficile pour la jeune femme. Par deux fois, elle rata une marche de l'échelle de bois glissante qui descendait jusqu'à la grotte. Heureusement les bras musclés de La Belette veillaient. Ils émergèrent à l'extérieur de la forteresse sous l'énorme rocher de Saint-Ilpize. Pierre porta la jeune femme tout le long du chemin qui surplombait l'Allier en direction de Chazieux. À un quart de lieue, dans le petit bois, les attendaient un valet et deux chevaux. Enguerrand s'adressa à l'homme.

« Nous te confions cette jeune femme. »

La Belette regarda Emeline et se tourna vers Montorgue.

« Messire, laissez-moi partir avec elle! », supplia-t-il.

Sans hésiter, Enguerrand acquiesça.

Pierre sauta sur le cheval devant lui et tendit les bras. Guillaume souleva la jeune femme pour l'aider à monter et l'installa devant La Belette. Emeline regarda ses sauveurs et les larmes aux yeux, elle les remercia.

Enguerrand et Guillaume regardèrent les cavaliers se fondre dans la nuit. Satisfaits, ils rentrèrent par le même chemin sans se faire remarquer. Guillaume rejoignit ses hommes et leur ordonna de quitter Saint-Ilpize dès la relève, pendant qu'Enguerrand se rendait auprès des deux femmes qui attendaient leur retour avec anxiété. Françoise le remercia d'un baiser et lui souffla à l'oreille :

« Maintenant, il faut partir. »

Enguerrand ne parvenait pas à se détacher de Françoise, et sa sœur dut le tirer par la manche : « Allons rejoindre la Pradelle », lui ordonna-t-elle en souriant.

Chapitre XXX

L'AFFAIRE SOLIGNAC

Lieutaud, baron de Solignac était décédé depuis maintenant plus de trois ans. Son seul enfant, Marguerite, avait épousé le vicomte de Polignac, seigneur de Randon qui avait hérité du titre et des terres bien que le testament du baron fût en contradiction totale avec l'usage. Il était en effet entendu depuis toujours que si les mâles de la branche aînée venaient à s'éteindre, la baronnie de Solignac reviendrait aux branches cadettes, par ordre de progéniture. Le testament était bien nuancé d'un codicille indiquant que si Marguerite mourait sans enfant mâle, on reviendrait à la coutume. Mais Marguerite de Solignac avait un fils.

Armand de la Roue, le neveu de Solignac qui aurait dû hériter de la baronnie si la coutume avait été respectée, décida de faire valoir ses droits. À la mort du baron, il déclara haut et fort que le testament était nul et que lui seul pouvait recueillir la succession par substitution. Deux années de pourparlers n'ayant abouti à rien, il décida de recourir à la force pour faire respecter les usages de sa famille. Il guerroyait depuis près d'un an contre Polignac. Pourtant, l'affaire aurait pu se terminer six mois plutôt.

Un soir, Armand de la Roue avait réussi à faire prisonnier près du Puy deux gentilshommes de la maison du seigneur de Randon. Il partit immédiatement chez Polignac avec les deux hommes. Il se dissimula avec son armée dans la forêt toute proche de la forteresse et envoya vers le pont-levis les prisonniers encadrés par une dizaine de soldats. Les ordres étaient clairs. Les gentilshommes, sous la menace des épées, devaient se faire ouvrir les portes. Une fois à l'intérieur, les soldats prendraient possession du pont-levis, l'armée investirait la place sans difficulté.

Lorsque la petite troupe se présenta devant l'entrée du château, un sergent les interpella d'une voix grave du haut des remparts.

« Qui êtes-vous? Que voulez-vous si tard? »

Au début, tout se passa comme prévu. L'un des gentilshommes, une épée dans les reins, se présenta et engagea des pourparlers. Mais l'autre profita du relâchement de son gardien, pour faire avancer son cheval d'un pas et écarter ainsi le risque d'être transpercé par l'arme pointée dans son dos. Il se leva sur ses étriers et cria :

« Gardez-vous bien! Ce sont des ennemis! »

Il ne put en dire plus. Deux épées lui traversèrent le corps. Son ami subit immédiatement le même sort, mais le château était sauvé.

Depuis lors, Armand de la Roue parcourait avec ses troupes les terres du vicomte de Polignac. Il était sans pitié, rançonnant les vassaux de celui qui était devenu son pire ennemi, les dépouillant de leurs biens. En six mois de randonnées, l'armée d'Armand accumula un butin considérable. Mais Polignac tenait bon. Il décida de faire appel à son neveu Robert de Saint-Ilpize, avec qui il signa en secret un traité d'alliance : Robert aidait militairement Armand à recueillir la succession de Lieutaud de Solignac; en contrepartie, Armand de la Roue mettrait à sa disposition son armée durant une année. Bien sûr, le comte Robert avait été obligé de lui donner quelques raisons, mais il avait réussi à ne pas lui fournir trop de détails sur Giannino.

À la tête de ses archers picards toujours assoiffés de butin, le comte de Saint-Ilpize ne ménageait pas ses efforts. La conquête du château de Siaugues Saint-Romain déstabilisa les troupes de Polignac. Après le sac de la forteresse, Robert ne voulut pas abandonner ce site hautement stratégique. Il y laissa une petite garnison commandée par Hugues de Clavières. Robert organisait ses expéditions punitives depuis Saint-Ilpize. Rien n'était laissé au hasard. Ses hommes commettaient un nombre considérable d'atrocités. Chaque village ennemi était rasé. Les châteaux étaient brûlés, leurs seigneurs rançonnés, les femmes et les jeunes filles violées. Peu importait qu'ils s'agissent des femmes de seigneurs où de pauvres paysannes. Et le comte n'était pas le dernier à exercer ces cruautés.

Les butins s'entassaient dans les salles du château de Saint-Ilpize, les prisonniers dans des geôles où ils attendaient qu'on payât leurs rançons. Robert acquit rapidement une réputation épouvantable dans toute la Basse et Haute Auvergne. On ne l'appela plus que Robert « le Fol » : le surnom que lui avait choisi le sénéchal de Beaucaire était désormais justifié.

* *
*

« Il faut faire cesser ces exactions! » s'emporta Imbaud du Peschin. L'envoyé du roi, avec qui il discutait depuis plus d'une heure chez le comte de Séris, l'interrompit d'une voix grave.

« Le problème me paraît fort simple.

– Ah? »

Le comte de Plessis se leva sans se presser.

« Le comte Robert, son oncle Armand de La Roue et le vicomte de Polignac sont tous trois hors la loi. » Il avait volontairement appuyé sur les derniers mots.

« Et pourquoi?, demanda Imbaud.

– Il s'agit d'un crime de lèse-majesté et de désobéissance. Ils ont agi contre les anciennes ordonnances royales. » Plessis se mit à réciter de toute la solennité que lui permettaient ses connaissances du droit : « Nuls hommes, féaux et sujets du Roi ne peuvent faire la guerre sans autorisation spéciale.

– Parfait! le coupa Imbaud. Arrêtons-le immédiatement.

– Pas si simple : il faudrait arrêter les trois...

– Alors, comment? demanda le comte de Séris. Nous n'allons tout de même pas arrêter le vicomte de Polignac! »

– D'autant, renchérit Imbaud, que le vicomte est notre allié le plus fidèle... Mais peu importe, nous avons d'autres motifs pour arrêter Robert.

– De toute façon, remarqua Séris, nous aurions le plus grand mal à convaincre le sénéchal de retourner à Saint-Ilpize après sa déconvenue.

– Il faudra intervenir hors de son repaire. Et il n'y a pas que le sénéchal. J'ai rencontré Thomas de la Marche. Il est prêt à combattre le comte Robert, déclara Imbaud.

– Comment avez-vous pu le convaincre?

– Pas difficile : Thomas veut se venger des comtes d'Auvergne. En plus, je lui ai promis au nom du roi de lui rendre le château de Nonette. »

L'envoyé acquiesça :

« J'ai les pouvoirs nécessaires. Thomas a rendu de grands services au Royaume, le roi l'estime beaucoup. » Il baissa la voix. « Mais il ne devra jamais savoir d'où viennent les ordres. Tout cela doit rester secret.

– Très bien, je vais me rendre au château de Polignac tenter de convaincre le vicomte qu'il doit traiter avec le comte de la Marche s'il veut vaincre Robert le Fol et son oncle, confirma Imbaud. Vous pouvez repartir à Londres. Avant peu, le comte sera enfermé dans un cachot, ici même, pour être transféré à Paris.

– Non. J'ai ordre de rester près de vous. De toute façon, il nous faut éclaircir le problème de ce prétendant. Comment s'appelle-t-il, déjà?

– Il se fait appeler Jean Ier, mais son vrai nom est Giannino Guccio Baglioni, répondit Imbaud, ennuyé par le tour inquiétant que prenait la conversation.

– Savez-vous où il se trouve actuellement? Et le fameux testament, l'avez-vous récupéré?

Les questions devenaient de plus en plus embarrassantes pour les deux hommes. C'est encore Imbaud qui répondit, en essayant de changer le cours de la discussion.

« Laissez-moi, un peu de temps… Dès que le comte Robert sera prisonnier, il nous sera facile de récupérer le testament et de confondre cet illuminé… »

Le comte de Séris crut bien faire en précisant.

« Je suis pour ma part persuadé qu'aussitôt le comte de Saint-Ilpize entre nos mains, ce Giannino rentrera chez lui, à Sienne.

– Ce ne sera peut-être pas suffisant, siffla l'envoyé d'un air hautain.

– Alors nous le ferons disparaître, admit Séris de mauvaise grâce.

– Le roi vous laisse trois mois – pas un de plus – pour régler cette affaire.

– Ce sera suffisant. », répondit Imbaud, qui avait frémit sous la menace. Mais Plessis lui tournait déjà le dos et quitta la salle sans ajouter un mot.

Lorsque le bruit des pas de l'émissaire se fut estompé dans le couloir, Imbaud avait repris une apparence sereine. Les paroles qu'il prononça étaient de miel :

« J'ai besoin de votre aide.

– Que voulez-vous? Nous devons rester dans la plus parfaite légalité. »

Le comte jetait autour de lui des regards inquiets. Il semblait vérifier que Plessis n'avait pas subitement reparu.

« N'ayez crainte, tout se passera bien, répondit Imbaud qui avait parfaitement senti son changement d'attitude. Mon maître, le prince Jean doit partir comme otage à Londres avec le comte Béraud II.

– Et alors?

– Il a été nommé par le roi lieutenant d'Auvergne. Avant de partir, il me désignera à son tour et je détiendrai alors tous les pouvoirs : ceux du roi et de son fils. »

L'argument était convaincant. Et de toute façon, Séris se savait maintenant trop impliqué pour reculer.

« Je vous écoute.

– Je ne pourrai pas approcher le vicomte de Polignac sans une recommandation de votre part.

Le comte de Séris respira d'un coup beaucoup mieux. Ce n'était que cela… C'est presque joyeux qu'il déclara.

« Je vais immédiatement vous préparer une lettre de recommandation.

– Surtout ne parlez de rien. Il ne doit rien savoir sur nos intentions.

– Que voulez-vous que je mette exactement?

– Tout simplement que vous m'envoyez, pour essayer de stopper la guerre en terre d'Auvergne. Sur place j'aviserai. »

Le comte s'installa devant sa table et écrivit. Imbaud le regardait, satisfait. Les troupes de Polignac jointes à l'armée de Thomas, la victoire était assurée sur Robert et son oncle Armand de la Roue, songeait-il. L'opération réussie, il pourrait se débarrasser de Thomas de la Marche. Le comte Jean serait ravi de le voir disparaître : le demi-frère du roi était beaucoup trop exigeant depuis qu'il avait perdu ses terres d'Auvergne et le souverain était bien trop conciliant à son égard... Imbaud sourit et regarda le comte qui s'approchait pour lui remettre le pli.

« Une fois le comte Robert entre vos mains, que comptez vous en faire? lui demanda Séris.

– Si je réussis, je partagerai avec vous les terres du félon », répondit du Peschin d'un air complice. Ce qu'il ferait de Robert ne regardait que lui. Mais il devait s'assurer du soutien du comte.

La réponse de ce dernier lui parvint comme une gifle.

« Je n'ai aucunement besoin d'être acheté! Si je vous aide, c'est pour le roi. »

Imbaud fit semblant d'ignorer la réponse.

« Je partirai demain à l'aube pour Polignac. Nous nous reverrons à mon retour », se contenta-t-il de dire, en guise d'adieu.

Imbaud monta dans sa chambre en méditant sur le caractère du comte. « Sa prétendue fidélité au roi! Quel pleutre! », grogna-t-il. La plainte d'une femme dans la chambre voisine l'interrompit. La voix ressemblait à celle de La Gueugne. Elle lui manquait. Non qu'il l'aimât... simplement, elle faisait bien l'amour.

Chapitre XXXI

THOMAS DE LA MARCHE

Pour la deuxième fois, Anne tressaillit. Il lui avait semblé entendre un bruit à l'extérieur. Pourtant les chiens dehors n'avaient pas aboyé. « Ce doit être un chevreuil », se dit-elle pour se rassurer tandis qu'elle approchait de l'entrée. Elle ouvrit la porte mais ne s'avança que de quelques pas. Le soleil n'était pas encore couché et ses derniers rayons éblouissants l'empêchaient de distinguer les arbres devant elle. Tout semblait calme. Elle fit demi-tour et rentra dans la petite maison basse, s'approcha de l'âtre et jeta quelques brindilles de genêts dans le feu qui s'essoufflait. Aussitôt, les flammes jaillirent dans la cheminée en crépitant. À genoux devant le foyer rougeâtre, les yeux dans le vide, Anne était perplexe. Depuis plusieurs jours, elle avait l'impression désagréable d'être épiée. Elle se sentait observée…

Une branche sèche craqua à l'extérieur. Un bruissement de feuilles mortes suivit. Cette fois, elle sursauta. La panique la gagnait. Un frisson lui traversa le corps, elle n'arrivait plus à se contrôler... Anne ne bougeait plus, figée devant la cheminée. La porte s'ouvrit en gémissant...

« Anne », prononça doucement Guillaume.

Elle était blême. Inquiet, il s'approcha d'elle, l'aida à se mettre debout. Anne se jeta dans ses bras, trembla légèrement et se mit à sangloter. Il lui souffla tendrement dans l'oreille.

« Que se passe-t-il? Tu es toute pâle. »

Elle ne répondit pas tout de suite. Ses joues reprenaient lentement leur couleur. Elle finit par relever son visage et embrassa son amant avec une fougue qu'il n'avait jamais connue. Le goût salé de ses larmes imprégnait leurs lèvres. Guillaume sentit le corps de la jeune femme se détendre et s'abandonner contre lui. Il ne put résister. Il glissa sa main dans son corsage entrouvert. Ses seins étaient froids. Au contact de sa main chaude, les pointes se durcirent. Le désir de la jeune femme semblait si intense qu'il en devint malhabile. Anne l'aida à ôter sa longue robe. Nue, elle le dévêtit et l'entraîna avec une lenteur forcée vers la couche. La peur l'avait transformée. Guillaume sut qu'il devait se laisser faire. Elle le caressa sur tout le corps, de ses mains fines qui lui écorchaient la poitrine en se dirigeant vers son sexe. Elle lui fit l'amour avec une sensualité sauvage.

Beaucoup plus tard, Guillaume se redressa légèrement, se pencha vers Anne et lui glissa à l'oreille : « Que s'est-il passé, tout à l'heure, j'ai eu le sentiment que tu avais peur?

– J'ai l'impression d'avoir été suivie.

– Mais par qui?

– Je ne sais pas... Depuis plusieurs jours, je me sens épiée.

– C'est ridicule, qui veux-tu que ce soit?

– Peut-être Giraud...

– Giraud! Il a dû quitter la région depuis longtemps. Toutes les recherches pour l'arrêter sont restées vaines.

– Tu as certainement raison... », finit-elle par dire. Mais elle n'était pas vraiment rassurée.

Guillaume préféra changer de conversation. Il allait faire surveiller Anne par un de ses amis.

« As-tu des nouvelles d'Emeline?

– Je suis allée la voir hier. Son petit garçon est très mignon.

– Sais-tu qui est le père?

– Elle ne veut pas le dire... Je crois qu'elle a peur d'en parler. Mais elle va beaucoup mieux. Je n'ai jamais vu quelqu'un récupérer aussi vite.

– C'est une très jolie femme... »

Anne pinça son jeune amant. Une pointe de jalousie lui fit plisser le front. Elle lâcha, agacée.

« Elle est très amoureuse.

– De qui?

– Tu le sais très bien. De Pierre. Depuis son évasion, il ne la quitte plus. »

Ils se regardèrent longuement. Eux devraient se quitter bientôt.

« Je pars demain pour la Provence avec trois soldats rejoindre les troupes de Giannino et de son lieutenant Vernays.

– Pourquoi, Robert a-t-il pris le parti de cet homme? demanda Anne avec angoisse.

– Robert est persuadé qu'il s'agit du roi Jean Ier. Il détient des preuves.

– Quelles preuves?

– Un testament.

– Pourquoi t'envoie-t-il si loin?

– Il vient de recevoir un pli du cardinal Talleyrand qui lui demande d'intervenir auprès de Giannino. Robert est d'ailleurs furieux après le Siennois.

– Je sais. Enguerrand m'en a parlé hier soir. Il parait que Giannino devait attendre l'arrivée de Robert et de ses troupes avant de se lancer contre l'armée du Roi… Mais toi, que vas-tu faire là-bas ?

– J'ai simplement un message à lui transmettre.

– Ah ! Lequel ?

– Toujours aussi curieuse ! Je dois lui demander d'attendre l'arrivée de Robert et de son armée avant de déclencher les hostilités »

Guillaume estima qu'il en avait assez dit. Il se tourna vers la jeune femme et entreprit de parcourir son corps de ses mains rêches. Anne frémit de plaisir au contact des doigts qui cherchaient ses zones sensibles. Elle s'abandonna complètement aux caresses de plus en plus précises de son amant. Lorsqu'ils s'unirent, elle se colla à lui pour mieux le sentir. Puis elle cria de bonheur.

* *
*

« Ce n'est pas une forêt, c'est un piège ! » Giraud n'arrêtait pas de pester. Il s'était égaré au moins deux fois avant de trouver Faucon. Depuis plusieurs jours, n'ayant pu trouver Emeline, il pistait Anne de Montorgue, qu'il perdait régulièrement dans la montagne. Il pensait qu'elle seule pourrait lui fournir des renseignements sur la maîtresse de son maître. Ses nouveaux complices lui avaient appris l'évasion d'Emeline et la colère du comte Robert. Mais personne ne connaissait sa destination ni ne savait qui avait pu l'aider à s'échapper. Giraud avait alors préféré quitter la forteresse pour une ferme de Rougeac, sur la rive gauche, juste en face du château. De là, il pouvait surveiller les allées et venues de Robert et de ses hommes.

Il était parti en début d'après-midi pour retrouver son chemin, espérant que la jeune femme se rendrait comme chaque jour à Faucon. Il surveillait la maison depuis un moment, lorsqu'il l'aperçut qui descendait de la montagne. Il ne comprit pas plus que les dernières fois par où elle était passée. Peu importait. Il avait décidé de s'approcher et d'attendre le départ de Guillaume pour entrer et l'interroger. Après, il aviserait. L'emmener à Clermont où la faire disparaître, il verrait bien. Il se cacha derrière un gros chêne à quelques pas de la maison.

L'attente fut longue. D'abord, il vit Anne sortir quelques instants et regarder dans sa direction. Il recula légèrement pour se cacher à l'abri des arbres. Puis Chantel arriva. Giraud les imagina en train de faire l'amour. Il fut tenté de jeter un coup d'œil mais par prudence, se retint. Beaucoup plus tard, la porte s'ouvrit devant Guillaume qui se dirigea vers la grange derrière la ferme. « Parfait , pensa Giraud en se relevant. Dans quelques minutes, le jeune homme serait loin… »

La réapparition de Guillaume lui arracha un juron. Le jeune homme tirait derrière lui non pas un, mais deux chevaux. Fou de rage, Giraud décida de s'éloigner immédiatement. Il s'enfonça dans la forêt, récupéra son cheval et partit au galop vers un autre rendez-vous.

* *
*

Pendant qu'Anne et Guillaume chevauchaient vers la Pradelle, à l'autre bout de la province, au château de Polignac, se signait un accord entre le vicomte de Polignac et Thomas de la Marche.

Imbaud du Peschin avait bien travaillé. Il avait réussi à convaincre les deux hommes de faire alliance contre les princes d'Auvergne. Persuader le vicomte n'avait pas été trop difficile. Il ne leur restait en réalité qu'un adversaire, puisque Béraud II partait à Londres comme otage en laissant ses pouvoirs à son oncle. Et la fraîche nomination d'Imbaud à la charge de lieutenant pour le gouvernement de l'Auvergne lui avait donné plus de poids. Il devait bien sûr partager ses pouvoirs avec Philibert de Lespinasse, mais cela n'était pas très gênant, compte tenu de l'amitié qui liait les deux hommes depuis toujours.

Imbaud avait fait comprendre au vicomte de Polignac que sans une armée structurée, il ne parviendrait jamais à vaincre Robert III et Armand de la Roue. Les deux hommes ravageaient ses terres. Chaque jour, la situation semblait pencher un peu plus en sa défaveur. Un nouveau château, celui de Saint-Romain, était tombé entre les mains du comte qui y avait installé son deuxième état major de campagne.

Quant à Thomas de la Marche, il avait une revanche à prendre. Nommé en 1359 lieutenant du duc de Bourbon en Auvergne, il avait été la même année destitué de ses titres et du château de Nonette. Les lettres signées par le régent Charles les 22 et 26 juillet devaient beaucoup aux intrigues de Jean de Berry et de la maison d'Auvergne.

Les deux hommes étaient donc faits pour s'entendre. Le traité stipulait que Thomas de la Marche laisserait plus de deux cents hommes bien équipés à la disposition de Polignac dans un premier temps. En cas de difficultés majeures, il interviendrait avec le gros de son armée dans les six mois.

Une dernière clause au contrat fut inscrite à la demande d'Imbaud : l'accord devait être couvert du secret le plus absolu.

À peine la signature apposée, Thomas repartait pour Aurillac.

* *
*

Ce soir-là, Giraud quitta tard sa cachette de Rougeac avec Bertrand. Toujours de fort méchante humeur, il avait menacé le brigand :

« J'espère que nous n'allons pas à ce rendez-vous pour rien. »

L'homme n'avait pas osé répondre. Il avait bien compris que Giraud avait encore échoué à Faucon et avait préféré ne pas en parler.

Ils arrivèrent très rapidement à Jazindes, en longeant l'Allier à flanc de montagne. Dans la maison forte les attendait Bertin, le bailli de Saint-Ilpize.

Depuis son arrivée dans le fief de Robert, Giraud avait senti l'avantage qu'il pourrait tirer du mécontentement qui régnait dans la population. Les gens étaient lassés par la guerre qu'entretenait leur maître. Beaucoup trop d'hommes de la châtellenie étaient enrôlés presque de force dans l'armée de Robert. Il fallait aussi subir les excès de ses archers et on savait que les prisonniers se mouraient dans les geôles du château. Grâce à Bertrand, Giraud avait pu contacter le bailli et fixer une entrevue secrète.

Les salutations furent plus que symboliques. Après une longue discussion où Giraud se présenta comme le représentant d'Imbaud et du comte de Séris, il réussit à le convaincre de se ranger de leur côté, pour éviter un nouveau siège de la forteresse par le Sénéchal de Beaucaire. Bertin, mal à l'aise mais persuadé d'agir dans l'intérêt de la seigneurie, finit par accepter de trahir le comte. Il coucha sur un parchemin une liste impressionnante des pillages effectués par Robert, et donna un état précis des prisonniers enfermés dans les cachots du château. Il déclara enfin que le comte imposait aux habitants d'acheter le butin qu'il rapportait.

Giraud décida de partir au plus tôt pour Clermont. Cette délation était suffisamment importante pour que du Peschin confonde le comte Robert et le traduise devant un tribunal. Il confia à Bertrand le soin de surveiller Anne de Montorgue et de tenter de retrouver Emeline.

Chapitre XXXII

LA GUERRE

Dans la grande salle d'armes du château des Polignac, entouré de ses vassaux, Armand Randon, vicomte de Polignac pouvait être satisfait.

Si sa plainte à l'encontre d'Armand de la Roue et de Robert n'avait pas été suivie d'effets, son accord avec Thomas de la Marche lui permettait à son tour d'agir contre ses voisins beaucoup trop remuants.

Depuis un mois, il avait porté la guerre sur les terres d'Armand de la Roue. La chute du château du Pêcher, l'un des fiefs les plus importants de la famille de la Roue, puis la prise des forteresses de Combret, Usson et Montpeloux, le rapprochaient du territoire de Robert le Fol.

Le vicomte attendit que tout le monde fut assis pour commencer.

« Nous devons profiter de nos avantages. Armand de la Roue est occupé à défendre ses fiefs. Profitons-en pour lancer notre armée sur les terres du dauphin. »

Un murmure réprobateur parcourut l'assemblée. De nombreux vassaux n'étaient pas partisans d'une telle attaque. Ils préféraient rester dans les limites de leurs territoires. Pour les convaincre, Polignac fit part du dernier message du lieutenant d'Auvergne.

« Messire Imbaud du Peschin vient de m'envoyer un émissaire. »

Il envoya son écuyer quérir le messager qui attendait dans le couloir. L'homme entra, parcourut du regard l'assemblée muette et vint s'installer près du vicomte.

« Messire, voulez-vous répéter à mes hommes ce que vous m'avez appris ce matin. », demanda Polignac.

L'homme acquiesça.

« Messire du Peschin détient des charges accablantes contre Robert. Son bailli, vient de remettre à mon maître une longue lettre, où il relate les méfaits du comte.

– Ce n'est pas suffisant, lança un vassal de Polignac. »

L'envoyé se tourna vers lui :

– Le bailli est prêt à trahir le comte… pour sauver le château et ses habitants.

– Soyez plus précis insista l'officier.

– Il se pourrait qu'il vous ouvre les portes de la forteresse.

– Allons, ne soyez pas ridicule! Le comte ne se laissera pas faire aussi facilement que vous le prétendez! », déclara l'officier en haussant les épaules.

Polignac se rendit compte que la plupart de ses hommes partageaient l'avis de son officier. Il se lança au secours de l'émissaire.

– Il y a autre chose. Je viens de prendre connaissance d'un traité signé à Clermont.

– Quel traité? demandèrent plusieurs vassaux.

– Les nouveaux gouverneurs de l'Auvergne ont estimé que la gravité de la situation justifiait la convocation des États Provinciaux au couvent des cordeliers. Ils ont proposé aux seigneurs auvergnats restés fidèles, au clergé et aux bonnes villes, une alliance offensive et défensive contre les perturbateurs. Le traité a été signé il y a trois jours, le 27 novembre. Il institue un tribunal extraordinaire pour trancher les difficultés de nature à troubler la paix. »

L'envoyé d'Imbaud ajouta.

– Cet accord a été pris pour vous permettre d'arrêter en toute légalité le comte Robert et Armand de la Roue. N'oubliez pas que le roi vous récompensera. »

La caution du traité, le nom du roi, la promesse de récompenses surtout, eurent un effet immédiat. Les vassaux se déclarèrent unanimement prêts à arrêter les ennemis du royaume. Il ne fallait pas les laisser réfléchir plus avant. Aussi Polignac annonça-t-il :

« Nous partirons dès demain matin pour Saint-Ilpize. »

* *
*

Douillettement installé dans un fauteuil de sa chambre, Imbaud avait savouré le rapport de son émissaire chez Polignac. Bientôt, Robert le Fol serait entre ses mains et il pourrait réclamer ses terres et son titre. « Imbaud du Peschin, dauphin d'Auvergne. » Ces mots qu'il prononça tout haut charmaient son oreille. Lieutenant d'Auvergne n'était qu'un tremplin pour d'autres titres et richesses. Tous les atouts étaient entre ses mains pour faire condamner ce fou, comme traître, félon, assassin. Même son bailli était prêt à le trahir. Il repensa un instant à l'homme qui avait été surpris dans ses appartements. Lui aussi avait parlé sous la torture. Il était maintenant dans ses geôles. Il avait fini par signer sous la menace une déclaration, où il reconnaissait que le comte était l'instigateur d'un complot contre le roi. Robert ne pourrait échapper à la mort.

* *
*

Robert se retourna vers sa femme qui dormait, allongée à ses côtés. Il la regarda quelques instants. Sa longue chevelure lui recouvrait le visage. Il eut un geste vers elle, hésita et finalement se retint. À regret, il se leva et se dirigea vers la cheminée. Il avait froid.

Par la lucarne, il vit la nuit laisser place à une aube grisâtre. Un léger voile blanc recouvrait la rivière. L'hiver s'était installé d'un seul coup, après un automne chaud et lumineux. Avant que son regard ne se perde au loin, il remarqua le givre sur les arbres.

Robert était de fort méchante humeur. Depuis quelques temps, rien n'allait plus comme il voulait, à commencer par sa femme. Il sentait bien qu'elle cherchait à l'éviter, retardant de plus en plus le moment de se coucher. La veille encore, ils s'étaient querellés. Françoise lui avait reproché ses excès. Elle avait essayé de lui faire comprendre l'inutilité de la guerre contre les Polignac. Il n'avait rien voulu entendre. Bien au contraire, il l'avait presque insultée. Loin de désarmer, Françoise avait voulu aller plus loin, lui parlant des conséquences catastrophiques de son attitude terrible non seulement pour sa famille, mais également pour ses gens. Robert refusait toute discussion. Lorsqu'ils s'étaient couchés, cela avait été pire. Françoise s'était mise sur le côté, lui tournant le dos. Vexé et furieux, Robert lui avait caressé rapidement le dos puis avait placé sa main entre les cuisses chaudes pour prendre possession de ce qu'il estimait lui appartenir. Il avait encore dans sa tête, le cri désespéré de Françoise : « Non, ne me touche pas ». Au lieu de le calmer, le refus l'avait excité. La retournant d'un geste brusque, mais sans brutalité, il l'avait plaquée sur le dos et pénétrée. Françoise avait essayé en vain de le rejeter.

Robert se rendit compte qu'il avait peut-être perdu sa femme... Bien sûr, il regrettait son attitude, mais ne la comprenait pas. Il avait l'impression que sa femme n'aimait pas se donner à lui. Pas comme Anne où Emeline... Il se rapprocha du lit, Françoise dormait toujours. Et si elle avait raison? Depuis quelques jours, il n'était plus sûr de lui. La guerre contre Polignac s'enlisait. En offrant son aide à son oncle, il avait pensé effectuer une conquête éclair et partir avec l'armée d'Armand de la Roue rejoindre Giannino. Tout avait bien commencé. Après la prise de Saint Romain, à près de deux lieues de Langeac, il avait rapidement progressé. Ses conquêtes sur Polignac étaient nombreuses. La plupart du temps, il tombait par surprise. C'est ainsi qu'il conquit et saccagea Coren, Talizat, Mentières, Lavoûte, Salezuit et d'autres villages pillés par ses hommes. Son butin considérable lui permettait de payer de nouveaux mercenaires qui venaient grossir ses troupes.

Mais depuis un mois, voilà que Polignac se lançait avec son armée et ravageait les terres de son oncle, allait de succès en succès. Il reprenait jour après jour les villages et les forteresses sans difficulté. Il se rapprochait des terres de Robert. Pour comble de malheurs, il sentait ourdir autour de lui un certain mécontentement. Ses meilleurs vassaux devaient se faire tirer l'oreille pour l'accompagner dans ses campagnes. Son bailli ne lui avait pas caché l'exaspération de la population. Il ne pouvait non plus compter sur Enguerrand qui l'avait ouvertement critiqué et refusait de s'associer à ce qu'il appelait sa guerre. Robert se sentait découragé. Il lui fallait absolument reprendre son comté en mains, avant qu'il n'arrive les catastrophes promises par sa femme. Puis, il partirait rejoindre Giannino. De ce côté là, non plus, cela n'allait pas comme il le souhaitait. Guillaume lui avait appris que le Prince se faisait appeler ouvertement « Jean Ier » ; qu'il avait pris Vernays comme capitaine, pompeusement nommé lieutenant du Royaume. Fort d'une armée qui s'amplifiait tous les jours, Vernays commençait avec succès la conquête d'une partie de la Provence. De nombreux seigneurs de la vallée du Rhône, venaient se mettre sous la bannière du prétendant. Pourtant, seul Robert détenait la preuve qui permettrait à Giannino de se faire reconnaître Roi. Il lui fallait absolument agir vite, s'il voulait éviter de se faire doubler par cet aventurier anglais.

Le regard de Françoise sortit Robert de ses réflexions. Elle s'était éveillée. Il voulut parler mais au dernier moment se ravisa et sortit de la chambre.

À peine avait-il passé le seuil que la cloche de la chapelle se mit à tinter à toute volée. L'alerte... Il se précipita vers l'escalier du donjon qu'il escalada. Enguerrand était déjà sur place. Il lui montra au loin, la fumée noire qui obscurcissait le ciel.

« Tapon brûle! » lança Enguerrand.

Un soldat essoufflé arriva.

« Une sentinelle... vient d'arriver... de la montagne... au-dessus de Grenier...

– Et alors? s'énerva Robert.

– Une armée... a attaqué Tapon cette nuit... elle brûle le village.

– Une compagnie? interrogea Enguerrand.

– Non... l'armée de Polignac. La sentinelle a vu les armes du vicomte sur les bannières.

– Polignac ici!!! C'est invraisemblable, rugit le comte. »

L'homme n'osa poursuivre. Enguerrand le sentit et demanda.

« Qu'as-tu encore à nous apprendre?

– Ils arrivent sur Saint-Ilpize.

– Combien sont-ils?

– Impossible à dire, peut-être mille. Il hésita. Peut-être deux mille… »

Robert et Enguerrand se consultèrent du regard. Ils eurent l'impression d'avoir eu ensemble la même idée. Robert l'exprima en premier.

« Il faut agir immédiatement. Toute mon armée est ici. Allons au-devant de ce prétentieux avant qu'il ne s'installe comme le Sénéchal devant le château. »

Enguerrand descendit donner les ordres à ses hommes. Moins d'une heure plus tard, l'armée de Robert quittait la forteresse par la porte du Bazot, pendant qu'Enguerrand franchissait la porte du Plain pour rejoindre la montagne et prendre l'ennemi à revers.

La moitié de Tapon n'était que flammes qui s'élevaient dans le ciel dégageant une odeur affreuse. La majeure partie de la population n'avait pu échapper au massacre qui avait duré toute la nuit.

Installé dans la dernière maison, à la sortie du village, Polignac regardait brûler sa première conquête sur le comte. Il avait réussi. Il se trouvait à une lieue de la forteresse. Pourtant, il rageait. Les hommes de Thomas, qui avaient passé une bonne partie de la nuit dans une beuverie insoutenable, avaient pillé et torturé de pauvres paysans pour obtenir le peu de biens qu'ils avaient cachés. Les femmes avaient été violées par ces soudards avant d'être massacrées. Les cris affreux des suppliciés résonnaient encore dans la tête d'Armand Randon de Polignac qui n'avait pas osé intervenir.

Il fallait partir au plus vite. Robert avait dû être prévenu par les paysans qui avaient réussi à se sauver. Il leur fallut deux bonnes heures avant de lever le camp et de s'engager sur le chemin de Chantel. Le capitaine de Thomas de la Marche chevauchait en tête avec ses hommes encore éméchés. Derrière suivait Polignac avec une partie de ses vassaux et l'armée. Le chemin étroit, qui surplombait la rivière empêchait les hommes de se regrouper.

Les troupes de Robert se massaient silencieusement sur l'étroite plaine, au bord de l'Allier. L'endroit était idéal. D'un côté, la rivière, de l'autre, la pente abrupte avec la forêt, devant et derrière. Enguerrand se plaça avec ses hommes sur la montagne au-dessus de la forêt, prêt à intervenir.

Les cris, les chants précédaient l'ennemi.

Robert avait aligné ses archers cachés à l'orée du bois. Sur trois rangées, un genou en terre, ils semblaient figés comme des statues de pierre. Lui restait à l'arrière avec ses cavaliers.

L'armée ennemie déboucha et commença à s'étaler en désordre, inconsciente du danger.

Une volée de flèches, puis une seconde, partirent en sifflant vers le ciel. Ce fut une véritable hécatombe. Les hommes de Thomas, surpris, n'avaient pas eu le temps de réagir. Les survivants firent demi-tour. D'autres assaillants émergeaient du bois. Polignac avança et commit la pire des erreurs. Il regroupa ses hommes et donna l'ordre d'attaquer. Sa cavalerie s'élança au galop en criant. Mais l'étroitesse du chemin obligea les chevaliers et leurs hommes à pénétrer trois par trois dans la plaine.

Des flèches, plus mortelles les unes que les autres, décimèrent l'armée. Tant bien que mal, les soldats se replièrent dans le bois, dans un désordre inextricable. L'armée de Polignac était maintenant enfermée, prisonnière de la forêt. Le vicomte n'arrivait pas à se décider.

La réponse vint toute seule. Enguerrand et sa troupe dévalaient la montagne dans un grondement de tonnerre. La terre tremblait sous les sabots des chevaux lancés au galop. Il n'en fallut pas plus pour créer un vent de panique dans les rangs ennemis. La fière armée de Polignac préféra se replier et quitter le champ de bataille.

Sur la route du Puy, Polignac se décida à faire appel à Thomas de la Marche et à son armée.

Enguerrand et La Belette entrèrent dans Tapon incendié. Les villageois qui s'étaient cachés dans la montagne se précipitaient vers les restes de leurs maisons. Pierre courut vers sa maison, à l'extrémité sud du village. Enguerrand avait du mal à le suivre à travers les ruines. Enfin, La Belette aperçut sa demeure. Elle avait miraculeusement été épargnée. Il se précipita à l'intérieur et hurla.

« Emeline! Emeline! »

La maison semblait abandonnée... Tout à coup, il eut l'impression d'entendre un gémissement, dans la pièce du fond. Il se précipita vers la chambre et pénétra comme un boulet. Il resta sans bouger, tétanisé. Devant lui, allongée par terre, dénudée, Emeline gisait au milieu d'une mare de sang. Son visage était tuméfié, ses lèvres gonflées par les coups reçus. Sa peau si fine, si transparente, était striée de profondes éraflures rougies par le sang. Le bas de son ventre n'était qu'une plaie affreuse d'où s'écoulait un filet rougeâtre. Enguerrand entra à son tour. D'un coup d'œil, il s'aperçut que la pauvre femme les regardait.

« Elle est vivante... », soupira-t-il tristement

Pierre s'était déjà agenouillée devant elle. Il lui souleva la tête avec beaucoup de précautions. Emeline souffrait terriblement. Elle savait qu'elle allait mourir. En hoquetant, elle parla en regardant Pierre de ses yeux éteints.

« Mon fils est caché dans le grenier avec ta petite sœur. » Elle s'interrompit pour reprendre son souffle. Enguerrand recouvrit son corps torturé et s'agenouilla à son tour.

Pierre se baissa et embrassa Emeline. Il lui glissa très doucement dans l'oreille.

« Je suis là, je vais te soigner. »

Deux larmes glissaient sur les joues de la jeune femme. Elle fit un effort.

« C'est inutile, je sais que je vais mourir. », souffla-t-elle. « Il faut que tu saches. Ces quelques jours avec toi ont été les plus beaux de ma vie. » Un léger filet de sang s'écoula de ses lèvres meurtries. Elle toussa plusieurs fois. Son regard avait une douceur infinie. Les deux hommes n'osaient bouger. Elle leva lentement sa main et avec tendresse, elle fit disparaître la larme qui glissait sur le visage de Pierre. « Je t'aime… Promets-moi d'élever mon fils. » Elle tourna son regard vers Enguerrand et poursuivit, comme pour lui seul. « Il doit vivre ici, c'est le fils d'un seigneur ».

Enguerrand réalisa immédiatement ce que voulait lui dire Emeline. Son fils était l'enfant de Robert. Sans dire un mot, il lui fit signe qu'il avait compris.

Elle leur sourit une dernière fois, et plongea son regard dans celui de Pierre. Elle parut vouloir lui insuffler du courage. Puis elle quitta le monde des vivants.

Chapitre XXXIII

LA FORTERESSE IMPRENABLE

Saint-Ilpize semblait endormie, cernée de tous côtés par une épaisse couche de neige durcie par le gel. Le vent soufflait en rafales et tourbillonnait autour du donjon, projetant dans la nuit une poussière blanche qui se fondait dans le brouillard. La fin de l'hiver était rude.

Enguerrand venait d'achever son dernier tour de ronde sur les remparts glissants où les soldats frigorifiés se réchauffaient comme ils pouvaient devant des bassines de fer remplies de braises fumantes que leur apportaient généreusement les habitants. Lui aussi avait froid; il s'approcha de la minuscule cheminée qui refoulait à chaque rafale de vent une affreuse fumée opaque. Seul dans le donjon, à l'exception de la sentinelle au-dessus qui surveillait et tentait vainement d'apercevoir les contours de l'Allier gelé et les montagnes environnantes, Enguerrand avait préféré réduire les tours de garde de nuit. Il n'avait qu'une centaine de soldats pour défendre la citadelle, mais ce début du mois de février était fort peu propice aux attaques. Robert et son armée, bloqués par l'hiver rigoureux au château de Saint-Romain, attendaient un adoucissement de la température pour rentrer.

Devant l'âtre, il pensa à sa sœur restée à la Pradelle avec La Belette et le fils d'Emeline. Ils avaient décidé d'un commun accord que le petit garçon, prénommé Hugues, serait élevé à l'abri des regards. Ils étaient tous les trois dépositaires d'un lourd secret. À présent qu'Anne avait confirmé la filiation de l'enfant – il portait sur l'épaule la même tache que Robert et Guillaume, Enguerrand se demandait s'il devait en parler au comte. Il songeait à ce moine de Vernon qui pendant des années avait gardé par devers lui la confession d'une mourante…

Un bruit, en bas, lui fit reprendre ses esprits. Il se redressa et sortit. Il lui semblait entendre quelqu'un monter l'escalier en colimaçon.

« Qui va là? demanda-t-il d'une voix forte.

– C'est moi. »

Il l'avait immédiatement reconnue et elle fut bientôt là, devant lui, emmitouflée dans une longue cape de laine. Il l'aida à se débarrasser de son manteau. Il émanait de son corps une odeur de lavande légèrement piquante.

« Que se passe-t-il?

– Tu me caches quelque chose. », dit Françoise.

Enguerrand interpréta mal la question de la jeune femme. Il la prit dans ses bras et voulut l'embrasser. Mais elle se dégagea et recula.

« Anne m'a tout appris sur le fils de la pauvre Emeline. »

Un lourd silence les sépara. Enguerrand ne comprendrait jamais sa sœur. Pourquoi, avait-elle éprouvé le besoin d'en parler? À Françoise, surtout. Désemparé, il ne savait que répondre.

Elle vit son embarras :

« Je ne souffre pas. Mon mari m'a habituée à ses nombreuses aventures. Il fallait bien que cela arrivât un jour. Je suis simplement triste pour Emeline qui n'a pas mérité son sort. Je l'aimais bien. Je veux participer avec toi et ta sœur à l'éducation de cet enfant. Quant à Robert… il ne doit rien savoir. »

L'étonnement se lisait sur le visage de Montorgue. Françoise en profita pour se glisser contre lui et lui offrit ses lèvres chaudes. Il l'entraîna doucement vers le lit. Ses mains découvraient à leur tour le corps qu'il avait tant imaginé. Elles glissèrent sur la gorge de la jeune femme, s'attardèrent un instant sur ses seins. À chaque caresse, Françoise se sentait défaillir. Elle s'offrait à l'homme qu'elle avait toujours aimé. Jamais elle n'avait ressenti un plaisir si fort. Dans le silence de la nuit, elle le serra très fort et de ses doigts agiles, réveilla son désir. Ils s'aimèrent à nouveau, dans une communion parfaite.

Plus tard, elle se leva et se rhabilla. Au moment de partir, elle s'approcha de lui, l'embrassa et dans un souffle lui glissa dans l'oreille : « Je t'aime… Je t'ai toujours aimé. » Jamais Enguerrand n'avait été aussi heureux.

* *
*

La dernière semaine de février, la nature commençait à reprendre le dessus. La neige avait disparu et les premiers oiseaux chantaient au soleil. Ils fêtaient l'arrivée précoce du printemps.

Robert était rentré, depuis près de trois jours et déjà les querelles incessantes reprenaient entre ses archers picards et les habitants de la forteresse. Enguerrand n'avait pu voir Françoise depuis que le comte avait profité du retour précoce du printemps pour revenir à Saint-Ilpize.

Dans la matinée, un cavalier exténué se présenta à la poterne de la Coste, depuis le chemin de Chazieux. La sentinelle sur le donjon avertit aussitôt Enguerrand qui se précipita vers la porte, au bas de la deuxième enceinte. Il ordonna qu'on ouvrît pour laisser entrer l'homme. Depuis deux jours, il avait un pressentiment. Tout était calme, trop calme...

Le soldat s'approcha, essoufflé :

« Une armée arrive par le chemin de Langeac. » Il reprit sa respiration. « Elle sera ici en moins de trois jours.

– Sais-tu qui commande? l'interrogea Montorgue.

– Non, on m'a simplement indiqué qu'elle descendait de la Margeride.

– Très bien. Vas te reposer, je vais prévenir le comte. »

Tout en remontant vers le château, Enguerrand imagina le pire. Il rencontra Robert à l'entrée de la cour basse.

« Alors, que se passe-t-il?

– Une armée a été aperçue tout près de Langeac. Il semblerait qu'elle descende du Gévaudan.

– Certainement Polignac.

– Pas sûr...

– Peu importe. Il faut se préparer à un siège. Envoie deux hommes de confiance au-devant d'eux. Il faut savoir à qui nous avons affaire. »

Enguerrand quitta précipitamment Robert et fit chercher Guillaume et La Belette. Les deux hommes ne tardèrent pas à se présenter. Montorgue les mit immédiatement au courant de la situation.

« ...Ramenez-moi un maximum de renseignements sur cette troupe et son armement. Faites vite, on attend votre retour. »

Dans les minutes qui suivirent, les deux hommes quittaient Saint-Ilpize à bride abattue.

Robert fit sonner le tocsin, autant pour prévenir les habitants que pour inciter les villageois des alentours à venir se mettre à l'abri du château. Ils organisèrent la défense sans perdre de temps. Enguerrand, fort des expériences précédentes fit creuser de profondes tranchées à l'extérieur des remparts. Il fit doubler la muraille de l'est, la plus vulnérable. L'armée devant apparaître cette fois-ci par le sud, il envoya des hommes détruire tous les bacs en amont de l'Allier, ne conservant que les bateaux devant la forteresse pour permettre aux derniers arrivants de se mettre à l'abri. Il fit également évacuer toutes les maisons au bord de l'eau. En deux jours, tout fut prêt. Saint-Ilpize était devenue un camp retranché. Toutes les portes étaient fermées, à l'exception de celle du Bazot restée ouverte pour les retardataires. Par mesure de précaution, devant les autres, l'on avait construit un mur de pierre, pour les protéger contre les coups de bélier ou pire, le feu. Au pied des remparts, tous les dix pas, on plaça d'énormes chaudrons remplis d'eau, pour éteindre les incendies. Sur les chemins de rondes attendaient de profondes cuves, prêtes à accueillir de l'huile bouillante, de la poix ou du plomb fondu. Les petites tourelles en surplomb étaient envahies de grosses pierres. Chaque soldat, archers ou civil, savait où se placer dès l'alerte. Le siège pourrait durer, la citadelle ne manquerait ni d'eau, ni de nourriture. Les chariots apportaient dans la cour haute, la viande, la farine et autres aliments indispensables, immédiatement entreposés dans les granges construites à la hâte dans la cour haute.

Le moral des troupes et de la population était très bon malgré les bruits alarmants colportés par les derniers arrivants sur l'importance de l'armée qui approchait. Tout le monde était persuadé que la forteresse des dauphins était imprenable.

Le soir du deuxième jour, Guillaume et Pierre, de retour de Langeac, ne ramenaient pas de bonnes nouvelles. Enfermés dans la salle du logis seigneurial, Robert,

Françoise, Enguerrand, Arnaud de Condros et les autres seigneurs, écoutaient en silence Guillaume raconter ce qu'ils avaient vu.

« Nous avons d'abord surpris une petite troupe d'environ trois cents hommes bien équipés sur le chemin de Chilhac. On les a suivi pendant deux ou trois lieues, en direction de La Voûte, pensant avoir trouvé là l'armée dont avait parlé le soldat. La Belette, qui était resté un peu en retrait, m'a rejoint pour m'avertir qu'un petit détachement arrivait au galop derrière nous. Une dizaine de soldats, revêtus de cuirasses étincelantes sont venus rejoindre la troupe. Après un conciliabule, ils se sont arrêtés pour bivouaquer. Les choses devenaient claires, il s'agissait de l'avant garde d'une puissante armée. Nous sommes alors repartis vers Langeac en empruntant la montagne. Quelques lieues plus loin, l'armée était sous nos yeux, dans la plaine, au nord de la ville.

– Combien? interrogea Robert, impatient.

– Plus de quatre mille hommes, dit La Belette, sans être certain du chiffre exact.

– Eh bien!!! l'armée du sénéchal était beaucoup plus importante, lança Robert avec humeur.

– Qui commande? s'enquit Enguerrand.

– La bannière du comte Thomas de la Marche était à l'avant.

– Impossible, hurla Robert. Que viendrait faire La Marche ici? Il a bien assez de problèmes à Aurillac.

– Es-tu certain? insista Enguerrand.

– Oui, nous nous sommes approchés le plus près possible. Il s'agit bien du comte de la Marche, avec son armée de Bretons. »

Un silence pesant suivit les derniers mots de Guillaume. Tout le monde connaissait l'efficacité de ce grand capitaine, mais aussi la cruauté de ses mercenaires.

Montorgue reprit la parole le premier d'une voix inquiète.

« Chaque homme de Thomas vaut largement trois soldats d'une armée régulière, comme celle du sénéchal.

– Que veux-tu dire par là? demanda Françoise.

– C'est simple, grommela Robert. Il veut dire, que les soudards de Thomas sont plus motivés que des soldats réguliers. Ils se battent pour un butin, pas pour défendre une cause.

– Ils iront donc jusqu'au bout. » soupira Françoise, que personne n'eut le courage de contredire.

– Préparons-nous au pire, dit Enguerrand.

– En tout cas, la population ne doit rien savoir pour l'instant, sinon ce sera la panique. » observa Condros.

Il fut donc convenu de garder le secret. Cette nuit-là, Enguerrand fit détruire tous les bacs en aval du château.

* *
*

Thomas de la Marche avait quelque peu tardé à répondre à l'appel de Polignac. Il voulait régler son évacuation des Montagnes avec les États du Haut Pays. L'affaire terminée, il quitta les environs d'Aurillac dans les premiers jours de mars. Il franchit à marche forcée la chaîne du Cantal, la Margeride encore sous la neige et fondit sur les terres du dauphin. Il avait appris l'échec lamentable de Polignac et voulait respecter l'accord qui lui offrait sa revanche sur la maison dauphine.

Bien droit sur son destrier, Thomas annonça à ses hommes :

« Ce soir, nous camperons devant Saint-Ilpize... »

* *
*

« Les voilà! », hurla la sentinelle du haut du donjon.

Aussitôt les cloches se mirent à sonner à la volée. Les soldats déjà en place, les habitants se précipitèrent sur les remparts pour observer l'ennemi.

Sur la rive gauche de l'Allier, face au château, l'armée venait d'apparaître : à sa tête, Thomas de la Marche et ses fidèles chevaliers revêtus de leurs armures étincelantes, bannières au vent; juste derrière plus de mille cavaliers, la tête recouverte de bassinet à bec d'oiseau; des milliers de fantassins ensuite, engoncés dans des cottes de maille parfois trop étroites et déchirées. Les archers et arbalétriers suivaient, précédés de leurs chefs. Enfin, les chariots transportant les divers armements, bombardes et autres trébuchets. L'armée n'en finissait pas de défiler devant une population affolée par un tel déploiement de force.

Thomas, capitaine rompu à la guerre avait voulu impressionner et déstabiliser l'ennemi dès son arrivée. Il y était parvenu.

Il poursuivit sa route jusqu'au hameau de La Vialette et entreprit, de faire traverser l'Allier à ses hommes.

Robert, du haut du donjon, estima qu'il faudrait largement une nuit et une journée, pour que les assaillants se préparent au premier assaut. Il s'adressa à ses principaux vassaux qui l'avaient rejoint, dès le début de l'alerte.

Ils étaient tous réunis autour de lui. Les sires de Faucon, Cissac, Rougeac, Ithier de Lomenède, bien entendu Enguerrand de Montorgue, Guillaume de Chantel et le capitaine du château, Arnaud de Condros. Ils savaient tous que le siège serait terrible. Jamais Thomas, avec sa réputation, ne quitterait Saint-Ilpize sans avoir vaincu.

Robert donna des ordres précis à chacun, en leur recommandant de résister jusqu'au bout.

Thomas traversa la rivière le premier avec ses chevaliers, pour protéger le reste de l'armée en cas d'attaque. Dès la tombée de la nuit, il envoya des chevaucheurs autour de Saint-Ilpize. Il lui fallait des renseignements sur le terrain, l'état de la forteresse et ses points sensibles. Au milieu de la nuit, après avoir écouté les rapports avec beaucoup d'attention, il décida d'aller sur place à son tour. Avec une dizaine d'officiers, il contourna les remparts et escalada la montagne de l'est qui dominait la citadelle. Quand il rentra, sa décision était prise. Il ne commettrait pas la même erreur que le sénéchal. Il attaquerait à la fois par l'est et par la rivière, de manière à prendre la forteresse en tenaille. Il réunit ses officiers et distribua les ordres à chacun.

« Je veux une attaque, dès l'aube, de toutes nos forces, à la fois par la montagne et par l'Allier. L'accès par le nord est trop risqué. Le sud est presque impossible. » Il s'adressa au maître des archers : « Place une grande partie de tes hommes devant le rempart nord pour faire diversion. » Au capitaine des fantassins : « Lance une attaque avec tes piétons, mais qu'ils soient protégés par les tours roulantes. Dès qu'elles seront contre les remparts, fais creuser des mines pour écrouler les murs. »

L'un des officiers observa :

« Pourquoi ne pas faire un siège?

– Souviens-toi du sénéchal. Au bout de six jours, il a abandonné. Si nous voulons réussir contre ce fol, il va falloir le harceler de jour et de nuit, sans lui laisser le temps de se reprendre. »

* *
*

Les assiégés étaient tous à leur place, lorsqu'une trompe sonna devant eux, puis deux autres. Le silence qui suivit ne dura pas. Une masse gigantesque de soldats hurlants et de chevaux hennissants avançait inexorablement vers la forteresse. Lorsqu'elle fut à portée de flèches, Condros, du haut des remparts, donna l'ordre aux archers, impatients, de tirer. Peu d'ennemis tombèrent. Ils étaient protégés par une dizaine d'énormes tours roulantes qui avançaient lentement dans un grondement sourd et venaient se coller aux remparts. Des centaines de fantassins arrivèrent aux pieds des murailles. Ils commencèrent immédiatement leur escalade, pendant que d'autres, protégés par les tours commençaient à creuser sous les remparts. Condros en capitaine averti, comprit la manœuvre et fit aussitôt appel aux femmes pour jeter de la poix et de l'huile bouillante sur l'ennemi.

Du côté de l'Allier, les remparts moins hauts permettaient à l'ennemi de jeter des échelles de fortune. Là, chaque tentative pour grimper, coûtait très cher en vie humaine. Ithier, réussit à repousser un premier assaut sans trop de pertes.

La forteresse souffrait en revanche beaucoup plus, près de l'église. Thomas de la Marche dirigeait personnellement les opérations. Il avait commencé par les tirs des quatre trébuchets montés durant la nuit. Toutes les deux heures, à tour de rôle, des boulets énormes s'abattaient au hasard, sur les remparts ou sur l'église fortifiée, toujours inachevée, causant de terribles dégâts. Chaque tir était suivi de grêles de flèches. Enguerrand et Robert, en première ligne, impuissants devant ce déferlement, tentaient avec leurs hommes de colmater les brèches avant que le rempart ne s'éventre.

Une dernière volée de flèches et Thomas, bannière levée, donna l'assaut. Malgré, les dégâts importants, le comte et ses hommes réussirent à repousser l'ennemi par deux fois avant que La Marche ne se retire.

Les assauts incessants durèrent deux jours et deux nuits. Robert tenait bon en dépit de pertes terribles. Presque la moitié des soldats étaient morts ou blessés. Bertin était venu à plusieurs reprises supplier le comte de se rendre. « Impossible, les hommes de la Marche vous massacreraient », lui répondait le comte. Le moral était au plus bas, mais chacun était résolu à se battre jusqu'au bout.

La forteresse était défigurée. Les remparts partaient en lambeaux. Le fronton de l'église Sainte Marie-Madeleine s'était écroulé le premier jour. Les portes étaient parties en fumée. Mais la citadelle semblait toujours imprenable.

Dans le camp de Thomas de la Marche, les choses n'étaient pas meilleures. Beaucoup d'officiers commençaient à reprocher à leur chef les assauts répétés et les pertes inutiles. Près de la moitié de l'armée avait été dispersée durant ces attaques.

Thomas resta inflexible aux plaintes de ses officiers, mais fut obligé de promettre à ces hommes de leur livrer Saint-Ilpize au pillage, avant deux jours.

Le troisième jour, les assauts recommencèrent avec une vigueur nouvelle. Les assaillants commençaient à percevoir la victoire. La résistance faiblissait de plus en plus. Ce jour-là Saint-Ilpize résista toute la journée, mais paya un fort tribu en hommes. Le désastre pointait à l'horizon. Il devenait de plus en plus évident que la forteresse ne pourrait tenir un jour de plus.

Robert prit sa décision dans la soirée. Il fit venir Enguerrand jusqu'au donjon et s'enferma seul avec lui.

« Tout est fini… Saint-Ilpize tombera demain.

– Tu as raison. Nous ne tiendrons même pas un assaut. », lui confirma Enguerrand, épuisé par la folle journée.

Robert, après quelques instants de silence, reprit :

« Je ne veux pas me rendre. Partons ce soir, pendant qu'il est encore temps.

– Comment? l'interpella Enguerrand.

– Par le souterrain. Il nous mènera hors du champ de bataille. »

L'étonnement passé, Enguerrand répondit.

« Toi, tu partiras avec Françoise et ton fils. Si tu restes tu seras livré aux hommes du roi. Moi je reste…

– Mais, tu seras massacré avec les autres…

– Peut-être, mais je ne peux les abandonner. » Le ton était sans réplique.

Robert n'insista pas. Il connaissait trop bien son ami et son esprit chevaleresque. Il savait que rien ne pourrait le faire changer d'avis. Comme pour justifier sa fuite, il ajouta.

« Je dois rejoindre Giannino… Je reviendrai pour vous venger. »

Enguerrand qui trouvait que Robert l'enterrait un peu vite, préféra se taire. Il l'accompagnerait jusqu'au souterrain pour faire ses adieux à Françoise.

Avant de partir, Robert envoya par le souterrain un homme de confiance en éclaireur pour prévenir le sire de la Rochette de son arrivée. Le soldat partit, ils se dirigèrent en silence vers le logis seigneurial où les attendaient Françoise et le petit Béraud. Dès qu'ils entrèrent, la jeune femme se rendit compte que quelque chose n'allait pas.

« Que se passe-t-il?

– Tout est perdu, lui répondit Robert.

– Comment cela? Vous voulez dire que le château va tomber entre les mains de l'armée du comte de la Marche?

– Oui, répondit calmement Enguerrand.

– Nous allons tous mourir? dit une petite voix derrière Françoise.

– Non, mon fils, nous partons cette nuit par le souterrain, lui répondit le comte. »

Stupéfaite, Françoise s'insurgea violemment.

« Nous n'allons pas partir et laisser toute la population!

– Vois-tu une autre possibilité? lui demanda Robert, agacé.

– Je ne partirai pas, lança fermement Françoise en fixant Enguerrand pour chercher un appui.

Mais le jeune homme garda les yeux fixés vers le sol.

« Cela suffit, gronda Robert. Suivez-moi, tous les deux et plus un mot. »

Tout était dit...

Françoise prit son fils par la main et suivit son mari qui se préparait à sortir. En passant près d'Enguerrand, elle leva la tête et lui souffla.

« Viens-tu avec nous? »

Enguerrand regarda le visage crispé de la femme qu'il aimait et bredouilla.

« Je reste. »

Françoise ne put alors s'empêcher de prendre la main d'Enguerrand, qu'elle pressa de toutes ses forces. Une larme perla sur sa joue, sans qu'un mot ne puisse sortir de ses lèvres.

Avec sa femme, son fils et quatre de ses meilleurs soldats, Robert emprunta d'abord une cave qui se trouvait sous le prieuré. De cave en cave, ils arrivèrent enfin jusqu'au souterrain, en fait une vaste galerie construite un siècle plus tôt, qui descendait à travers la ville en s'enfonçant dans le rocher pour passer sous les remparts, près de la poterne du Durtaillo, face à la rivière. À partir de là, le passage devenait difficile. La galerie très en pente et de plus en plus étroite, s'enfonçait dans la terre, pour passer sous le lit de l'Allier. Il leur fallut se retenir contre les parois pour éviter de glisser. Le tunnel suintait et sentait le renfermé. Après le passage sous la rivière, le souterrain s'élargissait et montait. Ils purent accélérer leur marche, pour finalement déboucher, beaucoup plus haut, dans la montagne, à la hauteur du hameau de La Roche, sains et saufs. À la sortie, le sire de la Rochette les attendait avec des chevaux frais.

Enguerrand attendit le milieu de la nuit pour faire sortir, par le même chemin, Guillaume et quelques hommes de confiance, avec l'énorme trésor des dauphins de Saint-Ilpize. Il retourna ensuite vers le donjon d'où il pouvait surveiller le camp ennemi. Il s'attendait à une attaque massive dès le lever du soleil. Un pas rapide qui se rapprochait le fit se retourner. Guillaume, un coffret à la main, se dirigeait vers lui.

« Que se passe-t-il? Pourquoi es-tu revenu? »

Guillaume essoufflé et encore a demi asphyxié, aspira une grande bouffée d'air frais, avant de pouvoir parler.

« J'étais resté légèrement en arrière, avec les précieux documents de Robert, lorsque j'ai entendu devant moi un grondement sourd et des cris. Je me suis précipité, mais j'ai été stoppé par un nuage de poussière. J'ai attendu qu'il se dissipe pour m'approcher. À quelques dizaines de pas devant moi, le tunnel avait disparu, il était obstrué par un monceau de rochers. J'ai appelé. N'obtenant pas de réponse, j'ai vainement essayé de dégager le passage. Ne pouvant malheureusement plus rien faire, je suis remonté.

– Crois-tu, qu'ils aient réussi à passer avec le trésor?

– Je ne pense pas. Ils ont dû être ensevelis.

– À quel endroit cela s'est-il produit?

– Je venais de passer sous le rempart. Les autres étaient juste devant. L'éboulement du souterrain a dû se produire avant d'atteindre l'Allier.

– Gardons le secret pour nous. Personne ne doit savoir que le trésor des dauphins est toujours là, enfoui sous terre. Peux-tu faire un plan précis de l'endroit ?

– Oui.

– Alors, fais le tout de suite. »

Ils redescendirent dans la chambre d'Enguerrand où Guillaume se mit à tracer sur un parchemin l'emplacement exact du trésor. Lorsqu'il eut fini, il tendit le plan à Enguerrand.

« Parfait. », fit ce dernier. Il prit le petit coffret qu'avait rapporté Guillaume. Il l'ouvrit et trouva à l'intérieur l'original du testament de Marie de Carsi, parmi plusieurs chartes. Il glissa le plan dedans et referma.

Il ne pouvait garder ces documents au château. Il fallait les mettre en lieu sûr. Et pour cela, sortir de la forteresse. Guillaume trouva la solution.

« On peut encore sortir par le souterrain de la grotte de Saint-Ilpize, comme Emeline.

– Tu as raison. L'armée ennemie n'a pas attaqué du côté de Chazieux. Le rocher est tellement abrupt de ce côté, que la Marche n'a pas estimé nécessaire d'y poster des soldats. »

Enguerrand songea que peut-être, Ilpize, le saint patron de la ville allait encore faire un miracle. Il avait, encore en mémoire, la légende qu'on lui avait contée enfant. Vers 360, près de Brioude une troupe de soldats romains, avait arrêté et décapité l'un des leurs, qui s'appelait Julien. À la tombée de la nuit, deux hommes, très âgés, Ilpize et Arcons, malgré les risques de représailles, enveloppèrent pieusement les restes du martyr pour l'ensevelir dans la nécropole de Brioude. Un miracle s'opéra alors et les deux vieillards rajeunirent, à la stupeur des habitants. Ilpize résolut de finir ses jours en ermite et vint s'établir dans une grotte creusée sur le flanc abrupt du rocher. Durant toute sa vie, il aida et guérit les pauvres villageois des alentours. Il mourut dans sa caverne, en martyr, assassiné par une troupe de brigands.

Une idée audacieuse germa dans la tête d'Enguerrand. Il s'en ouvrit à Guillaume d'une voix excitée.

« Nous allons faire sortir un maximum de personnes par la grotte, en commençant par les femmes et les enfants. Tu les guideras à travers les bois, au-dessus de Chazieux, pour rejoindre La Pradelle. De là, tu les disperseras vers Channat, Le Bancillon et Saint Privat. Personne n'ira les poursuivre là-bas. »

L'idée était dangereuse, mais pas irréalisable. Ils décidèrent qu'il fallait la tenter malgré les risques.

« Emmène Anne avec toi. Prends aussi les parchemins. Tu demanderas à ma sœur de les déposer dans notre cachette. »

Avant le lever du soleil, grâce à ce stratagème, la majeure partie des femmes et des enfants purent sortirent discrètement, pour se cacher dans la forêt, sans alerter l'ennemi endormi.

Au petit matin, Enguerrand, qui avait surveillé toute la nuit les départs, réunit les derniers vassaux vivants de Robert, Arnaud de Condros, le bras en écharpe, Ithier de Lomenède, Guillaume de Cissac et Bompare de Chazieux. Il leur annonça le départ du comte et de sa famille et la réussite de la sortie d'une grande partie de la population.

« Il nous reste à peu près quatre cents hommes valides contre plus de deux mille en face. Il va falloir tenir le plus longtemps possible, pour permettre, aux femmes, enfants et vieillards de rejoindre des abris en toute sécurité.

– Nous ne tiendrons pas longtemps, soupira Condros.

– Il le faudra bien. Ithier, prends une centaine de soldats et essaye de défendre les remparts, près de la porte du Bazot. Je serais près de l'église avec Arnaud et le reste des hommes.

– Ce sera dur, lança Ithier, résolu à se battre.

– Dès que nous ne pourrons plus résister, on se repliera à l'intérieur de la première enceinte. Là, nous pourrons encore tenir... »

Ils se séparèrent en silence et chacun gagna sa place avec ses hommes.

L'assaut fut donné quelques minutes après. Les hommes étaient prêts à combattre jusqu'au dernier souffle. Durant toute la matinée, ils tentèrent de retenir l'ennemi dans des corps à corps mortels. Lorsque le soleil fut au zénith, les hommes d'Enguerrand reculèrent pour se retrancher dans la dernière enceinte. L'ennemi, sentant la fin, redoublait d'agressivité. En fin d'après-midi, alors que les derniers survivants s'étaient regroupés dans le donjon sous les ordres d'Enguerrand et de Condros, Thomas de la Marche fit cesser le combat.

Il s'approcha, avec un soldat portant sa bannière. Lorsqu'il fut suffisamment près du donjon, sa voix s'éleva.

« J'ai grand respect pour vous. Rendez-vous et vous aurez la vie sauve. Foi de chevalier. »

Les derniers amis du comte Robert, apeurés et vaincus, décidèrent de se rendre. En voyant arriver devant lui, Enguerrand de Montorgue, Arnaud de Condros et une centaine de combattants, le capitaine ne put que reconnaître que même, battus, ils avaient fière allure. Il descendit de cheval et les rejoignit.

Du sommet de la montagne Saint-Marcel, cachés dans des ronciers, Guillaume et Anne avaient regardé la fin tragique de la forteresse des dauphins. Thomas de la Marche avait hissé au sommet du donjon sa bannière. Guillaume glissa à Anne.

« Il prend possession du château en son nom et non pour le roi. Qu'est-ce que cela veut dire? »

Anne n'avait cure de la couleur de la bannière. Son frère était vivant, cela seul importait.

Ce jour-là et les jours suivants, Saint-Ilpize fut livré au pillage et aux flammes. Pendant qu'Enguerrand de Montorgue, Arnaud de Condros, Ithier de Lomenède ainsi que quelques hommes, se morfondaient dans les geôles du château.

Chapitre XXXIV

L'INCROYABLE

Robert et ses compagnons avaient contourné Langeac aux premiers rayons du soleil. Ils galopaient maintenant vers le château de Siaugues Saint-Romain.

« Encore deux lieues! », cria Robert en se retournant.

Depuis leur départ, le comte n'avait eu aucune pensée pour les hommes restés à Saint-Ilpize. Deux choses seulement le tracassaient : d'abord avec quelle armée allait-il rejoindre Giannino? Le Siennois lui demandait de venir dès les premiers jours du printemps pour lancer une vaste offensive contre les troupes du sénéchal de Provence sur les terres de la reine de Naples et comtesse de Provence. Il lui annonçait également le ralliement de nombreux seigneurs et les victoires de ses troupes commandées par Vernays. Ensuite, comment allait-il imposer Jean Ier au Royaume tout entier, sans une reconnaissance officielle? Robert était furieux de ne pas avoir emporté lui-même l'original du testament de Marie de Carsi, maintenant sans doute enfoui avec son trésor quelque part dans le souterrain de sa forteresse. Quelle influence, quelle pression, pourrait-il avoir sur Giannino, sans ce document?

Légèrement en retrait, Françoise et Béraud, suivaient, harassés. À de nombreuses reprises, la comtesse s'était retournée avec l'espoir de voir arriver Enguerrand. Il va mourir, pensa-t-elle, la poitrine oppressée. Ses pensées allaient également à tous ces gens restés dans la forteresse et qui allaient certainement être massacrés par les troupes de Thomas de la Marche. Elle en voulait terriblement à son mari de les avoir abandonnés à leur sort.

Ils arrivèrent, en milieu de matinée devant Saint-Romain où ils furent accueillis par Hugues de Clavières.

Robert s'isola avec le chevalier. Hugues ne fut pas surpris de la chute de Saint-Ilpize. Ses hommes avaient vu passer l'incroyable armée qui descendait de la Margeride.

La situation n'était pas meilleure à Saint-Romain. Après avoir laissé parler le comte, Hugues expliqua à son tour dans quelle impasse il se trouvait.

« Messire Robert, un chevaucheur est arrivé cette nuit par la route du Puy. Les nouvelles qu'il rapporte sont alarmantes.

– Que se passe-t-il?

– Les troupes du vicomte de Polignac s'approchent dangereusement de Saint-Romain. J'ai nettement l'impression qu'il vient récupérer son château. »

Robert commençait à comprendre.

« Polignac devait savoir que la Marche attaquerait Saint-Ilpize. C'est un coup monté pour m'arrêter.

– Ce n'est peut-être qu'une coïncidence, déclara Hugues.

– Il ne peut y avoir de hasard dans une telle affaire… Dans combien de temps seront-ils là? vociféra le comte.

– Dans deux jours… Peut-être trois.
– Il faut quitter cette place le plus vite possible.
– Nous pouvons résister! », répondit le jeune capitaine, convaincu de ses forces.

Robert l'interrompit brutalement.

« De combien d'hommes disposes-tu?
– Environ quatre cents soldats bien équipés et autant de piétaille.
– Parfait… Tu garderas avec toi, une centaine d'hommes pour retenir le vicomte. J'emmène le reste rejoindre les troupes du Siennois par le Vivarais. »

L'ordre était sans appel. Hugues hésita un instant et tenta de s'interposer.

« Je ne pourrai jamais résister à un siège avec si peu de soldats. »

Robert, qui n'était pas loin de penser comme son capitaine, préféra biaiser. Il avait trop besoin de sa petite armée.

« Polignac n'attaquera pas de front son ancienne forteresse. Il connaît trop bien les défenses. Il y mettra le siège et attendra plusieurs jours avant de lancer un assaut. Tu attendras le dernier moment pour quitter le château, en empruntant les remparts du sud. Je suis certain qu'il ne te poursuivra pas, trop content de récupérer Saint-Romain. »

Hugues de Clavières n'était pas convaincu, mais le comte ne lui laissait pas le choix.

« Je vais prévenir les troupes. Quand veux-tu partir?
– Demain, à l'aube. »

* *
*

De la montagne Saint-Marcel, qui surplombait le château de Saint-Ilpize, Guillaume et Anne, cachés derrière des buissons, surveillaient l'agitation des troupes de Thomas de la Marche. Cela faisait huit jours qu'ils se relayaient jour et nuit, pour observer le moindre mouvement du château.

« Regarde! s'exclama Anne tout excitée. Ils s'en vont. »

Guillaume suivit le doigt pointé d'Anne, vers ce qui restait de la porte du Bazot et de son pont-levis. Elle avait raison, Thomas quittait la forteresse avec la plus grosse partie de son armée, après une semaine de pillages et de tortures. Les cris des malheureux résonnaient encore dans leur tête. Ils attendirent que l'armée s'éloigne en direction de Vieil-Brioude.

« Ils ont dû laisser quelques soldats pour garder le château, dit Guillaume.

– Ils ne doivent pas être nombreux, je n'aperçois personne dans la cour haute.

– Nous allons enfin pouvoir agir cette nuit. » Il fit signe à La Belette, resté en retrait, d'approcher et lui transmit à voix basse ses instructions.

« Surveille avec deux hommes l'intérieur de l'enceinte, près du donjon. Si ça bouge, fais-moi prévenir. »

Anne et Guillaume rentrèrent précipitamment à la Pradelle pour réunir le peu d'hommes dont ils disposaient. En fin d'après-midi, ils étaient tous là. Un très petit nombre en fait. Ebles, le fidèle serviteur, avait réussi à récupérer dans les villages alentours, une dizaine de jeunes paysans, totalement inexpérimentés, mais courageux. Guillaume les mit au courant de la situation, d'une voix qui se voulait persuasive.

« L'ennemi, vient de quitter Saint-Ilpize, ne laissant que peu de soldats pour garder le château et les prisonniers. Il va nous falloir agir très vite pour tenter de délivrer Enguerrand, Arnaud et les autres. »

L'excitation se lisait dans les regards.

« Nous interviendrons dès cette nuit, précisa Anne. Ebles vous fournira des armes. Rendez-vous ici à la tombée de la nuit. Nous rejoindrons Pierre et ses hommes sur la montagne. »

Ils quittèrent tous la pièce derrière Ebles qui les conduisit dans la salle d'armes du père d'Enguerrand.

Restés seuls, Anne et Guillaume se regardèrent, guère rassurés. Ils savaient leur tentative très risquée.

« Nous avons très peu de chance de réussir, fit timidement Guillaume.

– Nous n'avons pas le choix, objecta la jeune femme. Et n'oublie pas que nous avons Ebles et La Belette.

– Nous voilà bien équipés, avec un vieillard et un écervelé... répondit en souriant Guillaume. Tu as raison, nous allons réussir. »

Anne le regarda avec tendresse, puis sourit à son tour.

Lorsqu'à la nuit, le groupe au complet eut rejoint La Belette qui n'avait pas bougé de son observatoire, Guillaume annonça :

« Nous allons descendre en silence, pour nous approcher le plus possible et longer le chemin de Chazieux. Nous nous cacherons contre le rocher, sous la grotte, et nous attendrons le milieu de la nuit pour intervenir. »

Sans bruit, ils se glissèrent à travers l'épaisse forêt, pour arriver sans encombre au pied du château, là où le rocher s'incrustait dans la montagne.

Personne n'osa parler durant l'attente. Les hommes se contentaient de temps en temps de changer de position pour éviter les crampes. Enfin, Guillaume donna le signal du départ. Ils escaladèrent la roche noire pour atteindre la grotte du Saint. Anne, qui avait voulu venir, malgré les réticences de son amant, priait en silence. « Pourvu qu'ils n'aient pas découvert le passage secret. »

Les uns derrière les autres ils s'engouffrèrent dans la galerie étroite pour rejoindre l'échelle de bois qui menait à l'air libre, derrière le logis seigneurial. Guillaume, légèrement en avant, s'arc-bouta contre la trappe, placée sous l'appentis, derrière la maison. Ils retinrent leur souffle...

La trappe résista à sa première poussée. Il fit une seconde tentative, sans plus de succès.

« Rien à faire, elle est coincée, souffla-t-il, à l'homme, juste derrière lui. »

Ils durent se mettre à trois pour la débloquer enfin. Ils la firent glisser lentement pour permettre à Guillaume de sortir. Personne. Ils se glissèrent vers le donjon sans faire plus de bruit que des ombres. La place semblait déserte.

La Belette repéra le premier la sentinelle qui leur tournait le dos. Il fit signe aux autres de ne pas bouger et se glissa vers l'homme immobile qui fixait l'Allier en contrebas. Pas un cri ne sortit de sa gorge, lorsqu'il s'effondra lourdement, retenu par Pierre. Il traîna le corps jusqu'aux autres.

Ebles, en vieux renard, souffla à l'oreille de Guillaume.

« Je vais prendre les vêtements de cet homme et m'approcher du donjon pour me faire ouvrir la porte. Soyez prêts à intervenir. »

Sans attendre de réponse, Ebles commença par déshabiller le mort et enfila les vêtements. Il empoigna la lance et se dirigea d'un pas lourd vers le donjon.

Un mélange d'angoisse et d'excitation se lisait sur les visages des jeunes. Ils ne quittaient pas des yeux Ebles qui montait les quelques marches de pierre du donjon. Arrivé sur le seuil, il se retourna vers ses amis, puis d'un geste rapide, il ouvrit la porte en lançant d'une voix nasillarde.

« Venez donc voir! Une femme nous rend visite... »

La réaction des trois hommes assis autour de la table fut immédiate. Ils posèrent leur gobelet de vin et se levèrent.

Ils sortirent en titubant légèrement et furent promptement accueillis par La Belette et Guillaume. Ebles se retourna vers le dernier. En un instant les trois soldats étaient morts, transpercés de part en part.

La voie était libre. Ils commencèrent par cacher les corps dans la salle des gardes, prirent les clés et descendirent dans les profondeurs des geôles du comte Robert. Ils n'eurent aucune difficulté à trouver Enguerrand et Arnaud enfermés dans la même cellule, étroite et glaciale. Anne, une torche à la main, s'approcha la première de son frère et l'étreignit de toutes ses forces.

Ils n'avaient pas trop souffert de leur détention. Une barbe sale recouvrait leurs visages, pâles et amaigris. Par chance, ils n'avaient pas été torturés.

« Comment avez-vous fait? demandèrent-ils presqu'ensemble les deux hommes.

– L'armée est partie ce matin. Il ne reste que quelques soldats, répondit Guillaume.

La réaction d'Enguerrand ne se fit pas attendre.

« De combien d'hommes disposez-vous?

– Une dizaine. Pourquoi? questionna Anne.

– J'ai une idée. Il doit y avoir avec nous une trentaine de soldats enfermés ici et en dessous, sans compter Ithier qui est à côté avec le bailli. »

La Belette se précipita pour ouvrir la cellule du chevalier qui rejoignit les autres, suivi de Bertin.

Enguerrand expliqua :

« Avec tous les hommes valides, nous pouvons reprendre le château, ou tout du moins la première enceinte de la cour haute et nous enfermer.

– Tu es fou! s'exclama Guillaume.

– Laisse-le au moins aller jusqu'au bout, plaida Ithier. »

Enguerrand regarda les visages stupéfaits en face de lui. Il sourit et reprit.

« À quarante, nous pourrons parfaitement tenir. Les remparts, de la cour Haute, n'ont pas trop souffert. Il faudra simplement que quelqu'un sorte par la grotte et revienne avec une trentaine d'hommes.

– Où vais-je les trouver? ironisa Guillaume.

– Dans les villages.

– Il n'y a que des paysans qui ne savent pas se battre, objecta Anne.

– Envoyez des hommes à Rougeac, Chazieux, la Rochette, Saint-Privat et chez moi à Lomenède. Dites-leur de venir aider leur seigneur, ils en seront récompensés, lança Ithier, persuadé qu'ils avaient une petite chance de réussir.

– Et les armes? lança Guillaume, persuadé de la folie de l'entreprise.

– Il doit y en avoir plus qu'il n'en faut dans la salle des gardes.

– Tu ne crois pas que c'est trop risqué? s'inquiéta Anne.

– Pas du tout, nous n'aurons jamais deux fois une telle occasion. La surprise sera notre force. »

Devant les trois chevaliers fermement accrochés à l'idée, développée par Enguerrand, Guillaume finit par accepter.

En moins de quatre heures, Enguerrand et ses hommes étaient maîtres de la première enceinte. La surprise avait été totale.

Trois jours plus tard, les derniers soldats de Thomas de la Marche quittaient définitivement la forteresse du dauphin Robert, sans avoir pu s'opposer à Montorgue.

La population, qui avait réussi à s'échapper la veille de l'assaut final put regagner ce qui restait de la ville livrée aux flammes et aux pillages de l'armée ennemie. La plupart des familles pleuraient un proche disparu dans ces terribles combats.

Mais la vie reprit vite le dessus. On reconstruisit, on répara avec une ardeur exceptionnelle pour effacer toutes les traces des atrocités passées.

* *
*

En compagnie de son écuyer et de Giraud, Henri de Montaigu filait à bride abattue, en direction des États Pontificaux. Ils avaient quitté Clermont cinq jours auparavant et avaient mené bon train, sans rencontrer d'embûches. Henri estima qu'ils devraient arriver devant Avignon dans la soirée. Sa mission auprès du cardinal ne lui semblait pas trop compliquée, pour peu qu'il s'y prît bien. Il décida de ralentir l'allure et tira légèrement sur les rênes de son cheval qui se mit immédiatement au pas. Il lui fallait réfléchir aux événements des derniers jours et à la façon d'aborder Talleyrand-Périgord. Contrairement à ce que pensait Imbaud, le cardinal serait certainement difficile à convaincre.

La réunion de Clermont juste avant son départ, en présence du comte de Plessis et d'Imbaud, avait été capitale. La chute de Saint-Ilpize était bien sûr une victoire importante, mais le comte Robert avait réussi à s'échapper avec le testament et il était évident pour tout le monde que le dauphin allait rejoindre le prétendant et son armée en Provence. Il fallait absolument l'en empêcher.

Les objectifs de l'envoyé du roi et d'Imbaud n'étaient pas les mêmes. Le comte de Plessis voulait arrêter Giannino avant qu'il ne rallie sous sa bannière les provinces du sud. Du Peschin n'avait quant à lui qu'une chose en tête : les titres et terres du comte d'Auvergne.

L'envoyé du roi pensa demander l'appui du pape. Mais Imbaud eut une meilleure idée : prévenir la Curie de l'arrivée prochaine de Robert dans les États Pontificaux et s'arranger pour le faire arrêter sous l'inculpation de crime de lèse-majesté. Cette perspective plut immédiatement au comte de Plessis. Au terme de l'entretien il remit à Imbaud un pli pour le cardinal de Talleyrand.

Imbaud avait sursauté au nom du cardinal. Après le départ de Plessis, il s'en expliqua avec son ami, non sans d'abord pester contre l'envoyé.

« Pour qui se prend-il ? Il oublie un peu vite que j'ai reçu du comte Jean les pleins pouvoirs sur l'Auvergne !

– Toi, tu oublies qu'il est venu au nom du roi, lui lança Henri.

– Laissons cela. Que vient faire Talleyrand-Périgord dans cette affaire ?

– Qu'est-ce que cela peut faire ?

– J'ai déjà rencontré le cardinal, ici, il y a trois ans.

– Et alors ?

– C'était aux États Généraux de la Province. Personne n'avait alors compris ce qu'il y faisait. Bien évidemment le comte Robert était là lui aussi et Talleyrand l'a rencontré en secret.

– Tu penses qu'il est au courant du complot ?

– Peut-être... De toute manière, on le saura rapidement, dit Imbaud évasivement. Tu vas partir pour Avignon et rencontrer le cardinal. Tu lui raconteras toute l'histoire de ce Giannino et tu essayeras de le sonder.

– Comment ?

– En lui faisant bien comprendre que le roi et le prince Charles sont parfaitement informés et que l'arrestation des membres du complot est imminente.

– S'il est au courant, que dois-je faire ?

– Il te faudra le convaincre de nous livrer le comte. Cela ne devrait pas être trop compliqué. Talleyrand a un service à rendre au prince Charles.

– Ah ?

– Il y a deux ans, le régent a envoyé les compagnies de l'Archiprêtre pour aider la famille des Duras en Provence à combattre les troupes de Louis de Tarente, le mari de Jeanne de Naples, comtesse de Provence. Cela s'est fait, sur la demande expresse du cardinal, qui a toujours combattu ce fou de Tarente. Il ne pourra pas refuser.

– Crois-tu vraiment que cela sera suffisant?

– Je n'en doute pas un instant. Et il y a une autre raison : Si Talleyrand soutient le complot, il agit seul. La Curie n'est certainement pas au courant. Il n'aura pas le choix.

– Admettons que tu aies raison. Encore faudrait-il que Robert passe par Avignon.

– Il y passera. J'en suis convaincu. Lorsqu'on l'arrêtera, tâche d'être présent : il faut récupérer le testament de cette femme.

– Ne t'inquiète pas.

– Alors, il me reste à te souhaiter bonne chance. Et n'oublie pas la promesse du prince Jean : pour lui les terres de Béraud, pour nous celles de Robert. Je te confie Giraud. Il te sera d'une aide efficace. »

Henri éperonna son cheval. Il se retourna et aperçu Giraud qui l'observait. « Je me serais bien passé de ce brigand », se dit-il.

Chapitre XXXV

LA FOLLE CHEVAUCHÉE

Devant eux déferlait le Rhône, majestueux et noir, gros des pluies des derniers jours. Robert et sa troupe ralentirent. Ils remontèrent légèrement en amont en direction du pont de Villeneuve qui surplombait le fleuve de ses énormes pattes de pierres grises.

« Enfin Avignon! », déclara Robert à Vital de Blassac. Son nouvel écuyer l'avait suivi depuis son départ de la Rochette.

Jusqu'à cet instant tout s'était déroulé selon ses prévisions. Ils avaient quitté Saint-Romain deux jours avant l'arrivée de l'armée de Polignac. Un chevaucheur envoyé par Hugues de Clavières les avait rattrapés, quelques jours plus tard, pour leur apprendre deux bonnes nouvelles : Enguerrand et Guillaume avaient repris le château après le départ de l'armée de Thomas de la Marche. Robert avait bien demandé des explications sur cet exploit, mais le messager ne savait rien ou pas grand chose. Aussitôt, Robert en avait profité pour renvoyer sa femme et son fils, sous bonne escorte, à Saint-Ilpize. Et Hugues de Clavières s'était échappé à temps de Saint-Romain pour se cacher dans les montagnes de la Margeride.

Robert avait prévu d'arriver plus tôt à Avignon. Il avait été retardé plusieurs jours par les troupes royales du capitaine de Bagnols en traversant les montagnes du Vivarais. Grâce à une bonne ruse, il avait réussi à tromper l'officier. Robert, souriait en y pensant. Le tromper n'avait pas été trop compliqué.

Lorsque le capitaine s'était présenté à la tête d'une troupe imposante, Robert lui avait aussitôt déclaré qu'il venait se mettre au service du roi pour chasser les compagnies de la région. Le manque d'argent avait contraint l'officier à décliner la proposition. Robert se souvint en grimaçant de plaisir de ce qu'il avait alors déclaré au capitaine : « Sa Sainteté Innocent VI à besoin d'aide pour protéger ses états contre les compagnies. J'irai donc à Avignon, lui offrir mes services. » Convaincu par ces paroles de bon chrétien, le capitaine les avait laissés passer. L'armée du comte avait pu continuer sa route vers Avignon sans rencontrer d'autres incidents majeurs. Ses troupes s'étaient nourries sur place, ravageant villages et petits châteaux.

Malgré la fin de l'après-midi, une foule dense se précipitait vers le pont, seul passage à des lieues à la ronde, pour se rendre dans la cité des papes. Robert s'avança le premier pour passer, suivi de Vital et d'une partie de la petite armée. La foule s'écartait sur leur passage.

Arrivé au milieu du pont, son écuyer s'approcha de lui, inquiet.

« Messire Robert! Regardez devant nous : une troupe armée garde l'autre rive. »

Robert se dressa sur sa selle pour observer les hommes en face. Il haussa les épaules et ironisa.

« Tu vois des ennemis partout... Ils attendent simplement que nous traversions pour emprunter le passage. » Après un instant de réflexion, il ajouta : « À moins que ce ne soit le cardinal qui envoie une escorte pour nous accueillir. N'oublie pas le chevaucheur que je lui ai dépêché il y a trois jours. »

Sûr de lui, Robert éperonna son cheval qui partit immédiatement au trot, laissant derrière lui son écuyer. Sur l'autre berge, les choses se précipitèrent. Sur un ordre bref d'un officier, le comte se trouva cerné par une dizaine de soldats qui l'empêchèrent d'avancer ou de faire demi-tour. Derrière lui, un vacarme épouvantable le fit se retourner. Des hommes poussaient devant eux deux chariots remplis de pierres pour former une barricade à l'entrée du pont. En un instant, le passage fut bloqué et Robert isolé de ses soldats.

Du milieu du pont, l'écuyer de Robert avait observé la scène et compris rapidement ce qui se passait. Il hurla à ses hommes.

« Nous sommes tombés dans un piège! Ils arrêtent messire Robert! En avant! Allons le délivrer! »

La troupe s'élança au galop et se jeta sur l'obstacle défendu par des archers et des soldats en armes. Le passage était trop étroit et bien bloqué. Les hommes du comte essayèrent vainement à plusieurs reprises d'escalader les charrettes sous une pluie de flèches. Les hommes tombaient les uns après les autres. Vital, désespéré, ordonna le repli sur l'autre berge. Le retour de l'autre côté ne se fit pas sans pertes importantes et sous des volées de carreaux bien ajustés.

Vital fit rassembler la troupe et interpella deux fidèles compagnons du comte.

« Nous devons absolument passer pour savoir où ils emmènent messire Robert.

– Comment faire? demanda l'un des deux. »

Blassac regarda autour de lui. Il aperçut un chariot sur le côté qui transportait des troncs d'arbres et qui attendait pour franchir le fleuve.

« J'ai une idée. »

Il interpella un officier d'Hugues de Clavières.

« Prenez ce chariot, placez-le sur le pont et poussez-le de l'autre côté. Nous lancerons une nouvelle attaque derrière. »

Vital se retourna vers ses deux compagnons et leur glissa à voix basse. « Pendant l'assaut, il va falloir se faufiler, passer et suivre le comte. » Il leur précisa : « Chacun pour soi. On se retrouve à la tombée de la nuit, à l'auberge, derrière le palais pontifical. »

À l'autre extrémité du pont, un officier s'approchait de Robert. D'une voix hautaine et arrogante, il déclara :

« Messire Robert, je vous arrête. »

Le comte devint blême, mais il réfléchit vite. Il lui fallait gagner du temps pour permettre à ses hommes de franchir le pont. Il regarda le capitaine et cria d'une voix qui se voulait ferme.

« Qui vous permet de m'arrêter dans les États Pontificaux? »

Comme l'autre ne répondait pas :

« Et pour quel motif? »

N'obtenant toujours aucune réponse, il sortit son épée, prêt à se faire tuer, plutôt que de se rendre. L'officier réagit aussitôt. Il fit en direction de ses hommes un geste discret et l'étau se resserra dangereusement autour du comte.

« Je vous arrête au nom du roi pour crime de lèse-majesté, lança-t-il.

– Quel crime ai-je donc commis, pour qu'on me tende un tel guet-apens? demanda Robert.

– Vous avez comploté contre le roi, lui martelait le capitaine. »

Robert allait répondre, lorsqu'un craquement terrible vers le pont les fit sursauter. Il se retourna et vit une nouvelle fois ses hommes tenter de franchir le barrage. Il fallait en profiter. Il piqua les flancs de son cheval qui fit un bond en avant, le dégageant de l'étau. Il réussit à tuer deux ou trois assaillants. Le capitaine hurlait des ordres de tous côtés.

« Saisissez-vous de lui! Empêchez-les de forcer le barrage! »

Assailli par plus de dix hommes qui le serrèrent de près, l'empêchant de lever le bras pour se défendre et finalement désarmé, Robert fut ligoté sur son cheval.

L'officier, d'un ordre bref, ordonna le départ sans se préoccuper du combat qui se poursuivait à l'entrée du pont. Le petit groupe partit au galop avec son prisonnier.

Derrière, l'armée de Robert prenait le dessus sur les hommes du roi, sans vraiment parvenir à dégager complètement la barricade. Les autres résistaient.

Lors du deuxième assaut, Vital et ses deux amis avaient réussi à se faufiler sur l'autre rive et filaient déjà derrière le comte Robert après avoir emprunté trois chevaux aux hommes du roi. Personne ne les avait aperçus.

* *
*

Robert, du fond de son cachot du château de Soumières, tentait de faire le point. Ses entraves lui permettaient à peine de se tenir debout. La chaîne fixée au mur, qui enserrait ses poignets et ses pieds ne lui laissait que peu de possibilité de mouvements. Il croupissait depuis trois jours dans cette cellule sans lumière. Une fois par jour, un geôlier venait lui apporter une cruche d'eau et un morceau de pain à demi moisi. À plusieurs reprises, il avait tenté de le faire parler sans jamais obtenir de réponse. Il en était maintenant certain, il avait été trahi. Qui? Le cardinal de Talleyrand, bien sûr. Lui seul savait qu'il devait passer par Avignon. Robert rageait : il avait manqué de discernement. Le chevaucheur qu'il avait envoyé n'était jamais revenu. Cela seul aurait dû l'alerter. Devant le pont, s'il avait écouté son écuyer... Mais pourquoi le cardinal l'avait-il trahi? Depuis son arrestation, personne n'était venu le voir et durant le trajet, le capitaine avait obstinément refusé de lui parler.

* *
*

Vital de Blassac avait suivi le prisonnier jusqu'à Soumières. Dès que l'écuyer eût appris que son maître se trouvait enfermé dans la forteresse, il envoya l'un des hommes à Saint-Ilpize pour avertir Françoise d'Aurouze. Puis il s'était installé dans une auberge proche du donjon en attendant l'arrivée des secours.

Henri de Montaigu lui aussi se trouvait à Soumières. Il n'avait pas encore réussi à approcher le comte Robert. À plusieurs reprises, il avait demandé au capitaine l'autorisation de visiter le prisonnier. La réponse était toujours la même : « Le comte Robert est au secret sur ordre du roi. » Henri regrettait à présent d'avoir laissé les soldats du roi agir. Pourtant, au début, tout s'était déroulé normalement. Sa rencontre avec le cardinal s'était passée au mieux. Dès sa première visite, il lui avait appris que le roi, au courant de toute l'affaire, voulait arrêter les principaux responsables du complot et plus particulièrement leur chef, le comte Robert d'Auvergne. Le prélat avait rapidement compris qu'il n'avait d'autre choix que trahir Giannino. Le reste avait été facile. Il avait informé les hommes du roi qui avait organisé le guet-apens, après avoir arrêté et torturé le messager du comte Robert.

Le soir de l'arrestation du comte, le cardinal se trouvait en grande discussion avec son clerc, un jeune moine assoiffé de pouvoir.

« Tu vas suivre les hommes du roi. Je dois absolument savoir où ils emmènent le comte.

– Que voulez-vous faire? » demanda le jeune homme.

L'homme était intelligent. Talleyrand sentit immédiatement où voulait en venir son clerc.

« Tu as parfaitement compris. Tu les suis.

– Et puis?

– Le comte doit disparaître, articula à voix basse le cardinal.

– J'ai compris. », répondit l'autre, le regard baissé.

Le clerc sortit de la pièce sans faire de bruit.

« Un serpent… », songea Talleyrand en le suivant des yeux. Et si le jeune clerc s'était à ce moment retourné, il aurait compris qu'il ne survivrait pas longtemps à sa mission.

* *
*

L'annonce de l'arrestation du comte ne surprit personne à Saint-Ilpize. Françoise quitta aussitôt le château pour se rendre à Clermont, afin d'obtenir sa libération.

Pendant son absence, Enguerrand occupa ses journées à la reconstruction des remparts, aidé par Guillaume et Condros. La forteresse reprenait jour après jour son aspect d'avant le siège de Thomas de La Marche. Les habitants redoublaient d'efforts pour effacer toutes traces de l'invasion. Depuis le départ de Françoise, Enguerrand avait pris l'habitude de rentrer très tôt à la Pradelle pour retrouver Anne, Guillaume et le petit Hugues. Sa sœur lui avait annoncé son prochain mariage avec Guillaume et son intention de demander à Françoise d'Aurouze d'être son témoin. Quant au fils d'Emeline, Anne et son amant l'avaient adopté, sans demander d'autre avis que celui de La Belette.

Montorgue sortit de la maison pour faire quelques pas dans la montagne. Il attendait avec impatience le retour de Françoise. Ils avaient vécu ensemble des moments de passion exceptionnelle. Lorsqu'elle était arrivée avec son fils à Saint-Ilpize, Françoise n'avait pu s'empêcher de pleurer devant le désastre de la guerre. Dès le premier soir, c'est elle qui était venue le rejoindre, dans la chambre du donjon.

Enguerrand aimait repenser à cette nuit. Ils avaient été heureux comme jamais auparavant. Ils avaient fait l'amour avec passion, violence même. Le jeune homme avait compris ce soir-là que Françoise serait toujours à lui. Les jours qui suivirent, ils se retrouvèrent au donjon ou le plus souvent à La Pradelle. Leurs rencontres, parfois furtives, avaient un sel particulier qu'ils appréciaient. Cet amour interdit attisait leurs désirs et illuminait leur cœur.

Mais l'arrestation du comte avait modifié l'attitude de Françoise. Elle était partie précipitamment en ne pensant qu'à son époux. Enguerrand décida de rentrer. Il était jaloux.

Chapitre XXXVI

LA PRISON

Juillet de l'année de grâce 1361 : arrêté le quinze mars, Robert III se morfondait dans sa sombre cellule de la prison de Nîmes en attendant son procès pour crime de lèse majesté.

Sa femme avait remué ciel et terre pour lui venir en aide. Elle s'était tout d'abord rendue à Clermont pour demander au Prince Béraud d'intervenir pour son bouillant époux. Celui-ci avait immédiatement entrepris des démarches qui s'étaient malheureusement soldées par des échecs. Personne ne voulait – personne ne souhaitait – aider le comte.

Déçue, elle était rentrée à Saint-Ilpize. Puis accompagnée d'Enguerrand et de quelques soldats, elle était alors partie pour Nîmes. Elle y attendait depuis deux mois l'autorisation de pouvoir rendre visite à son mari.

De leur côté, Giannino et Vernays allaient de victoire en victoire. De tout le royaume parvenaient les échos des batailles et des conquêtes. La popularité du prétendant grandissait. Partout où il passait, il recevait un accueil digne d'un prince. Une immense rumeur commençait à circuler :

« Le roi Jean Ier est vivant. »

La légende, fort bien entretenue, attirait les partisans. L'accueillant comme un véritable sauveur, les villes pactisaient et payaient volontairement un tribu, pour permettre à Giannino et à son armée d'amasser des trésors. Bientôt, il fallut un sauf-conduit pour voyager en Provence.

Les conquêtes sur les terres de la comtesse de Provence devenaient tellement importantes que le roi Jean II, inquiet, avait dépêché une armée pour tenter d'entraver son avance. Il s'était même décidé à faire alliance avec la reine Jeanne de Naples, qui commençait à trouver ce Giannino bien encombrant. Pourtant, lorsqu'elle avait entendu parler pour la première fois du Siennois, son sentiment avait été très partagé. Elle avait cru à sa haute naissance. Mais son ennemi de toujours, son beau-frère Louis de Hongrie l'avait officiellement reconnu. Elle ne pouvait le suivre…

Plus Giannino remportait de succès, plus la situation de Robert devenait périlleuse : le roi Jean II, furieux, le rendait responsable de ses malheurs.

* *
*

L'instruction du procès touchait à sa fin et Henri de Montaigu n'avait toujours pas pu rencontrer le prisonnier. Il s'était rendu à l'idée de Giraud. Grâce à une bourse bien remplie, ils avaient obtenu d'un des geôliers la promesse de les faire pénétrer le lendemain soir dans la prison.

Le clerc du cardinal de Talleyrand-Périgord n'avait lui pas eu besoin de recourir à de tels procédés. Dans sa minuscule cellule d'un monastère de Nîmes, il venait de recevoir l'autorisation de rendre visite au comte de Saint-Ilpize dès l'ouverture de son procès : il s'était proposé comme confesseur du prisonnier et avait promis au conseil de lui rapporter les secrets de cette confession.

Au même moment, à l'autre bout de la ville, Françoise, grâce à une intervention du pape, s'entretenait enfin avec son mari, en présence d'Enguerrand.

Françoise regardait son mari, enchaîné au fond d'un cachot glacial et humide. Robert n'était plus que l'ombre de lui-même. Il avait beaucoup maigri. Ses joues s'étaient creusées, ses cheveux longs étaient devenus gris et sa barbe sale le rendait méconnaissable. Ses vêtements étaient déchirés et décolorés. Il ne restait plus grand chose de la fierté du grand comte d'Auvergne. Ses poignets et ses mains, boursouflés par les anneaux qui l'enserraient, saignaient sans cesse.

En le regardant, la jeune femme ne put s'empêcher d'avoir une pensée pour Emeline qui avait tant souffert dans les geôles de Saint-Ilpize, avant de mettre au monde son enfant.

Lorsqu'ils entrèrent, Robert mit tout d'abord du temps à s'habituer à la lueur des torches. Il se redressa péniblement dès qu'il reconnut sa femme et son ami. Il tenta de s'avancer de quelques pas, mais retenu par la chaîne qui crissait sur le sol, il gémit de douleur et tomba à genoux. Il parla d'une voix cassée, à peine audible.

« Enfin… Vous voilà. » Il ne put en dire d'avantage, la gorge serrée par l'émotion.

Françoise s'approcha de son mari pour l'aider à s'asseoir. Aucune larme ne coula de ses yeux. Elle n'arrivait pas à ressentir autre chose que de la pitié.

« Ton cousin Béraud essaye de te faire sortir d'ici », réussit-elle à lui dire.

Robert regarda sa femme. Jamais elle n'avait été aussi belle. Il avala sa salive et demanda d'une voix traînante :

« Sait-on réellement pourquoi je suis enfermé et au secret? » Bien que le comte connût évidemment la réponse, il avait besoin que quelqu'un d'autre que les juges la lui confirmât.

« Pour crime de guerre privée. », lui répondit Montorgue. Il compléta aussitôt :

« C'est la raison officielle.

– Je sais, dit Robert d'une voix plus ferme. J'ai été interrogé longuement sur la guerre avec Polignac ». Il se tut quelques instants. « Je veux connaître la vraie raison. »

Françoise lui répondit d'une voix triste.

« La vraie raison, tu la connais, c'est ce Siennois que tu as aidé.

– On m'a également interrogé sur Giannino, sans vraiment insister. Que savent-ils exactement? demanda-t-il en regardant son ami.

– Pas grand-chose. Ils n'ont qu'une vague copie du testament de Marie de Carsi et la lettre que t'a adressée Giannino. »

Françoise compléta.

« D'après Béraud, ils n'ont pas de preuves formelles contre toi. L'envoyé du roi était d'ailleurs prêt à te rendre la liberté, sous réserve que tu promettes de rester à Nîmes jusqu'à ton procès.

– Alors qu'attend-il pour me faire sortir de là? coupa Robert.

– Il semblerait que beaucoup de monde ait intérêt à ce que tu restes ici, répondit Françoise.

– La situation n'est pas bonne. Giannino est entrain de conquérir toute la Provence avec son armée. Le roi a dû faire alliance avec la reine de Naples pour tenter de l'arrêter », l'informa Enguerrand.

Robert qui avait eu largement le temps de réfléchir à sa situation, déclara rageusement :

« Tout cela a été monté par cet Imbaud du Peschin. » Il inclina sa tête vers le sol. Sa voix n'était plus qu'un murmure. « Si c'est lui, je suis perdu. »

Françoise se hâta de rompre le silence qui s'installait dans la petite pièce sinistre.

« Allons, ne dis pas cela! Le procès va bientôt commencer, tu pourras t'expliquer...

– On ne me laissera jamais le temps de parler!

– Mais si... » La voix de sa femme se perdit dans la pièce.

– Enguerrand, je ne peux attendre le procès. Il faut que tu me fasses sortir d'ici.

– Oui, mais comment?

– De combien d'hommes disposes-tu? »

Le danger semblait redonner des forces au comte.

« Une vingtaine.

– Parfait, c'est suffisant. En sortant, essaye d'acheter le geôlier, celui qui vous a ouvert. Il devrait pouvoir nous aider. »

Enguerrand doutait que l'entreprise réussît, mais il ne voulait pas contredire son ami.

« Nous allons essayer. »

Revigoré lorsqu'il apprit que l'original du testament était sauvé et que Saint-Ilpize se reconstruisait, Robert s'attacha avec une ardeur exceptionnelle aux préparatifs de l'évasion. Il demandait à Enguerrand de faire hâter les recherches du trésor toujours englouti lorsqu'un bruit sec dans la serrure les interrompit.

« Il faut partir. », ordonna le geôlier.

Françoise regarda son époux. Elle ne trouva rien d'autre à lui dire que : « Courage. Béraud t'attend à Saint-Ilpize. »

À peine dans le couloir, Enguerrand, s'approcha de l'homme voûté.

« Peut-on s'évader de cette prison? »

L'homme ne parut pas étonné.

« Ça dépend! »

Enguerrand, surpris que le gardien pût être corrompu aussi facilement, lui tendit une bourse bien pleine.

« Tu en auras deux autres si tu nous aides. »

La réponse ne se fit pas attendre.

« Quatre.

– Si tout se passe bien, tu les auras. »

Ils marchèrent quelques instants à travers les couloirs sordides, pleins de cachots sinistres d'où s'échappaient des gémissements qui firent frissonner Françoise. Avant de sortir, le geôlier s'adressa une dernière fois aux visiteurs.

« Soyez dans trois jours, à la même heure, devant la poterne nord de la prison. Je vous ferrai entrer.

– Après, comment allons-nous faire pour délivrer le comte? demanda Enguerrand.

– C'est mon affaire... Occupez-vous des chevaux. »

Il referma la lourde porte qui claqua derrière eux.

À l'extérieur, Françoise ne put s'empêcher de saisir la main d'Enguerrand. Il serra la jeune femme dans ses bras et l'embrassa. Depuis leur arrivée à Nîmes, c'était la première fois qu'ils se retrouvaient ainsi.

Le lendemain, tard dans la nuit, trois hommes marchaient en silence à travers les ruelles désertes de Nîmes. Pas un souffle de vent ne venait rafraîchir l'air étouffant. Henri de Montaigu transpirait dans son pourpoint de laine. Il avait du mal à suivre le rythme qu'imposait le vieil homme suivi de près par Giraud. En arrivant devant la forteresse qui servait de prison, l'homme souleva le heurtoir qui résonna comme un gong en retombant. Henri restait sur ses gardes. Il n'avait pas confiance en ce gardien que

Giraud avait si facilement convaincu de les aider à s'introduire dans la prison. À sa grande surprise, ils rentrèrent sans aucun problème.

Ils suivirent le geôlier qui venait prendre son service à travers des couloirs qui n'en finissaient pas et des escaliers plus glissants les uns que les autres. Au deuxième sous-sol, l'homme s'approcha de son collègue et lui parla à voix basse. Henri aperçut Giraud qui ne les quittait pas des yeux, la main sur son poignard. Il mit sa main dans une poche de son habit et serra la petite fiole pour se donner du courage.

Du courage… Henri n'était pas certain d'en avoir le moment venu, devant le comte Robert. Il n'avait pas fermé l'œil de la nuit. Pourrait-il empoisonner un homme de sang froid, lui, gentilhomme de l'entourage du Prince Jean ? Il songeait qu'Imbaud et lui avaient été trop loin. Mais il était maintenant trop tard : la porte de la cellule de Robert s'ouvrait devant lui. Pourtant glacé, il se mit à transpirer. Henri surprit le regard méprisant que lui lançait Giraud.

« Vous êtes un lâche… Donnez-moi cette fiole et contentez-vous de parler au comte pour éviter qu'il ne m'aperçoive », lui dit celui-ci.

Le geôlier grogna :

« Vous n'avez que très peu de temps. »

Il se recula pour les laisser passer et leur tendit sa torche de paille tressée qui dégageait une fumée âcre.

Henri s'avança lentement dans la pièce sombre. L'odeur lui donnait la nausée. À l'aide de la flamme du brandon, il essayait de reconnaître les lieux.

Robert observa l'homme qui le cherchait. Il percevait difficilement ses traits derrière la petite flamme qui vacillait. En le voyant enfin, enchaîné au fond de sa cellule, Henri se sentit vaciller. Le regard du comte assis à même le sol l'impressionnait. Pourtant il fallait parler. Il bredouilla :

« Messire… comte Robert…

– Que voulez-vous? l'interrompit sèchement Robert.

– Comte, je viens de la part du cardinal…

– Quel cardinal?

– Monseigneur Talleyrand-Périgord. »

Devant l'effet de ses dernières paroles, Henri s'inquiéta plus encore. Des gouttes de sueur perlèrent sur son visage. Il les épongea avec sa manche et tenta de parler. Il n'en eut pas le temps. Robert, qui voyait l'état dans lequel se trouvait son visiteur, s'esclaffa.

« Et que me veut votre cardinal?

– Essayer de vous sauver, dit maladroitement Henri.

– Tiens donc… Et comment?

– Je suis venu vous dire d'avoir confiance en lui.

– Avoir confiance en l'homme d'église qui m'a trahi!!! ironisa le comte.

– Il ne pouvait faire autrement. Un homme du roi l'a menacé de le faire arrêter comme complice s'il ne vous livrait pas.

– Eh bien! Au moins l'affaire est claire, tonna Robert.

– Le cardinal savait que vous réagiriez ainsi… », reprit Henri un peu plus sûr de lui.

Pendant ce temps, Giraud s'était glissé dans la cellule et avait échangé la cruche du prisonnier par une nouvelle, avec de l'eau fraîche doublée du liquide contenu dans la fiole, puis il était ressorti silencieusement.

« Alors pourquoi venir? » interrogea Robert intéressé par la tournure du débat.

Henri s'enhardissait de plus en plus.

« Talleyrand veut, dans votre intérêt, faire disparaître la seule pièce compromettante pour votre procès.

– Et laquelle, Mon Dieu? gronda Robert qui commençait à comprendre l'objectif du cardinal.

– L'original du testament. », répondit Henri d'un air qui se voulait le plus naturel possible.

La réponse tomba comme un coup de tonnerre.

« Sortez! Allez dire à ce suppôt de Satan qu'il n'aura rien! » Robert hurla tellement que le geôlier se précipita dans la cellule.

« Il faut partir. C'est fini. » L'homme tremblait.

Sans oser regarder le prisonnier, Henri de Montaigu sortit précipitamment, soulagé.

De nouveau seul, Robert n'arrivait pas à se calmer. Il ne pouvait plus raisonner. Il se leva, grimaça de douleur lorsque l'anneau pénétra dans la chair. Il ne comprenait pas la démarche du cardinal. Talleyrand savait très bien que jamais il ne lui aurait remis le testament.

Lorsqu'après un long moment, il fut calmé, il s'aperçut que le geôlier dans sa précipitation avait laissé la torche qui finissait de se consumer. Il promena son regard autour de lui, profitant des derniers instants de lumière. Il regarda ses pieds enchaînés et boursouflés. La rage le reprit et il tira sur sa chaîne, qui lui arracha aussitôt un cri de douleur.

La colère fit alors place à la peur. Robert comprit qu'il ne retrouverait sans doute jamais la liberté. Il était devenu beaucoup trop encombrant pour tout le monde. Submergé par le désespoir, il finit par sombrer dans un sommeil agité.

Au petit matin, une pâle lueur pénétra dans la cellule. Robert fixa l'étroite lucarne pour tenter d'apercevoir le ciel. Son courage et sa rage de vivre avaient repris le dessus. Il était décidé à les confondre tous. Il allait se battre pour défendre son honneur et sa vie. Il se leva lentement et avec précaution, pour éviter de se blesser, tendit la main vers la cruche sur le côté.

« Ce gardien est un imbécile, pensa-t-il. À chaque fois, il place ce pot trop loin. » Comme il ne pouvait l'atteindre, il finit par s'asseoir et tenta avec les pieds de la ramener vers lui. La cruche bougea, se renversa et déversa une partie de son contenu sur le sol. Robert jura, s'énerva. D'un coup de pied rageur il réussit à l'attirer vers lui. Au moment, où elle allait à nouveau tomber et répandre son contenu sur la paille, il la saisit et d'un geste rapide, la porta à ses lèvres. Il trouva un goût bizarre à l'eau. Après s'être désaltéré, il jeta, en pestant, le broc vide contre la porte de la cellule.

Deux heures plus tard, Robert, troisième du nom, dauphin d'Auvergne et de Saint-Ilpize, s'éteignait dans d'affreuses douleurs au ventre. Ses dernières pensées furent pour son fils, le futur Béraud Ier et sa chère forteresse, sur les bords de l'Allier.

Sa mort fut connue des membres du tribunal le jour même. Des messagers partirent dans toutes les directions pour annoncer une nouvelle qui allait en soulager beaucoup. Beaucoup plus qu'au poison, Robert devait sa mort au fait qu'il était devenu trop embarrassant pour bien trop de monde.

Imbaud du Peschin et Henri de Montaigu furent récompensés par le prince Charles et le roi Jean. Par Arrêt du 21 juillet 1361, les biens du comte Robert furent confisqués à leurs profits à l'exception de Saint-Ilpize et de quelques autres petits fiefs.

De son côté, le cardinal Talleyrand-Périgord put respirer et reprendre ses intrigues habituelles.

Françoise d'Aurouze, sa veuve, n'eut pas le droit de voir son mari qu'on refusa d'ensevelir en terre chrétienne. Désespérée et presque ruinée, elle repartit pour Saint-Ilpize où elle savait pouvoir compter sur Enguerrand pour obtenir une sépulture chrétienne à son époux. Pour se battre aussi afin de récupérer les titres et terres du dauphin d'Auvergne pour son fils.

Chapitre XXXVII

LE CHÂTEAU DE L'ŒUF

Giannino errait sur le port de Marseille, tremblant de froid dans ses vêtements déchirés. Pas un seul pêcheur n'avait accepté de le prendre à son bord pour l'emmener à Gênes, d'où il aurait pu rejoindre Sienne.

L'aube n'allait pas tarder à poindre. Il lui fallait trouver rapidement un abri pour la journée. Il marcha d'un pas vif pour se réchauffer en suivant un petit chemin qui longeait la mer, sans vraiment savoir où il aboutissait. Au bout d'un long moment, il s'aperçut qu'il s'était éloigné de la ville. Exténué, il entrevit devant lui une petite masure au bord de l'eau, qui avait l'air abandonnée. Giannino pénétra dans la baraque. À l'intérieur, une unique pièce servait aux pêcheurs pour entreposer leur matériel. Il poussa les filets de pêche qui séchaient à même le sol et s'assit, après avoir ramassé une botte de paille qui traînait sur le côté.

Il se sentait perdu, dans une ville où il ne connaissait personne. En moins de deux mois, toutes ses espérances de conquêtes avaient été réduites à néant. Il avait l'impression de vivre un cauchemar. Giannino n'arrivait pas à réaliser que le rêve était certainement terminé. Au moins était-il libre, mais pour combien de temps...

Tout avait commencé en décembre par le siège et la prise du fort de Cadolet par les troupes royales. Le quartier général de Jean de Vernays avait été anéanti, rasé, et son lieutenant avait été fait prisonnier. À partir de ce moment, les choses s'étaient accélérées. Pour échapper à l'armée du roi, il avait dû quitter précipitamment Avignon et rejoindre le fort Saint Étienne, sur les états de la comtesse de Provence, où il s'était enfermé.

Dès la victoire sur la grande compagnie du prétendant le roi Jean II avait mis sa tête à prix.

Le 7 janvier, trahi par l'un de ses partisans qui ouvrit les portes du fort, il fut arrêté au nom de la reine de Naples par le sénéchal de Provence, Mathieu de Gesvaldo. Il resta quelques jours sur place sous bonne garde. Devant les réclamations incessantes du roi de France qui voulait récupérer Giannino, la reine décida, malgré l'intervention du Pape, de le transférer à Naples, en passant par Marseille.

Elle refusait catégoriquement de livrer l'homme qui pouvait être le neveu de son premier mari et en tout cas un bon otage contre son ex-beau frère, le roi de Hongrie.

Arrivé la veille à Marseille, Giannino avait réussi, par un concours de circonstances étonnant, à échapper à la surveillance de ses gardiens, en profitant de la cohue des ruelles de la cité. Depuis, il fuyait. Il n'avait plus qu'une seule idée : retourner à Sienne, retrouver sa famille et tout oublier. Exténué il s'endormit...

Le réveil fut brutal. La porte claqua, devant une dizaine de soldats et Giannino se retrouva une nouvelle fois prisonnier. Le jour même, il embarqua pour Naples.

* *
*

Enguerrand posa une nouvelle fois, la question qui le torturait depuis des mois.

« Pourquoi? »

Françoise d'Aurouze ne savait quoi répondre à son amant. Depuis le décès de son mari, six mois plus tôt, elle se sentait coupable. Elle n'avait eu de cesse de se battre à Clermont et à Paris pour obtenir réparation. Elle regarda son amant. Ses traits étaient tirés, son regard si brillant était devenu terne. Il souffrait au moins autant qu'elle.

Enguerrand attendait. Tout son être quémandait une réponse de la femme qu'il adorait. Depuis leur retour de Nîmes, il avait pris en main la destinée de la forteresse, à la grande joie de tous les habitants. Tout avait été reconstruit. Il ne restait aucune blessure des assauts et de la conquête de Thomas de la Marche.

« Tu m'en veux de ne pas avoir encore retrouvé le trésor de Robert? Je te jure que nous finirons bien par le déterrer... »

Il se rendit compte au changement d'expression de Françoise qu'il venait de dire une bêtise.

« Comment peux-tu penser une chose pareille? » lui répondit-elle tristement.

Le jeune homme ne savait plus que faire. Ses yeux suppliaient la jeune femme. Françoise s'approcha.

« Tant que Robert ne sera pas enseveli en terre chrétienne, nous ne pourrons pas être heureux. Nous n'avons pas le droit au bonheur. Robert doit reposer en paix », insista Françoise d'une voix chancelante.

La jeune femme vit aussitôt que ces paroles n'étaient pas suffisantes. Au moment où il s'apprêtait à lui tourner le dos, elle lui prit doucement le bras.

« Je t'aime… Essaye de me comprendre… »

La voix était douce, une larme coula sur sa joue pâle.

Enguerrand laissa les mots pénétrer délicieusement son oreille et envahir en un éclair tout son corps. Il s'approcha de la jeune femme. Son pouce recueillit délicatement la petite larme qui terminait son chemin sur les lèvres veloutées. Elle ne put se retenir et embrassa le doigt posé sur sa bouche. La tension était forte. Françoise rompit le charme de peur de céder et s'en retourna dans le logis seigneurial, rejoindre son fils.

* *
*

« Le château de l'Œuf! Quel nom idiot pour une prison. » Giannino se pencha par la fenêtre. De la petite presqu'île, il pouvait apercevoir l'ombre de Naples et les reflets rouges du soleil couchant sur les petites voiles blanches, éclatantes de lumière, des dernières embarcations qui se dirigeaient vers le port de la cité de la reine Jeanne. Il fixa son regard sur la masse imposante du Vésuve.

Il essaya de se souvenir de l'histoire qu'on lui avait racontée le lendemain de son arrivée, sur sa prison… Virgile aurait suspendu à une poutre, dans une des salles du château surveillée, une petite cage de fer renfermant un œuf. La légende voulait que tant que l'œuf resterait en place, la forteresse serait imprenable. Depuis, à de nombreuses reprises, il avait interrogé ses gardiens, sur le devenir de cet œuf, personne n'avait voulu lui répondre. Peut-être par superstition. En quatre mois, il avait eu le temps de tout apprendre sur l'histoire du château, de l'emprisonnement des soi-disant complices de l'assassinat d'André de Hongrie, le premier mari de la reine Jeanne, au viol de sa sœur Marie, pour la contraindre à épouser Charles de Duras, son cousin.

Battista s'approcha. Il avait réussi à rejoindre son maître, dès qu'il avait appris son arrestation. Après bien des difficultés il avait été autorisé à rester près de Giannino.

« Maître, le roi arrive! lança-t-il tout excité.

– Que me veut Louis de Tarente? » se demanda à haute voix Giannino.

Il frissonna. À chacune de ses visites, il ne pouvait éviter de penser qu'il était certainement l'assassin du premier mari de la reine. Des méchantes langues laissaient courir le bruit, en ville, que Jeanne aurait été complice du crime, avant d'épouser le meurtrier.

Quelques instants plus tard le roi pénétra dans la chambre de Giannino. En arrivant, d'un pas lourd, il fit signe à Battista de sortir.

« Que me vaut, ce jour, votre visite? interrogea le Siennois avec une légère inquiétude dans la voix.

– Bagglioni... vous êtes un personnage bien encombrant », lui répondit Louis de Tarente.

Giannino observa son visiteur. Le roi paraissait extrêmement fatigué. Sa maladie le rongeait un peu plus, de jour en jour.

« Et pourquoi donc? s'enquit-il.

– Vous continuez à inspirer de grandes inquiétudes au roi Jean. Il ne cesse de vous réclamer... Tenez, voilà sa dernière intervention.

– De qui, cette fois? » lança intrigué le Siennois.

Louis de Tarente sortit de son pourpoint un parchemin qu'il déplia.

« De Sa Sainteté Innocent VI. Écoutez plutôt ce qu'il nous dit : « Les prétentions émises par Giannino Bagglioni ne méritent pour toutes réponses que le sourire et le mépris… »

Giannino écouta jusqu'au bout sans sourciller les recommandations du Pape, puis fit remarquer au roi :

« Au moins, il a changé d'avis, il ne vous demande plus de me livrer au roi de France.

– C'est sous-entendu, fit Tarente en soufflant.

– Ce qui veut dire?

– Le pape nous demande en fait de resserrer votre prison. Trop de personnages importants vous rendent visite et vont répandre la bonne parole sur la terre de France. Il se crée autour de vous une légende qui dérange…

– Alors, qu'allez-vous faire? » Giannino commençait à comprendre la vraie raison de la visite du roi. Il allait se retrouver dans un cachot, comme ce pauvre comte Robert mort dans la prison de Nîmes.

Louis de Tarente ne répondit pas immédiatement. Il avait envers son prisonnier une grande compassion. Giannino était trop honnête et loyal pour avoir menti. Il avait cru avec sincérité à sa naissance et avait voulu aller au bout de ce qu'il estimait son devoir. Plus il l'observait, plus il croyait à la substitution. À regret il finit par déclarer :

« Nous allons simplement réduire et filtrer vos visites, pour contenter le pape. »

Giannino respirait mieux. Il sourit pour la première fois au roi. Le silence se fit, puis Tarente sortit après avoir chaleureusement serré la main du Siennois.

* *
*

Blottie dans les bras d'Enguerrand, Françoise caressait son corps chaud, comme pour mieux s'en imprégner. Ses mains glissaient sur sa poitrine, son ventre, sur tout son corps. De temps en temps ses ongles effleuraient la peau claire qui frissonnait sur son passage. Enguerrand, les yeux fermés sentait la douceur des doigts qui l'excitaient. Ils ne purent se contenir plus longtemps. Enlacés, ils jouirent intensément. Ils s'aimèrent ainsi toute la nuit sans se soucier du monde extérieur.

Au petit matin, ils furent réveillés par les cris d'un marchand d'eau qui venait faire sa livraison avant la chaleur étouffante.

Françoise et son fils, accompagnés d'Enguerrand, de Guillaume et d'Anne, étaient arrivés à Nîmes avec les premières grandes chaleurs de juin. Depuis huit jours, Françoise pouvait enfin vivre l'esprit en paix. Grâce à l'intervention du pape, du vicomte de Polignac, l'ancien ennemi de son mari, de Guillaume de Chalençon et d'Eustache de Langeac, le maréchal d'Audrehem avait ordonné le 18 mars au sénéchal de Beaucaire de faire enterrer le comte Robert en terre chrétienne. Il avait encore fallu plus de deux mois, pour convaincre le sénéchal de laisser à Françoise d'Aurouze le soin d'organiser l'inhumation.

À l'aube, alors que la ville commençait à s'éveiller, un cortège quitta le cimetière de la prison pour le couvent des frères mineurs de la ville. En tête, un cercueil en chêne sur lequel reposait une simple croix, que suivait Françoise, le visage crispé. Elle tenait par la main son fils Béraud. Légèrement en retrait Anne, Guillaume et Enguerrand marchaient en silence.

Le comte Robert, dauphin d'Auvergne, sans pompe et sans cortège, le seul port de la croix autorisé, reposait maintenant en terre chrétienne.

Françoise secoua son amant qui sommeillait à ses côtés. Elle l'embrassa et tendrement lui souffla dans l'oreille.

« Le bonheur nous attend, rentrons à Saint-Ilpize. »

Enguerrand ouvrit les yeux pour admirer le corps parfait de sa maîtresse à ses côtés.

« Tu as raison, partons. »

Le jour même, Ils quittaient Nîmes en direction des montagnes de la Margeride.

* *
*

Allongé, la tête légèrement relevée, Giannino essayait de reconnaître les personnes debout au pied de son lit. Tout était flou. Il avait cru apercevoir Nicolas Acciaiuoli, le conseiller de feu Louis de Tarente.

Giannino pensa que sa fin était proche, puisque l'homme le plus important du royaume après la reine était venu le voir en cette veille de Noël.

Seul lui parvenait le bruit des conversations. L'on parlait devant lui. Il avait du mal à se concentrer pour écouter. Malgré la douleur qui lui déchirait la poitrine, il essaya de saisir les mots. Il lui semblait qu'on parlait de lui au passé.

Il fixa son attention et recueillit des brides de phrases qui le firent souffrir.

« Il n'était pas préparé pour la guerre, ses intentions étaient pourtant loyales et pures »

Sans se préoccuper du mourant, les hommes continuaient à discuter à haute voix.

« Le choix d'attaquer par la Provence fut sa principale erreur. Il aurait dû penser que même vainqueur, il n'aurait pu obtenir la neutralité de la reine Jeanne, puisqu'il avait reçu l'appui et la reconnaissance du roi Louis de Hongrie. »

Un autre enchaîna.

« S'il avait lancé son armée sur d'autres parties du royaume, les résultats auraient pu être totalement différents. Regardez la défaite cinglante en avril du Connétable de Bourbon devant la forteresse de Brignais, tenue par les compagnies.

– C'est évident. Il aurait dû attaquer par la Bourgogne ou le Forez… »

Une voix grave intervint.

« Il a aussi mal choisi les hommes de son entourage. Ce Vernays, un brigand, un chef de mercenaires qui n'avait qu'une idée en tête, amasser le plus de butin possible…

– C'était un bon capitaine, plaida un jeune homme.

– Si l'on veut. » lui répondit la même voix, qui s'empressa d'ajouter : « Il paraît que le comte Robert d'Auvergne, mort dans une prison de Nîmes, s'était proposé de l'aider. Avec lui, il avait toute ses chances de monter sur le trône. »

Cette dernière phrase fit souffrir Giannino plus que les autres. Depuis qu'il était à Naples, il avait eu l'occasion de regretter son manque de patience. Que serait-il aujourd'hui, s'il avait suivi les conseils du dauphin d'Auvergne…

Il n'osa y penser…

Une quinte de toux plus forte que les précédentes inquiéta Battista. Il s'approcha de son maître et posa un linge sur son front bouillant de fièvre.

La fraîcheur du tissu, lui fit ouvrir les yeux. Il aperçut près de lui son fidèle serviteur. Il ferma plusieurs fois les paupières. Battista comprit que son maître voulait lui parler. Il se pencha vers lui et approcha son oreille de la bouche du malade.

Dans un souffle, Giannino bredouilla quelques mots à celui qui était devenu son unique et dernier ami.

« Pars rejoindre ma famille à Sienne. Dis-leur que mes dernières pensées sont pour eux...

– Oui », articula Battista entre deux sanglots.

Giannino s'arrêta quelques instants pour reprendre sa respiration et reprit d'une voix déjà lointaine.

« Tu trouveras dans une cachette de ma chambre la Charte du tribun de Rienzi... Donne-la à mon fils, Gabriel, qu'il en fasse bon usage... »

Giannino avait épuisé ses dernières forces. Il ferma les yeux.

Nicolas Acciaiuoli s'approcha lentement du lit. Un grand silence envahit la pièce. Il se baissa et constata le décès de Giannino Bagglioni.

Il resta un instant sans bouger, se releva, fit très lentement un pas vers ceux qui se rassemblaient autour du lit et leur dit, d'une voix forte, empreinte d'émotion et de solennité :

« En vérité... Cet homme était un roi. »

TABLE

REMERCIEMENTS

Je tiens à exprimer ma profonde reconnaissance aux différentes personnes qui m'ont aidé durant ces longues recherches, en particulier :

À mon épouse qui a participé efficacement par ses précieux conseils, ses idées et qui a su supporter de vivre au moyen-âge pendant de nombreuses vacances,

À mes enfants qui m'ont encouragé, avec une pensée particulière pour mon fils qui avec calme et patience m'a initié à la dure école de l'informatique,

À Edith GANIÈRE pour le soutien moral qu'elle m'a apporté.

… SAGIM …

Achevé d'imprimer en juin 1998
sur rotative Variquik par l'imprimerie
SAGIM à Courtry (77)

1re de couverture
Illustration Olivier-Marc NADEL

Formaté typographiquement par DESK
Laval – Tél. 02 43 01 22 11

Imprimé en France

Dépôt légal : 3e trimestre 1998
N° d'impression : 2950